不会游泳的鱼

郁　秀◎著

海天出版社（中国·深圳）

图书在版编目（CIP）数据

不会游泳的鱼 / 郁秀著. —深圳:海天出版社,
2015.4
（花季雨季系列）
ISBN 978-7-5507-1303-1

I . ①不… II . ①郁… III . ①长篇小说－中国－当代
IV . ①I247.5

中国版本图书馆CIP数据核字(2015)第035131号

不 会 游 泳 的 鱼

Buhui Youyong De Yu

出 品 人：陈新亮
出版策划：于　辉
　　　　　赵同敏
责任编辑：谢　芳
　　　　　蒋鸿雁
责任技编：梁立新
责任校对：景振航
装帧设计：李松璋

出版发行：海天出版社
地　　址：深圳市彩田南路海天综合大厦（518033）
网　　址：www.htph.com.cn
订购电话：0755-83460293（批发）　83460397（邮购）
排版制作：深圳市思成致远创意文化有限公司　0755-82537697
印　　刷：深圳市新联美术印刷有限公司
开　　本：787mm×1092mm　1/16
印　　张：21.75
字　　数：325千
版　　次：2015年04月第1版
印　　次：2015年04月第1次
定　　价：32.00元

目 录

上 卷

下　卷

BUHUI YOUYONG DE YU

不 会 游 泳 的 鱼

第一章

美国，我们前赴后继

故事是从一张豆腐干大小的广告开始的。

这张租房启事把这家人引到这个公寓。它在某面墙壁上绽裂着，一家四口仰着头，他们看懂的也就是那个低廉的价格。不幸，这个美国故事就趁着这一家人哑着半启的口的空隙开始了。

像许多新移民一样，董家先找个最便宜的区域落脚，从那里起步，开始对新大陆的突围。所以他们找到了这里。六十多岁的房东老头坐在公寓门口晒太阳。一份报纸、一瓶啤酒，在太阳下一躺几个小时。老头一看这四口之家疲惫与兴奋并存的表情，就知道又是一家子的外国人来美安营扎寨，并准备子子孙孙地繁衍下去，突然觉得扫兴，一天的好兴致就这样没了。房东用两只混沌的眼球好好地打量了他们，表示他对他们没好感，也不需要他们去喜欢他。他有点痛心和忧心忡忡地问："你们跑到这个王八蛋才待的国家干什么？！"

然后他带他们看了公寓，两间房，一个大客厅。房东说："还有地毯。"董家夫妇连忙低头，果然发现脚下尚有地毯存在，只是比他们的鞋还脏。房东又陪着他们看了浴室、厨房，还有阳台。只是浴缸里老旧得泛起一层绿霉菌。墙壁上有好几道裂缝，上面粘有来路不明的毛发，让人发怵。厨房的墙壁被历代的炒菜熏出又厚又黑的油渍。

一家四口都哑口无言了。那无言让外人感觉这家人没有交流，他们只是没有说话，交流是有的。中国人交流的重点不是他们说的那部分，而是没说的那部分。

"我喜欢租给中国人。你们虽然喜欢炒菜，把墙壁熏得黑乎乎的……"

董家夫妇对望了一下，意思是就你这墙壁还能再黑吗？

房东老头没有察觉，接着说："但是中国人一天也不拖欠房租，也不会开派对开到凌晨两点。"

董勇与潘凤霞又相视了一下，摸了摸自己空瘪的口袋，心里勉励自己，中国人那点难得的好名声他们可不能去污损。

"你们已经看到了。"房东老头两手一摊，"你们自己决定吧。"

房东老头的表情有种说不清楚的冷淡，像是吃准他们会租房，所以不热不冷、不急不慢地怠慢着。这种表情让他们想起海关的移民官脸上的疲惫和冷漠，他们太看透移民这个绵绵不绝的浩瀚集体了，明明知道受了气，也死皮赖脸地忍着、撑着。正因为移民有着不屈不挠的顽强的生存斗志，所以他们可以有恃无恐地冷淡着。

果然董勇夫妻点点头，说Yes。

他们刚下飞机不到一个星期，刚从比弗利山庄出来。潘凤霞的姑婆住在那里。所以他们以为那才是美国。

姑婆的大宅子外观气魄很大，里面也空空荡荡，几乎没有家具。地方宽敞，家具并不是挨墙摆着，而是置于屋当中。很遥远处有几张造型古怪的椅子、茶几很有姿态地立在那里，孤傲得很。它们也不是拿来坐的，是拿来摆的。这些家具看似朴实，却是一派昂贵的朴实，几件不实用的、像装饰品似的家具空荡地摆着，就这样摆出一种富裕的宣言：我们有钱，我们愿意。

董勇一家人几番交流眼色，这样的装修布置离他们的接受力相当遥远，嘴上却一个字也没有。他们的一对孪生子女却藏不住孩子的好奇，也丝毫不介意自己因为好奇被当乡下人看。打一进门开始，两个孩子就两眼大瞪，东张西望地打量这种阔绰的空间运用。

董丁叫道："这里怎么都没有家具的啊？"

姑婆听到这种外行的、乡气的评价，认为有必要给他们一些基本教育："最好的装修就是空间。有种画派就是叫做'缩减派'，看起来很简单，就是一些点状，大量的空白，就是表达无限的缩减。缩减到了极限，想象也到了极限。"

潘凤霞忍不住问："缩减成这样，那来了人睡哪儿呢？"

姑婆看了她一眼，警惕得很。

董勇一家人不知道是否存在这么个画派，但他们知道正统的中国人不这样荒废领土，正统的中国人认为拥挤塞满家具的地方才叫家，比较有人情味，而且来再多的客人也有地儿睡。估计这种空间的运用，是不打算留客人夜宿的，更不可能留他们这种大陆乡亲。夫妻俩眼神交流了好几个回合，最后统一了认识：一个中国人接受了这种洋思潮，那他也不是正统的中国人了，那就说明他们不能期望正统的中国人的亲情从这里产生。

果然潘凤霞接下来的攀亲显得很无趣。她先是说起上两代人之间的联系与思念，再说了家乡这些年的变化。姑婆冷淡而认真地听着，有种追溯历史的深思。姑婆的认真让潘凤霞没信心再攀下去了，太远了，远得没有关系了。一家四口被客客气气地请进来坐在那里，姑婆笑着，却不喜庆。潘凤霞看出姑婆的顾虑，自发主动地表态："我们坐坐就走，不会麻烦您的。"

于是姑婆的笑有了喜庆。她让他们一家在她的三百万的大宅子前面照了许多相，还有她的坐骑。她对董家的双胞胎兄妹说："多大了？快十五了？这个年纪在美国快可以开车了。来，坐上来。"

董海和董丁欢天喜地坐上车子，握着方向盘大模大样地摆了几个姿势。他们脸上过度的兴奋让姑婆感到：这对孪生兄妹，甚至这一家人正对轿车的归属产生不切实际的幻想。照完相，她立刻将想入非非的兄妹请下坐骑。

兄妹俩感觉被小小地调戏了一番，也立刻明白：这就好像到照相馆跟木马、熊猫玩具照相一样，就是充当道具的作用。照完了能把木马、熊猫带回家吗？

姑婆是虔诚的基督徒，热爱上帝，捐献很多，他们教堂的圣经都是她捐的，上面写着一排小字：某某人捐。在教堂里做善事，人人看得见，可以让她上天堂；而帮助这些大陆亲戚，只会让他们好吃懒做。爱神比爱人容易多了。再说，她来美国又靠谁呢？她已经很够意思了。

姑婆在分别时送了一句箴言："仰望上帝，要靠神，不要靠人。"

这家人虽然不信耶稣，也意识到这是一句真理。

从比弗利山庄来到了贫民窟，美国印象一下子变得满目疮痍，像是看到光鲜亮丽的舞台背后不可示人的剖面。女儿丁丁打破沉默，道出一声："这也是美国啊？"他们感觉被美国小小地戏弄了一下。

搬进公寓就开始收拾行李，这时正是晚上，左右邻居都在看电视。左边房间发出"嘿哈哈"的厮杀声，右边房间是"啊啊啊"的浪叫声。夫妻俩对望了一下，脑子像敲打键盘一样噼里啪啦地想怎么安排兄妹俩的房间。这是一道关于暴力与性、男孩和女孩这两对词组的连线题。夫妇俩都是唱戏出身，虽然读书不多，却对戏文熟识，知道那句老话：男子不读《三国》，女子不读《西厢》。女孩子容易受色情染指，男孩子会跟暴力学坏，所以解决方式是反向行之：儿子睡在"啊啊啊"这头；女儿睡在"嘿哈哈"那头。这是没有办法的办法。

这真是不祥之兆。那是许多年后当一切都无法挽回时，潘凤霞突然意识到的 —— 就是暴力与性这两样东西毁了她的一双儿女。

夫妻俩坐在地上，不说话。董勇心里问：下面怎么办？潘凤霞回答："明天一定要打工去。"董勇心里说：还有多少钱？潘凤霞回答："所有的钱都交了房租。"房东老头只知道中国人奉公守法，却不知道中国人的奉公守法包含太多"人在屋檐下，不得不低头"的无奈。中国人再穷，一天只吃一顿，仍然自律，不拖欠房租，含辛茹苦地维持着饥饿中的尊严。来美国后，他们比以前多愁善感多了，大小事情，都能感叹上半天。

没容他们伤感太久，他们就出门打工了。很快地，他们都在附近中餐馆的厨房里找到打杂的工作。他们像所有的移民一样，怀着一股子勤于家庭建设的热情，也是基于这种热情，他们有着生活在底层的民众最顽强的忍受力。

董勇和潘凤霞都是越剧演员，只会在台上比划、飞舞着一米来长的水袖，飞眉飞眼用小嗓子唱着长长的戏文，小碎步走得跟没有脚一样，演的都是一些天上人间的故事。他们离现实这么远，美国又这么现实，他们在美国能干什么？最百无一用的了。

潘凤霞过去的多姿都淹没在餐馆厨房。她的舞台风采像一种习惯性疼痛残留在她身上，她在餐馆厨房的一举一动都是在躲闪那疼痛。

董勇同样，忙了一整天，抬头望钟，时钟就像凝固了一动不动，他心里背着《百忍歌》：朝也忍，暮也忍，耻也忍，辱也忍，苦也忍，痛也忍……

夫妇俩想：为了孩子吧。孩子在学校怎么样了？

这时他们的一双子女正穿越美国校园，黑白过分分明的大眼睛警惕而好奇地东张西望，将是一个怎样的世界迎接他们？

一大片的草地，修整得很好，绿得纯正。学校大楼并不起眼，就像一座库房，不能跟他们县城一中比。各种颜色的纸张贴在布告牌上，是各种招贴，都是英文，看了也白看。学生们穿着随便、简单，一副美国中学生最典型的又颓废又活力四射的样子。四处是少年人单调一致的笑声与尖叫声，都是简短干脆的字眼。贫乏简洁的词汇与最跌宕起伏的青春期有着怎样既含糊又准确的表达？少年们戏耍着，打闹着。两个男孩找碴儿打架，几个旁观者在煽风点火。一个女生在后面拍了另一个女生一下，然后躲猫在人群中，被发现后两个少女嬉笑成一团。四五个男生故意成群结队横着走，意在堵住走廊过道。恋人们旁若无人地在学校走廊里亲热，手拉着手，肩并着肩，甚至大庭广众下亲密拥抱和接吻。

这时两个外乡人走入他们的视野：董海顶着中规中矩的短发，戴着一副大眼镜，背着大大的书包；董丁清汤挂面，头发梳得一丝不乱。他们的穿着倒也时兴，父母为他们出国专门置办了几身行头，比美国同学更讲究，出差错的是他们的气质，气质上缺少美国同学那种主人翁的气宇轩昂，自己的国家，自己的学校，自己的同学，那种当家做主的自信的感觉是这两个外来生所不具备的。

相比，董家兄妹一副六神无主的样子，乘车下错了站似的，好好的中国不待，跑到这儿来干吗？这里跟他们有什么关系？两个纯粹的陌生人在众目睽睽下，缩手缩脚地逡巡于如此开放自由的同龄人群的边缘，慌慌张张地面对美国校园呈现于他们面前声势浩大的活力。自己都觉得站错了地方，自己都觉得不协调。他们想，自己真的被撇到一个完全陌生的地方了吗？感觉就像自己还在游泳池边犹豫不决的时候，被人在身后猛推一把，仓皇跳入冰冷的池中。

这种陌生是真真切切、彻彻底底、从里到外的。不同的人种肤色、语言习性和思维方式，他们有什么搞头啊？一点儿共同点都没有。兄妹俩往彼此那挨了挨，感觉像天上两只失群的雁，又像两条掉进海的河鱼。河鱼和海鱼游在一起，都对对方从形到神的异样风貌感到好奇，那是他们不熟悉、不认同的。他们说不好是什么，反正不对劲儿。

美国同学想，他的发式真逗。这个亚洲男孩的乖宝宝头是不是他妈妈把一口锅直接套在头上，随着锅沿剪下来？这两个人怎么可以这么一本正经，头发梳得一丝不乱地跑到他们学校来？美国同学一下子就识别出他们是新生，而且是刚下船的那种新移民学生。

董家兄妹想，这里怎么这么无组织、无秩序啊！天啊，他们怎么可以在大庭广众下就这样啃上了，而所有的同学视若无睹。这在他们以前的中学那还得了，就算没有当场被开除，也要引来一堆旁观者看西洋景。海海那时完全没料到自己有一天也会是其中的一员，而且是与一个美国少女进行一场元气大伤的苦恋。

"他们刚刚从中国来到美国，让他们感觉到我们欢迎他们。"老师领头鼓掌示范，兄妹俩作为新生，享受了一会儿热切又不当真的掌声。

靠窗的女生递上一张字条，上面画了一张大笑脸，写了一句：欢迎你们。那是个越南女孩，皮肤黝黑，眼睛明亮，梳着高高的、骄傲的马尾巴，露出光洁聪明的大额头。课后，她与双胞胎对起话，仅仅十分钟就将他们在国内学的那点英语榨干了。他们也就根据猜测，自说自话，将他们在中国学的那几个句子一一亮出。

"你们到美国有多久了？"

"我叫董海，我妹妹叫董丁。"

"我知道。很高兴认识你们。"

"我们刚来三个星期。"

"感觉怎么样？喜欢这里吗？"

"家里有四口人，我爸爸、妈妈、哥哥和我。我十四岁，我哥哥也十四岁。"

"是吗？你们是……孪生？"

"谢谢，我们也很高兴认识你。"

"有什么事情就找我吧。我叫艾丽雅，十六岁，比你们高一年级。"

"是的，今天的天气很好。"

这种牛头不对马嘴的问答让这个越南女生笑得肚子都痛了。她想不能再对话下去了，连"今天天气很好"这种句子都被她榨出来了。双胞胎不知道她笑什么，但是认为艾丽雅的英语比其他同学的好懂，所以当他们听不懂别人的英语时，就眼巴巴地看着艾丽雅，艾丽雅就会以她的英语为孪生兄妹翻译。

老师布置作业，艾丽雅就代之转达；同学们和他们打招呼，艾丽雅也跟着翻译。比如当有同学冲兄妹叫"丁董""海董"，双胞胎肃立望去，听到美国同学发出一阵大笑，艾丽雅就翻译说："中学生很无聊，什么都可以让他们发笑。"后来等董家兄妹的抵抗能力比较强的时候，她才解释：他们的"董"姓发音在英语中像门铃的声音，所以他们觉得逗，更逗的是这两个叫滑稽名字的学生居然对自己的称号如此积极，一喊就应，他们觉得更逗了。

下午，老师安排艾丽雅带董家兄妹去参加新生进校的数学测验，根据他们的程度来编排班级。考场里的都是新生，都有陌生感，可没有像兄妹俩陌生得这么彻底的。当考卷一发下来，董海的陌生感就蒸发了，自信就回来了，拿起笔哗哗地写开。董海什么世面也没见过，就是见过考场的世面。他算是身经百战了，代表学校参加他们县里的考试，再到市里，一直考到省里。

五分钟后董海交了卷子。一整天下来，都是偃旗息鼓的，带着一点窝窝囊囊的气短。现在突然有翻身做主人的感觉，他放下笔，站起来，走到讲桌前，交上试卷。他喜欢自己这一系列动作的每一个环节，是他的一点作态，安分守己中的一点风头，带着揭竿而起的立志。在这个年龄总是希望表现的，于是免不了作态。像海海这样除了学业什么都不出众的男生，就更要抓紧考场的机会表现表现，给他们点颜色看看。

其他还在埋头苦考的同学一片哗然，老师也愣了一下，一时拿不出一个恰当的态度，接过卷子，既欣赏又不满地看了他一眼。

"要不要检查一下？"

董海摇摇头，像是没听懂，又像是婉谢。

可等监考老师看过答案，不满的情绪就吃了下去，闷在肚里自己消化了，只剩下欣赏。谁不惜才呢？

再过五分钟，董丁也交了卷子。她是有样学样，于是作态更明显了。

作态是作态，但人家毕竟提早交了卷子，而且是满分。

现在美国老师和同学有点吃不准这对兄妹了。灰灰阴阴的一天下来，海海第一次有了点阳光明媚的感觉，想，自己还没弄清楚东南西北，就有点收服他们的感觉。等他英语好了，那还不闹出点事件来。他想着，就笑了。

这并没完，美国学校的第一天是结尾在一个美国少女身上的。

早早地起身交卷子的那一时刻，海海成了教室的靶子，牵着所有的目光走。她从不胜其烦的考试中升起脸来，看了这个中国男生一眼。她目光发出像狼一般的绿色寒光，野性的、横行霸道的。那眼神瞬间就反咬住向她看过来的目光。海海他逃得再快，还是被那狼眼咬了一口。

那是一个美国少女，青春而颓废，厌烦地嚼着口香糖，已经嚼得嘴角发麻，却只能这样一味地嚼下去。一件吊带小背心突显出她弹性十足的身体，半点曲线也不瞒。世界注目的眼光又进一步造就了她的曲线。黑色的指甲油，十个手指戴了八个奇形怪状的戒指。他想，她怎么可以如此公然蔑视和反抗社会主流趋势。

她是他经验之外的女子。海海虽然纯洁，却也有自己的经验，那种眉清目秀、明眸皓齿、穿校园制服的纯洁小女生是他心仪的对象。就是有点像艾丽雅那样的女生。现在这个十七岁白种少女对十四岁的海海打开了尚显生疏的通往整个女性世界的另一扇门。董海在与她面对面的刹那间猛地窒息，整个人静止了足足两秒才恢复呼吸。海海还发觉自己的嘴半开着，像乡下人第一次看见飞机一样。

他立刻收回视线，像收回鱼钩那样，不敢再看。他的文化没教他可以这么直撞撞地盯着一个女孩子看，二流子才干这事，而他是正人君子。没再看了，不等于没在想。这样一次不经意的邂逅让他的心荡漾了一下。他想这个学校还不算太差，还能有这种荡漾。这时，这个中国男孩还说不上喜欢她，只是觉得有一种非常新鲜的刺激感，甚至有点发怵和害怕，他和她根本不是一回事。

海海那时没料到自己也会"早恋"，而且恋得伤筋动骨。事后想来，都是那一眼惹的祸。这时的海海还处在对校园里的亲热行为的震撼中，在中国的中学管这个叫"早恋"。这个词本身就很负面，意思这方面开窍太早了，没什么大出息。记得他们中学也有同学早恋，老师虽不会去说什么，只是笑笑地尖锐地看着他们，意思是：瞧你们出息的？！那眼光已经让男孩女孩们无地自容。所以他一时还没有从以前的教导中解放出来，看到一对少年情侣在校园里接吻，他常感到被触犯，替他们难为情。

可是他又想，这就是美国，这就是美国校园，这样的事情应该发生在美国。就像他们不理解这里怎么不到三点就放学，而且没什么作业。在以前的中学每天上午七点半上学，下午五点半放学，晚上七点半再到学校晚自习，十点半才回宿舍睡觉，接近军事化管理，真是睡得比狗晚，起得比鸡早。每天都有压得人喘不过气来的作业，三天一大考，每天一小考。老师、家长耳提面命的都是"前途""高考""人生"这些最让人触目惊心的字眼，学校大幅激励标语都是"我想飞，因为我有梦想，我能飞，因为我有信心""问鼎天下，舍我其谁"。县城的每个孩子都将高考作为改变命运的桥梁，称之为一场没有硝烟的战斗。

相比，这里的中学就像娱乐场，一切都跟玩似的。这也太自由散漫了吧。不需要上课说"老师好"，下课说"老师再见"，上课发言不需要起立，放学不需要留下来打扫卫生，没有早自习，晚自习，没有早操和眼保健操。

第一天下来，兄妹俩各自多了一个英语名字：史蒂文和珍娜。

看来，他们要适应的并不仅仅是语言。

BUHUI YOUYONG DE YU

不 会 游 泳 的 鱼

第二章

滚回你们亚洲去！

数学测验的结果是海海分到高年级的数学班，就是那个长狼眼女孩的那个班，显然海海程度太高，她的程度太低，差了三岁的他们分到了一起。他一进教室，就听见她的欢呼："海，这么巧，我们在一个班啊。"他兴奋得一时不知如何反应，她竟然知道自己的名字。然后他看见她张开双臂，迈着下流而优雅的步子向他走来。

　　每枝花朵都有绽放的刹那；每个少女都有美丽的瞬间，就是那一刹那的怒放。董海看见了那空前绝后的美丽，突然一阵的战栗，感觉有一股电流从他身上通过。那种热血沸腾中带些伤痛、无奈、绝望，带些全力以赴又力所不能及的焦虑。它们一潮接着一潮地涌来。如许多这个年纪的小男生对成熟美丽的女子惯有的倾慕，那种最陈旧却又最新鲜的倾慕。海海在心里把彼此的身高对比了一下。她并不比自己高，只是她的成熟劲儿使她显得大些罢了。

　　这时她已经走到他面前了，他幸福得有点战栗，脸上像醉了般红润高昂。结果是她经过他期待的脸，走到艾丽雅的面前。艾丽雅也尖声欢呼："嗨，雯妮莎。"

　　现在知道她的名字了。雯 —— 妮 —— 莎，分三个音节。每发一个音节都是一次吐纳。它是海海来美国最早学会的词汇之一。

　　现在也知道她的阳光灿烂不是对他盛开的，她怎么会冲他张开双臂信步走来呢？自作多情了吧，心里有了些忧郁，他突然想：被这样一个成熟丰满的女性拥入怀中是一种什么感觉？他立刻被自己的突发奇想吓了一跳。天啊，自己都在想什么呀？董海制止住自己，静静地找了个角落坐下，开始专心听课。

　　白净的海海非常内向，不喜欢出风头，却也会因为雯妮莎的在场，表现出有些失态的活跃。

数学老师每讲一个公式就问一句："大家有什么问题吗？"班上立刻有同学提问，海海在心里嘲笑：这么简单的问题还好意思问？好意思当众问？好意思耽误集体的时间？海海偶尔也会提问，次数不多，却很有质量。那都不是在提问，是自我表现，目的是把全班同学听迷糊，把老师听激动，直说"That is great"。

美国老师的表扬总是很夸张，动不动就说"That is great"，海海想，这要翻译成中文是"那真伟大"，这个级别也太高了。他从省城领了物理竞赛的奖杯回来，班主任也不过拍拍他的肩说："不错，不错。"这翻译成英文是"不怎么差"。

这时，老师在黑板上列出一道题，问有谁愿意上去解答。有几个同学举手，海海不抢着举手，而是冷眼观察他的新同学们的情况 —— 有谁比他聪明，有谁比他成绩更好。几个同学上去都解错了，海海这时放心了，看来他的美国同学的水平不过如此，他且可以伸伸腿，扭扭腰了。觉得是时候出手了，海海才懒洋洋地举手，微微冷笑着走上黑板前解题，三步化成一步，一下子就解出来。中间故意省去几个步骤，让同学们彻底迷糊过去，让数学老师惊喜，大叹："That is great！"

当然海海不在乎自己的答案是不是"伟大"，他是要引起雯妮莎的注意。后来发现他们的化学课、物理课都在一起上。海海想他们真有缘分，不过后来海海渐渐明白不是他们真有缘分，而是那几门课都是她的弱项，而她的弱项又都是他的特强项。在没有英语辅助的情况下，就能进高年级的课堂。

不是所有的课程都像数学考试那样如鱼得水，大部分的课程，董海、董丁就像两个聋哑人，只知道老师的嘴在动。一句也听不懂，一句也不会说。比如生理课的老师突然提问："海董，请你讲出人体的部位，哪里是心脏？哪里是胃？"

按照中国学校的规矩，学生得站着回答老师问题，于是董海"噔"地从座位上站起来，老师温和地笑笑："你不需要站起来，可以坐着说。"海海重新坐回座位，却什么也不会说，就像一个病得严重的婴儿，知道哪儿痛，就是没有表达的能力。其实这些他都会，在国内都学过，只是用英语说，对他而言非常吃力。他想：你们美国学校教的东西这么浅，还能考倒我吗？他又想：等我英语流利了，还不震住你们。

接下来的英语课，双胞胎更是听天书了。老师布置了作业，兄妹俩莫名其妙地互相对看。艾丽雅用她好懂的英语替兄妹俩翻译，是写一篇作文，写理想中的男朋友或者丈夫（女朋友或者妻子）。兄妹俩傻了眼，老师叫写这些？！如果在中国，这个老师肯定要失业了。在中国老师的作文题目都是《最难忘的一个人》或者《最受感动的一件事》。更让他们傻眼的是，他们连话都说不清楚，怎么写作文？不过他们很快就找到了补习老师，就是他们公寓的房东。

放学回家，父母例行问了他们在学校的情况。作业做好了吗？学校里发生了什么？老师表扬你们了吗？父母永远只会这样问，而且永远就是这几句话。

兄妹俩谈了新学校的新环境。比如可以坐着提问、发言；放学不需要留下来打扫卫生；没有早操和眼保健操；女生画眼线，男生染头发，等等。他们就像婴儿第一次品尝到母乳之外的滋味，一时还说不好自己是喜欢还是不喜欢，适应还是不适应，只是觉得非常新鲜。不过，从他们的语气来看，女儿比儿子更适应变化。

丁丁说："妈妈，当美国孩子好幸福啊，老师对我们都很好，不敢骂我们，连批评都不敢哦，从来都是表扬。还有课堂上同学们要去厕所也不需要跟老师打招呼。特别自由。"

海海说："当美国老师好可怜哦，当我们把作业交给他，他反而要对我们说'thank you'。太不可思议了。在中国当老师就很威风了，学生们都很畏惧他们。这里也没有班长，没有科代表，没有学习委员，你说有点事找谁说去？"

丁丁说："在美国最好的一点就是没人管你。"

海海接道："最差的一点也是没人管你。"

潘凤霞从两个孩子的反应，听出天壤之别来，她纳闷这两个孩子去的是同一所学校吗？

丁丁说她虽然什么都没听懂，但是老师仍然表扬她。她又说她从小到大从来没有受过这么多的鼓励和表扬，中国的老师和父母这方面都特糟，都不知道像美国人这样进行赏识教育。她告诉父母，她刚刚被评为"文体型人才"。潘凤霞知道后很矫情地说："那咱们可是要靠实力的，不走吃青春饭这条路。"海海在一边又鄙视又容忍地摇摇头，其实母亲没有明白人家的意思，或者丁丁有意无意没讲清楚。老师给"文体型人才"的定义是可以当社工、家庭婚姻咨询顾问什么的，海海想来想去，这也就相当于中国街道办的妇女干部。可惜丁丁不知道这点，还真打算进军好莱坞了。不过人家还称之为"人才"，而且挺真心的，至少表面上看起来是这样。

海海谈的多是他的水土不服："这哪里是学校？哪像在为前途做准备？就是超大龄的幼儿园嘛，老师哄着大家偶尔学点知识。这里的课程太轻松、太浅了。我虽然什么都听不懂，但还是很快将他们拿下了。我都能教他们了。"

"那你们不是最棒的了？"

"那也不是。我们马上就要交一篇作文，我们就不行了。"

"写什么呀？"

"写你心目中理想的对象是什么样子。"

"天啊，你们学校怎么叫你们写这些？这不是小小年纪就不叫孩子学好嘛。"潘凤霞撇着嘴说。

海海说："那也得写。作业。"

丁丁补充说："这些才有意思、才有用呢，国内学的那些政治思想课才是没用的，把人都教得没有思想了。"

周末下午，兄妹俩都在家里准备作文。海海搬出一本大大的汉英字典，望着白纸一筹莫展，心里和笔头一点方向都没有。突然纸上浮出两片丰满性感的嘴唇，无意识地微微嘟起，随意就摆出一个完美的造型。海海还不明确它来自何人，一会儿又出现一双蓝绿色的狼眼，毛茸茸的，像电波那样发射，电得他心里发毛。这双狼眼一出现，他就知道他再也逃不过去了。这个美丽的少女带着虚幻的、神秘的面纱，向他走来，她的背景是一个层层叠叠的舞台，四周附着鸟语花香。

当然，他的英语完全刻画不出这一刻的美好，他的英语是非常幼稚的，只能靠着字典，语法加词汇一点一点地拼凑出句子，一笔一笔地挤压出一篇作文。

这时，房东老头懒散地在公寓门口晒太阳，董勇一家人正从Yard Sale搬回来一台大电视。他们所有的空余时间都贡献给Yard Sale了。这家人肯吃苦，肯做事，渐渐地这个家就布置起来了，已经没有什么空间被荒废。他们觉得自己的生活就是随着空间的被填塞而有了希望。他们已经在希望着快点存够钱去买一个自己的房子，再把那个房子填塞一次。当然，那一次的填塞是要有质量的。

房东老头望着这漂漂亮亮的一家新移民，想这真是热爱生活的一家人。他们以最原始的手段积累财富，原始到像淘金的中国矿工一样，用箩筐这种最简单的方式来寻找金子，同时意识到那是可怕的生命——脸上含着那种最有忍受力的、谦恭的微笑，表面上不断地退让，暗地里不动声色地开始他们静悄悄的吞噬。等你意识过来，他们已经子子孙孙，已经吞噬得漫山遍野了。

"你们发展得真他妈的快。"房东老头说，随手帮他们把电视搬进屋。

"谢谢。"潘凤霞心里想，我们中国人就是会过日子，美国人就是不会过日子。住了一辈子的公寓，也不去想法子攒够钱买房子。可怜啊。与此同时，夫妇二人暗下决心，一定要是这个公寓里第一个搬出去的，第一个买房子的。

老头问："你们现在在做什么工作？"

潘凤霞说："像我们这样的只能在餐馆里劳动了。我们两口子以前都是县剧团的，会的东西在这里最不实用了。那你呢？住在这里多久了？有这样一栋公寓应该收入不错吧？"

"不，不，不，这个公寓不是我的，我只是看房子的。"

原来他不是房东啊。潘凤霞问："那你是干什么的？"

房东老头说："我是作家。"

董勇和潘凤霞挤巴挤巴眼，意思是：替人家管栋破公寓已经够惨的了，这还不够，他还混成了作家。作家？在美国还有比这个更让人放心不下的工作吗？

一个说："还作家呢？可能就坐在家里吧。"

另一个说："看来这林子大了，什么鸟儿都有。"

他们在美国讲中文特别放肆，反正别人听不懂。

老头问正拿着一本字典写作文的海海："你爸爸妈妈在说什么？"

海海翻译："你是林子里最会唱歌的鸟。"

海海想：捧捧场让人家高兴也算是善良之举吧。果然，老头心满意足地点点头。

当时，董家夫妇正在做晚饭。出于礼貌，仅仅是出于礼貌，他们很敷衍地问已经变成作家的老头："要不要留下来吃饭？"

"好呀。"他马上答应下来，让董家夫妇来不及收回随口溜出的客套话。

潘凤霞对董勇皱眉头："天啦，他真的要在我们这里吃饭啊？！"

老头问丁丁："他们说什么？"

"他们说非常荣幸。"丁丁说，然后转向父母，"你们中国人真虚伪。不想请就别开口。"

父母俩对望："什么你们中国人，你不是中国人吗？"

"我是中国人，可我不是你们那种中国人。"

"我们以为他会拒绝嘛。"

"你请人家了，人家答应这是对你们的尊重。"丁丁说，然后又转过脸来对老头说，"父母在讨论晚上吃什么。"

"谢谢。随便吃就行。"老头说，又对海海说，"让我看看你的作文吧。你知道我是作家。"

老头一看就乐了，海海的作文《我理想中的女孩》是这么写的：

"我现在还是一个中学生，谈恋爱还太早了，现在应该将所有的精力放在学业上。我觉得在中学期间努力地培养自己成为一个优秀的人比匆匆忙忙谈恋爱更为重要。道理很简单 —— 你优秀了自然会有许多女孩子喜欢你。

"不过我还是可以谈谈自己喜欢的女孩子。我喜欢的女孩子是集美貌、智慧和善良于一身。我希望她有胸的同时也有脑，有胸有脑的同时也有心，有一颗善良的心。我希望她能像大姐姐一样地照顾我，也能像一个小妹妹一样地崇拜我。我快乐的时候可以与我一起快乐，我难过的时候可以分担我的难过。在事业上是我的左膀右臂，在生活中是我的贤内助。还有，我希望她会做很好吃、很好吃的中国菜，因为那是我的最爱。"

老头已经笑得不能自已。海海将"集美貌、智慧和善良于一身"写成了"把美貌、智慧和善良都放在一个身子里"，"左膀右臂"写成了"我的左胳膊加右胳膊"，"贤内助"写成了"藏在里面的好助手"，还有"有胸有脑，有脑有心"，更把老头看得糊里糊涂的。

"有那么可笑吗？"海海有点不高兴地说，"不要你看了。"

老头也感觉到自己的这一阵狂笑有点不礼貌，伤了男孩的自尊，连忙说："写得很有趣。"

海海不放心地问："真的吗？"

"可不是，瞧把我笑的。非常具有娱乐性，我相信也会给你的老师带去快乐的。"

海海有点泄气地说："这是表扬吗？"

"可以这么说，只是你要是按着这个条件来找可能有点困难。"

"你这样认为吗？"

"可不是，所以我到现在还是独身啊。这种女人你只能从文学作品里找。"

董家兄妹的英语也就是从老头那开的窍。双胞胎的第一篇英语作文是在老头帮助下完成的 —— 帮加上一个the，再去掉一个a，加一个s，等改到兄妹俩怎么念怎么不顺口时，这篇作文才算完成。

就在老头帮海海看作文的那会儿工夫，董家夫妇迅速地做出一番盘算，迅速地得出结论 —— 以后把孩子送到老头那儿去学英文。老头想都没想就答应了。老头乐意是因为他太喜欢这对双胞胎兄妹了，讲一口蹩脚的英语，满嘴的语法错误，要命的发音，他听着就想乐，太有兴趣去纠正这对兄妹了。董家夫妇想，可怜的作家老头，被人揩了油还以为占了便宜。

此后他们常请老头来家里吃饭。一来是可怜老头，他也不是真穷，只是浑身上下渗透着寒酸的气质。二来是希望他能帮着辅导两个孩子的作文，他们夫妇都不懂英语，管他是不是作家，死马当作活马医吧。老头只知道中国人的筷子是直的，不知道中国人的肠子又弯又长。

以后，兄妹俩放学就会去老头家待一会儿。兄妹俩去老头家不是学英语，更不是看老头，而是看老头家的猫。老头家里有一只非常聪明的猫，它会数数，你伸一个指头出来它就叫一声，伸两个指头它就叫两声，能从一数到五。兄妹俩觉得老头太平常无奇，不配拥有这么一只神奇的猫。兄妹俩心里暗自为老头编了一些故事，比如老头曾经是个海盗，或者是个土匪，总之他们不希望老头整天坐着公寓门口晒太阳、看报纸，更不希望他是作家，他们觉得这太平庸了。洛杉矶缺什么也不缺作家啊。

海海尽量不去观察老头那间充满旧书、旧报和他这个旧人所散发出的陈货气息的旧居。它是寒碜、陈腐的。海海想老头大概是那样一种人：对自己的才华有着过高的估计与期望，对自己的物质生活过分地刻薄，以为这种清苦就能榨出一个功成名就。海海担心这样观察下去自己难免会去同情这个性情激烈和怪异的老头，而作家是最不需要同情的。老头已经活出了自我，这些正是作家顶要追求的。

丁丁在和猫玩，老头问："你们喜欢猫吗？"

丁丁故意嬉皮笑脸地逗老头："喜欢，它的味道不错。"

老头一时没有反应过来，脸上顿时出现惊恐，等明白过来后也笑了，承认自己被吓着了。

"你有很多书哩。你都读过吗？"董海指指书架。

"谁读它们！它们只是装饰品，为了让客人他妈的有个好印象。"

"客人？"海海笑着重复这个词，意思是你有什么客人？住在这里这么长时间，也不曾看见他有亲戚朋友来看过他。

"你就是我的客人。"老头笑。

"你真的是作家？"

"很他妈的不幸，是的，我是。"

"你现在在写什么？"

他有点烦地回答："写作品呗。"就像用一句外行话打发一个外行人的外行问话，这样对方就可以闭嘴了。

"那是写什么的？"

"等我写好了你们可以看的。"

兄妹俩说："英语的二十六个字母分开我们全都认识，合起来就全不认识了。"其实兄妹俩是对老头的书不抱好感，他们想：你的脏字像满嘴唾液一样丰富，动不动就带一个fuck，能写出什么好东西来？

老头的英语并没有很快地在他们的作文课上表现出来，但他们却很快就将老头的满口脏话学会了，而且派上了用场。

兄妹两人初来乍到，没有什么朋友，在学校里相依为命。他们总是一起上学放学，一起到图书馆、运动场。像冬天里的两只同类小动物挤着靠着在取暖，在互相保护免受异类的袭击。

这天他们经过整理得很规矩，绿得很欣欣向荣的草地，准备到运动场玩一会儿。老远就听到笑声与尖叫声此起彼伏，虽然是那种单调一致的尖叫——"太棒了""酷"，却是一片欢喜之声，兄妹俩的心情随着他们的单调的尖叫声丰富起来，他们抱着想法，今天也许可以交到几个朋友。那种少年人气息使他们得到片刻的归属感，直到几个美国少年的到来，他们才知道一切只是个假象。

一个白人学生看了他们一眼，扭头对另几个白人学生说："他们不属于这里。"

又一个白人男生对他们说："离开，你们不属于这里。"

"什么？"

"你们听到了，我们叫你们离开，你们来得太晚了。"

丁丁别过脸困惑地看哥哥，意思是说明明是我们先到的，怎么不能待在这里呢？

兄妹俩刚来美国一个多月，这一串的音符到了他们耳朵还是一串的音符，只是听懂表面的意思，完全不懂它的含义。他们努力翻阅脑海里的英语语法与词汇，还是无法真正消化这句话，但是也感觉到这句话没有那么单纯，它暗指着什么？他们苦在估不透它。

海海挺着他细长的脖子，用他结巴的英语，文质彬彬地与他们据理力争道："不，是我们先到这里的。"

"不，你们是最后到的，你们比黑人来得还晚。滚回你们亚洲去，中国也好，越南也好，日本也好。总之离开这里。"

直到他们吐出更直白、更清晰、更完整的句子时，董家兄妹才猛然理解了上下文，像是智障的孩子顿时在智力上有了突破性的成长。现在才真正地听懂，产生意义了，听懂了就该有反应。

兄妹俩的反应是两秒钟的沉默。

海海性格秀气得像个小姑娘，让人看了都替他受罪。他只会去揪自己的裤腿，忍受着自己的手足无措，忍受着自己和他们一切人。他永远只会风度很好地想：这帮人不讲文明礼貌，我不能与他们一般见识。他还想只要不回嘴，他们骂完也就完了。

丁丁一向比较泼辣，可在这儿人生地不熟，也不敢乱说、乱动。像初进城的乡下女孩，在家乡再厉害，刚到一个新地方浑身上下都是一个知趣，生怕自己一不小心冒犯了什么。加上她的英语还没到可以与人争辩的地步，再一紧张，英语水平就急速下降。只是她黑眼睛里闪动的刀光一亮一亮的，她就是用这双眼睛狠狠地回敬一下，一副柔弱的狰狞。她想，等她在这个国家久了，英语好了，她丁丁才不会像眼下这样无能呢。

正是因为中国人惯有的沉默与缄口，让这些孩子更加肆无忌惮。

其中一个男生向他们伸出愤怒的中指，说："Fuck off, son of bitch（婊子养的）."

作家老头常说这两句，丁丁知道是脏话，气得脸发青，模仿了一遍，却因为一时紧张，把"fuck off"说成了"fuck out"，把"son of bitch"说成了"sun of beach（海滩的太阳）"。

那帮人马已经笑得人仰马翻，就像顶严肃的一场国际谈判，突然出现了个小丑节目。"先学好英语再开口吧。上帝啊，真受不了。"

丁丁越挫越勇，身子向前趄趄然一送一送，把从作家老头那学到的最脏的话温习了一遍，就是关于人类繁殖下代那回事。当然现场又学了几个新的脏词。

这件事情带给他们忧郁憋气的一天，他们没跟任何人讲，甚至没对父母讲。他们不太想说，说什么呀？说自己被欺负、被排斥，那不是承认自己是弱者吗？这个年纪的孩子最不想承认这一点，因为他们希望自己往理想的方向发展。再说，他们能向谁说呢？他们的英语都不好，又没有亲戚朋友，父母又这么忙。父母都在餐馆打工，一周工作七天，每天晚上十点半回来，他们已经睡了，等他们起床上学，父母还在睡觉。

这天晚上董勇回来看见两个孩子还在客厅里,亮着个灯,在沙发上发呆,见董勇回来,丁丁像看家的狗见到主人回来那样一跃而起,兴奋地说:"爸爸,我们在等你。"

"你们等我干什么?不知道我要工作吗?"董勇的心情看上去不好,"睡觉去。"

"爸爸,"丁丁想了想,说,"我们想要一点钱。"

董勇一听更生气了,这么晚了不睡觉,就是为了向他要钱。他没好气地说:"要多少钱?"

丁丁显然策划已久,出口就是一个不过分、可行性很强的数字:"我要十块钱。"

海海也跟着说:"我也要十块钱。"

董勇看了两个孩子一眼,然后从口袋里掏出十块钱给了他们,打发道:"一人五块,现在快去睡觉。"

两个孩子拿了钱,像喂了好饲料的马一样,温存而厚道地离开。

孩子刚走,董勇一想,孩子也挺可怜的,等到这么晚就为了要十块钱。每天到家的时候孩子都已经睡觉了,也没机会说说话。于是就跟进房间想哄哄他们,正好看见海海和丁丁正坐在一起算钱。董勇发现他们手上已经存了一个十块钱,火气又上来了:"你们要这么多钱干什么?你们有钱了还向我要?家里已经很困难了,你们不但不知道替父母分忧,还给我们添堵。"

孪生兄妹交换了一个秘密的眼神,丁丁扭过兴高采烈的小脸:"爸爸,你一个小时能赚多少钱啊?"

"你问这个干吗?你还想从我这索取啊?!"

"爸,你回答嘛。"海海问,"一个小时有二十块钱吗?"

"哪有那么多。你以为你是餐馆老板?你给呀?"

丁丁取出二十块钱,递给董勇,认真乖巧地说:"爸爸,这是二十块钱,你明天可以早一小时回来陪我和哥哥吗?"

董勇的眼睛一下就红了。他什么苦都可以扛,心都能硬下来,就是孩子一煽情,他的心就软得不行。孪生兄妹瞅着热泪横飞的父亲,又相互望了望,愣住了。像是自己说错了话,又不知道自己错在哪里。

"爸爸以后一定多陪陪你们。"董勇一把将他的一双儿女搂入怀中。他现在有的是时间陪两个孩子了。

今天他失去了工作。董勇以前在台上演才子相公,两只水袖或舞或甩,最多拿把扇子或本书,手上轻惯了,但餐馆老板哪里容他在餐馆里当甩手掌柜。老板勾了勾食指,示意董勇过去,训道:"你以为你是公子哥啊。手上不能空着,出来时端菜,进去时收盘子。没事就擦擦酱油瓶。眼里要有活儿。这些我都跟你说过两百遍了,你每次都虚心听取,下次再犯。你到底是人脑还是猪脑?"董勇忍着不发作,心里又开始背《百忍歌》,后来就因为把盘子端高了点,老板骂得更难听了:"你是在喂奶吗?"

这次,董勇没有忍住,于是老板就听见他满带尊严的一声"我不做了",接下来看见他很有姿态地甩下围裙。一个大老爷儿们当众受此侮辱,哪里受得了?何况董勇是才子相公演多了的人,有时候真把自己当才子相公看。

"你说什么?"餐馆老板没有意识到后果会这样严重,瞪大个眼看着董勇,满脸困惑,那意思是:你这么缺钱,怎么还要这么自尊?

"结账吧。"

"不做了?好,你出去了想回来做也没得做了。"老板都替他难过,看了一眼门外。他是替董勇看,他替董勇绝望:知道吗?出去了并不是立刻可以找到事做的,可你和你的妻儿是立刻需要饭吃的。

董勇已经迈出门口了,他的背影就是回答:出去了就根本不想回来。

就在董勇对孩子说"以后爸爸会有时间陪你们"的时候,潘凤霞也下班回来了。潘凤霞一边揉搓肩膀一边说:"累死我了。这中餐馆老板不把人当人使。来,帮妈妈捏两把。今天学校怎么样?"

丁丁刚想说运动场的事,潘凤霞又说:"我整个人都累散架了,妈妈爸爸这么辛苦可全是为了你们。"

丁丁到舌尖的话又吞了回去。

"老师表扬你们了吗?"

"有。"

"那就好。那妈妈一下子就不再觉得累了。"

潘凤霞的脸吃力地撑出一个笑容来，那个笑显然是收敛了自己的苦楚，好像在说，她的苦难都是不算数的，只要你们好。

兄妹俩看到一个最具忍耐精神的中国母亲 —— 苦难又自虐的笑容，一股子为了家庭赴汤蹈火的英勇，同时谢绝平等的心甘情愿。她让你感觉到她的一生都是为你付出，你这辈子欠定了她。她非常擅长让你内疚，让你对她的牺牲内疚。这能使两个孩子考了A⁻都感到对不起父母。

海海不敢看她，不知道如何对父母说他的少年心事。记得小时候有什么委屈，回来对父母说，他们只会说，男孩子不哭，没出息。他渐渐明白：这种文化不鼓励他们表达自己的负面情绪。于是他越来越安静了，直到没有声音。

"作业都做完了吗？"

"做完了。"

"那复习了吗？"

"也复习了。"

"那预习了吗？"

"也预习了。"

"那就找一点题来练习一下。"

"也练习了。"

"那就睡觉去。"潘凤霞说完，拖着疲惫的身子操持家务。

董海点点头，就什么也说不出口了。

"记住：这是别人的国家，我们要比本地的同学更努力才能出人头地。爸爸妈妈的期望可全在你们身上了。所以你们要懂事，要好好读书，听到没有？"

海海又点点头，嘴上没话，心里也没话了。

"海海真乖。"

董海真是一个很乖的孩子。乖孩子的概念就在于听话，听父母师长的话，不违拗。当他知道自己的形象与父母心目中的乖儿子有出入时，他会以父母心目中的那个海海为标准，且向他靠拢。比如他想去打篮球，他妈妈说，还是去做几道数学题比较有帮助。他就把打篮球的那点想法收起来，乖乖坐到书桌前。再比如他想学画画，可父母认为当个医生或者工程师比较实惠，于是他咬着拳头，渐渐收起想当个画家的想法。他知道父母在美国很不容易，都是为了他们，他从来不敢违抗父母的意愿，刻苦读书，辛苦回报着父母为他们移民付出的巨大牺牲。只是想到自己付出自信、甚至自尊的代价来讨好成年人，去做一个"乖孩子"，心情有一点沮丧且阴暗，为自己不得不屈服于强权而反感自己。

兄妹俩闷闷不乐地回房间睡觉，丁丁走到一半，还是忍不住转过头来对父母说："我们今天在学校被人骂了。"

"骂什么了?"

"他们叫我们滚回亚洲去。"

潘凤霞也听闻美国校园有些暴力事件、种族问题，她详细地询问了事件的经过，也感觉到孩子们受了委屈，可能觉得事情也不是很严重，小孩子之间的矛盾能严重到哪里去? 中国人的承受力还担不了这点小事吗? 也可能觉得自己力不从心，她一个英语都说不清楚的中国母亲能拿它怎么样? 而且家里的事情已经够多、够烦的了，哪儿有心情理睬孩子课业以外的诉苦。总之，思来想去，她最后对孩子们说："那以后就避免与他们冲突，不要理他们，避开他们。凡事要忍耐，在别人的国家更是忍字当先。忍字就是心头一把刀。"

海海把母亲的话听进去了，以后行为做事更加小心谨慎、畏首畏尾。

丁丁突然站起来，嘴角开始发紧，翻着她冷傲的单眼皮，当场就义愤填膺道："为什么我们中国人凡事都要忍? 越忍越让人欺负。中国人为什么不能生气? 越老实越让人看不起。中国人除了会忍还会什么? 人家打你左脸还把右脸拿出来给人家打? 这样忍下去，我总有一天会被压抑出问题来的。我真讨厌自己是中国人，有这些软弱的品质。"

一直一声不吭的董勇突然一蹬脚站起来说："对，我女儿说得对。中国人就知道忍，从最早的卖猪仔开始，中国人就开始忍。人家挡住左边的路，中国人从右边走; 人家挡住右边的路，中国人从左边走。被人提起辫子吊在树上，中国人还想忍一忍就过去了。结果忍死了。"

然后就趁全家人被他的演讲吸引住的机会，他告诉潘凤霞他今天炒了老板。他说："来美国这么久就今天最痛快。你没看见我炒老板的样子，他都呆了，不知道拿我怎么办。他就这么小看一个人的尊严与志气。要知道，树活一层皮，人活一张脸。"

丁丁显然是将董勇的话听了进去，以后更加我行我素。

潘凤霞听了，不给任何表示，叫两个孩子先去睡觉。董勇把拿回来的钱给了潘凤霞。潘凤霞看了一眼，说："你们老板也真是的，就给你这么少的一点钱。"

这表面上是替董勇鸣不平，但董勇知道这话得这么听：董勇你可真好意思，大老爷们就赚这么一点钱啊。

晚上他想跟老婆亲热一下。他一只手去揽潘凤霞的腰，一只手去撩拨她的头发，伸个舌头在她耳坠上舔。他们都知道如何回应对方，如何刺激对方。今天她不去回应，说困了，很困了。他不放弃，又去摸她的身体。可他的手到哪里，她的手也跟到哪里去阻止。潘凤霞用手打了他的手一下。这一下反而让董勇欲火攻心，他一下就把潘凤霞压到了身下。潘凤霞明显地感到力不能敌，发狠地说："董勇你要干什么？你要强奸吗？"

董勇一下子就索然无趣，起身一边披衣服，一边说："好家伙，强奸都出来了。你这样的老婆，不把老公搞出阳痿才怪呢。"说完就点着烟坐在椅子上。

"不许在家里抽烟。没听说呀，二手烟的危害更大。"

潘凤霞抓起烟灰缸扔向董勇。她本不想砸准他，却偏偏砸准了他。董勇一蹬脚站了起来，很想过去与她理论，什么叫二手烟的危害更大？这可能吗？他就不明白为什么那么多人会信这鬼话？就像十三亿中国人民一度虔诚地相信长城是在月球上唯一能看见的地球上的建筑物，这就好像一百米之外能看见一根冰棍 —— 这可能吗？

潘凤霞又说："不要发那么大的动静，要保证我的睡眠，我明天还要打工呢。我不像你那么潇洒，说不干就不干。这房租怎么办？孩子吃什么？我们吃什么？"

董勇看了一眼他的妻子，寂寞得很，完全没有了理论的兴致，趿着拖鞋走开了。这时有一点明白为什么一点烟味也值得大张旗鼓：现在她是家庭收入的支柱，她当然要这样主导家庭的局面。不然家庭主干的地位怎么显得出来？

BUHUI YOUYONG DE YU

不　会　游　泳　的　鱼

第三章

美国中学生的性教育课

董海非常安静，像许多亚裔学生一样，虽然拿了一串串的A，可是内向而腼腆，从不争风头，很少参加学校课业以外的活动，比如干部的竞选，比如时事辩论赛，所以很难被人记住。等到中学毕业的时候，人手一册带相片的通讯录，有人眯着眼睛像追溯历史人物那样，说，这个亚裔好像有点面熟。中学生就是这样：一旦你不去争风头，风头也把你忽略了。他们看出谁不重要，就会从注意力中将谁模糊掉。董海就被淡忘在同学们的视线外，而且运动场事件后，海海就更加不说话了。

　　海海虽然寡言少语，但内心活动很丰富，时刻审查着自己在精神面貌上与这里的不和谐。比如美国同学之间随便聊天，一个眼神，一个玩笑，就会有很多信息，很多感情在里面。随便说一个词，双方可能就会从这个词的内涵与外延追溯到他们小学的一件往事，而他完全体会不到那种情感，也不是说同学们就不欢迎他，可是他和他们的交流达不到那种默契。

　　再比如，在这里很正常的事情在中国学校简直是大逆不道，在中国学校顶正常的事情在这里会显得很反常。有一次他为老师擦黑板，这在中国课堂是特正常、理当如此的行为，却让老师很奇怪地看着他，上前惺惺然对他说："谢谢，不过这是我的工作。"美国同学更奇怪地看着他，不明白他为什么要这样讨好老师。美国学生管这种同学叫teacher's pet，中文应该翻译成老师的小宠物，海海想其实就是跟走狗的意思差不多。

　　而这些不同或者差异都还是可以接受的，直到健康卫生课的那一幕。就当董海认定自己绝对不会是新学校受注目的焦点时，原本他也就打算这样一直消失在同学的视线里，好好读他的书，过完他不被关注的中学时光，突然在健康卫生课上，这个叫"海董"的中国男生出了风头。

健康卫生课老师放了一部片子给学生看。影片一出场就是一对男女青年的约会，交流着一些感情。然后就开始亲吻抚摸，再然后就到床上进行交流去了。

董海的脸涨得红红的，十四岁的董海虽然开始对性很好奇，可是当众看这种影片还是有点扛不住。就在这节骨眼上也就不再真人示范了，改成卡通了。董海换了口气，想学校毕竟还是学校，没有太过分。卡通片里出现精子与卵子结合的情景。这之后再次回到真人秀。女主角发现怀孕了，最后只能和男主角结婚。婚后两人对生养孩子没有准备，没有经验。两人彼此埋怨，最后婚姻破裂。

影片看完后，董海迷惑极了——影片宣传的是什么呀？它是在说他们的不幸福是因为没有科学地避孕造成的吗？那贞操呢？难道这个不该是谈论的重点吗？

其实这种困惑已经持续了一段时间，从海海踏上这块国土就开始困惑。比如中学生会在走廊里公开地手拉手和亲吻，他就看见一对恋人在走廊里把对方的口腔一扫而空。他想这在中国还得了，没有被开除，也是要记大过的。从小到大，老师、家长耳提面命的都是早恋的危害性。作为一个中学生，尤其一个小县城的中学生，中学阶段最为重要的事情就是读书，就是考学。把精力和时间放在恋爱上，必然使学习上的精力和时间受损，那不值得，如果因为感情上的那点小事而影响了一生的前途，将来一定会后悔的。老师一再强调，恋爱一定要等上了大学。他来美国不久，还不曾从中恢复过来。虽然他很看不惯美国校园的西洋景，但在内心深处，他感谢这种环境，还是觉得有趣，因为这样的事情应该发生在美国。这种自由之风大大减轻了他学习的压力。他想起以前国内中学老师讲的一句话：看到别的同学玩，不要去效仿，而要在心里偷笑：玩吧，你们多玩一个小时，我就赢了一个小时的学习时间。他不知道国内的教育会如此渗透地影响到他的美国校园生活，想：没有出息的人们，你们只知道玩，只知道交女朋友，将来看我如何比你们强吧。

海海在教室的一角，挺着细长的脖子把自己困惑得不行，课程还在继续。惯例到了学生提问的时间，一个满脸雀斑的女生问："保险套是否百分之百保险？"另外几个同学也是问防止性病、艾滋病传染的问题，比如一个问："避孕套应该比避孕药更安全，除了能避孕，还能防性病。是这样吗？"学生大大方方地提问，老师也坦坦荡荡地回答，就像谈论一道新学的数学公式。这时老师注意到一个东方男生的一脸不入戏，她点了男生的名字，问他想说什么。

一个有异国口音的男声表述道："他们不应该那么随便就有性行为。"

不错，是那个叫"海董"的新生的声音。

话一出口，董海就有点后悔，因为班上有了一片怪笑。他虽然已经学会像美国同学那样坐着回答问题，而他的思维方式，仍然充满了异国情调。美国同学们好好地领略了这个叫海董的新生从形到神给他们带来的异样的、不可理喻的作风。一种原则上的误差。与他们的时代、风气脱节的神态。

老师也呆了一下，她一时拿不出一个恰当的态度。老师很好地掩饰了她的吃惊，表达她对董海的尊敬，就像所有善良、正派的美国教师对残剩的道德心存敬意，当然也可能有属于"政治正确"的装饰成分。

"我很抱歉地说，这是一个已经存在于这个国家的现象。从保守国家来的人可能是会吃惊。我不能告诉你们应该做什么，但是教你们正确而起码的常识却是我的职责。一旦涉及价值观念的灌输，自然少不了一番旷日持久的激烈辩论。我不知道自己是不是有立场宣扬某种道德价值观，我只是将性教育作为处理由性所引起的社会或个人问题的工具，并将它教授给你们。"

这时下课铃响了，老师沉重地看了海海一眼，有点忧心忡忡。她似乎在抱歉这个文化污染了一个纯洁的中国少年；又似乎在说，她只能这样。这里的社会风气如此，你不这样并不代表你好，或者你对，你只是不同。这种不同在我这里是讨不到表扬的。

课后，班上的几个男同学在窃窃私语影片太浅显了，一点可学之处都没有。这时看见董海背着大书包，竖着白衬衫的衣领，在去图书馆的路上，男同学们提着一边的嘴角漫笑道："你应该转学到教会学校去。"

"FOB（刚下船的），你还生活在上上个世纪吧。"

海海不知道如何应付这种场面，他只是抿着嘴，越抿越紧，没了嘴唇，做出不懂他们在说什么的样子。装听不懂也成了真听不懂，装傻也成了真傻。其实只是想蒙混过关，或赢得一点时间来考虑对策。英语不灵光也不全是坏事，反而替他挡了许多风雨。所以他在美国的形象远比他在中国来得憨厚。

这时妹妹一把将他从人群中搭救拉走，嘴里嘟囔："好丢人啊。出这种风头。如果可以，我真的希望可以不是你的妹妹。"再有人看过来，丁丁就把头埋得低低的，那意思是：虽然我们是孪生，但我们不一样。

这时，一群女孩子迎面走来，擦身而过，再走远。非常神气、炫耀、优越。她们是校园热切目光所捕捉的尤物，笼罩在校园一大片的注目礼中。丁丁猛地收住脚，自己和她们在学校的形象、地位有天壤之别。她往边上退了退，使劲盯着她们看，丁丁感到一种柔软的压迫。

海海到图书馆是去做一件事情，他要继续研究刚才课堂上的内容。他查了查资料，结果发现美国青少年百分之九十五在十七岁之前已有性经验；男生发生第一次性交行为平均年龄为十五六岁，少女为十七八岁。这还不包括性交以前的口交和身体接触。这数字在不同族裔的学生中也有所不同，黑人学生平均在十二岁半便初尝性的滋味。

这个数据让海海差点跌破眼镜，那难怪同学们会笑成那样了。海海愤愤地想：看看这个文化有多堕落吧。可是在这愤愤情绪的后面，海海顿时有一种失落，一种被压制的柔软，他说不清这是一种什么情绪，有点觉得比同龄的美国孩子落后了，非主流了，非大众了。

此后几天，海海感觉大家的眼神怪怪的。他感觉自己的名字，淋漓着新鲜温热的唾液在汪汪一片湿润的唇舌间滚来滚去。那些眼神是没有责任感，不承担后果的，所以便有些随心所欲。

刚上完体育课，海海发现他的眼镜不见了，叫丁丁帮着找。兄妹俩蹲在运动场上惊慌地四处搜寻着，这时就听见一阵阵的嘲笑声，随着笑声望去，几个华裔女生站成一小圈聊天，看见这对双胞胎兄妹满地找眼镜，彼此交换一个神秘的眼神，然后鬼鬼祟祟肩并肩地更紧密。她们一边说，一边瞟两眼兄妹俩，指指点点，然后大笑。说什么已经变得不那么可怕，可怕的是她们说的方式、气焰和氛围。吐出来的不再是单纯字句，而是一股一股杀伤力很强的毒气流。

丁丁说："肯定是被她们藏起来了。她们又在说我们坏话了。"

在这个浑身不适，需要极度妥协、忍耐的时候，海海就这样紧紧地搓自己的裤腿。这也是一个不适的动作，需要全副精力去做。他就这样以一个小不适去缓解一种更大的不适，去抵拼自己在这个校园文化下的不得当、不谐调。他生性敏感，没有一刻不体味到他与这里之间的不适状态，只能这样紧抓着自己的裤腿去分散、承受压力。

丁丁先忍不住，走过去用中文说："你们在说我们吗？"

"你说什么？我们听不懂。"她们其中几个明明听得懂中文，只是装不懂罢了。她们用英语制造一种高贵。

"你们是不是在说我们？"丁丁只能改用英语。

"你听见什么了吗？"

"没有，但是我知道你们在说我们。你们这样是不对的。你们伤害了我们。这是不公平的。"丁丁刚来美国不久，也已经学会了美国孩子那几句著名的口头禅，比如你们伤害了我，比如这是不公平的。

"你在说什么呀？我们什么都没做。不要太敏感了，绿豆眼、红豆眼。"

她们还给兄妹俩起了两个绰号！

海海也走过来了，他本是想把妹妹拉走，这时却听见几个亚洲女生笑着说："嗨，中国男人。"其中一个女生还用拇指与食指架成"L"形顶到头顶，这是他们对loser（输者）的招呼。

董海慢慢地也悟出味来：他做不做那档子事，对这个社会风气没有任何贡献、破坏或参与。他扯着脖子与人谈贞操是一个很蠢的场面，只会让大家觉得他莫明其妙、古怪虚伪，甚至无能 —— 一个女人都搞不到，还好意思到这里讨表扬？

中国文化中男人那种不近女色的正派，在这个文化中是不受认同的，甚至是被嘲笑的。在这里一个人如果没有人追求，没有人喜欢，尤其一个男生找不到女朋友，只能说明他毫无魅力。看一些好莱坞的影片，发现亚洲男人在好莱坞的电影里都是一些非常可笑而卑下的角色，比如他不小心碰了女人的胸脯，然后吓得缩回来；有女人挑逗他，他也是木讷得一动不动。海海以前是把他们当作正人君子来欣赏的，现在他却觉得这种所谓的坐怀不乱是好莱坞在讽刺亚洲男人不够阳刚，不像男人。

现在几个女孩当众戏谑他，更是证实了这种不阳刚。海海一向不理睬这些流言蜚语，最多就一副老学究的样子，又理直气壮又理屈词穷地在心里回敬：难怪孔子说小人与女人难养也。可是这几个亚洲女生的气焰太嚣张了，他狠狠地说了一句："没有爱国精神。"

董海想说的是：把亚洲男人讲成这个样子对你们有什么好处？你们拼命地巴结白种人，特别是白种男人，就能漂白你们的黄皮肤吗？亚洲男生在西方社会处境的尴尬，亚洲女人绝对逃不了干系，你们这种做法无异于助纣为虐。

"什么？你在说什么？"

这回她们是真听不懂了。这几个华裔女生都是四五岁就来美国了，或者是美国出生的。都是香蕉人，外黄内白。"爱国"这个词对她们本来就陌生，最主要的是她们不知道该爱哪个国。

"这个跟爱国有什么关系？"她们困惑地追问。

这倒把海海给问愣住了，是呀，他们有什么共同语言？海海郁闷地走开，那张女性小巧的嘴唇下撇得更加严重，显出他不屑再辩解，他气息奄奄地容忍。这时忽然看见观众中有一张同情的面孔，是艾丽雅。他不希望在这种时候见到自己喜欢的女孩子，但他还想对她笑一下，表示他并不和这些无知、肤浅的同龄人一般见识，他们懂什么？！而海海没有做到自己希望的坚强与老练，让艾丽雅看到的恰是他企图掩藏的冲天的委屈。

"其实你真的不需要太在乎别人的看法。你这样，不是拿别人的错误在惩罚自己吗？"学生腔来了，几缕摩挲薄薄的头发飘过来缠绕她的脸庞，艾丽雅被自己的学生腔弄得心里一片慷慨陈词，继续发表演讲，"我们到学校上学就好像到麦当劳买汉堡包，你难道会在乎排队买汉堡包的人喜不喜欢你？领了汉堡走人就完了。"

"这些道理我也懂，可是我就是在乎别人的看法。"

"海，你根本不须理会他们。他们的骄傲不堪一击。今天美国科技业，尤其电脑业那些成功人士，多数是在中学被那些打篮球、橄榄球的男生讥笑为书呆子的人，也没有女孩子喜欢。可是现在怎么样了呢？这些书呆子都成为亿万富翁了，身边美女如云。那些当年嘲笑他们的同学，当年在麦当劳打工，今天还在麦当劳打工。他们只能在电视上看到这些亿万富翁。你没听过一句名言吗——这个天下是我们书呆子的天下？"艾丽雅的说教已经有纵深的趋势。这些理论是她被这样教导的，也是她的亲身经历，于是讲起来，更加地声色俱全，发自肺腑，"海，不要试图牺牲自己的优秀和理念来换取廉价的友谊。我上幼儿园老师要我们画画。我画了一幅画，老师给了0分。他说水池里怎么可以有鸟呢？我说就是有，我看见了。我拉老师到水池边，老师看见了水池里的鸟的倒影。他很感动，给0前加了一个10，就是100分。他说，以后你认为自己是对的就要坚持。海，这是一所很普通的中学，将来到了哈佛，像我们这样的书呆子多了，我们就不会孤独了，而是如鱼得水。"

学生腔的艾丽雅一定就管这些叫真理。学生腔的海海被学生腔的艾丽雅打动了："慢点，我得拿支笔记下来。"

想想，艾丽雅和海海真是般配，全都是这么学生腔，而且这样将学生腔当回事，除了对方，谁受得了他们。

"艾丽雅，谢谢你。"

"我们是好朋友呀。"艾丽雅说完就笑着走了。

海海听了这话，心中一动，不免朝她看去。她大大方方地转过头来，向他淡淡一笑，很有分寸，眉眼开朗得很。

他想，女孩子见了世面，有了自信，就是这么大方得体。他又想，她大概就是女生们说的那种"完美女孩"，毫无邪恶思想，说话细声细气，善良仁慈，每个人都想跟她在一起。她是学校人缘最好的亚裔女生。人缘好的女生多半是这种特别真诚、却不是特别出色的，太出色的女生让男生不敢想入非非，也让女生防范嫉妒。像她这样就好，把自己运用到极致，一点也不浪费她的聪明、美貌和性情，就连她的那一点平庸也被她恰到好处地运用成亲和力。

艾丽雅的学生腔只是让海海从理论上释怀。看着艾丽雅走远，头也不回，她越是坚定，他越觉得这番慷慨陈词如隔靴搔痒——虽是一股甘甜的泉源，却远水解不了近渴。而真正带海海走出现实窘境的却是那个叫雯妮莎的少女。而此时雯妮莎还只是若隐若现的一个影子,却已如同沙盘上的小橡皮人,具着丰富而莫测的暗示性。

海海只是在自认为安全又隐蔽的地方,暗暗地、怯生生地欣赏着她,用心灵、用目光静静地爱着她,却不奢望实质地拥有她。他甚至不期望她回望他,他吃不消她那大胆而横行霸道的目光。就让他远远地、不被惊动地观察与暗恋吧。秘密地观察,秘密地思念,秘密地恋爱。秘密的情感只能秘密地进行。

海海的心事,这时是连他自己都不懂的。他不明白自己怎么了,莫明其妙地高兴,又莫明其妙地难过。这种无望的爱是他的伤感,也是他的欢乐。因为无望,无法得到回报,从此他伤心难过;也因为无望,便不期待回报,从此他也没有因为无回报而产生的伤心。

兄妹俩本来不太被注意,现在则备受注目,只是这种注目让他们的处境更加卑微,甚至是受戏谑的。身边充斥着暗号、纸条和充满意味的眼神,像陈腐的空气般令人窒息,像上课的钟声一样令人讨厌,总是带着阴沉之气。这阴沉气,不像"滚回亚洲去"那么真刀真枪,带着对决的性质。如果再来一声"滚回亚洲去",便可上升到校园暴力这一档,或者进入种族歧视这个大帽子。它不是,却暗度陈仓、自行其是,生命力无比旺盛。

这段时期,兄妹俩感觉四面楚歌,十面埋伏。两人都吁了口气,少年人的那种吁气,无奈不甘中藏着一个揭竿再起的念头,只是表现的形式不同。海海毕竟是个男生,而且自认比同龄人深刻的那一种,做人行事的原则总讲一些城府。丁丁才不管那么多,敢想敢做、敢爱敢恨。可结果是殊途同归的,都是渴望受欢迎、被认同。终于双胞胎的情绪在同一个周末暴发了:突然哥哥自己修剪头发,妹妹自己修剪衣服。

海海内心也渴望受认同,表面上却摆出大量的姿态向自己、向别人否定这个追求,装得满不在乎、追求淡泊。虽然掌握着大量的哲理来疏导自己,像什么优秀不是免费的,它的代价包括高山流水和曲高和寡,什么outstanding就是stand out(出色就是出列)。但毕竟是个十四岁的孩子,他同样是希望跻身于受欢迎的行列,就是像班上那个叫彼得的又高又帅又会玩的男生。

丁丁的表现更加直接一点，每天都是一副雄心勃勃又气急败坏的样子。她又看见那群神气自信的五人党。她们一样的身材，一样的神情，一样的走路姿势：昂扬下巴，抬平肩膀，肩不动，用腰肢带动臀部扭动，从后面看这五个女孩子的臀部一扭一扭的，像水波一样。她们就是年级里最有权力最受注目的五人党——代表时尚漂亮、受欢迎，和有最多男朋友的那一群女生。

这样一群气势磅礴的女孩子，无疑使丁丁这个开始注重视觉效果的十四岁少女倾倒，她对她们的公然打扮吃惊极了，也羡慕极了。她的心已经被收服了，而且唤醒了。她想起自己在国内就是那种爱美、爱显现的女孩子，却老是被老师数落、管制。她曾经把头发染成淡黄色，班主任当着全班同学的面讽刺她："今天咱们班上来了一个黄头发的外国人，大家用掌声欢迎她。"老师批评她这叫"崇洋媚外"，而且命令她必须把头发染回来，否则就不让进学校。中国老师的脾气很大，动不动就把父母叫到学校训话。丁丁现在感觉中国应试教育对学生人性的摧残。丁丁在用"人性""摧残"这几顶大帽子的时候一点儿也不觉得过分，她想既然老师可以把臭美染头发上纲上线到"崇洋媚外"，那么她也可以还他们一个大帽子。现在丁丁觉得她本来就是那群气势磅礴的女孩子中的一员，以前只不过被迫掩盖了起来，现在她终于可以张扬，就是像五人党那样。某种意义上讲她更像珍娜，而不是丁丁。因为珍娜是自由的，随心所欲的。

丁丁一天到晚琢磨的就是如何才能受欢迎。丁丁将自己不受欢迎归咎于自己的保守。这里中学女生就开始擦口红，画眼线，都是中国中学校园要记过的行为。在中国如果哪个女生突然打扮成熟，老师会笑笑地讥讽地看着她，一句话不用说，女生已经被那目光击垮了。有时候老师会很嘲讽地说："好成熟哦。"那是对中学女生莫大的侮辱，成熟就意味着不纯洁了，变坏了，而美国女生将"成熟"视为恭维。现在丁丁认为自己可以合情合理地追求这种成熟了，她认为自己衣服虽然也很漂亮，却过于保守。这明显地与五人党的风格不符。与五人党的风格不符就是与潮流不符。

于是丁丁再一次坐在客厅的沙发上等爸爸。说来也有意思，她每次等董勇都是碰上董勇丢工作的时候。

董勇又出门找工作了。凡挂着牌子"HELP WANTED"，都进去问，他想只要听到个"要"字，那什么都有了着落。可一连数天都没有听到这个字。最后董勇又厚着脸皮回到餐馆，当他这个四十岁的大男人像小姑娘一样红着脸、端着肩，向餐馆老板索回工作时，董勇感觉自己的自尊正扭曲地痛着。餐馆老板非常重感情地拍拍他的肩，一个浪子突然意识到错误，作为过来人的老板得原谅他。可是没几天，董勇又没了工作。这次不是他炒了老板，而是老板炒了他。今天在厨房切菜时不小心切到了手指，血流满了砧板，老板吓得连忙叫他回家休息，其实就是不要再来了。

董勇沮丧地回到家，看见女儿小样兮兮地坐在灯下等他。"又在等爸爸啊？"他本期望女儿说些暖心的话。丁丁上来就说："是的。我的生日快到了，爸爸，我想跟你要点钱去买新衣服。"

董勇不耐烦地挥挥手："这事跟你妈说去。爸爸现在做不了主。"

潘凤霞回家了，揉着肩道："真累，真想不干了。"董勇在厨房切菜做饭。丁丁又跑过来说："妈，我要买衣服。我要买衣服。我要买衣服。"

"叫什么叫？你妈又没聋。"

"我要买衣服。同学们都笑我们是FOB。"

"什么意思？"

"刚下船的。"

"刚下船的？什么意思？"

"就是说我们土。"

"家里连下个月的房租都交不出来了，你们再等几个月吧，等家里经济好些，再带你们去买衣服。"

"不，我现在就要。我的生日快到了，我想要新衣服做礼物。"

"生日快到了？那可以考虑一下。海海，你也想买衣服做生日礼物吗？"

"你们给妹妹买衣服就好了。我不需要。女孩子就是爱臭美。"

"那你要什么生日礼物？"

海没头没脑地来了这么一句："我想回国去。"

"怎么了？"潘凤霞突然停下手上的活，扭过头，嘴唇上鼓着燎泡。

"我不喜欢这里。"海海竟然轻描淡写。

"为什么?"母亲还是那样小心地微笑。

"我怀念中国。"

这么一句简单陈述的同时,海海的心理活动又进行上了:

在美国的这些日子,我非常怀念在中国的时光,想念中国的同学、老师,因为只有他们才能证实我的鹤立鸡群。人人都说中国的应试教育有多糟糕,多么要不得,可我喜欢中国学校的规矩与气氛,准确地讲是因为它比较适合我这种读死书的学生。我也知道中国学校有许多东西是很糟糕的,怎么讲?用一个比较大的词,就是压抑人性,比如成山成海的作业,没完没了的考试,比如老师不近人情的批评,甚至粗暴的教育方式。可是我不怕,学业繁重恰恰是我施展才能的机会;老师批评的只是那些调皮捣蛋的差学生,从来不说我,因为我的成绩一直是最好的,也一直是老师最得意的学生。在课堂上老师每问一个问题,会不由自主地看一眼我,看看我的反应,甚至有点征求我意见的意思。那种感觉真好。就是因为成绩特别好,我被封为学校的"四大才子"之一,班上几个最漂亮的女生都挺崇拜我的。想想那时我在国内多如鱼得水呀,多风光得意啊,老师宠着我,同学们佩服我,女孩子们喜欢我。现在我在这里的学校,所有的优势都不见了,劣势却加倍明显。我的成绩照样很好,但并不因此被崇拜,反而被他们说成书呆子。美国中学并不像中国那样重视成绩,大家顶多说一声,那是个成绩很好的人。这种褒奖中多少带着一点贬义与嘲笑。我并不擅长的东西,比如打球,比如社交,这些劣势更加突出。美国女孩不会喜欢我这种类型的男孩子,美国女生喜欢的都是什么橄榄球队员,就是那种四肢健美发达的男生。就是我们班上那个叫彼得那样的男生。

海海发现:自己以前认为有价值的东西到了这边会变得一文不值。现在他越来越明白这种文化差异了,就把自己看做是这个文化差异的受害者,被遗弃的,像个边角料。以前他是那个世界的中心,现在成了这个世界裁剩的边角料。

海海的内心进行了这么一大段独白,可是说出口的永远是简短的句式。他说:"我可能并不适合美国的教育制度。"

可这样的一句话就已经把文化程度不高的父母听晕过去了。

"美国的教育制度怎么了？"潘凤霞紧张而认真地问，"中国教一加一等于二，这里难道不是这样教的吗？"

海海又轻蔑又宽容地笑笑，说："美国的教育制度太松了，太不注重成绩。别看美国如此强大，但是每年都需要从世界各地引进人才。美国再这样下去，不出五十年肯定要垮。"

潘凤霞觉得海海就像当年学潮中做演讲的五四青年，有副目空一切，自己都对自己肃然起敬的样子。她只是很欣赏地看着他，轻轻点着头，尽管很多时间没有点对地方，但是潘凤霞觉得听不懂就挺好的。

海海见他妈妈蠢里蠢气地瞪着他，似懂非懂的样子。他的慷慨陈词一下子没了，母亲自己的教育是不完整的，她所能做的就是把孩子带到可以给他们完整教育的地方。那么他对她吼什么？海海想到这一层，也就想明白了，想伤心了。

"好了，你们都进屋做作业去。"潘凤霞把两个孩子打发走，转身大声地冲厨房说，"饭做好了吗？"

"快了。"董勇背对着潘凤霞说。

"不是跟你说了吗？以后吃饭要简单一点。中国人就是这样，做饭用去两个小时，吃饭只用两分钟。美国人是做饭两分钟，吃上两个小时。中国人还说什么民以食为天，看看中国人的那点境界吧。吃饭就像做运动、睡眠一样，目的不是用来享受的，是为了健康的需要。"潘凤霞一边说，一边向厨房走，"董勇，你要与时俱进。"

董勇坚持给她一个背影。潘凤霞走上前，董勇就转过身，她看到的只是一墙孤单的背脊。

"你怎么了？"她更好奇了，想扳过他，又扳不过他。

"没事。"他说。

"随便你。"说完转身要走，就在他放松警惕的时候，猛地转到他面前，才看见他的手上缠着纱布。

她尖叫："怎么了？董勇，发生什么事了？"

董勇一带而过："被菜刀切到了。今天切菜时心情有点乱就切到自己手指头了。不过不要紧，已经上了药，包过了。"

潘凤霞打开纱布，看见食指上深深的切口，被削下了小指甲盖那么大小的一块。潘凤霞倒吸了一口气，闭着眼睛摇了半天的头。她很心疼、很心疼地把董勇拉到椅子上，揽入怀中，拍拍他的肩，捋捋他乱卷而激动的头发，亲亲他的额头。动作轻巧而娴熟。

她问："疼吗？"

他说："刚开始快把我疼晕了。"

她问："现在还疼吗？"

他说："现在不疼了。"

她说："那你怎么不说？"

他说："嗨，小事。"

她小声地在他耳朵嘘道："没事了没事了。"那股子热气进了他的耳朵和后颈，像在安抚一个受委屈的孩子。潘凤霞像一只张开翅膀的母鸡，一身的勇气与母爱，现在需要她保护的不仅是她的一双子女，而且还包括她的丈夫。弱小身躯的她总在救死扶伤，她觉得自己很壮烈。

他说餐馆老板说这几天他就不用去了，让他在家休息几天。她说没事，那就在家里休息几天。他又说其实就是把他给炒了。她有片刻的迟疑，一会儿后说不急，她现在赚的钱还能维持一阵子。他还想说什么，她把食指竖在嘴唇上，嘘嘘地让他安静。

他还想说的是：今天餐馆老板给了他三百块钱买"营养品"，但他没要，老板还是硬塞给他。结果回家的路上被几个黑人给抢了，他们冲着他喊buck，他不知道buck就是钱，他们又喊money，他这才听懂，赶紧把钱都给了他们。他现在也不知道该后悔要那三百块钱，还是该感谢那三百块钱救了他，否则可能今天就回不来了。

他抬头看她，看到她眼中母性的悲壮和过剩的悲天悯人，那种刚柔并存的母性光辉。他还感觉到潘凤霞湿热的泪水，可是她的泪水并没有真正滋润到他的心田，他心里的苦她并不懂，她可能永远也不会懂。他的整个存在就是一个伤痛。所以这个伤痛变得并不存在，又变得无处不在。他急躁而无奈地按捺自己，等潘凤霞完成她母性的使命，他好离开这个造型，去真正地安抚自己内心的苦楚。

这个母鸡护小鸡的造型对他们双方都是一个障碍。障碍在当天晚上就表现出来了。那个造型就像一个阴影笼罩着他们；它沉重而陌生地躺在他们中间。她的目光比以往任何时候都更加温存和渴望，这反而让他如履薄冰。

他不行了。他在床上已经不行了。

先是潘凤霞去拉扯他，这拉扯里有很强的要求与暗示。董勇也配合地抱住潘凤霞。两个人都很努力地让对方满意，像操练似的颠三倒四做着一些动作。越来越像例行公事，同时，越来越没有欲望。

这曾经是他们的看家本领。他们以前就跟玩似的，精力旺盛，率性行事。白天在台上演梁祝，晚上回家在被窝里接着演梁祝。他非常细致周到，很会讨女人欢心，把她的感觉看得很重，能呼唤起她的全部激情。每次完事，她都感觉灵魂出窍，飘了起来，肉体的敏感使整个人微微地抽搐。董勇自己则会得意地说："这是我的强项。"

现在怎么成了这个样子？

潘凤霞沮丧而狠狠地说："你是真的不行了？还是跟我不行了？"

"我跟谁都不行了。"董勇自我嘲讽道，"我发现男人承认了这一点后很舒服的。"

BUHUI YOUYONG DE YU

不 会 游 泳 的 鱼

第四章

我不知道自己在哪里

第二天是周末，潘凤霞给他们父子理发。他们没来美国时就听说美国理发贵，带了全套的理发工具。等潘凤霞理完头，这对父子也能成了双胞胎。不过一想到出去理发要花钱，他们就宁愿省钱当双胞胎了。

潘凤霞看着她儿子，那是一个不满十五岁的少年，还没发育成熟，哪里都单单薄薄。这块头在亚洲可能还算是中等，可跟美国孩子一比就显得又瘦又小。他没能像他父亲那么壮实，而且也看不出来有一天能像他父亲那么壮实。

她的眼睛就那样看着他。她说："等我们将来上了哈佛，妈妈就不会这么辛苦了。"

"是我，不是我们。"海海略带不耐烦地纠正。

潘凤霞没脾气地笑笑，美滋滋地接受意见。她从来不说"能考上吗？""有信心吗？"，在她看来，那是情理之中的事情。像她这样没受过太多教育的母亲，越是迷信哈佛。好像美国也就因为有了哈佛才值得她来，才值得她带儿子来。

"等你们都当了医生律师了，妈妈就不用去给别人打工了。"

"谁要当医生律师了？"海海又是闷气的一声。

"那当工程师也行。"

他有点埋怨母亲，他喜欢的东西为什么她也喜欢，搞得他想作对都不可能。其实就算他们喜欢的不一样，他也是无力反抗父母的。

"爸爸妈妈可全是为了你们活着啊。"

海海想：这真是奇了怪了，我还以为我是为你们活着的呢。

"你要记住，爸爸妈妈来美国全是为了你们。你想啊，爸爸妈妈在国内哪里会需要到餐馆里打工啊。我们以前可是唱戏的，台下多少人捧着，现在跑来给别人端盘子、洗碗。理解那种心理反差吗？所以你们一定要有出息，千万不能辜负了我们。"

她认为这些是孩子们应该聆听且牢记的，可是海海远没有她希望的虔诚，有一搭没一搭地听着。

"记住了没？"

"记住什么？"

"记住什么？记住不要老是玩玩玩，玩能玩出个科学家来吗？不要把时间荒废掉，将来白了少年头，空悲切。"

海海觉得冤，可不是吗？他觉得自己都快成鱼了，因为它们是最勤劳的动物，终日勤劳奔波游着，休息还一只眼睁着。就算是木鱼也得被和尚从早到晚敲。他抗议示威道："我什么时候玩过了？"

潘凤霞立刻比他还伤心，哭天抹泪道："现在说说你都不行了。妈妈真是白辛苦了，在美国这么辛苦，父母省吃俭用，都是为了谁？都是图什么？可能我对你太严了，那只是因为这个世界是严酷的。我只是希望你对这个世界有所准备。"

儿子让她心碎。她不要孩子偿还她，但孩子得知道他们欠了她。四十岁的潘凤霞立刻变成了十四岁，她与儿子赌气：看谁先和好？看谁先软下来？

海海知道这无止境的负疚之旅又开始了。他只好按捺住自己，不再多言，否则妈妈只会越演越烈。他有点怜悯、有点鄙夷、有点哄骗地说："好了，好了，知道了。"

"知道错了？"潘凤霞不依不饶地说。

海海皱着眉"嗯"了一声，木讷地把脸转向另一边。像是屈打成招，被迫地接受某种罪名。他也惯了。他还能怎样？总是自己的母亲。十四的儿子开始成大人了，知道得把母亲当女士来谦让。

潘凤霞立刻像占了上风一样："我原谅你。你现在正在青春期，正在愤青，我不同你计较。等我到了更年期，你也得原谅我。"

"为什么？"

"因为女人到了更年期脾气也很古怪。"

"那你什么时候到更年期？"

"大概还有十来年吧。"

"那时我得搬得远点。"海海脸上突然来了个坏笑。

潘凤霞温存地在他的头上打了一下，海海的头随势一偏。潘凤霞又说："别动。不然剪到耳朵了。"潘凤霞圆着嘴型"嘘"着让他老实下来，像是告诫一个调皮捣蛋的孩子老实一点，别给辛苦的长辈添更多的麻烦。

海海果然老实下来，不动，也不说话，木木地坐在那里。潘凤霞放心地一笑，开始梳理他的头发，顺理前，她先把他的头发揉乱，再抹平。像一个小女孩儿兴致勃勃地逗弄小猫小狗的毛发。

散漫的光线从他身边斜斜地打下，使他的身影模糊起来，一个大脑袋小身子的影子打在墙上。海海愣愣地盯着自己的影子想，自己什么时候才能站起来？

"快了，快了。"潘凤霞敷衍地应道。

他是一个沉默寡言的孩子，全是心理活动。他父亲也这样，但是有表情，儿子连表情也省略了。他只是耐心地按捺住自己，急躁地等妈妈剪完它，他好马上破坏它。

"好了，看看吧。"潘凤霞举着镜子殷勤地说。

海海看也不看，"噌"地站起来，墙上的影子倏地变高变大了，似乎一瞬间从孩子跨到了成人。转身就回了自己房间。

这时已经轮到董勇坐在含有儿子体温的椅子上，等着剃头。董勇的头发油油的，很长时间没洗了，同时他正抽着烟，他又在室内抽烟，而且不征求别人的同意。来了美国，她突然很有维权的意识，觉得这些真正的文明她从来没有在这个没有进步的中国男人那享受到，是她作为女人的一大失败。她突然没有兴致给他剪头发。

"妈妈，你什么时候带我去买衣服啊？"这时丁丁又跑出来。

"以后再说吧。"

"昨天你不是答应了吗？"

"昨天是昨天，今天情况变了。"

"什么情况？"

"你爸爸丢了工作。"

丁丁声泪俱下道："我要买衣服，我不想再穿这些中国的衣服了。来美国这么久了从来没有买过一件美国的衣服。"

"怎么了？这些衣服怎么了？我看很漂亮嘛。"

董勇坐在椅子上，顶着修剪了一半的阴阳头说："就算在美国买衣服，还不是买中国生产的衣服，所以不要瞎崇洋媚外。"

"那我也要。"

夫妇两人交换了一个眼神，说："你说这养儿育女都图个什么吧。就图这个？！"

"要钱买衣服是不是？"潘凤霞突然抓起董勇受伤的手指伸到女儿面前："看到没有 —— 你爸爸为了赚钱养活你们把自己的手指都切了。"

董勇的手指被潘凤霞的拳头攥着，只留那损伤的食指在外面。董勇想收回来，潘凤霞不肯，暗中使了力攥得更紧。那种苦肉计让他生厌。潘凤霞这样在孩子面前展示自己的伤口，将他在这个家里残存的那点尊严全剥下来了。

丁丁果然立刻半是惊吓半是恶心地大叫一声"爸爸"。

潘凤霞正中下怀说："你们一定要懂事。你们知道，现在家里很困难，爸爸没有了工作，家里全靠妈妈的那点小费。要知道现在连下个月的房租还没有凑齐。所以你们一定要懂事，要争气。不要找麻烦。"

"妈妈，我不是这个意思，我只是很想有一些新衣服。"

潘凤霞用手拍拍女儿的肩，她的手火热火热，让丁丁觉得自己再发牢骚就是不懂事了："你要学你哥哥，你哥多听话啊，从来不提这种过分的要求。"

正说着，海海就从房间出来了，潘凤霞扭过头看了一眼，接着再次扭过头来，长久地盯着海海。海海的乖宝宝头不见了，替而代之的是逼她发火的那种鸡冠乱发。

原来他回自己房间后，四处找剪子，最后他拿起一把剪子，是剪衣服用的，顾不了那么多了。这个齐整的头型使海海太符合中国好孩子的形象，他下意识破坏的也就是那个固有的形象。天性中的内向、木讷本来是可以被掩饰的，来到一个新环境，甚至可以重新开始，可是他从第一天就以这个与周围不协调的头型出现，他也就开始了他孤独少年的秋天。

潘凤霞还没来得及发火，丁丁大叫："哇噻，哥你今天好有型啊。"又冲母亲挤眉弄眼道，"我是要好好学学我哥。"

潘凤霞有点理屈却自找台阶说："这种发式最不需要技术了，我闭着眼睛也能剪出来。"她的意思是不把儿子的反叛宣言当回事儿。

海海瞅了母亲一眼，意思是那你怎么不给我剪这样的头。

"你这样蓬头垢面地怎么去上学？"

"以前那个像西瓜瓢的头发才没法去学校呢。"海海突然顶起嘴来，他感觉那个叫"雯妮莎"的美国少女在暗中支持着他。

潘凤霞叹了口气，想，他们正在愤青 —— 处于把正常当作不正常的东西来仇恨，把极端当作平常来接受的年纪。

海海说不清楚这个情绪是从什么时候开始的。可能是从搬到这里开始，也可能是从进入这所中学开始，还可能更早，从中国就开始了，只是没有被觉察出来，更可能是从母亲给他剪了这个可笑的头开始。他不记得他以前是否反抗过这个老土的头式，海海想他一定反抗过，但是母亲叫他听话，别动，不然就剪到耳朵了。同时，她半闭眼帘，一边温存着摇头，一边拧正他的头，然后她暖洋洋的呼吸吹在他头上，她的目光也暖洋洋地打在他的头上。海海就安静了下来。一直有一份温存而压抑的爱伴随着他的成长，他不是没闹过，再闹也终是抵不过这份温情又抑制的母爱。他不愿意再想，一想全是被压抑得钝钝的成长故事。他倒也看开了，习惯了。人生一世，草生一秋，不就是那么回事。他想没什么大不了的。十几年下来，他竟有了几十岁人的那种心灰意冷。

现在那种反抗的意识到了美国却又死灰复燃了，似乎一个沉睡的孩子从梦中惊醒，再也无法入眠。他再不想当那个乖小孩了。他新来初到也已经嗅出另一种文化气息：他的那种中国乖孩子形象在这个文化下，是不被认同的，甚至是被嘲笑的。这个可笑的发型就是一个例证，当他拿起剪子的那一刻，突然有种自我更正的觉醒。越想越为自己心疼，想起自己的成长都是才华、性情被压抑的故事。比如他是一个左撇子，父母在他七岁那年强行把他拧正，那实在是很痛心的经历。为什么不能用左手写字？这个问题他到现在都想不明白。当时父母给他的答复是因为大家都用右手写字，他到美国发现了好多的左撇子，突然心血来潮试图用左手写字，已经不能办到了。再比如他记得老师每年给他的学期评语永远是"优秀""思想健康"，现在他越来越不明白，什么叫做"思想健康"？表现出来的东西能完全叫做"思想"吗？他的思想又凭什么由别人来评定？

父母正为海海的新发型发愁，丁丁又叫："爸妈，你们如果不给我买新衣服，我也要学哥哥那样自己改衣服了。"

"你们要干什么？一个嚷着要买衣服，一个自己剪头发。你们要造反吗？"潘凤霞气鼓鼓地说。

董勇劝她："好了，孩子到这年纪就是这个样子。要新衣服也是正常的，就答应了吧，想别人家的孩子还不是要什么有什么。"

"如果不是你丢了工作，我当然可以答应她。"

董勇想，说到底，潘凤霞气的不是孩子，还是他。

"行，我给我女儿买，我这个月烟不抽了，行了吧，大不了，我卖血去，行了吧？"董勇一蹬脚从椅子上站起来，一扯剪头发的围衣，大叫着说。

吵到了最后又成了夫妻之争，丁丁莫明其妙地看着父母："为什么每次从我这都可以吵到你们那去？"

最后趁着两个孩子十五岁生日，父母俩一商量决定带双胞胎去商场。

潘凤霞挑了件服装，她认为适当地表现了青少年朝气蓬勃的精神面貌，丁丁翻了下白眼球，用中文叫了声"天啊"，又用英语叫了声"耶稣基督"，扭头就走。丁丁的追随潮流是照本宣科的，照谁的本？当然是五人党的本。对于新环境的潮流，丁丁尚未形成自己的见解，更无法创造发明，只是忠心耿耿地追随，就连她们随意的一个扎头发的方式也让她反复练习了几次。比如五人党成员刚刚跑完步，将两只球鞋用一根鞋带串着挂在脖间；或者她们将短袖衫穿在长袖外面，露出两色的袖子，丁丁都当作一种时髦效法，也不追究所以然，全盘接受。

她从她们身上得到新的审美尺度，以前的审美观瞬间被纠正了。丁丁根据新的审美标准，挑了一件窄小无比的小背心套上，露出上个月刚刚形成的双乳间浅显的细沟。她把两个乳房往中间推了推，试图挤出个更深的沟槽。自己站在镜子前自我陶醉，这样一幅画面出现了：她与五人党肩并肩地穿过校园，梳一样的发式，穿一样的服装。她想如果能与学校最受欢迎的女生交上朋友，那么她也会受欢迎。

"这件衣服不能买，买了也不能穿。"董勇一声大叫，把还陶醉在新形象里的丁丁给叫醒了，"这是什么混账国家，让中学生小小年纪就这么不学好，整天把'性感'这种词挂在嘴边。"

"我就要买这件衣服。"

"天啊，你这个小暴露狂，你们学校难道允许你们穿这样的衣服吗？"潘凤霞问。

"当然。"丁丁说，她心里想，学校何止允许他们穿这种衣服，学校还允许他们做爱。"爸爸妈妈，你们要与时俱进，不然会被人叫做'刚下船的'。"

"对不起，就算在船上待着，也不能穿这种衣服。如果你现在就穿这种衣服，你知道你会长成什么人吗？"

"什么人？"

"妓女。"

丁丁翻着白眼，一副懒得辩驳的没力气没脾气的样子，突然说起英语："闭嘴。"

"你不要在我们面前讲英语。特德行，特让人讨厌。"

"我就知道你们今天带我买衣服，免不了一大堆的教训。好像担心我太快乐了，总要说几句把我搞不快乐了，你们才快乐。你们就是认为中学生不能太快乐，太快乐了就会变坏。我简直拿你们没有办法。"

丁丁每挑一件衣服，就会听见一个声音在纠正她："这个后背全露了""这个袖口还没上呢""这个肚皮全看到了"，最后对方让步、妥协，好不容易拎了两件出来。丁丁穿着新买的衣服，将旧衣服放在袋子里，这样看起来似乎有了更多的衣服。一家人准备离开商场，迎面撞上艾丽雅和她的父亲。

"老板。"潘凤霞叫。

"艾丽雅。"丁丁叫。

两声一叫完，董家母女相望，有点云里雾里的感觉，好像有一道微积分潜藏其中，很快答案就演算出来了：三个孩子是同学，潘凤霞在艾丽雅父亲开的中餐馆打工。

潘凤霞高兴地说："这么巧啊。你女儿叫什么？"

"艾丽雅。"

"艾什么？"董勇又问一遍。

"艾丽雅。"丁丁不耐烦地说，嫌爸爸连个外国名字都说不好。

"艾丽雅，真是好教养。"潘凤霞说，指着艾丽雅对丁丁说，"你要多跟人家学习。"

"丁丁，请同学来家里玩。"董勇说。

"谢谢，有空也请你们到我们家玩吧。"艾丽雅说。

"好的。好的。"潘凤霞笑道。

两家人分开后，潘凤霞还在与董勇饶舌："没想到，他女儿和他们一个学校。艾丽雅真是个好孩子，每个周末都在父亲餐馆帮忙，也会帮客人点菜，虽然是越南人，还会写几个中文，只是好不容易会几个中文字，全是餐馆用词，而且全是错别字，鸡丁写成几丁，虾写成下。"

夫妇俩笑了，这时突然听见很冷艳的女声，"爸妈，你们不应该随便请人家到家里。"

夫妇俩顺着女声寻去，发现这陌生的喉咙是他们女儿的，女儿就在商场里完成了变声。

潘凤霞在这声音中摆正个身子，缓下个脚步，两眼一阵茫然，问："怎么了？"

"你都不知道人家家里多有钱。你都不知道艾丽雅开的是什么车。"

董勇一脸糊涂地追问："她家里有钱跟请她来家里有什么关系？"

"所以我们玩不到一起。"丁丁有一句潜台词：咱们家多寒酸啊，多丢人啊。意思太明显不过，不说也等于说了。

丁丁又说："还有你们不要再叫我丁丁了，叫我珍娜。这是我的新名字。"

董勇那天是真的伤心了，想到自己含辛茹苦为这个家庭操劳，末了，老婆瞧不起他，孩子瞧不起他。

潘凤霞也动了气："你这个小白眼狼。你爸爸把这个月的烟也戒了，就是为了让你臭美，现在你反而嫌我们丢了你的脸。全家人都围着你转，陪你买衣服陪你逛街，你还不知足，小小年纪不要这么忘本。"

董勇说："希望你记住，今天除了是你的生日，也是你孪生哥哥的生日，可是他什么也没有得到，把自己的那一份也让给你买衣服。你还有没有良心？"

丁丁这才注意到海海，随眼望去，海海站在商店玻璃橱窗前，专注地凝视着一个木模特。海海说自己不喜欢逛商店，站在外面等他们好了。他就站在模特面前，目光始终不离开那对乳房。他在国内没有见过太多的白种女人，四周真正的白种女人他也不敢这样肆无忌惮地盯着。他几乎忘记自己身置何处，面对何物。

丁丁看见他眼光的靶心，叫了他一声"哥"，才将他拉出来。他回过神看丁丁，从丁丁困惑担忧的眼神，他也感觉自己是可笑的，还有一点可怜。

丁丁继续快活地用她高亢的变声嗓子讥讽道："别看了，看也白看，那又不是真的。"

海海被妹妹羞出个大红脸，心里却想：说不定哪一天她会从橱窗里走下来，走进他的生活。

雯妮莎是海海心慌意乱的原因，从入校第一天在考场的那眼就开始。这个高年级少女对于海海来说，代表着尚显生疏的整个女性世界全部诱人的内涵。她的两条腿过于壮实，皮肤也不甚洁净细腻，她的每一个缺陷在被爱蒙蔽双眼的董海眼里都是一个特色，具有异国情调。他从她那里得到审美标准，那样的肢体叫作性感，那样的眼神叫作电眼，那样的笑容叫作妖媚。于是她的美丽不是公认的，而是被他的目光确认的。

所有他们一起上的课都已经成了海海的最兴奋和爱表现的地方。他躲在某个阴暗的角落，看着她如何与女生们嬉笑打闹，发出少女才有的高亢刺耳的尖叫；如何去捉弄某个男生，搞得人家哭笑不得；如何在课堂上开小差,被老师叫醒又憨又无所谓地那么一笑……她的每一个喜怒哀乐都被他在脑里温习上好几遍,在心底长久地印证,心灵深处出现一阵阵的心跳。那感觉是董海有了性爱之后反而无缘享受的。性爱牺牲了那微妙的美感。

海海用爱情架起了另一个希望,他非常不适合新环境,因此只能寄托在爱情上,制造出另一种希望,把自己从无望中解救出来。就像布莱克所说:一个人在走投无路的时候,强行征用爱情。

突然改变穿着打扮并没有改善他们的处境,而是相反的。

有了新衣服和新名字的丁丁,模仿五人党的打扮、行为举止,就连打招呼的方式与模样也是她们的,带着点凭吊的意思,更有点东施效颦的意思。

丁丁忠心不二地追随她们,成为她们时尚的社会基础。可这样亦步亦趋、无怨无艾的效忠并没有讨好,反而是刺激到她们。她们像是看到自己的盗版的出现,说不出地恼火:"上帝啊,她想成为我们?""不行,我们得做些什么。"五人党肩靠着肩,头挨着头,谋略做些什么。她们表面上看起来都是可爱漂亮的小甜心,脂粉味十足,没有人会想到她们的坏点子可以多伤人。

主意想好了,她们叫住丁丁,丁丁有点受宠若惊。

"你看起来像我们的人,像我们的风格。"

"是吗?你们也这么认为吗?"

"是的,所以我们想你喜欢的音乐也跟我们一样吧?"

"我想是这样的。"

"你知道'死蚂蚱'这个乐队吗?"没有人会知道这个乐队,因为那是她们随意编的。

可丁丁不假思索地回答:"当然知道。"

五人党交换了一个秘密的眼神,接着问:"那你听过他们新出的那首歌《别不懂装懂》?"

丁丁仍然不假思索地说:"有啊,昨天我才在广播里听过。"

五人党大笑,却不当面揭穿她,只是戏弄:"那你能哼两句来听听吗？"

"这个，我，我还没学会呢。"

"没关系，慢慢学。"像握着一团毛线球逗弄小猫咪，让她眼热心急，又提醒她够不着。

她们又说："你知道怎样才能最快地受注目吗？让我们告诉你，就是参加拉拉队。"

丁丁想了想，好像是这么回事。美国中学里受注目、受欢迎的女生多是拉拉队成员，五人党中有四个是拉拉队。她们穿着漂亮性感的小短裙，跳着火辣奔放的热舞，非常惹人注意。男同学眼巴巴地瞧着，好像流口水的狐狸。看球赛并不全是看打球，也是看拉拉队。

"知道吗？明天正好拉拉队招新成员，你的身材这么瘦小，正好是她们需要的。"

"真的吗？"

"当然，所以你明天要穿拉拉队的小短裙来学校。这样一进校门就会被挑选上。"

丁丁瞪着眼睛看她们："现在是冬天啊。"

"不用担心，我们也会这样穿。"

"可是我没有拉拉队的小短裙。"

"瞧这是什么？"她们指指她们带来的小短裙，"我们这样都是为了帮你，知道吗？"

丁丁感动地点点头。

第二天丁丁果然穿着迷你短裙穿梭于寒风凛冽的校园里，所有穿厚外套的目光都向她请教：你这样正常吗？五人党看见了，嘻嘻作笑扭成一团。丁丁的身体一抖一抖，受了愚弄，丁丁的下巴拧向左，眼珠子向右边挑着，有种秋后算账的意思。

"你永远都不可能是我们。知道为什么吗？因为我们是五人党，永远不会成为六人党。"

这还只是开始，五人党的动作像蚕食般扩张开。她们在午餐或课堂上互相传纸条，讲八卦，窃笑和使眼色。她们甚至还发起"大家讨厌门铃董声俱乐部"，制作了一份请愿书，在班上传阅，说服同学签名。五人党虽是使坏、捣鬼，却也将它当作一件事情认真执行，悉心完成。

没有打架斗殴，没有恶言恶语，没有大的动作，都是一些莫明其妙的小动作，非常小，却没完没了，密密麻麻。就像梅雨季节的雨，起先是不当真的，滴滴答答的能成什么气候？可是等你回过神来时，却是连空气也发霉了的时候。

比如在走廊上五人党故意碰撞她，把她的书碰落地上，其中一个还踩了下她的鞋子，然后再尖尖长长地嬉笑一声："对不起，不是故意的。"比如经过她的时候，对她发出一声"喔喔"的呕吐声，说："你有味道。"董丁恨恨瞪回去："我们东方人不臭。"又因为她哥哥的课堂发言，她们也视她为修女，这个代表古板的标签让她觉得很不舒服。后来又因为她喜欢篮球队的球员彼得，又被视为贱人，接着又因为她拒绝了他的约会，她们又在后面造谣她是同性恋。这些女学生之间另类、变相的欺凌，是老师看不到的，可以避免被惩罚，于是在中学里越演越烈。

老师搞不清楚中学女生的小把戏，劝导她："她说对不起了，那么就说明她不是故意去踩你的鞋子。是不是你太敏感了？"丁丁委屈地说："我知道是故意的，因为这些事情不止发生了一次。"老师还是坚持说："她们不会这样的，她们都像天使一般。"丁丁冷笑："天使在想象中，魔鬼在细节里。"

学校防止学生互相骚扰的政策大多只是针对看得见的肢体冲突。如果几个女孩子打起来了，她们会被叫到办公室去。这种小女生的东西，是引不起重视的，它们是旁枝末节、不痛不痒的，老师不认为这样会伤害到谁，因为她们没有殴打对方。它的伤害是存在的，并不比打架来得轻，丁丁觉得自己都快被她们搞疯了。

董丁悄悄地退下，像一个小孩明明是被欺负的那个又被大人误打一顿后悄然退下。老师能拿这些在走廊里飞来飞去的眼神怎么样？影影绰绰，没有真凭实据，老师无法确认那个眼神的意义，就像哈了气的玻璃窗，看不清楚。就算老师去问，她们也会眨着无辜的大眼睛说："你在说什么呀？"所以董丁只能退下，可心里是恨的。在这个年纪，爱可大可小，而恨却是一本正经的。突然有一天她在学校扇了五人党一个耳光，也是有基础的。

越南少女艾丽雅在丁丁的置物柜里放了一张字条：

> 勇敢的丁丁，不要理睬五人党。她们除了整蛊人什么也不会。她们的骄傲不堪一击。

支持你的艾丽雅

丁丁捏着字条非常感动，这时又看见五人党一扭一扭像水波一样走过来。丁丁忍不住自己的烦躁和渴望。她觉得自己像被骗去了件珍贵的东西，心情非常懊恼和悔恨；同时又知道其实她想成为的就是她们那样的人。这是少女最矛盾又激荡沉沦的心情，心里慢慢燎起一大片滚烫的东西，却不全是热情，还有怒火的热。这时她产生了一个念头。

丁丁叫住五人党，将艾丽雅的字条交给她们，那一刻丁丁几乎是不假思索的。她隐约感觉如果这样做，就可以赢得她们的注意，甚至可能成为她们的朋友。

五人党看了纸条，果然冷笑不已。虽然艾丽雅不是年级最漂亮、时尚的女生，但是清纯可人，成绩优秀，性情温良，为人低调，更重要的是她对美国校园的事情全清楚，却不参与。这种不参与就是优越、清高。所以没有人可以抓住她的把柄，她们不能拿她怎么样，现在有了攻击艾丽雅的理由：原来她的美好是个假象，她私下也是个八卦的人。

五人党保证不说出去，而且情投意合地对丁丁说："现在我们接受你了。"

丁丁点点头，心里却不如期待中的兴奋。她想，原来我是这样一个人啊，我以前怎么不知道呢。

隔天早晨，还没到上课的时间，同学们都在礼堂里闲荡。这时艾丽雅双手抱着臂，一只手上握着皱皱的字条走过来。她的姿势乍一看很是冷漠，近了发现其实她是不胜其寒，她的脸很红，眼睛浮肿。艾丽雅近了，明明白白地立在那里，冷冷清清地盯着丁丁，是盯叛徒的那种盯法。她的眼白因为黝黑皮肤的衬托，更加苍白，带着愤慨的苍白。对于十六岁的艾丽雅来说，没有什么比这更叫做背叛的了。

丁丁心里非常清楚发生了什么事情，但她假装一无所知："艾丽雅，发生什么事情了？"

艾丽雅看叛徒的目光更加警戒："她们怎么会拿到这字条的？"

丁丁的无辜做得更加逼真："什么？她们拿到了这张字条？这怎么可能？这是谁干的？"

艾丽雅伤痛地说："请你告诉我答案。"

丁丁心里发虚，以为会看见艾丽雅恼怒的脸，然后揭穿她的把戏阴谋。然而艾丽雅平静似水，她的眼光也不锐利尖刻了。这平静是丁丁始料不及的。因为没有料到，心中更加害怕，甚至失望。

"我并不在乎她们知道这个字条，却很在乎是谁出卖了我？"艾丽雅又说。

丁丁一句话没有，看着艾丽雅像小动物被捕捉时受伤的眼神。那一瞬间，她真诚地悔过，刹那间的悔过险些让丁丁招供。但是她没办法说"对不起，是我干的"，因为她太想被接纳了，那样就可以远离被欺负的行列。即使事后想起，她还是宁愿选择内疚，以后找机会弥补艾丽雅，也不要就此失去进入受欢迎女孩圈子的机会。

两个女孩子对峙着，谁也不说话。一会儿后，艾丽雅说：

"你到底在哪里？"

"我不知道自己在哪里。"

第五章

中国少年海海的美国恋情

海海仍然在自认隐蔽的地方暗自观察他的女郎，她极随意的一笑，几乎是无意的，他却为此一阵心痛。总之她无意的一个回眸，一个手势，她与其他同学的闲聊，都让他感到隐隐的伤痛。更糟糕的是，他已经在文艺作品里学会享受那伤痛了，他从那里领悟到人间的一种痛苦：爱情所带来的痛苦。

　　他以为他永远就只是这样默默地暗恋，可是有一天事态有了改变。寒假过后的第二个学期，这个性感而麻辣的白人少女强势地、突然地进入这个中国少年平静到被人忽略的生活中去。

　　又到了数学课，海海顶着自己设计并施工的发型，早早地就躲在教室的一角，默默地等待。从这天的第一节课开始，他就期望着下午这堂数学课。每上完一堂课，他的高兴就增加一点。到了数学课的时候，他竟然高兴得有些忧郁，可这忧郁也是含着激动的。进课堂的时候，脚下像是有风，会不自禁地一跃。

　　雯妮莎一出现，海海的目光像小手似的向她示意，而她一如既往地冷淡着，偶尔也会反咬住向她示意的目光，表情仍然是冷漠的、厌世的。碧绿的眼波闪电般放射过来，海海不禁有迅雷不及掩耳之感。那眼波闪电使海海的脸上突然出现了一种微醺、被电着的神采。

　　数学老师是个非常随和的老先生，在他眼里，每个孩子都有糖吃，每个孩子都是天使。在课堂上评讲刚刚结束的数学测验的情况，最高分多少，最低分多少，平均分多少。老师只对高分的同学提出表扬，不敢对低分的过分批评。

　　这正是董海郁闷之处，他太喜欢国内中学那种龙虎榜了，看着自己的名字总是名列榜首，对于一个学生没有比这个更有成就感的了。如果这里也搞它几次龙虎榜，看像彼得、五人党那些四肢健美、头脑愚蠢的人还有什么可自以为是?

丁丁她爱死美国这点了。像中国那样把每个学生的分数公之于众，一点不讲人权，让小小年纪的人们就已经活得痛不欲生。她想起过去学校里的同学夜以继日地学习，她怎么也赶不上。班主任语重心长地说："董丁同学，由于你的成绩，我们班的平均成绩下降了三个百分点。所以你一定要加油，不要拖大家的后腿。"丁丁深怀负罪感，原来她的成绩好坏不单是个人行为，还祸及整体荣誉。每次面对排行榜，心情沮丧而阴暗。

数学老师再一次狠狠地表扬了海海："最后这道题全班只有两个人做对了，一个是我，另一个人就是海。"老师含情脉脉地望着海海，说："That is great."

老师每次必如此慷慨赞美，谁不爱才呢? 海海刚来美国不久，可是已经知道不能太拿美国人的话当真。有时候这个民族的情绪夸张让人怀疑: 打一个喷嚏，就以为病入膏肓; 撒一个小谎，就以为能进国会。如果他把这些表扬当真，以为自己真的可以当个什么家，酿成的悲剧可能会像作家老头那样。作家老头当年还不是老头的时候，很可能就是误听了他老师的鼓励，说他的文章写得"了不起""真伟大"，作家老头误把这些鼓励当回事，自我膨胀到真的当起作家，结果六十多岁还得给人看房子。看看，误人子弟了吧。

全班同学都往老师宣布的"伟大"的同学那儿望去，在众多的目光中海一下子捕捉到一个少女的目光，那目光寒冷而火热，横冲直撞地就过来了，就像他们第一次在考场上接收到的电波一样，这时所有的目光都不重要了。

少女向他眨了眨眼，这个眨眼很有些意味，好像她和自己熟识，不仅熟识，而且有个密谋，现在她正提醒他那个密谋。两个人的目光极短暂地捉了回迷藏。那种白种少女直撞的目光，那么大胆而热烈，他有点招架不住，那不是他前十四年中国教育范围内的内容。少女一下子就知道这个腼腆的东方男孩脸上的红晕是怎么回事，她太能识破了。因为懂得，所以知道利用。

那一刻，董海不清楚那个密谋是什么，但清楚它是存在的。

果然，老师来了个当场小测验。课堂上一阵不情愿、搞别扭的骚动，她的不情愿表现得特别明显，小声地骂了声"操"。他听见了，而且为她脸红，他想这多粗鲁啊，跟她精美的外形多不相符啊。她也看见那声"操"让他眉头微锁，像被冒犯了，她想他是一个剪了短发的小姑娘。

老师发下卷子。少女又向他偷递了一个眼神，他见她的眼神迫切起来，求助起来。他立刻明白了谜底。毕竟做了这么多年的学生，他明白学校的事情。中国也罢，美国也罢，教育方针再不同，教的都是"一加一等于二"，只要没教"一加一等于三"，那么就意味有考试，考试就意味有作弊。

他和她在埋头作题的人群中交换了一个默契的眼神，不动声色，不被任何人知晓。事后，董海每每想起这个眼神，仍然觉不可思议，他们怎么会有这样的默契？

他把卷子往雯妮莎那里移，她迅速而机智地抄写。雯妮莎没想到一个眼神暗示，循规蹈矩的他竟会做了。她对他的明示或暗示，他从一开始就领悟。

交卷的时候，她又冲他挤挤眼，毛茸茸的眼睛秘密地轻佻，红润丰满的双唇比划着"谢谢"，没有声音，只是牙齿、舌头和嘴唇用力。所以发出的也不是声音，而是一股股暖流冲向海海。

海海立刻低下头，羞得不敢再抬头。他本性腼腆，对自己在新学校的新形象更无信心，总是处于与人无争的边缘，不相信她会无缘无故地对自己好。雯妮莎看了觉得逗得不行，更加过瘾地看海海的窘态：脸红到脖颈，颈上的蓝筋一跳一跳，眼睛看着地，手没处放。海海脸上虽然无所表示，内心却为此一振，幸福得有点颤颤抖抖，更是期望时刻见到雯妮莎，她已经是他校园生活的主要内容。

之后的这节化学课，他趁老师布置作业，又偷偷转过脸去看雯妮莎，像换一个频道一样。老师让同学们分小组做化学试验，作业成绩自然也算两人的。课后同学们奔走相告，海海按习惯和丁丁一组，所以也就不像其他同学那样忙着找小组成员。他坐在椅子上，聚精会神地看着雯妮莎袅袅娜娜地起来，想：如果这个身影向他走来，将是一种怎样的幸福？

正这么想着，她已经越走越近了："你。"

他有过表错情的经验，所以这次连忙转身后望，后面没人。

她已经到了他面前："别回头了，就是你。"

海海腼腆地低头抿嘴一笑，露出像小女孩一样又密又细的小白牙。

"嗨。"

"你怎么知道我的名字叫海？"

"你的名字叫嗨？有意思。嗨，嗨。"

"嗨。"

"你为什么老在看我？！"雯妮莎说这话时，已经将两个大波端在课桌上，然后再坐下来。

海海想，你这样我能不看吗？当然海海不会这样说，只是把头低了又低，脸红了又红。

雯妮莎翘起一张嘴角笑了，她当然知道男孩脸上的红晕是怎么回事："我知道你一直在盯着我。再盯着我，我也要盯回你了。"

任何男生的好感与爱慕都在她的预料与掌握之中，因而无视它们的存在，因而感觉乏味与疲倦。他的白皙文弱的气息和很重的学生气，在课堂上发言的声音是细细柔柔的。不敢正眼盯着她看，几次正眼碰上了，他红了脸，逃跑似的把眼睛避开。她觉得有趣，也注意上他了。

"我叫雯妮莎。"

"我知道。"

"我是转校生。"

"我知道。。"

"那你呢？也是新转来的？"

"对。"

"从哪里？"

"中国。"

"哇。还能比这个更远吗？"她说，"那你适应这个新学校了吗？"

海海深思了一会儿说："没有。你应该是很适应的吧？"

"你觉得吗？"

"总看见你跟一百个人打招呼。"

"是一百个人跟我打招呼。"她笑。

"这样不是更好？"

"这样并不代表我有朋友呀！"

"这样还不代表？"

"对啊，比如现在老师要分小组做作业，就没有人来跟我打招呼。"她笑，又说，"咱们一个组。"

她也不问问"好吗""你同意吗"，她就这样决定了。

雯妮莎突然又说："我喜欢你的头发。"

她竟然发觉他变了发型。她果真是在暗中支持了他。

"我说不出来为什么，就是觉得这个头发好像是一个宣言。"

"宣言？"

"对，好像在说什么。我可以摸摸吗？"

再次没等他同意，她就伸手去摸他的头发，顺势又拍拍他的肩。雯妮莎走后，海海感觉她的手仍停留在他的身上。他不知道她走后就很少想什么，全没那回事，可他无法不去想那每一个细节，秘密珍藏下来。他整整一天都在温存地感觉她的手留在他头顶和肩膀的感觉。那种热情有活力的少女的手。他不知为什么感觉这么一双手一定是会弹钢琴，会画画，会折纸工。他已经从众多的文艺作品里认识了那双手。

和这么一双手一起做试验会是怎样一种快乐？他期待着。

和这么一双手做试验并不那么愉悦。老师出于爱护，从不指名道姓地批评学生。到一起做试验时，他才知道班上有人竟然差到这份上。看她那双手笨拙地操持着各种试剂和瓶子，突然他想到：这双手它什么都揉得碎，毁得掉。由于对课程的生疏，常常无功往返把试验做错了一遍又一遍。他替她把所有做坏的试验都纠正过来。像跟在不断闯祸孩子后面的大人，给予最及时的补救。

试验课的闲聊中，雯妮莎又问他些问题，比如他多大了？选了谁的英语课？海海像个小学生那样一一回答。雯妮莎就说自己快毕业了，这是高中最后一年。海海在心里算那她肯定比自己大好几岁，果然雯妮莎又道："我十七，快十八了。老了。"海海想她与自己估计的出入不大。

海海一直在被动地回答，几个回合下来，也不再那么紧张，既然得知她是高四学生，他不由自主地问："那你报了哪几所大学？打算选什么专业？"

雯妮莎显然对这些问题很陌生，笑说："我还没开始想这些问题。"

海海立刻替她操心上了："你应该现在就已经知道自己想报什么专业，什么学校，并且为此准备起来，不然来不及了。"

"我知道，但不是现在，不是此时，不是这个星期。"

"那你要抓紧时间了，时间不多了。"

雯妮莎咯咯地笑："我还没考虑好是否要上大学呢。"

"那怎么可以？在中国没有进大学还有情可原，有时候是因为考不上，因为家里穷；可在美国上大学太容易了，只有上好学校和差学校的差别，在美国没上过大学的人多是因为他们不想上。"

雯妮莎笑他的紧张和他的神经质："你是不是每天都在想这个问题？"

"差不多吧。我能把美国排名前一百名的大学背出来。"

"上帝啊，这太可怕了。你以后要做什么呀？"

"我想学建筑，可是我父母希望我学计算机工程或者医学。"海海刚说完，可一想这么说又进入了"乖小孩"的形象，连选个专业还得听家里的。于是他连忙又接着说，"不过我会坚持自己的兴趣。"

"你这么喜欢学习？"

"是的。因为钱赚不到底，官也当不到底，而这个学位是可以拿到底的。"

"你不烦吗，每天这么学习？"

"不会呀。因为我们中国人说，读书自然会带来许多金钱与美人。"海海想说的是"书中自有黄金屋，书中自有颜如玉"，他的英语这么一翻译，自己都觉得精华和美感消失了。

"是吗？他们在哪里？"雯妮莎俏皮地问。

"在中国。"海海想，这句中国古训在美国中学里行不通。

"你休息的时候做什么？"

海海想了想，说："我不学习化学的时候，背英语单词作为休息；背英语单词背累了，我就做数学习题作为休息。"

"哇，那你休息的时间倒真不少。"雯妮莎笑，她是把海海的回答当作一种幽默来接受的。

"每天傍晚我会下楼把我的自行车搬上来就当作运动了，有时候帮我妈妈下楼倒垃圾也是一种休息。"

"现在我发现其实你非常具有幽默感。"雯妮莎笑得所有的牙都跑出来了。

看来雯妮莎是明白不了。

化学课结束的时候，老师表扬了他们俩的作业。她冲他笑笑，脸上出现了一种媚眼。那是他不曾体验过的表情，他不知道那就是挑逗。雯妮莎这个对男女之事通晓的成熟少女，对还是一张白纸的低年级男生微微的、施舍性的挑逗。

"谢谢你。"雯妮莎两个胳膊肘架在桌子上。背心的领口在海海面前空荡出一片，海避免去看，他不钻这种空子。

"不客气。"

"放学到图书馆等我。"她的动作深起来，一下子露出她的一小块胸，她也大大方方地笑，笑出一个"Oops"的不小心来。

他想起她最后对他说的一句话是："放学到图书馆等我。"她根本不说"可以吗""行吗"或"好吗"，她几乎是在对他下命令，带一种独裁的阴森语调，可是他并不反感，而且愿意服从命令，因为她的眼神与语气有着明显的招惹与挑逗，还有她胸前垂荡出的空隙，让他有上当也不吃亏的情愿。事后想来他栽在她手上似乎也情有可原。

接下来几堂课，海海心猿意马。这一整天心情忽明忽暗，又喜又忧。他只想找个安静的角落将刚才囫囵吞枣的一幕拿出来好好品味，要把她的每一个动作、每一副表情、每一抹眼神刻在心底，印证。同时检讨自己有没有说错话让她讨厌，或者有没有哪一句话说得够幽默让她记住……他像老牛反刍一样咀嚼了一天，心里还是没底。

不过这时他再听到那几个亚洲女生对他出言不逊，平白无故地对他喊"书呆子"和"刚下船的"，她们笑他的新发型，笑他的"中国男人"的做派，他可以完全不计较，对她们看都不看，理都不理。他有更重要的事情要做，他有更重要的人要见。不是吗？他的雯妮莎比她们麻辣一百倍，她们算什么东东？海海变得勇敢积极，像是迎着光走去。

其实海海非常吃不准雯妮莎的意思，她到底想干什么？她到底想把自己怎么着？是好事还是坏事等着他？他完全没有把握，生怕被这个年长的少女要弄了，可是他已经接受了她的挑逗与命令，两只脚已经牵着他到了图书馆。等待来了她，也等待来了一堆的作业。

"你帮我把作业做了。"同样，也不问"可以吗""好吗"，她跟任何男人交往都带着点欺凌的态度。

海海没想到事情会这样，就这样被决定了。他心里是很乐意的，不知道除了帮她做作业自己还有什么能帮她的，或者吸引她的。可是他朝她撇撇嘴，把乐意做成不乐意。他说：

"你不怕老师发现吗？"

"你不会不被老师发现吗？"她笑。

他忍不住也笑了，露出整齐像小姑娘似的白牙齿，又突然抿上嘴巴，不愿意有更多的感情流露似的。雯妮莎没见过哪个男孩子是这么笑的。她早已看出他是一个收敛的忧郁的男孩，可直到她看见他这么笑时，她才明白那是他的本性。

果然他叹口气说："算了，就帮你这一次吧。"

海海的那一声叹息有些沉重、疼痛似的，相当地唬人，好像自己做了什么艰难挣扎才做此决定似的，其实心中十分地得意和骄傲。

"作业星期五要交，你能在这之前给我吗？"

"我明天就可以给你。"海海有点迫不及待地邀功。说完也有点不好意思。前一刻还装模作样不太愿意帮她写作业，这一刻又火烧火燎想把写好的作业给她，这样自相矛盾着让他低下头自己笑话自己。

"明天放学我会去看篮球赛。不然你后天给我吧。"她从书包里拿出另一沓作业，说，"这个也要做，只是不那么急。"

"你到底有多少作业没做呀？"

"这个比较难回答。如果你问我做了多少作业，还比较容易回答。"

"我替你做作业，那你做什么呀？"

"玩呐。"雯妮莎俏皮地笑。

海海也笑了,含着一丝鄙视,也带些男性对女性不可理喻的容忍。雯妮莎是熟识那容忍的,只是佯装不懂罢了,于是可以讨得更多的宽容。她只是很甜美地笑了,她同样知道那笑是可以过五关斩六将的,是可以在男人那里拿好处的。不是吗?她的笑已经让海海不知不觉中就舒舒服服吃了这个亏。

第二天放学,海海和丁丁也决定去观看篮球赛。兄妹俩都有一点自己的心事。海海是为了见雯妮莎,把作业给她。丁丁是为了与五人党会面。

兄妹俩早早地来了,却仍然占着边边角角的位置。看见艾丽雅远远走来,总是那青春阳光的模样,这时丁丁低头躲开。她们的关系安静下来,都有一些失败感。丁丁和别的同学在一起闲谈,艾丽雅看见了也不回避,偶尔也会参与侃上一两句,反而搞得丁丁很难堪,匆匆避开。如果只剩下丁丁和艾丽雅,该打招呼时打招呼,但绝不多话。丁丁是无话可说,艾丽雅是不想多说。

不过丁丁没有为此内疚太久,因为她终于通过苦心追求,与五人党成了朋友。她们同进同出,相偎相依一致对外,对内却也彼此防范。她们的做伴,其实不是患难与共的那种,而是有福同享、有难不同当。所以她们六人穿相似的衣着,梳相称的头型,肩并肩走在一起,像水波一样扭动的背影只是一个假象。

丁丁与五人党亲热地打招呼,海海奇怪地看着妹妹的举止,问:"你怎么和她们说上话了?"

"这不是很正常嘛,我们是朋友呀。"

"朋友?"海海说,原来生活发生变化的不仅是他。

"对啊,我们现在是六人党了。"

"这太阳真的会从西边出来。"

兄妹俩正谈着,这时海海停下不说话了,连呼吸也停下了,眼神重了,敞着两片嘴唇,一副灵魂出窍的样子。丁丁也意识到哥哥神情不对,随眼望去,果然看见哥哥目光的靶心正走过来。

"哥。"她叫了一声海海,把海海从很远的地方拉回来。海海回神看看丁丁,从她担忧的眼神里,他知道自己的模样多么可笑。然后两人同时又去看雯妮莎有点兴风作浪,有点厌世地走过来。

雯妮莎头戴三角巾,一件带有字符的鲜艳喷彩的吊带背心裹着她弹性十足、女性十足的身体,一条千疮百孔的牛仔裤,左一个口子,右一道绽裂。露肚脐,肚脐上穿着圆环,亮晶晶的,老远就冲人打招呼。黑色的口红,绿色的眼影。她的打扮像一个宣言一样挂在身上,有独立自由的个性就是:我不跟你们这个世界好好相处。

不是海海经验以内的美,也就是说不是那种纯洁的美。海海认识了这样的美,再看那种小女生的美显得太单薄了:虽美,却无法让人上瘾。一些阅历让她异于同龄女生,多了些内容,美得比别人丰富。他倒更爱她这种不纯不洁的,掺和一点邪恶的美。太美的事物本身就带着一点毒害,蘑菇朴素平凡的没害,美丽多彩的有毒,看那伞开得灿烂绚丽多姿,含着怎样的罪恶。

海海盯着她,对丁丁说:"我有了一个重大发现:她看别的男生用白眼球,看我用蓝眼球。你发现了没?"

丁丁白了他一眼:"你知道下流和风流区别在哪里吗?一个人艳遇无数,阅人无数,女人无数,邪就邪到极点,那就是风流。像你这样偷偷摸摸,鬼里鬼气地偷看人家的样子就叫下流。"

海海像是没有听进去,接着自说自话:"你不觉得她很像咱们在商店里看到的那些塑料模特吗?"

"对,她是很像。这就意味着,当你去亲一个塑料模特时,她不会亲回你。"丁丁信口说。

事后海海想起妹妹的这句话,才知道那是真理。可是他读书读多了,有时候道理太简单了反而不肯相信。

雯妮莎越走越近,海海假装专心与妹妹说话。他对自己真正喜欢的东西其实是非常羞涩的。

"海,多么意外能在这里碰上你。"雯妮莎的意思是没有想到能在教室、图书馆以外的场合遇见他。

"你今天看起来很好。"若不是看见她就心慌心乱,海海能想出比这机智得多的话来表白。

"谢谢。"

"这次数学考得怎么样？"

"很好。我得了一个B。谢谢你。"雯妮莎又对海海眨巴眼睛，复习他们在考场的同谋，那个你知我知的秘密。显然雯妮莎还是记得海海的帮忙的，神气十足地在空中扬个小巴掌，等待海海的小巴掌与之相击。同样的动作，海海一做，就不中不西了，自己都觉得别扭，像是盗版，哪儿出了差错似的，连雯妮莎都过意不去了。可海海又不得不做，总不能叫雯妮莎的手老停在半空中等着吧。

"真不错。恭喜你了。真为你高兴。"海海嘴上说，心里叫，天啊，B还叫"很好"？你抄卷子都不会抄吗？对于我考个A⁻都是说不出口的成绩。看来我们对问题的认识有很大的差距。

"谢了。走了。"雯妮莎一摆小手掌，一副心情好棒的样子。海海又想，他们老外就是会夸张自己的情绪，夸张得让人难辨真伪。

"等等。这是你的作业。"海海说这话时，非常羞怯，两只眼睛不敢直视雯妮莎，他是担心自己的急切被雯妮莎看穿。

雯妮莎夸张地说："谢谢，你是最棒的。"

海海文静乖巧地笑笑，像一个在母亲面前企图好好表现的孩子："不客气，这是我的荣幸。"

此话一出口，他就知道自己没出息的样子正被妹妹狠狠地瞪着。他也脸红了一下，似乎希望这个不体面的话就此打住，然后重开一个头，可是接着讲出来的话更让自己失望，他说："我总在图书馆里，找我做作业是很方便的。"

"太谢谢了。"雯妮莎走了，没走两步，又回头，问，"你是不是在这里等我？"

"没有的事。"海海自然不肯承认，但他知道如果不是雯妮莎会来这里看球，他永远不会对篮球产生兴趣。

雯妮莎又说："你在等我就是为了把作业给我？"

"我们也是来看球赛的。"极其罕见的小谎使男孩的两个大黑眼睛避着她径直的对视。

"你也喜欢篮球呀？"

"喜欢，喜欢。"

海海知道再也躲不过去了。他的嘴巴可以撒谎，可他的眼睛却做不到。两只眼睛正深情地注视着她，注视得海海心里非常烦躁和讨厌自己：别看别看了。那个不可能这么注视了就会变成可能吗？

"回见。"雯妮莎一面说着，一边匆匆离开，"我得走了。"

海海的热情撂在半截中，随着她的身影望去，海海很快意识到她们全被吸引到篮球场上，更准确地说是其中一个叫彼得的篮球队员。

他是篮球队的帅哥，全校的明星学生，最受女孩子欢迎的男生。在喜欢思考前途与人生的海海看来，整个一四肢发达、头脑简单的人：缺乏志向抱负、不谈建功立业，就喜欢吃喝玩乐、谈点恋爱，以能征服多少女孩来证明个人魅力的男生。那种令董海心底小瞧的男生，可偏偏是这种男生成为美国中学典型的少女杀手，一群一群的女孩子围着他转。她们在观众席上伸出无数只小手向偶像示意，偶像也煞有介事地与她们挥手示意，偶尔会停下来与她们说话，带着对女孩子既惯使又小瞧的大男子的专横，这更让她们爱得不可收拾。她们嘻嘻作笑而彼此提防，真正有机会和他说话了，又有意无意间带着撒娇似的轻慢。

海海这时看穿了所有的女孩子：女孩儿贱啊，你越不把她们看在眼里，她们越把你看在眼里。她们心里爱的就是那种对她们居高临下的男人。真是男人不坏，女人不爱。海海就这样眼巴巴看着帅哥一分一秒地在征服自己的雯妮莎与妹妹，并以此向其他队员们炫耀和展示自己的受欢迎——从中获得的征战成就，不亚于赢得一场球赛。

丁丁十五岁了，已经懂得拿眉眼去搔人痒痒了。一边是美国少女式的热络地打招呼，一边还是中国女生的腼腆，羞怯地半垂眼帘。那羞怯成了一股轻微的疼痛，煎熬着她的内心，使她对自己从来没有这样不满意过。她嫌自己笑得太过，又嫌自己笑得太呆板。一会儿，她又意识到她的英语句子有几处语法错误，有几个发音不标准。总之没有一个表现她是满意的，她像要缓压那样不停地摆弄头发。她和一切少女一样，在心仪的人面前总有些失态的活跃。

海海在一旁，像大人看孩子犯傻似的疼惜又嫌弃地摇摇头，想，天啊，她怎么跟美国女孩变得一样肤浅了？！他的傻妹妹就是为了看上那男生一眼，能跑到球场等上一两个小时，回来兴奋好几天。女孩儿总是对最不易接近的男生怀着妄想。

他承认自己不舒服。海海从中国承袭来的优秀的男生形象瞬间被彼得纠正、更替了。再不是像他那样学习好、劳动好和思想好的"三好学生"，而是彼得。而且他从孪生妹妹的喜爱上看出美国少女整体的短见与肤浅，她们就只会喜欢这种四肢发达没有思想的运动员。他们有什么好的，他更愿意接受艾丽雅的说法：他们今天在麦当劳打工，十年后还只能在麦当劳打工；而他那时定有一番宏功伟业了。可惜肤浅的美国少女们在这个阶段意识不到这点，就连他现实而精明的孪生妹妹也在这个问题上不现实起来。

海海此番的表情明显是把那球星当对手看，而球星却根本不知道海海这个男生的存在。他正对声势浩大的女性欢呼尖叫回报了一个彬彬有礼的笑容，因为太习惯这种目光，笑容显出懈怠。甜多了还腻呢，司空见惯的女性爱慕也让他厌倦。

当彼得与雯妮莎打照面时，笑容有了点个人色彩。两个人还紧紧拥抱了一下。雯妮莎用手勾在他与脸同粗细的颈部，他渐渐向她压去，她被他压得往后仰，就像向日葵那样向后仰，脸的表情也如向日葵那样开得灿烂。他们运用处于青春期的活力及便利，缔造了这一场景。他们不知道自己鲜活大胆的热情与欲望正从四面八方打击一个身形单薄的男孩的心灵。海海其实没盯着看，可他又全看在眼里。

这时海海仿佛听见雯妮莎叫道：放开我。听到没有？放开我。球星更是往紧里搂她。这对海海太致命了。

海海立刻站起来。他完全没有意识到站起来的自己比他本身高大许多，强悍许多，他昂首阔步走过去，像一个见义勇为、路见不平拔刀相助的武林高手遇见一个正遭流氓凌辱的弱女子。她需要他去营救，去声援。

雯妮莎看见了海，立刻对彼得说：他是我的男朋友。死心了吧。

海海对彼得说：把你的手拿开。

他的声音不大，但文弱语气给了他一种特有的严厉，声音是斯文，却是雄厚的。那是成长中的少年第一次意识到自己雄性的强壮，迫不及待地要庇护自己心爱的女子。

彼得冷笑。因为他不把海海放在对手的位置上，又小又瘦的东方男人不配当他的对手。他没意识到海海心中昂然而起的雄性的霸占心，及在女生面前争强好胜的勇士气质。这些使海的声音出现瞬间的专横，一板一眼地再次说道：把你的手拿开。他在告诉彼得自己的忍耐是有限度的。

彼得不耐烦地一挥手，那只手被海海牢牢地夹在手里。海海说：不要让我做出伤害你的事情。

彼得说：你敢？

海海冷笑，带着一种自我牺牲的高贵神色，说：我不想当着女人的面打人。

雯妮莎说：不要介意我的在场。打他。又转过脸对彼得说：我对你已经忍受很久了。

彼得又向他妹妹求援：我知道你喜欢我。那就帮帮我吧。

丁丁冷笑：我喜欢你？做梦去吧。我喜欢的是我哥哥这类人。

海海看见自己一拳打了下去，彼得立刻就鼻青眼肿，痛得哇哇直叫。美国人也就是纸老虎，也就能虚张声势，根本不经打。海海对他有点不忍再下手了，对他说：滚，马上在我面前消失，不要让我再看见你。

彼得马上连滚带爬地跑了。海海正醉心于自己潇洒的侠士气质，这时突然一个湿热的香吻就来了。那是海海第一次当众接吻。周围响起一片掌声与欢呼声……

"哥，你怎么了？在做白日梦吗？"

丁丁将海海从幻觉中惊醒。她看见哥哥原本兴奋的黑白分明的眼睛，被她一叫突然黑白不清、迷惘灰暗了一瞬。他的眼神明显有一种失望。事后丁丁回想起此刻，才懂得他的失望。他是在失望现实处境，更多的是指现实处境中的自己。

真实处境是这样的：

自己的妹妹一点都不崇拜他，相反对他冷嘲热讽。

雯妮莎更不是遭欺凌的弱女人，相反他看见她如何主动迎送自己，去受球星的那些欺凌。海心里恼她一点女孩子的矜持也没有，她应该冷傲地拒绝，即使是假装的半推半就，他心里也会舒服些。他们当众长驱直入，将对方的整个口腔都要掏空的长吻，这对董海太致命了。不过话又说回来，就算雯妮莎受到凌辱，他又能怎么样？他能像想象中那样剽悍勇猛？行侠仗义？这就是他更失望的地方。

因为自己不是勇敢强健的骑士，相反他瘦小单薄，架副大大厚厚的眼镜，驮个沉沉重重的书包。这样的形象只会被同学们取笑为书呆子，只会被雯妮莎这样的女生利用来做作业。他知道自己的善良、软弱、忧郁是一目了然的；老实得战战兢兢让女孩子没劲，认为缺乏男子气概。所以他幻想中的自己总是相反的形象，那种高大勇猛、有型有款，会玩会开玩笑、有点坏水，吸引女生又对女生居高临下，对宠辱满不在乎的男生。其实，其实就是有一点像彼得这样的男生。其实海海心底是清楚的，只是不愿承认，像彼得这样高大英俊、会玩会耍酷的男生是中学小女生的梦中情人。女中学生们涉世虽浅，却并不纯洁，她们已经将男生们分了类，显然海海被归于那类男生：是用来提供作业答案的，而不是用来约会的。

董海带着伤心与宽恕，默默地欣赏雯妮莎的一颦一笑，默默地为她的一举一动而在心里受罪。对于雯妮莎的迷恋使他无心观看球赛。她看球赛，而他看她。她为球赛欢蹦乱跳，他看她腰肢的左右扭动，曲线的上下起伏。她与周围的人议论争辩，他看她的每一个表情，心里隐隐作痛。

最后海海苦笑了一下，转身离开运动场。一个默默恋爱，又默默失恋的男孩。他不像自己想象中既骁勇剽悍又剑胆琴心的勇士，倒像以牺牲为恋爱形式的中世纪古典骑士。

"海。"

她突然叫住他。

他为这一声呼唤险些落了泪。她竟然也看到他的离去。

"你现在就要走了？"

"是的，我想去图书馆做作业。"

"好。谢谢你的作业。咱们回见。"

雯妮莎莞尔一笑，几乎是敷衍他的，他的心却为这一笑深感欣慰。

"不用谢。我的荣幸。回见。"

"海，你把物理作业也帮我写了。待会儿我去图书馆找你。"

"好的。"海又毫不犹豫地答应下来，脸上有种上当的微笑，只因为她说了那句回头她会去找他。

结果当然是一场空等。

雯妮莎并没有出现在图书馆。就像许多女孩子一挥小手说，她们会打电话给你，其实她们不会，她们甚至连你的电话号码都不想留。但是海海很当真地去等，次日海海看见雯妮莎走过来，她还是一贯的俏皮与嬉耍着问："你好吗？"

"你没到。"

"对不起，昨天临时有点事，我没法去。"

"没事。"海海摇摇头，像孩子决定原谅大人，带着心酸淡淡地笑笑。

"希望没有让你一直等。"

他正想问问她失约的原因，这时她一挥手匆匆地说"回见"就小碎步地跑走了，随她望去，看见那个球星，她是奔他去了。

海海立在那儿，现在的心事他是懂的。现在的欢乐和难过比以前更甚，有点难以承受。先前的欢乐和伤感，是茫然的一片，现在却是明明白白。他搞不懂自己为什么知道是不能得，不可得，不该得，却就是那么的想要得到。

BUHUI YOUYONG DE YU

不 会 游 泳 的 鱼

第六章

橘树之江北，则化为枳

"这是这个月的房租。"潘凤霞把一张支票递给老头。

到了月初付租时，董家还没有凑够钱。夫妻俩没办法了，一咬牙，说："先给他一张空头支票。这几天把钱凑上。""要是凑不上呢？""那就装傻，就说银行出了问题。"夫妻俩点点头，所见略同的样子。

"谢谢。"老头没看一眼就收下支票，"两个孩子怎么样了？有空叫他们上我那，我给他们补习作文。"

"谢谢。"潘凤霞说，"我替我们全家谢谢你。你对我们很照顾。"

现在所有的社交基本都由潘凤霞出面。董勇怎么也不愿意开口说英语，总是支吾地混过去。而人家没有听懂，请他原谅，再说一遍，他就一副"说了会死"自我防范意识很强的样子，打死也不再说一遍。潘凤霞就替他说，潘凤霞的英语也很烂，只是不停重复，手势丰富，表情生动，人家会意起来比较容易。有了潘凤霞，董勇就更不说英语了。遇到非说英语不可的时候，他就"你说你说"把潘凤霞推到前台。

董勇说："霞，你还真行。英语混混也就混出来了。"

潘凤霞不以为然地说："学说话嘛，最主要的就是要脸皮厚。你得说啊。"

此话一出，董勇就没话了。这句话原是他的。当年他多机灵啊，学什么像什么，学广东人讲话，学福建人讲话，学陕西人说话，学完他自己不笑，很助兴地看别人笑，看见潘凤霞的笑更是失了禁。他在那模仿，她就在人群中早早地进入了期盼，哑着半启的嘴等待着他的把戏奏效。他们是多么一唱一和的一对。人家说："董勇，你真有语言天赋。"董勇说："学说话嘛，最主要的就是要脸皮厚。你得说啊。"

潘凤霞就是不明白那么机灵的人到了美国怎么就成了木头，什么都适应不来。潘凤霞已经能够应付基本的餐馆用语，被调到前面当服务生。董勇还是一句英语不说，还在厨房里打杂，不仅如此，而且打杂的活也没保住。现在全职在家里待着，当起了家庭夫男，剪折扣券，承担所有家务。以前董勇是多么幽默、有才、大度，还有点坏。她能列出他一连串的优点，现在的董勇只剩下"老实"两个字。无能的人才老实呢。女人看不上老实的男人，觉得没劲。女人跟着老实男人，只是为了安全。可是这种安全在美国正是最大的不安全。潘凤霞觉得自己像一个走在穷途末路上的老人，毫无前途可言。

以后的几天潘凤霞回家的时候，总想着，别撞上老头，别撞上老头。说曹操曹操到。这一天老头迎面走来开门见山地说："这是一张坏的支票。"

潘凤霞先是装出听不懂他在讲什么的表情。她现在发现听不懂英语也不全是坏事，可以为自己赢得时间考虑对策。

老头抖抖手上的支票，叫着最简单的字眼："坏的，坏的，没钱，没钱。"

装听不懂是装不下去了，潘凤霞又换了一种假装。她假装天真地说："你是说支票不能用？怎么可能？这不可能呀。"这几天，这个浑然无辜的表情一直在她头脑里表演着，今天现场即兴表演，仍是不尽如人意。

老头婉转地说："这种事情发生的时候自己有时候并不清楚，你们应该打电话到银行去问问。"

"可不是吗？"潘凤霞的吃惊更深了一步，像美国人那样两手合在胸前，嘴巴张得老大。

老头没去看她，似乎是不忍心看她。一个中年妇女为了一点房租竟然这样地表演起来，他都替她于心不忍。

"对不起。真的很抱歉。"

"下回要注意了。"老头又说，"谢谢你们把楼道扫了，谢谢你们送来的甜酸排骨。你们不需要做那些。"

"顺手的事。"潘凤霞的头低着，头发垂下，两个脚对得平平的，像受教导的学生那样谦卑着自己。这在老头眼里成了浅度的苦肉计。

"可是房租不能再拖了。"老头知道这话在这当下挺刺激，但他不得已。老头的意思是再明白不过的：不要以为扫扫楼道、送送甜酸排骨，就可以抵了你们的房租。

"我们知道，我们没有这个意思。"潘凤霞苦笑了一下，心里想，自己就是这个意思，至少可以换个通融晚些交房租。

"现在找到好的房客也不容易。大部分的房客都有这样、那样的问题：把音乐开得很大声，或者把邻居搞得不愉快。我一看到你们一家人就感觉诚实可靠。我是没有关系，可这不是我的公寓，我也是要交差的。最近什么东西都涨了。屋顶也要翻修一下，免得漏水。要知道，雨季快到了。"

老头似乎在不经心地唠着家常。脸皮再厚，也会被这些不经心的困境鞭笞、刺激出良知。没钱，廉耻还是有的。潘凤霞愧疚与难为情地低着头，保证道："是是是。"

"那现在能付吗？"

"我们下星期一定交，一定。下星期可以吗？"潘凤霞脸上的天真与眼里的哀求矛盾着。手上的两个塑料袋从左手换到右手，再从右手换到左手，气氛中的尴尬使她的动作更加匆忙。她心里说：别再逼了，要是逼出人命可不好玩了。

"要下星期？"

"是这样的：我的先生失去了工作，现在全靠我当服务生的那点钱维持一家四口的开支。今天我打一个桌子，他们吃了一百块钱，我心里想那怎么也能给我十几二十块的。你猜他们付了多少小费？两块钱。我们这个月实在是太困难了。"

潘凤霞说着说着眼圈就红了。她想用手去擦擦泪，却又意识到这些眼泪没有必要去擦，留着更好，就改道去捋几下头发。

老头没料到潘凤霞给他来这一手，当场就慌了。他只看到潘凤霞生龙活虎的一面，一股子对生活经久不败的兴致和稳扎稳打的野心。他不曾见过她如此多愁善感，大概也觉得折磨过了头，他对此负有责任。他叹口气，缓和一下口吻："我很抱歉听到这些。"

说完就去安慰潘凤霞。美国人的安慰方式都是一个山姆大叔结实的拥抱，同时说"总会有办法的，一切都会好的"。潘凤霞于是不去计较这拥抱的紧度，把它当作美国礼仪。这圆滑的拥抱，让这个六十多岁的老光棍心里有了点激情，于是将她揽入怀中。这个丰满的中国女人身上带着一团治家、持家的温暖，这温暖使老头很触动。

潘凤霞承受着一些轻柔的抚摸，觉得有点不对劲了，她安慰自己，他都可以当你爹了，这么拍摸也是说得过去的。再接着老头又腾出一只手伸入她乌亮的秀发，亲吻她的黑发，再亲吻她咸咸的脸颊。这带着怜爱的亲吻，是对失意者的安慰。她能感觉那股热乎乎的呼吸，带着一种混沌的气体，这有点不合适了，可是为了那点可怜的房租，她也是可以适应的。

潘凤霞把自己从拥抱中温和地、不太伤老头自尊地挺出身来，把深埋在他肩头的脸扭过来，可怜又自尊地看了一眼老头，那意思是：我都惨成这样了，你好意思趁火打劫吗？

那一眼就足以让老头自责与害臊。说到底，还是一个洁身自好的老头。坏，也就坏在一张嘴巴上，心地还是有美国人民善良淳朴的一面。

他连忙放开潘凤霞："对不起。我只是想安慰你，没有别的意思。千万别误会。房租，就下个星期交吧。"

她马上看到自己作出牺牲的回报。

"我相信你。"老头又说。这句话后面的意思是，所以你也要相信我。

"谢谢。"

老头想，得说点什么别的，把这有点僵的气氛缓和下来。于是闲聊起来："是的。老实说，我是喜欢你们这家人的，你们总是说这么多的对不起、谢谢。你们的两个孩子也教育得很好，非常有礼貌。你知道这条街上的人并不这说话，他们只会说带F的脏话，都是卡车司机的语言。"

"谢谢。"潘凤霞心里想，他们倒不是什么好修养，是穷得只能夹着尾巴靠着不停"对不起""谢谢"来替他们抵挡风寒。

"你看你又谢谢上了。"老头笑道。

"真的是要谢谢你嘛。这个周末到我们家来吃晚饭吧。"

"好。"老头眼睛看着潘凤霞手上的几个大袋子，"一个人拿这些太重了，让我帮你吧。"

"谢谢，不了。我可以叫我的丈夫来帮我。"

"你丈夫可能不在，因为我刚才去敲门，却没有人开门。"

"是吗？"潘凤霞脸上装得一无所知，心里想，黄世仁敲门，杨白劳敢开门吗？

果然她一进家门，董勇就从洗手间里探头探脑地出来，一脸的唬到还没有退却，小声而警惕地问："没被那老头撞见吧。好险啊，刚才他来敲门，我就是不开，装作不在家的样子，嘿嘿……"

潘凤霞突然非常瞧不起他。他的头发又浓又密，油腻腻的，好几天没洗了。她无名火就上来了。潘凤霞之前所受的窘态本没什么，现在被丈夫的窝窝囊囊刺激出一肚子的气。

"董勇，你倒是会躲，让我在外面给你挡箭。董勇，你还是个男人吗？"

这句话是她来美国后最常吵的，也是潘凤霞最灵验的一句话，董勇一听这话就又泄气又生气。

他痛不欲生地骂道："潘凤霞，你还有完没完？"

"让你老婆在外面挡风挡雨。你还是个男人吗？是男人你就应该养活老婆孩子，而不是躲在家里跟缩头乌龟一样。"

每每这时，董勇就不动声色地离开。幸亏他离开了，不然潘凤霞心里还有更恶毒的会说出来 —— 董勇，就是因为你无能，别人在外面揩你老婆的油了。

退下来的董勇痛苦地想弄明白，那个温顺的小美人怎么就给这个凶神恶煞的母夜叉偷偷地掉了包。到了美国算是理解什么叫"橘树之江北，则化为枳"，那个风情万种的"祝兄"永远地留在了中国，现在这个凶巴巴恶狠狠的悍女人，他完全不认识。

这时看见儿子女儿睡眼蒙眬、泪眼蒙眬地站在各自房间门口，同时看着他们。

"求你们别吵了，别吵了。我们都快被你们烦死了。"丁丁突然一把眼泪一把鼻涕地说，"我们在学校已经过得很不舒心了，就指望家庭温暖了，现在家里又成了这样。真是内忧外患。我们来美国图个什么呀？有话不能好好说吗？为什么要这样骂来骂去呢？"

海海同情地看了父亲一眼，父亲在国外的失落他感同身受，为此不免抱怨母亲过分、无情，他扯了一嗓子："妈，你别对我爸这样，我爸他心里不好受。"

"你们以为我心里好受吗？"潘凤霞一抹眼泪对她的一双子女说，"虽然我很抱歉让你们看到这些，但我也庆幸。"

丁丁愤愤地说："庆幸？庆幸什么？"

潘凤霞说："庆幸你们这么小就看见这一切，还来得及知道这个世界上没有人靠得住。你们只能靠自己。"

一向话少的海海也突然说了长长的一串话："学校里不高兴，学校就像地狱，家庭里不幸福，家庭也像地狱，现在学校和家庭都不幸福，整个世界对我们就是地狱。"

潘凤霞听了这话，心里"噔"地一落。海海从来不表达情绪，通常是连个表情都没有，现在连"地狱"这种词都出来了，以后她也就不再敢当着孩子的面吵架，也担心对孩子造成心理阴影。

海海又过来劝父亲，他很重感情地拍拍父亲的肩："爸，你别跟我妈一般见识。"

董勇抬起头看了儿子一眼，他艰难地微笑着。

似乎有一个伤痛存在于这个家庭，对于董勇，那是一个无法探知的伤痛。伤痛时时刻刻在成长、成熟，终于与他共存了。他的存在就是伤痛的存在，他成了伤痛自己。

伤痛不仅是董勇一人的，潘凤霞也有伤痛。董勇受伤后，她非常难过。她对自己说，我应该对董勇好一些。她拼命去回忆当年他们唱梁祝的情景，多么男才女貌的一对，堪称剧团的一道风景线。董勇到这年纪，可还算是帅的了，而且真心爱她。可是她进了家门，看见董勇在小灯底下翘着他残缺的食指剪折扣券，突然心里很烦，而且有点瞧不起他。那油腻腻的头发，她怎么曾经会视为潇洒呢？现在她都不能多看，一看就烦。她已经对他受伤的食指视而不见了。他有时也能做到视若无睹，有时则要重点突出，总是在他要赖的时候。他会拉着丁丁的手去摸他的伤痕，看着女儿半恶心半同情地皱着眉别过脸去，他脸上会有一种无赖式的满足。不仅如此，他还会像孩子一样通过一些小事来发泄情绪。比如故意把电视开得很大声，比如莫明其妙发出几声怪叫。

今天潘凤霞进家门前，再一次对自己保证：不要给董勇发火，要对他好一点。她控制自己心里微度的厌烦，欢跃地拉着戏腔：

"梁兄，我回来啦。"

"回来了？"

"今天小费很高，我还从餐馆带了一些菜回来，你不用做饭了。"

"今天怎么样？"

"就是那样，一个字：累。一天下来我的骨头都快累酥了。再这么累下去，我早晚会给累死的。"

董勇不知道该说什么，说什么都显得自己挺无能，让老婆在外面如此操劳；不说又显得很不体贴。他只能"噢"、"噢"了两声。这时发现潘凤霞带回一大束鲜花，就把话题岔开："这花哪里来的？"

"好讨厌啊，今天又有一个美国佬来找我麻烦。他一张口就对我说：你是我看过的最漂亮的东方女人。我有六幢房子，四部车子。"

潘凤霞夸张了一点点罢了。夸张的那一点点是女人的炫耀。

她在国内也常这样，三天两头地讲点艳遇给老公听听。比如：今天演出完了，又有个台商一直在后台等着，一见到我就说要娶我，说我是他见过的最有女人味的女人。接着就拿出一个五克拉的钻戒，这么大，这么大，这么大。那钻戒的大小就随着她的手的比划一圈圈地放大。

董勇不是不知道：这些故事真真假假，加上她勤劳的想象力，这想象力是带幻觉的，直到她都真假难辨。可他从不戳穿，那已经放大成鸡蛋大小的钻戒就当她在谈理想吧。他知道她是要他明白，她为了他，骄傲地拒绝了多少人，她心里到底有那么一点不甘，就是要说给他听，好让他加倍地善待她、补偿她。

他们之间的亲密才可以让潘凤霞作这种炫耀。她一个四十岁的中年妇女总不能跟外面的人乱说这些，人家才不会像董勇这样做出半吃醋半生气的样子去配合她的虚荣心呢。人家只会背后议论徐娘半老了还在这里作少女状，真花痴。就连他们的一双子女也看不下去了，愁苦地瞅着他们的妈妈：为老不尊，教坏子孙。谁叫这个四十岁了还把自己当成二十岁来活的女人是他们的妈，他们有什么选择？

只有董勇每每这时都将吃醋、生气、庆幸和苦恼表演得很到位。

"知道他们住在什么地方？"

"问这个干吗？"四十岁的潘凤霞以二十芳龄的姿势两手托着下巴。

"找他们算账去。你说我能打得过他们吗？打得过我就去。打不过我就雇两个打手去。我的老婆他们也敢打主意。嗨，娶个漂亮老婆就是这点麻烦，别的男人老像苍蝇似的盯着。你也是，都是两个孩子的妈了，长得还跟二十多岁的小姑娘一样。"

董勇讲这话时设法看不见他老婆已经走形的身材。

潘凤霞也很配合地挺起已经开始下垂的胸，收紧已经鼓起的小腹，尽量让董勇拿她与二十多岁的小姑娘比时不要太吃力、太为难。同时她把苦恼作得逼真："长得漂亮是我的错吗？那是我爹妈给的。"

他立刻接应道："天生丽质难自弃啊。"

两人一唱一和像在台上演戏。这出戏演了十几二十年了，恐怕这辈子都要演下去了，只是现在搬到美国上演。

"喂，我嫁给你十五年了，给你生儿育女的，你从来没有送过花给我。"潘凤霞边插花边说，那语气一半是抱怨，一半是撒娇。

董勇一言不发。一改以往的热烈，面无表情地听着。

潘凤霞一点趣也没讨着，说下去只是为了给自己找台阶："想当年我在台上唱的时候，那也是水灵灵的鲜花一朵，多少人追着捧着。现在人老珠黄了，老公也不拿我当回事。"

董勇很忧伤地看了她一眼。潘凤霞不记得大大咧咧的董勇有过这么文秀忧郁的眼神。她想，糟糕，这回夸张过了头。可是她在国内也常这样啊。角色还在，舞台背景变了，剧情怎么就不一样了呢？！他应该知道：她吹牛，只是为了让董勇牢牢记住她为他作出的巨大牺牲，对她更好一些。她一直觉得董勇是一个气度很大的男人，现在怎么这么心胸狭窄呢？她又只能自圆其说道：

"其实也不是了。他年纪也蛮大的了。长得根本不能跟你比。"

"可是有钱有身份啊。"董勇瞪着他梁山伯的眼睛。

"有钱有身份跟我有什么相干？！"潘凤霞也用她祝英台的声音说。

"马克思说，婚姻就是政治与经济的结合。"

一会儿后，悠长的、紧一声慢一声的二胡琴声，在破旧陈腐喧嚷的闹区中破晓出来，像一朵亭亭玉立的荷花在污泥里挺身而出，那般地惊心动魄。

作家老头这时第一次听到董勇的《二泉映月》，他正在吃饭，不由自主地放下餐具，嘴巴也停止了蠕动。身为艺术家的老头知道：好的音乐不应该拿来就着饭吃，那只会糟蹋音乐。二胡总是拉着很长的尾音，最后断得不干不净，悠远悠远的，老头悬着心再等，又能等出一小节若有若无的声音。分不清是接前头的，还是另开一曲了。老觉得不过瘾，从自己家里追了出来。

音乐像美食一样把作家老头给诱过来，惊叹地对坐在楼梯上拉琴的董勇说："两根弦怎么能拉出这样美的音乐？"

"这就是二胡的美。"

董勇笑笑，第一次自信的样子，毕竟在展示他在行的事物。那种运筹帷幄的感觉久违了。他想给老头上一堂中国民乐课，可是他的结巴英语不允许他。

"怎么从来没有听你说过？"

"现在是这里，"董勇指指自己的肚子，"不是这里。"董勇又指指自己的脑袋。董勇的意思是：不敢谈音乐。音乐太精神了，而现在我连肚子都顾不上，离精神太远了。可能就是才子佳人演多了，艺术味强了，他多个思想，他忍受不了的就是那个思想。

老头点点头，很有同感地点点头。

"那你们干吗要出国呢？"

董勇想说的理由太多了，只是一时对这个完全无法交流的外国老头无处说起。他随便挑了一个对自己并无说服力的、却最让老外信服的理由："Freedom（自由）。"因为这是董勇唯一会说的几个英语单词之一。

果然老头很深沉地点点头："哪里有自由，哪里就是祖国。"

董勇在一边想：到了美国确实自由呀，这其中包括有饿死的自由。

董勇用他浅白的英语讲深刻的感受："我得到了自由，同时也失去了其他很多东西，如一个人的自信、信念和保障，还有老婆。"

"老婆？"老头追问。

"很快就会失去她了。大概就是这样：一个人孤独，两个人打架。"

董勇、潘凤霞的争吵连老头都看出来了，有时候撞上这对刚吵完架的夫妇，潘凤霞嘲笑地自圆其说："我们在练嗓子。"老头很愁苦地望着他们两口子，像是说，看你们这男婚女嫁的荒唐世界吧。老头一辈子没结过婚，不想结婚。他总说和同一个人在一起生活十年二十年，那多厌倦啊，那是一件比写作还需要毅力的工程啊。现在董家夫妻再次验证了他的独身主义路线是走对了。

他叹口气，语重心长地对董勇说："你说你们好好的两个人，无冤无仇的，怎么会想到用婚姻的方式摧残彼此？！"

董勇听了很感叹，回来对潘凤霞说："还是人家作家认识问题深刻啊！瞧人家的话多一针见血，咱俩无冤无仇的，为什么要用婚姻来折磨对方？！"

潘凤霞也点头称道："他幸福啊。从来没走进围城，就走出来了。"

接下来的几天董勇一直没话。董勇从来话就不多，两个越剧演员，虽在台上唱文绉绉的长戏文，台下只会讲少年人最简单的对白，现在连这种简短的对白也没有了。董勇只是直直地盯着那一大束玫瑰花，一盯就是十天，直到把那十一朵玫瑰看得无地自容，在他的目光下黯然离世。潘凤霞打扫落花枯叶，说："看够本了吧？你看你把人家看得都自尽了。可怜啊，一束鲜花就这样惨死在你毒辣的目光下。"潘凤霞说完就呵呵乐个不停，她觉得自己突然在美国讲出这么幽默的中文好玩极了。

董勇没笑，沉默着自己。可是潘凤霞再次没有读懂董勇沉默中的忧伤。董勇坐在阳台上抽了许多支烟，喘息从粗到细，从急到缓，终于安静下来，脸上升起一个自嘲的笑容。最后一口烟怅然地喷出，终于用鞋底把烟火一扭，一个主意已经决定了。他的优柔寡断就是为了这一刻的坚定。那个晚上他睡得很好。

第二天潘凤霞回家，家里突然多了一大束鲜花。她问："哪儿来的？"董勇说："我偷来的。"她坚持问："到底哪儿来的？""什么哪来的？当然是我买的了。""董勇你发什么疯啊你。花这么多钱买这玩意儿做什么？""你不是说我不懂浪漫吗？今天我也浪漫一把给你看看。""多少钱？""问这个多不浪漫呀。""多少钱？说。""不就四十嘛。""四十？心疼死我了。四十块我们要打多少张桌子的小费才能赚到啊？四十块钱做什么不好，买这么几枝花过几天就死了。董勇，你哪根神经出问题了？你说啊你？你哪根神经出毛病了？""让我想想我是哪根神经出问题了？哟，对了，是某位女士某天回来对我说她喜欢鲜花。""对，我喜欢鲜花。但是我不喜欢花咱们的钱去买这东西。"

董勇笑，笑得十分心疼和嘲笑："你看看你自己。我只是花了四十块钱就把你给治住了。"

潘凤霞还在那心疼和自怜："可不是。我这辈子算是被你吃死了。我怎么就这么想不开呢。你说你吧，这几天板着个脸的，不会就是在想这花的事情吧？送花这是第一次，也是最后一次。以后不可以这么随便浪费钱。"

"霞，这是第一次，也是最后一次……唯一的一次。"

潘凤霞感觉异常，这句话含有玄机，光听是不够的。她抬头看他，突然有点害怕。这个男人从来没有这么严肃过。她知道他这几天的沉默远不止于在这花。

"霞，你可以不用这么心疼钱的。你马上就可以住进大房子，天天有鲜花，而不需要心疼钱。"

"可不是吗？我告诉你今天又有人对我……"

"我知道，所以你要把握机会！你可以在美国再活一把的。你还不老，还算漂亮，为什么不再选择一次呢？！"

董勇的声音有一种深思熟虑的低沉。潘凤霞去看董勇的脸，他的脸比他的话还低沉。潘凤霞这时才静下来，提心吊胆地问："你……是在开玩笑吧？"

"我们现在谁在笑？"董勇仍是一脸的严肃。

"董勇，你不是没喝就醉了吧？"

"我像喝醉的吗？"

"你说，我真是那种女人吗？"潘凤霞问，她自己似乎对这个答案不确定，于是她要他回答她。而董勇并不正面回答，而是说：

"霞，你为自己想想，你跟我有什么好日子过。你再为孩子想想，他们又有什么好日子过。你找别人，身份问题马上就可以解决了，孩子们也不用挤在这里跟咱们受罪了。"董勇就这样不害臊地当众呈现他无能但真诚的情怀。

"董勇你还是个男人吗？"潘凤霞推开他，把他推到一个她可以看清他的距离。

董勇还是那么沉重地看着她，然后过来扯她，她就踢打他。他一下把她围于怀中，任她踢打。他用他宽广的臂膀展示他的另一种情感，直到潘凤霞相信那情感比爱厚实得多，也复杂得多，并残酷。那是一种亲情。

她哪能承担得起这种情感？她像是想冲出这种情感围攻一样激烈地大叫道：

"董勇，你这个丧尽天良的。"

"我这也叫丧尽天良？那你也丧尽天良把我送到哪个富婆那去过过好日子。"

董勇苦笑，带着一点阴阳怪气的伤感。长久的怨与爱，加上真切的亲情，现在什么也说不清了，只能这样苦苦地一笑。他知道她被他说活了，或者更准确地说，他说到她心里去了，而且给了她一个体面的台阶下。他总不能要潘凤霞自己承认她虚荣、嫌贫爱富。他们做了十五年的夫妻，相识、相恋了二十五年，他了解她。一个没啥本事却真诚的男人能为妻子做的大概也就这些了。何况，这样也确实是为了孩子好。这么一想，他真的不怪她。

贫贱夫妻百事哀。到了这个时候，他们早就不知道爱情为何物了，他们的爱情是务实的。潘凤霞与董勇很快就离婚了。他说，所有的家具和电器都留给她，还有所有的存款也归她。总之，他们的一切都归她。虽然所谓的家具与电器只是一堆的垃圾，送给别人都没人要的那种；存款呢，一共就四百块钱。这些虽不值钱，但这是他们的所有，他全给了她，潘凤霞当时并不觉得什么，以后每每想起倒也念着他的情义。而他倒落个慷慨与洒脱,可以一再地在她面前说:"我是净身出户啊。"

两人虽然离婚了,但还住在一起。他们的收入还不允许他们再租一套房子,而且他们似乎也不想分开住。

BUHUI YOUYONG DE YU

不 会 游 泳 的 鱼

第七章

婚姻是政治与经济的结合

潘凤霞在台上演的全是爱上穷书生的富家女，祝英台如此，陈翠娥如此，美国的现实却让她如此不得。她觉得自己又老又穷，早没有力气谈情说爱了，那是一场需要怎样体力与精力的浩大工程啊。

姑婆开导她："在感情问题上，要拿出辞旧迎新的态度：旧的不去，新的不来。"

"可我们是演梁祝的啊。"潘凤霞的意思是，他们曾经多么相爱啊。这对俊男美女堪称剧团的一道风景线，都有许多爱慕者。不是没有诱惑，只是他们不像现在这么脆弱。潘凤霞说，"心里特别不甘心，怎么就离了呢。"

姑婆听了笑："现在反而好办了。你单身了反而好办了。"

"董勇是个好人，一个难得的好人。"她的表情已经相当缅怀。

"好了，既然已经离了，就别想了，想这些还不如想想后半生如何有依靠。"

潘凤霞点点头。

真是矛盾：一方面沉寂在对前夫的缅怀中，一方面积极寻找新的夫婿。这种无常的情绪让她也说不清自己是怎么回事。情绪尚未理出，计划已经实施，而且很快投入得不能自拔，于是渐渐地也就忘了那矛盾的心理。

作为一个亚洲女性在国外还是很受欢迎的，何况像潘凤霞这样漂亮的亚洲女人。她又回到单身的日子，又回到恋爱的市场，很快就有了不少的追求者。她才知道：原来单身比有老公还好混；原来外面比家里容易。潘凤霞自然也不会在一棵树上吊死，把他们各自的条件列了个表格，从中筛选。然后对自己冷笑：这跟菜市场买菜有什么区别？潘凤霞在挑肥拣瘦，对方也在比较。交往得好好的，可是他们一听说她有两个"嗷嗷待哺"的孩子，就全打退堂鼓了。

这次，姑婆没有再给潘凤霞找婆家，只是给她找了份工作。她说："那男人很有钱的，离婚很多年了，有个残疾孩子需要照顾。你做做看，不合适就拿钱走人，又不损失什么。如果合适的话，就一直做下去。"姑婆突然微微地笑了。怎么形容这个笑呢？像是想隐瞒什么，又像想透露什么。

男主人是广东客家人，六十八岁，黑瘦的面孔上生着一双小而尖锐的黑眼睛。头顶秃了一块，四周却围了一圈黑而浓的头发。很多人秃头，可这种秃法却是天主教神父的秃。

他浅淡地说："我姓李，他们都叫我帕特李。请你来照顾我儿子。每个月两千块钱，现金。"

简单的几句话就已经将雇佣关系定性了。

这幢大房子就这样在她面前，也是她未来的家。

这里与姑婆家相比，是另一种富裕，那种潘凤霞比较容易接受的富裕。院门的牡丹凤凰，浓艳祥瑞；一路刁钻古怪的假山，细致而繁琐；阔气排场的装修，真真切切透出财富。总之到处都是金碧辉煌的招展，有钱就要示人的用心一目了然。

就在看到这幢大房子的时刻，她突然向帕特李笑了笑，那是一个非常微妙的笑。一点准备也没有，却满是示意性的暧昧。一个四十岁的女人，带着一双儿女，她得用这笑给她与孩子们换点前程。刚从一段二十五年漫长的婚恋中走出来，她还担心自己不会恋爱，不懂约会。现在立刻就能对别的男人来这媚笑，可见她是多么的急不可耐，可见她的担心无非是自欺欺人罢了。

帕特李立刻感觉到这个女人的笑就像一只挣脱出笼的小鸟一样迎面扑来。他想，她想干什么啊。他也冲她笑笑，表示他收下她的笑。两人一来一回，他们暂定的雇佣关系已经变质了，可是往哪里变一时还没有方向。

一条大狗就迎了出来，在潘凤霞的四处闻个不停。帕特李说："它叫哈利，跟了我五年多了。"潘凤霞想，一栋大房子，一条看家狗，一对孪生子女，还有她，现在加上帕特李，这样的画面就是家庭杂志上的封面。想完她就脸红地笑了，原来这关系是往这方面引呀。

帕特李这时推着一个坐轮椅的青年出来。一张配置精良的轮椅，配着输液瓶。坐在上面的是一个大男生，却有着十岁的体形，五岁的语言，十岁的智商。加起来就是他的真正年龄。

"这是我的儿子，约翰。"老帕特说这话时瞅着自己的孩子，慈爱极了，完全不掩饰父母对残疾孩子特殊的疼爱，不自觉地用那种对小孩子的语言与约翰呢呢喃喃。

人们可以不去与一个健康的孩子玩耍，而看见一个残疾的孩子，却不能不去表达关怀。人们蹲下身子，凑上耳朵，堆上笑容，送上祝福，表示他们是现代文明与进步的产物。就像潘凤霞现在这个样子。即使这项关怀中包含着许多吃力的跟随及太多的假象，连他这么智障的孩子也感觉到人们慈爱中的怜悯与施舍。所以他不给他们展示文明的机会，他歪了歪头，表示疲劳。

"你的任务就是照顾他。"

潘凤霞点点头，想，以后这辈子我就要和你间接地打交道了。

"他是先天性的残疾，生活不能自理。"

潘凤霞看见青年人非常不正确地躺在轮椅上，她想替他扶扶正。可是她很快就放弃了，因为他已经习惯这样，换过去反而不舒适。她想：原来有人是这样痛苦地活不下去，却坚持着活下去。

"他的免疫性很低，每天都需要换洗被单，清洁房间，要用特定的洗涤药水。你知道有些药水太刺激了，有些则没有消毒的作用。还有他所有的衣服用品都必须是纯棉的。他喜欢白色、淡蓝色和淡绿色。食品更重要。像你们中国人吃的那些食物是完全不符合他的标准的。"

她想，他没有注意到他说"你们中国人"吗？

他没有意识到她开小差了，接着说："你们中国人的食物炒啊煎啊的，太不符合健康标准了。尤其是下锅的时候，等油很热了，才把东西放下去，吱吱吱声，那是最糟糕的，把食物里所有的原生态都给破坏了。"

"有没有那么严重？我们都是这么吃的，也没吃出个残 —— "潘凤霞哽在那里，"残疾"两个字也哽在那里。

"记住，约翰每天晚上要喝一碗青菜汁。做法是：将青苹果、青椒、苦瓜、芹菜、黄瓜放进榨汁机里榨，再加两勺蜂蜜，再放进冰箱冷冻。记住了吗？"

潘凤霞点点头，重复道："青椒、青苹果、黄瓜、苦瓜、芹菜……"

帕特李纠正道："不对，是青苹果、青椒、苦瓜、芹菜、黄瓜……"

潘凤霞看了一眼他，意思是说：不是一回事吗？

帕特李说："顺序错了，效果就不一样。更重要的是，约翰的这些青菜都必须去一家有机食品店买。一般的店你根本不知道他们用了什么激素来催生蔬菜。"

"行，你说怎么来就怎么来。"

"你对工钱有什么意见吗？"

"没有，不过……"潘凤霞欲言又止。

"不过什么？"

"不过，"潘凤霞想了想，已经穷成这样，也就没有什么面子不面子。她说，"有没有可能先付我一半的工钱？我现在非常需要钱。"潘凤霞脸上是不接受回绝的勇往直前。

"噢。"帕特李皱了皱眉头，想她确实已经穷出一种大无畏的气概来了，"那我就先给你写一张支票吧。"潘凤霞敢开这个口，也是认为他们之间一种微妙的关系已经建立。

不潇洒的帕特李写支票的样子非常潇洒。唰唰唰一挥笔，大房子就来了，好车就来了，现在他也是这么唰唰唰地把她这个保姆招来。帕特李把支票从支票本撕下来的样子更是潇洒，"呲"，厉利的一声。

潘凤霞这时发现帕特李长得不难看。帕特李的钱突然支配了潘凤霞的审美观：他的瘦小也不是瘦小了，那叫干练；他的蒜头鼻子越看越富贵，是聚财的鼻子；他有钱，因此并不因为衰老与半秃就失去了全部的魅力。总之，这时帕特李已经是一个有魅力的男士了。

接下来两人看似平常的闲聊，其实是在摸对方的老底，在暗自盘算。比如潘凤霞说："这房子什么时候买的？""有七八年了。""现在房子涨得厉害，这房子现在得多少钱呀？""二百五。噢，对不起，我是说房价是二百五十万。""那你的生意一定很成功。""我是开餐馆的，那是三十年前了，人人都开餐馆的时候我就不做了，后来又做建材生意，等别人都做时我又不做了。再后来我又做房地产买卖，等人人都盯着这块肥肉时我已经什么都不用做了。现在我只是偶尔去公司看看。""那你的经历可以拍电影了。"潘凤霞嘴上说，心里却在盘算帕特李的资产。她想这些年下来，他应该有上千万了吧，没有千百万，也有几百万。

"你在国内是做什么的？""我是唱戏的。唱越剧。""粤剧？越剧？""不是你们广东的粤剧，是越剧，就是梁山伯与祝英台的那个越剧。"帕特李边听边轻轻点头，意思是，看得出来，到底是演员出身，就是不一样嘛。帕特李说："可不可以请你唱几句你们的越剧，让我这个只会粤剧的广东人一饱耳福。"潘凤霞笑，站起身，用小嗓子咬文嚼字唱了一段："青青荷叶清水塘，鸳鸯成对又成双。梁兄啊，英台若是女红妆，梁兄愿不愿配鸳鸯？"一边唱一边比划着水袖语言，那划出神秘的、有着自己情绪的语言。她一板一眼都带着无限花腔动作，有点像她的人。帕特李说："专业的就是不一样。唱得就是好。"潘凤霞浅笑如花："你喜欢听，那我以后就常唱给你听。"

两个人都有点放鱼饵的意思，上不上钩都没有表露出来。他是小心的，可她更不掉以轻心。

潘凤霞留下的第一天帕特李就感觉到变化，约翰的身上干干净净的。第二天，约翰的卧室换上白色的纯棉被单，浴室也打扫过了。她记住了他所有的交代与提醒，而且做得比他想象的好。第三天，约翰可能经过的所有地方的家具都用布块包成一个棱角。整个房子就这样浑圆温暖起来。帕特李看到潘凤霞正四处挥动她的一双灵巧的手。经过这样一双灵巧而贫贱的手，哪里都不再乱，哪里都有了生机。

醉翁之意不在酒。潘凤霞知道做这些体贴周全的工作，比瞎发电聪明得多，也管用得多。她目标明确，总在他看得到她的时候，有的放矢地让她的花裙子旋转了几圈，施展一下自己的美丽。她不自觉地将许多女性的柔情带到其中，这是一个充满细节的女人。她知道她吸引了他的目光，只是装得毫无察觉，让他注视得更大胆些、放心些。她在他的注视下把自己展示得更温柔些，更尽情些。她对自己说：稳住了，稳住了。胜败在此一举了。过了这关，什么都好说。果然帕特李的目光跟随得越来越紧，为她身上与生俱来的女人素质，比如她妙不可言的圆润身体，和她善于持家、善于建设的贤惠勤劳。

那天晚上潘凤霞要放工的时候，帕特李叫住了她，手心上托着一副精美的耳环。她看见上面刻有"TIFFANY"的字样。她笑了，笑他迫不及待地买这样贵重的东西讨好她；她还暗喜他的出手阔绰，现在就这样，以后还不对她有求必应？当时她怎么也没想到这副耳环有一天会引来一场怎样大的风波。

也就是在这个婚变的关头，董勇和潘凤霞都没有注意到海海。父母只知道董海每天勤勤恳恳地出去读书，考了一个又一个的A回来。别的就不知道了。父母不管那么多，他们认为：只要孩子读书好，那他就不会出多大的错。一切看起来正常，没有人知道这个十五岁的少年内心起着怎么样的波澜，甚至如火山爆发般惊天动地。

海海还在帮雯妮莎做功课，这样维持了两个多星期，海海也感觉不对，他对自己说"不能再帮她做作业了"，可手已经接过她的作业本了。她又说"还有这些要做"，海海知道现在更过分了，他绝不能上这个当，但手还是不听使唤地去接本子。海海觉得自己听话得像个木偶。说好了，再也不理她，怎么仍对她的一颦一笑有着期待，怎么还对她有求必应？

在教室里找不到董海的时候，就应该去图书馆找。他一定在那，坐在一个靠角落的位置，桌面上是各种辞典，那种特别大、特别重的辞典，有着硬质精装的封壳和超薄的圣经纸，上面是铺天盖地的知识。海海永远会在面前摊开一本又一本的辞典，他倒不是真的需要这么多的辞典做参考，只是需要这些书搭起一个自治区。只有置身其中，才感觉到安全与欣慰。这些辞典暂时将他与那不如意的外界隔绝开来，他好像有了庇佑，于是有了另外一个世界。在这个世界里，他如鱼得水，游刃有余。他是自己喜欢的样子。

就在董海在知识的海洋里独自遨游的时候，听见有人叫他"海"，回头去找，却找不到人，就怀疑自己出了幻觉，却又不甘心，脖子像寻家的狗那样东扭西转。是雯妮莎，她叫了他一声后，躲在书架后面，好玩似的看他激动又困惑的神情。

海海见没有人，就正过身子继续看书，这时雯妮莎在他身边一屁股坐下。海海一下子紧张起来，是一种温热的紧张。她一上来就给海海一个电眼，那也没减轻他的紧张。

"我就知道你在这里。"

"是啊，我喜欢图书馆。我喜欢读书。"

"你不觉得乏味吗?"

"不会。如果我不读书，没有进步，我会觉得乏味。"

她看着他，她那样的看法不是在看他，而是研究他，研究他完全不同于自己的思想历程，他的喜怒哀乐需要她如此两眼不错神地来研究。

她说："你知道我为什么被你吸引吗? 因为你总是那么认真，总是在学习，在看书，在努力，总是对自己正从事的事情怀有信仰。而我什么都不行，唯一能做的就是一年增长一岁。"

"我并不希望每个人都像我这样。如果每个人都像我一样，这个世界的竞争压力会太大了，而且这个世界一定很无趣。"

她也笑："如果每个人都像我一样，这个世界一定会大乱的。"

他们相望一眼。他一知半解地懂得了她，她也稀里糊涂地懂得了他。他们以各自的需要，天悬地殊来互补彼此的内心。

海海都是生活在"不要这样，不要那样，应该这样，应该那样"之中，在一个一个正确的洞里跳来跳去。雯妮莎一直都是随心所欲，率性行事，对任何正常事物都要造点反才觉得正常。

两个完全不同文化背景、性格禀性和肤色国籍的少男少女，由于天差地别而产生渴望互补的神秘向往，猎奇而极端。他们明白他们谁都说服不了谁，于是谁也不想说服谁，但是他们喜欢这样的开始。对对方异于自己的行径的探讨，对彼此永远达不到的理解的渴望，这使他们的关系开始变得有趣，也使他们的关系不会乏味。他们默默供认对方从形到神的异样风范对他们带来的别样感受。

她与他坐得这么近，他能感觉到她的呼吸，像小孩子的手挥舞般的柔软;他能嗅出她身上少女的甜蜜蜜的香味，那是少女才有的体香。他的眼睛避不开地要去看她，那种曲线、那种弧度，和东方女子很不一样。

他身体深处冒起一股子冲动，却又不知究竟自己冲动着要做什么，虽然不知道冲动着什么，虽知道应该极力控制。开始进入夏季，有点热，他喘着气，汗从头顶开始淌下。越控制，那冲动越折磨他。

"我的作业呢？你做好了吗？"

"没有。"

"那现在做。"

"现在？"

"赶快。"

雯妮莎一边催促，一边两条腿无意识地晃动着，不时碰到董海的腿。雯妮莎这边全是无心，到董海那边就是有意识。厚厚的牛仔裤虽然生理上碍事，但在心理上已经完全被超越了。隔着衣服，他直接触动到雯妮莎赤裸的肌肤。那股荷尔蒙压力下这个青春期少年完全没了自控。他对自己说可别乡里乡气的，这是美国啊，这点接触算什么。他身上不发达、不明显的肌肉这时都鼓了起来，他不能像自己希望的那样泰然。

他有点不情愿地问："凭什么老叫我帮你写作业？"

"因为你喜欢我。"她流里流气地调情着。那揭露性的语言把一切责任都归于了他。

董海的脸一下就涨红了。她笑得更得意了，轻蔑与自信全齐了。果然，他又帮她写作业了，甚至忘掉自己被欺哄的处境。

图书馆另外一桌的中学生一只手搭在他恋人的肩上，侧头与她耳语。这个姿势将海海心里的冲动具体化了。

经过几个星期的酝酿与接触，海海不像以前腼腆得只会低着个头红着个脸。这时海海虽然还红着脸，却充着老油条的口吻："我无法专心。你在我身边我无法专心。"海海虽然天真纯洁，但也无师自通地懂得打情骂俏。

"你有女朋友吗？"

他说没有。

"现在没有？还是从来没有过？"

他笑了，嘴角一缩，羞极了。他反问她："那你呢？有男朋友吗？"

她笑道："男朋友太多了，不知道哪个是了。"

他又笑了。

"我有办法让你不紧张。"

"什么方法?"

"我们上床。"

她在说什么? 她是在说外国话吗? 她是在说外国话。他不得不请她"宽恕",再说一遍。

她一字一句地说:"和、我、睡、觉。"

海海在想这是什么意思? 中文里的上床睡觉和英文里的是一个意思吗?

她见这个纯洁少年一脸迷糊,皱皱眉,她想不会吧,连这都听不懂。难道他的英语差到这份儿上? 她想他对这种词汇如此陌生,他一定是处男了。她像面对一个智障的孩子,用最简单的英语说:"我的意思是让我们有性。"

不会再有错了。几个轮回下来,海海确定他们指的是同一件事情。海海搞了个大红脸,惊魂未定地看着她。他听见自己响亮地吞咽口水的声音,一口接着一口。

她笑了,像是得意自己的把戏奏效,又像是看见一个迟钝的孩子终于有了反应,宽慰地笑了笑。她说:"睡了就好了。你见到我就不会紧张了。"

他想她一定是在捉弄、考验他。他很认真地说:"我并没有这么想呀。"

"什么? 你不想和我睡觉。"她显然是动了怒,两个嘴唇咬着,"这很侮辱女孩子的,这等于是在告诉她她不够吸引力。"

"不,不,你知道我不是这个意思。"

"所以你想和我睡觉? 你们这些中学男生全是一个德行,每五分钟想一次性。"

"这种问题是很整人的,怎么答都是错。"

她笑了:"明天放学我还会来图书馆找你。"

"是真的吗?"

"当然。"她又笑了。那笑实在是太妩媚了,让人不放心。

"如果是这样，我会在图书馆等你。你会来的噢？"海海伸出个小拇指，"咱们拉钩。"

雯妮莎笑了，大人笑孩子的那种笑法，看他孩子气地一本正经地玩着过家家。

这时她说话了："快去把我的作业做了。我要走了。"雯妮莎叫人办事的企图明确、昭然，反而没了心计似的单纯起来。

海海果然专心了许多。从第一天看见她起就堆积在心头的惶惑渐渐地沉淀下来。他开始做她这学期丢下的作业，把作业递给她，她接过认真而礼貌地说声"谢谢"，然后一转身一挥手："咱们回见。"又回到她的酷样。

海海想：这少女就是为了引诱他来的。就像《白蛇传》里的白娘子，就像《聊斋》里的狐仙。受的引诱有多强，前景就有多绝望，欢乐就有多巨大。十五岁的海海是想不到前景的，只看得到欢乐。看到自己那点"不可能"再次被带到可能的薄冰上，他一时不知道是喜是忧。

第二天放学，海海怀着爱情来图书馆赴约，心里七上八下的。他突然意识到自己爱上她了，是吗？他先是不确定，后来他自问自答"为了她"的系列问题：为了她，他会去与某个男同学打架吗？会的；为了她，他会去作弊？会的；为了她逃学呢？会的…… 一路的肯定让海海大胆地问到自己：为了她死呢？海海的眼睛一下子就湿润了，这个问题的出现本身就是一种心志的表现。他一下子觉得无比的悲壮，一种舍己的、无退路的悲壮。

这种爱情才是少年男女所期待的。他们从那些焕发着文艺腔的书本里学习到什么是真正的爱情，那就是一定是个悲剧的命题，像《梁山伯与祝英台》，像《罗密欧与茱丽叶》。少年男女多么看不起那些家常的、生活化的相亲相爱。那些忠诚、老实的过日子的情调，只配供自己欣赏，却不配进入少男少女充满诚恳眼泪的阅读与思考之中。他们想，那也配叫爱情？！

他呜咽起来，眼泪在他凝重深沉的神情中，显得有些骇人。他想他都这样了，什么都可能为她去做，就是没有勇气告诉她。再说，他不知道如何告诉她。内心的排山倒海，一经过嘴这关，全都走了样。所以她永远不可能知道。

她有一天可能会知道，等到那一天他已经有一番伟业、足够自信时，他也许会对她说，我少年时钟情过你。那时他会自信到敢说这些，而且说得心和气平。他还会对她说，晚上有空吗？一起吃个晚饭怎么样？那个晚餐会吃得像老朋友一样有说有笑。唯一希望的是那时的她不要是个胖胖的、平庸的中年妇女。海海想着想着，就微笑了。

海海就在图书馆的等待中又哭又笑，悲喜两种情绪交集，像个神经病患者。等到图书馆关门的时候，雯妮莎还没有出现，他的情绪又有了改变，感到受伤，还有一点耻辱。他嘲笑自己：她只是在逗你，你还真容易被逗。

次日在课堂上碰见时，雯妮莎完全不记得她的一个信口开河让认真的海海在图书馆白等一场。海海第一次动了脾气："你不知道别人的时间也是很宝贵的吗？"

"我忘了。"

海海的身体往后一撤，摇摇头，不敢相信，也不肯接受的样子。

"对不起。"雯妮莎说，"我太忙了。"

"我知道。"海海的黑眼珠伤心地一抖，像孩子遭到大人忽略或不公正对待时带有埋怨的委屈。

"我怎样才能使你好过些？"

海海的执拗与委屈让雯妮莎不能再无所谓下去。倘若不是这样一个男孩子，她是硬得下心的，而且要把他作笑料。现在不行了，他孤独者的形象叮她的恻隐之心了。

"还能弥补吗？真对不起。让我们再找个时间……"雯妮莎此时这样说，她是真诚的，"下次不会了。"

"你会的。你知道你会的。"

雯妮莎也笑："可你会原谅我。不是吗？"

海海沉默了一会儿说："也许吧。"

雯妮莎先是用眼神拍哄他，接着用身体拍哄他。她把他拉近，再把他拉进怀里。她把他的手搁在自己丰满的乳房上，她误会他了，其实他并不想雯妮莎用这种方式安慰与补偿他。

他的手指不动。他的意思是他要的不是这些，他跟所有围着她转的男生不一样。

雯妮莎果然有些吃惊，所有的男人爱的都是她的肉体，但她不愿意对此进行思考，海海越退缩，雯妮莎越主动。先是解自己的衣服，再是解海海的纽扣。海海喃喃地说："我要的不是这个。我要的不是这个。"

"那你要什么？"

"你应该知道。"

雯妮莎猛烈的动作立刻停住了。

BUHUI YOUYONG DE YU

不 会 游 泳 的 鱼

第八章

把裤子脱了，把衣服脱了

海海家的电话上面有一层细微的灰尘，久不用了，没有人打来，也没有可打电话的人。最近电话突然多了起来，铃声暴响如雷。电话一般都是由丁丁接，她喜欢接电话，如果是推销员来电，她也能以不流利的英语应对如流，大不了就回答："大人不在家，我做不了主。"如果推销员问："那你父母什么时候在家？"丁丁就很客气地说："你们不打电话的时候。"

电话响了，丁丁以为是五人党找她，却是找海海的。丁丁把电话递给海海："竟然还有电话找你。""什么话呀。"海海接过电话，想不到是雯妮莎。她说："为了弥补你，我有一份惊喜给你。""什么呀？""一会儿你就知道了。"然后她挂了电话。

一会儿电话又响了，丁丁很兴奋地冲去接，然后失望地回过头："找我妈妈吗？妈，电话。"潘凤霞拿起电话"Hello"了一声就带着电话进了卧室。

董勇看着他们三人忙着接电话，想他们的生活已经起了变化，只有他还是老样子。然后问女儿："谁来的电话？""不知道。""是男的女的？""男的。"董勇"噢"了一声后也没再说什么，只是急促地拿了块抹布四处擦。一边擦，一边听，猛一回头，看见儿女奇怪地看着他，就以很急促的动作扫了几下："做卫生。"海海四周看看，也没发现擦前、擦后的区别。丁丁则用眼睛瞥瞥餐桌上的电话，意思是：用它来听不是更方便。董勇立刻鄙视地皱皱眉，好像在说：我干那事？我是干那事的人吗？

刚好这时潘凤霞出来了，迎面碰上董勇。董勇立刻对着墙角来回擦了两下，说："很久没擦了。"她对他傻笑了一下，眼光有点躲。两人都认为对方的行为不那么光明，而自己的行为更不那么磊落。

接过电话后，潘凤霞就对着镜子打扮。她本来就漂亮，打扮打扮可以是很漂亮的。可是这个家却没有一面可以让她看见自己好看的全身镜，她只能手上拿着几个衣架子，踮着脚去比对它们的样式与花色。潘凤霞专门戴上帕特李送的名牌钻石耳环，看着钻石一闪一闪，她对未来的希望再次闪亮了。

董勇只能看见她的背影，看着她的手腕子一升一降的，待她转过脸走出来时，他看见这些动作对这张脸的重塑，那是一个要上台的浓妆重彩的潘凤霞。潘凤霞在台上浓妆艳抹，在台下却极少化妆，素面朝天，她是仗着天生丽质。如果她化妆就是带着演戏的意味，生活中也处处是戏。比如今天。他想，看来有一台戏等着她去演。

丁丁过来对发愣的董勇说："卫生间里没有厕纸了。"

"你妈妈不是从餐馆里带了一包餐巾纸了吗？"

"我是说厕纸了。不会听中国话吗？"

"英语就罢了，中国话也轮得上你教我吗？笑话。"

丁丁立刻就翻起她的白眼球，意思是：这日子她过够了。

两个孩子对父母婚变态度相反。董海比以前更安静，什么也不说。董丁从来不反对妈妈出去约会，她从来只问一个问题："他有钱吗？"潘凤霞想，这哪像她女儿啊？倒像她势利眼的妈。丁丁是这样想的：与其要她将来为钱牺牲爱情，还不如让她妈妈为她去为钱牺牲爱情。这样她连爱情也不用牺牲了，这样她就可以提早过上有钱人家的日子。她坚信：做有钱人的女儿比做有钱人的妻子日子好过。

电话是帕特李打来的，问潘凤霞有空吗。如果有空，想请她过去聊聊。潘凤霞放下电话就开始打扮，现在打扮好了，就出门了。

董勇正系鞋带准备跟出去看个究竟，这时门铃响了。董勇以为潘凤霞丢了东西，就去开门。突然一个金发碧眼的不速之客出现在门口。一张由大大的太阳眼镜和血盆大口组合的脸，嚼着口香糖，不知道已经这样嚼了多久，腮帮子都显出疲劳来，可是只能这样嚼下去，反正没有什么别的事情可做。丰润的舌唇轻微地招惹，有个笑停留在嘴角上。

门外的亮光白成一片，门内是暗淡的一片，金发少女的出现夹在黑白两色间，具有极强的反差、侵入性。董勇一脸的惊愕，本想客气地盘问一番她是不是找错门了，可是一想到自己的英语要让她听懂，可能得把她累死，于是也就放弃，等着少女自己开口。

少女摘下太阳镜，露出青春四溢的脸，说："你好。我找海。我是他的同学，我们约好来借他的课堂笔记。"

董勇隐约地听懂，却不确定，叫："海海，出来帮着翻译一下。"

海海从房间跑出来，短裤，赤着上身。他有半分钟的反应不上，敞着两扇嘴唇愣在那儿，突然一溜烟跑回自己房间，再出来时，身上多了件长衫、长裤，还原在学校的样子。

雯妮莎知道自己正被中国视线网住，不得动弹。董勇、海海、丁丁，父子三人在窄长的门廊形成一支中国侦察队，盯着这个白种女子。那种盯法让雯妮莎觉得他们不是在看她，而是在侦察她。对于这些中国人，她的意图与心思需要他们这些眼睁睁的研究。这种盯法让她感觉自己真有一些隐晦难懂。

门外是余下的暮夏白昼，依然炎热。她抵着门站着，世界就这样被挡在外面了。

雯妮莎立刻道："对不起，我来晚了，路上堵车堵得厉害。"

海海发觉自己的嘴还半敞着，又听见雯妮莎说："谢谢你让我借你的课堂笔记。"

海海立刻领会了这个接头暗号，而且很自然地接道："噢，噢，对，没关系。"

海转过头对父亲说："我同学，向我借课堂笔记。"然后领雯妮莎进房间。

董勇看着儿子带着一个高大的美国女孩进房间，有点摸不出头绪，莫明其妙地问丁丁："这个白女孩是谁？她找你哥干什么？"

"你不是都听见了吗？哥哥的同学来借课堂笔记。"

双胞胎兄妹儿时是冤家对头，经常互相告状，彼此作对。长大却相互包庇、相互结盟，倒不是明白骨肉情深的道理，只是懂得，他们其中一人出事，另一个也没好处，父母总是一起惩罚。于是彼此虽然互相贬损，但面对父母、外人，却统一战线，一致对外。

父亲也看出这一点，问也白问。可也没觉得什么，一个女孩儿还能把他儿子怎么着？想想，董勇就出门了，接着跟踪潘凤霞去。

"你怎么来了？"进了自己的房间，海海还是那样直直地盯着她，好像从她进门眼睛就没眨过。

海海不是那种不懂事的孩子，也从不讳家穷，可雯妮莎这样一下子逼近了他的私人生活，他第一次感觉到来自贫穷的自卑。可在雯妮莎眼里，穷不是无可奈何的生活状态，而是一种风格与情调。就像她好端端的牛仔裤上挖好几个口子一样，是一种时尚，一种标新立异的风格。

"我在电话里不是告诉过你要给你一个惊喜吗？"雯妮莎完全感觉不到海海的不自然，好奇地东张西望。

"就是这个惊喜？"

"对啊。上次我失约，你不高兴，所以这次我来个惊喜，希望你高兴。"

海海是高兴的，她是怎么知道自己住在这里的？

"你最近为什么没来找我了？是不是还在生我的气？"她问。

海海想了一会儿，实话实说："没有，只是每次你找我，都是要我帮你写作业，可我不想帮你写作业。"

雯妮莎夸张地叹了口气："和男孩子相处真难，要么他吃醋，要么他怕你榨取他的劳动力而躲你。"

他笑了，说："那你就别榨取人家的劳动力。"

这时丁丁端了两瓶可乐进来问他们渴不渴，雯妮莎定睛看了看丁丁，笑眯眯地，嘴角向上翘翘，"呵，你妹妹长得挺漂亮的。"

丁丁却被她赞美出了受辱：自己漂不漂亮，凭什么由她来评价？自己是一件摆设吗？她大方又大声地回答雯妮莎："你也漂亮。"

她们都不是在表达对对方的欣赏，而是把漂亮当作头衔加冕给对方。

雯妮莎说："谢谢。"潜台词是："谁怕谁啊。"

后来丁丁出门倒垃圾，走时故意重重地关了一下门，不知是要威胁还是要安抚自己的哥哥。

"家里就你和我了吗？"雯妮莎问。

"对。"

隔壁一家一如既往地在放色情录像，一阵阵"啊啊啊"。雯妮莎听了大笑，笑声如同爵士乐一样不当回事又放浪，海海却不敢笑，笑就是承认想到那种事了。现在家里就他们两个人，怎么能想到那种事呢？这个不自然使海海不停地天南海北胡扯，不停地吸可口可乐，吸到瓶底发出"咀咀"的干涸声。

雯妮莎突然大声地敲响墙壁："小点声，这里还要学习呢。变态狂。"

海海吓了一跳，他在这里住了这么久都不敢出声，雯妮莎一来就抗议上了。

隔壁却故意把音量调得更大，雯妮莎气得用鞋子拍打墙壁，大骂："变态狂，变态狂，变态狂。"

海海想不能就这样卡在这里尴尬着，总得做点什么来分散那浪叫声。

"我们来点音乐吗？"

"好啊，你喜欢什么音乐？"

海海从小是听戏曲长大的，喜欢古典一点的东西，但是他想这样可能不够酷，像个小老头，就说："我喜欢各种不同的音乐，除了古典音乐外。"

"我也是。"雯妮莎说完就去调了一台摇滚乐。

海海问："你为什么喜欢这种奇怪的音乐？"

她回过头笑："你想说什么？你想说我很奇怪吗？"

然后跟着音乐起舞，她的舞步自由热情，带一点野蛮，一会儿她拉着海海一起跳。海海不会跳，也就跟着扭了扭。海海的跳舞其实就是快步走，他拘束惯了，一下子敞不开来。两个少年人在不明不白的傍晚灰色中翩翩起舞。

屋内有点热，她脱下外套，贴身的背心露出凹凸有致的身躯，鼓鼓的胸与纤腰有那么大的起伏。他见少女先撩拨头发，对他笑，笑得热络。她那么成熟与久经沙场，十七岁的她，满心都是妄为，每个眼风都是招惹，使她优美的少女形象带着一种放浪的潜质，一切却恰恰吸引着他。

两个人离得那么近，相互的气息都进入对方的生物感知。他突然希望一个动作，一个可以为他们作证的记号。他说不清楚自己具体希望什么动作。他艰难地咽回直流的口水，作着激烈的思想斗争。

"你干吗这么看着我？"

"没……有。"

海海连忙把眼睛移开，却来不及把眼光带走。就像钓线收回来了，鱼钩却留在鱼身上。

雯妮莎盯着他的眼睛笑："还说没有？"

"我想吻你。"海海突然被自己无辜的声音吓倒。像他这样胆子不大的男生，反而容易脱口而出一些想也不敢想的话。是荷尔蒙惹的祸，它可以使人胆大妄为到平日想象不到的地步。

而且讲英文的他似乎有了另一种性格，让他大胆、直率得多，可以冲动、冒昧；而他的中文太成熟了，太瞻前顾后了。用英语表达"我爱你"比中文容易得多，用英语直言性爱与凶杀也比中文容易得多。可一说完，说中文的海海会突然脸红起来 —— 这些话我可说不出口。

"嗯，"雯妮莎听了，并不意外，而是笑笑问，"为什么？"

"你等一下。"海海突然转身去书架找书，找到一本，迅速地翻到一页，朗诵道："趁我们还没分手的时光，还我的心来！不必了，心既已离开我胸口，你就留着吧，把别的也拿走！"

海海不流利、带中国口音的英语让这段古典诗词听上去特别地古怪、搞笑，雯妮莎笑得弯腰，一直叫肚子痛。海海在一边呆呆地看她笑，像是自己煞有介事地做正经事，却被人当相声听了去。他想她可真能笑啊。

"你在读什么？"

"拜伦的《雅典的女郎》。"

"想一个好一点的理由。"

"我临行立下了誓言，请听：我爱你呵，你是我的生命。"

"好了，别再念了，说点自己的话吧。"

"这也是自己的话啊。我喜欢你，不，我想我爱上你了。"

"你说什么？"她蹙起眉大声地问他，她是担心他的英语不灵光，用错了词汇。

"我想我爱上你了。"海也完全没料到自己会突然冒出这么一句大真话。

"你想你爱上我了？"

"我知道我爱上你了。"他说每一个字时都一本正经，诚心诚意。

她沉默了两秒钟，再次大笑起来，她觉得这是她这十七年里听到最幽默的表白。一会儿后也觉得这样不好，拼命忍住，最后还是没忍住，于是也就随它去了。她快活地躺在海海的小床上开怀大笑，一阵狂笑，仰天长笑，笑得眼泪都出来了。以后她会发现：她不留情嘲笑的十五岁的少年给予她的真诚与爱，是她这一生最珍贵的礼物。如果她当年把它理解为爱情，如果这个世界把它当回事的话，那么她和这个世界就不会那么世故了。

"对不起，我真的觉得太好笑了。"这时她看见海海的脸色在她忽强忽弱、忽大忽小的笑声中，忽红忽白，忽笑忽哭。她才正经下来，"我们可以吻了。"

而海却早已没有情趣："算了，我们还是跳舞吧。"

雯妮莎突然起了怜悯之心，说："星期五晚上忙吗？说不忙。"

"为什么？"

"这个星期五，我带你去派对。"她还是那么不管他同不同意，已经替他做了主。

"什么样的派对？"他是想趁她讲述的时候考虑要不要去，如果她希望他去，她是会尽可能把酒吧讲得生动诱人。

她偏不说："去了就知道。记住：八点。"

"谁说我要去了？"

"你会去的。"

"为什么？"

"因为你刚刚说过你爱我。"

她那么自信，那么郑重地调戏着他。纯洁的海海又是一阵脸红，然后很认真地说："如果你不能到的话，你就现在告诉我，我好有个心理准备。如果你说你会到，你就应该遵守诺言。"

"这次我一定会到的。"

雯妮莎盯着海海的裤裆，然后煞有介事地走到他面前，两只手扶在他的裤腰时，手如抹坛子那样将裤子从腰间突然往下抹。

海海一惊，连忙微曲膝盖，阻止裤子下滑，好像面对调戏一样，惊慌失措道："你要做什么？"

"你把裤子脱了吧。"

一上来就脱裤子，这是要干什么啊。中文的海海出现了，那种成熟保守的母语制止了英语的莽撞："我，我们还是做点别的吧，外面还没黑。"

"所以？"

"其实，我，我，我只是想亲一下你。没，没别的意思。"

雯妮莎又是一阵大笑："你想到哪儿去了？我只是想告诉你如何穿裤子。"

"什么？如何穿裤子？"海海的意思是自己活了十五岁难道还不会穿裤子吗？

"我的意思是像美国中学生那样穿裤子。"

"他们都怎么穿？"海海的意思难道他们不把裤子穿在两条腿上，是套在两个胳膊上吗？

"这样。"雯妮莎把他的裤子往下拽，裤腰开到小腹，裤裆开到膝盖，全部都向下奄拉着。肥大的裤子露出半截内裤。

"明白了吗？"

"明白了。"

"明白什么了？"

"像我以前那种穿法都不叫穿裤子。就是要穿着酷一点。码号上要夸张一点。"

雯妮莎笑："学得很快。现在我要教你走路。"

"现在更过分了，我连走路都要从头学了。"

"看，像我这样。"雯妮莎在前面领步，"你要走得自信一点，厌世一点。你得有点态度。"

海海跟在后面，看着雯妮莎那种失重的走法，像迈克尔·杰克逊的月球步伐，一下子不知道应该先迈左腿还是先迈右腿，如同邯郸学步。

突然海海想起什么，不学了，坐下。他是对于自己在新学校的新形象全无信心，变得心不在焉，沮丧地说："这些有什么用？我不会是学校里受欢迎的男生的。"

雯妮莎想了想，很神秘地说："我有个办法。"

"什么方法？"

"和我走在一起。和我走在一起就可以了。"

"这个，能行吗？"海海又兴奋又紧张地问。

"你是不相信我了？"雯妮莎非常自信地笑笑，她相信自己对海海会是一种荣誉。

"不，我只是不相信自己。"

"我可以假装是你的女朋友。"

"为什么要假装呢？真装不行吗？"

"可我从来不想拥有什么。"

雯妮莎走后，海海兴奋地手舞足蹈。兴奋过后，他静静地躺在床上，一个女生裸体压在他身上，她白皙而圆润的白种女人的身体特性是那么地清晰、明显，正是他暗中所观察到的雯妮莎的身体。原来他最初是从她那里开的窍。

就在雯妮莎说"把裤子脱了"的时候，潘凤霞也在对帕特李说"把衣服脱了"。

再说董勇跟了出去，就看见潘凤霞被一辆法拉利车接走。潘凤霞到了帕特李家，帕特李和她谈的全是约翰。他说约翰一出生就与众不同，手脚萎缩，智力不全，已经残疾成这样，偏是耳聪目明，残忍地让他看见、听见这个大千世界与他是多么的不相干。那时他还没有习惯与残疾相处，更不习惯与这个世界相处，他的两只残疾小手拼命地舞动着，两只变形的小脚狂野地挣扎着，想躲回那个黑暗的世界。

"太绝望了。这个世界上没有什么比生个不健康的孩子更绝望的事情。你从此以后毫无希望幸福可言。孩子的娘大概就是意识到这一点，孩子出生一个月后就走了。"

"当一个女人走投无路的时候，她会做出一些自己也想不到的事情，比如婚姻就会是她的选择，比如出逃也可能是她的选择。你也不要太怪她了。"

"你是不是认识她呀，讲得这么对。"

潘凤霞苦笑了一下，她是想到自己，想到董勇。她问：

"你一定对她很失望？"

帕特李摇摇头："不说她了。她跟你没法比。"

"啊？"

帕特李说有一天他送给潘凤霞一盒蛋糕，她尝了一小口，脸上出现孩子般的满足，然后包好说我要带回去给我孩子尝尝。他当时就感动了。她肯干、舍己，一身的生命，全身上下都散发着沉厚的母爱。这些品质使这个女人在他眼里变得异常的美丽与性感。他简直不能理解为什么有的女人可以生了孩子又丢弃掉？

潘凤霞在这之前也与别人相过亲，一开始好好的，可一听说她有两个孩子就全打退堂鼓了，现在竟然有人就是爱上了她的母性。她也为之一振。

"我的目标就是长寿与富有，有了这两样，约翰的日子才能相对好一点。我只能尽量让约翰活得长一些，给他找最好的护理。可是那些护理根本不行，表面一套，背后一套。有一个护理竟然让约翰尝酒，还有一个护理竟然在约翰房里抽烟。"

她装得对帕特李毫无想法，说："外人怎么会真心实意地对他好？你应该找个女主人啊。"

帕特李点点头："不容易啊。现在漂亮，同时会过日子的女人越来越难找了。"

说到这份上，气氛越来越敏感，都想不出说什么能使他们的关系进一步，因为已经是近得有点尴尬了。两人聊了一会儿，她就说不早了，该走了。潘凤霞假装看不出帕特李不想她走，突然潘凤霞像跑题似的叫道："等一等。"然后就小碎步跑走，一会儿回来，手上多了一套针线。

"把衣服脱了。"潘凤霞突然说。虽说他们都有那意思，可猛一声

"把衣服脱了"，还是将当了很长时间光棍的帕特李吓着了。他认为他们的交往还处于试探阶段，不知道他们交往的层面已经迈入这个局面。

"扣子掉了，我给你缝上。"潘凤霞轻声命令，像老婆管老公那样轻微地动怒。脸往下沉，沉出微微的双下巴，让她看上去家庭主妇得不得了。

帕特李把衣服脱下交给她。他感到家常过日子的温暖；她感到今后他凡事都会配合她，会顺从她。

两人坐得很近，他嗅到她身上的气息，那是成熟女人对自己身体精心处理过遗留下的体香。他想，原来这家里突然出现的气息是从这儿来的。潘凤霞一针一针地缝，潘凤霞想：稳住了，他正看着呢。

可不是，帕特李含情脉脉地端详她。从他坐的沙发的角度看，可以看到一个最具忍耐精神又知道稳扎稳打的女人，一股子要改善生活的勤劳与精打细算，对你无微不至周全的照料。潘凤霞麻利地几下就缝好，把线尾端打了个疙瘩。然后低下头，不用剪子，用漂亮的牙齿咬下线头。他送她的耳环在晃动中惊魂未定地摇摆着。她微张的嘴和半开的眼睛使她的脸出现母牛似的忠实与诚恳。那个动作使帕特李的心好像被针扎了一下那样一揪，差点伤着自己。他好久没见过这种原始的女性动作了，他印象中只有最贤惠、忠实的女人才这样咬线头。他想，她真是一个过日子的好帮手。到了这个年纪，已经不相信爱情，也不需要爱情，相信与需要的就是这种家常的过日子的温暖。他身体深处冒起一股冲动，只是不知道这冲动能带一个六十八岁的老男人去哪里。

BUHUI YOUYONG DE YU

不 会 游 泳 的 鱼

第九章

英台此身难自主

董勇终于搬走了，再住下去帕特李会误会。

那天潘凤霞接了个电话后就出去，他跟了出去，就看见一个瘦削的男人穿着一件西装，这身商场里能找到的最小尺寸对他仍嫌宽松，垮垮的一身立在辆法拉利车旁。用帕特李自己的话说，这种车并不实用，他平时也不开，就是约会时才开。不过他倒是像美国男人那样礼数周全得很，潘凤霞一走近，他就文质彬彬地为潘凤霞开车门，又文质彬彬地关门。董勇冷笑了一声，想他不是马文才，老得都可以当马文才他爹了。

那天回来董勇就开始收拾行李，潘凤霞从帕特李家回来问他在干什么？他阴阳怪气地说："我这是在为马文才让道，不，我是给马太守让道。"又说，"你以后可不能再穿高跟鞋了，跟那个马太守在一起，你得让他穿高跟鞋，你穿平底鞋。"然后他把头钻进衣橱里整理出自己的东西，也就是那么几件衣服，然后说："我走了。我这是净身出户啊。"

潘凤霞立在门口不动、不说话，只是看着董勇收拾行李，发着小脾气。静静地，突然潘凤霞唱起《梁祝》："眼前就是旧时景，回忆往事喜又惊。"

董勇听到此，正收拾行李的前俯的身子猛地一直，也是五味交加。想买卖不成仁义在，这时用手去拍拍潘凤霞的手臂，像是安慰她，又像是安慰他自己。她接收到他的手传递的体贴，还有那千言万语的说不清、道不明。

他似乎在门口才想起被耽搁掉的心里话，对潘凤霞说："对男人还是长个心眼好，免得上当吃亏。"没说之前他就觉得这话多余，潘凤霞多有心计的一个人啊，没让男人吃亏就不错了，可是他还是忍不住交代，不然心里不踏实。她毕竟是他一对儿女的母亲，她吃亏了，他的儿女也跟着倒霉。现在说了，又觉得很多余。不仅这句话多余，连他这个人也是多余。

她突然说："我帮你把头理一下吧。"

他放下行李，点点头，坐在镜子前。她当着观众（两个孩子）的面，举着剪子，两眼茫茫然，像是没谱，不知道自己在做什么。她毕竟太了解他了，他的两个旋涡，左边的头发老不伏贴，她一举手一动剪，心里的谱就出落成头型。他也不像平时或褒或贬，反正要说上几句，只是安静地享受她突如其来的动人的温存。

她发现镜里的他在看镜里的她，遂停了手问：

"看什么呀？"

"没看什么。"

"你干吗一直看着我？有什么好看的。"她把脸板起来，做泼辣状。

"要不然我应该看什么？"

"看你自己呐。"

"那更没什么好看的了。"

头发一层一层地落下，露出他的英俊脸盆。他真是一个英俊的中年男子，她想。再剃，露出厚实的后脖颈，显出铁一样的青色。这是多刚劲的肤色，她又想。接着肩膀的锐角也出来了，随着动作，拱动一下，又一下。这是多么有弹性的肌肉啊，她再想。她还想起了他们那些充满激情，充满争吵的岁月。他们那时哪来那么大的兴致啊？吵啊，闹啊，又生死相许地抱成一团。爱是诚心诚意，怨也是诚心诚意。她的鼻子吸了两下，有点不通的感觉。

"现在好多了。"她说。

他站了起来，也不去照镜子。他完全信任她的手艺。

"走了。"

"等等，"潘凤霞递过一个信封，里面是他们所有的存款四百元，说，"拿着，你需要它。"

董勇想了想，以前想着潘凤霞需要钱，现在知道这点钱对她已经不再必要，倒也就不客气地收下："你是不需要了。成，我拿走。"他们倒不客气, 彼此知根知底, 于是像家人一样相爱着, 所以也不拿自己当外人, 而且自嘲道: "咱们谁跟谁啊。以后谁需要谁用这笔钱。"

董勇临走了, 潘凤霞突然又开了口, 而且是一个很沉重的话题。她说: "你一定恨我吧?"

董勇看了她一眼, 说: "不, 你错了。我不恨你, 霞, 不管怎么说, 咱们也是一起长大的, 我对你恨不起来。如果一定要恨谁, 我恨我自己。说实话, 来美国后我一直很自卑, 那是种男人的自卑。"

潘凤霞哭了, 唱道: "梁兄说此伤心话, 我肠欲断心欲碎。英台此身难自主, 此心长随梁山伯。"

董勇接道: "英台说出心头话, 我肝肠寸断口无言, 满怀悲愤无处诉啊, 无限欢喜变成灰!"

无论他们如何吵闹、恶语相向, 毕竟是曾经唱梁祝的一对, 他们总有一些戏剧性的心血来潮, 像戏台上的转折, 却总是最感人的高潮。他们以前也有过浪漫, 都是家常的、生活化的, 可这一刻的他们是非常诗意的、文艺性的, 是供人欣赏的情怀。

他们就像站在楼台相会的舞台上, 只是四周附着沉重的黯淡的历史。四周很安静, 两个孩子也不说话, 不吵闹。但他们还是能从静中听出催场的锣钹一样急促 —— 该换场了。

这辆破旧的车带着身心疲惫的董勇走了。他的车消失在车流中, 在如此巨大的车流中, 他生活得好与不好, 对于这个社会不再重要了, 对于这个家庭也不重要了。他似乎因此得到解脱。移民, 从踏上这条孤独的道路, 始终未受到祝福, 一路走来, 竟有些孤魂野鬼的感觉。

过去的生活模式突然这样被破坏了, 它留下的隐痛远远超过潘凤霞最初的估计。

到了吃晚饭的时候, 潘凤霞端了一只鸡过来。海海说: "我们吃不了这么大的鸡。"

丁丁说: "我们可以叫爸爸来。"

潘凤霞没好气地说: "你爸爸不来。"

"为什么?"

"你们知道为什么, 你们不要问了。"潘凤霞望着两个孩子, 咬着嘴唇,说,"这些对我并不容易接受。"

海海接道:"那你以为我们容易接受这些吗?"

潘凤霞看了儿子一眼。

海海又问:"我们不可能再是一家人了吗?"

潘凤霞想了想,说:"不可能了。"

"我就是恨这么多的变化。"

"是的。我也恨。可是没有方法。你们就变了很多。"

丁丁问:"我们变了?怎么变?"

"你们自己剪头发,自己买衣服,开始越来越像美国人,也不是什么都听我的了。"

"那是因为我们并不想保持现状。"

潘凤霞看了两个孩子一眼,说:"我也是这样。"

哥哥、妹妹又因为芝麻大点儿的事情打起来,叫着"妈,哥哥(妹妹)打我"。潘凤霞怒发冲天地横在兄妹中间说:"你们爸爸走了,不管你们了,你们还有心思在这里打架。打吧,打吧,使劲儿打。打死了,我也清静了。"两个孩子安静下来,不再用手和脚来打架,而是用眼睛和嘴角来接着打。潘凤霞的脾气很坏地一屁股坐在沙发上,大声喘气,两个孩子把这视为悲伤。

收拾碗筷的时候,潘凤霞看见一个盛有烟灰和烟蒂的烟灰缸,她犹豫了一下,放回原位,决定不倒它。两个孩子将这视为怀念。整个晚上潘凤霞一言不发,看着带有董勇体味的剃头刀发呆。两个孩子把这视为伤感。在日后的生活中,他们也时常看见这个女人会以很得体的方式来怀念他们的父亲。

两个孩子也只能体会到这份上,他们不能体会的是,他们的妈妈已经不再是当年的祝英台,粗糙的生活已经把她教育回来,她自觉地成长为既封建又嫌贫爱富的祝英台父母,还是嫁给马文才的好,宁愿在富有生活中略带伤感地怀念他们的爸爸,宁愿在宽敞舒适的大房子里听着"你多愁多恨成千古,我形单影只何以生!我和你海誓山盟生前订,地老天荒永不分"婉言惆怅的《梁祝》,也不要真的去过穷日子。穷日子会把一切的感情都磨损掉,而在富有中则可以将贫穷作为一个情调来接受。

与帕特李交往得火候差不多了，是时候让孩子们见见他们的准继父。那是一个中午，潘凤霞把话说开了："将来叫爸爸还是名字，随便你们。这是美国，叫他名字也是正常的，只是我觉得叫他一声爸爸也是合情合理的。"

海海皱了下眉："我们又不是没有爸爸。"

丁丁也说："这是美国啊。美国人都是直呼名字的。"

潘凤霞一边一个孩子地来到帕特李面前，潘凤霞还没开口打招呼，丁丁已经欢快地喊上了："嗨，我未来的继父。我是丁丁。认识你很高兴。"

帕特李对这样的热情有点招架不住。这个少女两个眼睛左顾右盼、飞来舞去，几乎是她母亲的翻版，而且是现代版。

这时看见一个细瘦的亚洲男孩站在他面前。男孩有着他母亲那样的细皮肤，长着他母亲那样的中国凤眼，剪着一个长短有致、形态怪异的发型。他一时也分辨不出这是剪坏了，还是少年人别出心裁。两只手有点不知所措地搓着裤角，他从上面看到男孩的羸弱、腼腆，以及不自觉的自我保护。总之在帕特李的想象中，他与那个被潘凤霞不时挂在嘴边的天才少年完全没有吻合。

"我哥哥。"丁丁拽着海海向帕特李这边走。

海海轻微地后退一点。

"他的名字叫董海。"

海海又轻微地一笑认同。

他就晾在那里，他妈妈在他背后施了力："叫人啊。在路上不是都说好了吗。"

毕竟只是十五岁的孩子，这种场合本来就窘，再被母亲在背后一拧，难免弄出点惊惶失措来。他才吐出："帕……特。你好。"

"听你妈妈说你的成绩是打遍天下无敌手，是不是这么厉害啊？"帕特李顶着正宗的天主教神父的发式，表情也一如神父的慈眉善目。

丁丁代他答："是的，是的，从中国到美国都是最好的。"

"是这样啊。"帕特李想，难怪海海没有嘴巴，原来两个嘴巴都长到他妹妹那去了。

潘凤霞说："海海，告诉帕特李你上学期的成绩全是A。"

董海鹦鹉学舌地重复："我上学期的成绩全是A。"

潘凤霞又说："海海的成绩是不得了的，刚来的第一个学期英语还没听懂，随便玩玩就玩出全部的A，如果他再稍微努力一下，还不搞出一点事件来。他刚来就得了一个'美国总统奖'。那个奖还有美国总统的签名呢。"

海海不耐烦地叫了一声"妈"，阻止她再吹牛下去，又去看了一眼帕特李。仰仗帕特李无知，不计较总统奖其实根本没有听上去那么大，却特别容易唬倒中国人。

潘凤霞得意地笑道："我们海海特别谦虚，得了奖也不说，把奖品都锁到抽屉里，我是给他收拾房间才发现的，不然他可能永远锁下去。我们丁丁正好相反，还没得奖呢，这个嗓门已经跟高音喇叭一样嚷嚷得所有人都知道了。"

"我没有。"丁丁又恼又羞地叫，"妈，你不要乱说，破坏我的名誉。"

帕特李温和地笑笑："丁丁，你平时喜欢做些什么？"

"我喜欢音乐与时装，可是没有机会和钱去真正地接触它们。"

"海海，你呢？"

"我哥他喜欢电脑。他的电脑是学校最棒的，可是他还没有自己的电脑。"

"让海海自己说。"

"海海你自己说。"潘凤霞鼓励。

"丁丁不是替我说了嘛。"

"可是我想听你自己说呀。"帕特李温和而慈祥地说。

"我喜欢……"

"喜欢……？"帕特李非常耐心地等着。

大家都等着，憋着呼吸等着，海海就是不回答。大家包括妈妈和妹妹都怪海海，帕特李这么给海海面子，而海海却不给帕特李面子，连个问题也不回答。只是海海也觉得委屈，因为他感觉帕特李此刻的温存是对小猫小狗的，不是对他的。

　　服务生这时送上午餐，大家的注意力也就转移到食物上，这才使海海逃过一劫。接下来的午餐他就死活不再开口了。帕特李的邀请，妈妈的逼迫，妹妹的诱导，对海海通通都是徒劳。他一个劲儿地往嘴里塞东西，好让他们原谅他不方便开口。他的脸上也没有跟谁过不去的别扭，他只是跟自己过不去。

　　饭桌上丁丁与她的准继父聊起了电影院里新放的几部电影，可一会儿丁丁就抱怨她的凉鞋太旧了。她说："我的脚上有一只蝴蝶。"这句话引来全部人的好奇。她把凉鞋脱下，像灰姑娘似的跷起小脚，让大家看太阳将凉鞋的花纹摄在脚背上的蝴蝶结，也让大家看见她这个灰姑娘的楚楚可怜：这么漂亮的一个小姑娘，这么漂亮的一双小脚，整整一个夏天却只有一双凉鞋。

　　帕特李立刻掏出一百块钱："拿去逛商店吧。你应该买一双新的凉鞋了。"

　　丁丁没有注意到她妈妈脸上轻度的失望，和她哥哥脸上重度的恶心，她欢跃地接过钱。

　　饭后，帕特李开车送兄妹二人去学校。下了车，丁丁给了妈妈一个拥抱，一个面颊吻，说："我爱你。妈妈。"然后又绕到驾驶座那面，给了帕特李同样一个拥抱，一个面颊吻，说："谢谢你，帕特李。"一切都很美国式，那种热情有余、诚意不足的礼数。

　　这种时候，潘凤霞也会觉得女儿非常地陌生。她对女儿即兴表演中流露出来的兴风作浪的艳丽感到恐慌。丁丁的美以前从来不含这种兴风作浪，她是那种有点拘泥不开的，有点老实巴交的漂亮。

　　帕特李脸上有了笑，他知道自己内心深处有很深厚的父爱。他又掏出一百块钱："海海，你的。你也去剪个，哦，随便自己做点什么吧。"他说这话时尽量不去看男孩的头，以免暗示太明显，伤了男孩的自尊。

　　帕特李大概期待着另一个拥抱与亲吻从那个腼腆的男孩子那里发出，可人家完全不领情，就那样木木站着。丁丁对海海使个眼色，示意他说点感谢的话。海海还是站着，他妹妹替他接过了钱，也替他谢过了。谢法当然又是一个拥抱和一个亲吻。

帕特李盯着这对孪生兄妹，想着自己将来就要和他们同处一个屋檐下。孪生兄妹像在两个家庭环境里成长，有着完全不同的顾盼与举止，截然相反的语言与喜好。而这不同的后面，又有着让人琢磨不透的协调与默契。妹妹总会替哥哥说他该说而来不及说的话，而妹妹丢的不是地方的纸巾也会被哥哥拾起重新扔过。非常的自然与搭配，就像是自我纠正，只是这对孪生兄妹完全没有意识到他们的和谐与滑稽。

　　望着兄妹俩走远的背影，帕特李用左眼角看看海海，又用右眼角瞅瞅丁丁，然后双眼直怔怔地看潘凤霞，笑："你确定你的这两个孩子是同一个父亲吗？"

　　潘凤霞一脸严肃让帕特李讨了无趣，只好自己找台阶下："噢，我在开玩笑，听不出来吗？"

　　"我并不觉得好笑。"潘凤霞还是一脸的严肃。她是用她的严肃来捍卫她的清白：她要她的未婚丈夫明白她在中国的那一生是很正经的、正派的，最接近不正经不正派的事情也不过是夸张了追求者的数量与质量。

　　奔驰车走后，海海内心过度的失望和鄙夷就显露出来了。这些情绪一直是有的，只是当着母亲的面，他努力压着，现在这些情绪就再也忍不住跑了出来。海海用左手搓搓自己的右手臂，又酸又冷地对妹妹道："真有你的。"

　　"怎么了？"丁丁的声音也回到中国那个小姑娘，无意中做错了事却不知道自己错在哪里。

　　"你对那老头比亲爹还亲。我的鸡皮疙瘩掉了一地。"

　　丁丁扬扬手里的一百块钱，表示她认为她值。

　　"他那张满脸褶子的脸也配？"

　　丁丁像受了辱一般涨红个脸站在那里，不说话。

　　她把另外那一百块钱往海海手里一推，非常生气。意思是如果不是你这么木讷，我需要这么累吗我？没有我，你能有这一百块钱吗？

　　"我不要。我才不像你们。"海海冷冷地说，想再说什么，想想终是没说。

　　丁丁知道哥哥没说出口的话很可怕：你们就因为人家有钱，一个要嫁他为夫,一个要认他为父。有这样的妈妈和妹妹,他的脸都让她们丢尽了。

丁丁不动声色地说:"那你拿什么带雯妮莎出去玩?"

海海受了提醒,收了钱。

丁丁笑了,笑得有点用心不良:"你并不比我好到哪里去啊。"

把海海笑得有点底气不足,志气大挫。他有点虚地撇撇嘴,那意思是:我确实不比你好到哪里去。

丁丁说:"那么就不要装得好像你比我好、比我有志气的样子。"

有了继父的这一百块钱,丁丁揭竿而起的心志再起,她买了新衣服、新鞋子,还有一些化妆品。第二天有了新衣服的丁丁,根据杂志上模特的样子,依葫芦画瓢涂了紫色的眼影。她既不愿意放弃个性化的打扮,又企图同化于这个新集体,结果就成了这个样子。有点立志的意思,渴望自己的新形象在新学期重新开始。

一到学校,就碰上五人党。有了钱的丁丁一直等着五人党再来叫她一起玩。她想再和她们一起出去,就不用像乡下女孩那样闪避着,而是大大方方地加入,她甚至愿意请她们喝饮料。

五人党看见她,却没有叫。丁丁不知道这个新交的集体已经把她除名。五人党是太阳,她就是围着转的月亮。有点甘心衬托的神情,有点狐假虎威的心情,跟着出众的五人党,她也出众。笑是大家一起笑,闹是大家一起闹。渐渐地有点形影不离了,她以为她们有了小姐妹的情谊。

她主动与五人党打招呼:"放学我们去哪里玩?"

"我们要去看电影。"

"太好了。"她渴望地说,"我会准时到的。"

五人党彼此交换了一个眼色:"你还不明白吗?我们,而不是我们和你一起去看电影。"

"我以为我们是朋友。"

"正是,你以为罢了。"

"我不敢相信你们会说这些。"

"你认为我们会和一个出卖自己朋友的人交朋友吗?"

丁丁无言以对，她内心并不曾原谅自己的背叛行为。中间一小段与她们同出同进的日子，让她快乐了一阵，没去想自己的行为。没去想是本能的自我保护。现在那种混沌的甜蜜，失去了。她觉得自己是遭报应了。

"鬼节还没有到呢。"五人党笑她的紫色眼影，在丢出这句得意的刻薄话后，头一昂走了，扔下丁丁在走廊里发愣，恼羞成怒地嘴唇直发抖。嘲笑是少女最厉害的武器，可以把别人笑得满身伤痕。

这还没完，美术课后，五人党成员故意把画废的纸张揉成一团丢在丁丁的桌子上。丁丁用手把纸团扫到地上。女生捡起来再丢到她桌上，丁丁停了片刻，再次扫到地上。女生又捡拾起，往上面吐了口口水，又丢到丁丁桌面。

丁丁忍而不发，坐下来，大声地喘着气，可是她的手没忍住，它在暗地里酝酿成一个叫"捆耳光"的动作。突然她站起来，突然她的手从她的腰部扫过头顶，再迅速坠落到女生正好仰起的放松、蔑视的脸上。

女生往后踉跄几步，栽在椅子上，过了一会儿，她才去摸自己被打的那半张脸，头脑开始思想、核实这个过程：这个老实巴交的亚洲女学生怎么突然变态、突然凶狠起来？如同丁丁突然在她面前撕毁那张谦让、害羞的假面具。等女生反应过来这个巴掌的威力与意义，她看了丁丁一阵，似乎深感人性的叵测，叫了声："耶稣基督！"同时收回与丁丁对峙的目光，而丁丁却越战越勇，目光紧追着她溃退下来的眼睛不放。女生最后是吓得哭着跑掉。

海海吓得要命："丁丁，你知道自己做了什么吗？"

"我打了她，她活该。"

"你会后悔的！"

"后悔？后悔没早点给她一巴掌吗？"她一直被教导女孩子应该是"善良""无侵略性"，所以她只能在心里扇了那女同学五百下，现在算是表里如一了一次。

"你不怕她告诉老师吗？"

"不，她不敢。她已经被我打蒙了。那一巴掌打得叫 —— "丁丁还沉迷于那个漂亮的动作。那动作之狠、之漂亮、之出其不意。

果然该女生不敢告诉老师，而且第二天见了面，眼睛都不敢直视丁丁。

丁丁深有体会地对海海说:"现在我知道怎么保护自己了。对待恶棍的方法就是要以牙还牙。遇到恶人和受到不公平对待,中国人最常见的不是抗争,而是退缩忍让。中国人这种以逃避代替抗争的怕事传统,在美国更为流行。美国人就是纸老虎,根本不能来真的。你越老实他们越欺负你。你一凶,他们就怕了。你告诉老师也没用。这是别人的国家,要解决事情,只能靠自己私下想方法。就是要以毒攻毒,以邪克邪。没有正义,赢了的邪毒就是正义。"

海海听着这一套一套的理论,想,好家伙,这巴掌打出个哲学家来了。

丁丁接着对哥哥说:"当别人骂你:喔,你有味道。你不能只是回一句:没有的事。你得说:我们东方人不臭,不像你们白的、黑的,一身汗毛,毛孔粗大,所以你们才臭。如果她就是东方人,你得说:你才臭,你们全家就是臭虫变的。当别人说你的眼影很奇怪,你不能只是说:不奇怪。你得说:这是最新的式样,你不知道吗? 真土。只有呆瓜才骂不还口,打不还手。我的经验是 —— 如果有人欺负你,你立刻解决这个问题,她再也不敢惹你。可是你忍着忍着,人家会认为你是呆瓜,你也会认为自己是呆瓜。等到问题很大的时候,你忍久了,也没有勇气去解决问题了。"

兄妹两人在学校里都不太受注意,更谈不上受欢迎。像大多数的中国学生,兄妹俩在学校里非常安静。每学期有那么一两次靠得住的机会去维持人们对董姓兄妹的记忆,比如说数学竞赛什么的,别的机会就得靠自己创造了。这一巴掌就为丁丁制造了一个机会,从此摆脱了被欺负的人群;而此时海海也因为一件事情开始受注意,因为雯妮莎真的与他肩并肩地行动于校园内,他们一下子走进校园的窃窃私语与目光中。海海知道这些目光有些狡狯,有些猎奇。那几个让人讨厌的亚洲女生看见海海和高年级女生雯妮莎在一起,都有一些困惑,彼此交换着眼神,困惑更是加深了。每每这时,不知道为什么,海海突然有一种自豪。那个年纪的男孩子认为找到一个高年级的女生,而且是一个麻辣的白种女孩特别长脸面。

海海对雯妮莎的向往里，并不光是小男孩对成熟少女的迷恋，还有男人对女人的征服。雯妮莎不是一个人，而是尚显生疏的整个女性群体，而且是那种最具难度的女生，征服了她，也就征服了这个世界。她是他的一条通道，海海正式摆脱了性教育课所带来的耻名。

只有丁丁怀疑这件事情，感觉到这事蹊跷："那个与我同年同月同日生的，你现在到底在搞什么鬼啊。你在和雯妮莎交朋友吗？"

"是这么回事。"海海故意抑制住自己的激动，故意带点没啥大不了的态度。

丁丁又叫："你是不是在帮她做作业来讨好她？"

"干吗呀。把自己的哥哥讲得这么没魅力。你这叫灭自己威风，长他人志气。"

"这么说，你们真的在交往了，你不该是她会喜欢的那种类型，她也不应该是你会喜欢的那类型。"

"她是什么型的？"

"我说不清楚，我又没有那种生活。"

丁丁又说了雯妮莎以前的事情，她说雯妮莎吸过大麻什么的，她也就是因为这个被以前的学校开除。突然意识到海海可能不知道，突然停住犹豫着，判断海海如何消化这些："我以为你知道，很多人都知道。她自己讲的。她并不介意谈这些。"

海海被诘问，有个张口结舌的瞬间，一对黑白分明的眼睛空白地瞪着，不愿意接受他对雯妮莎其实一无所知的事实，所以故意咋咋呼呼地殊死防御：

"我当然知道了。她什么都告诉了我。"

而他心里在说：天啊，原来她不是他想象的那样好。那种令他敬畏的感觉突然没有了。他感觉到失望，失望得让他心有点痛，好像一脚踩空，坠落到冰窟窿里。

他们原本约好碰面，结果又一次的落空，而这一次爽约的竟是海海。

自从丁丁告诉他雯妮莎吸过大麻、被学校开除后，他突然间对自己一本正经谈的恋爱感觉荒唐，现在关于她的传闻听多了，他开始明白：他们是两种截然不同的人，根本不可能。因为不可能，他倒轻松了，不再胡思乱想。他那一身的劲也不再那么扛着。他没去与雯妮莎见面，几天下来也躲着她。

这一天下课时，他与几个男生聊天，雯妮莎出现了。他也一改往常的那种热切期盼，而是一副冷冷酷酷的样子。

雯妮莎问："你怎么没去找我？"

"我忘了。"海海简单地回答，扭头和男同学继续聊天。

"我可以和你说几句话吗？"

"你没看见男人们在说话吗？我说完了再去找你。"海海说这话的时候，突然有一种高贵的感觉。这如同一场奴隶起义运动。自己如同一个反戈英雄。

雯妮莎非常困惑地看了海海一眼。她以为是海海想出风头，玩那种当众给女生脸色提高威望的游戏。她把海海拉到一边，说："行了，别再玩了。"

"玩什么？"

"就是假装不理我呗。"

"谁说不是真的呢。"

雯妮莎更加困惑，然后摸不到头绪地看了他一眼，耸耸肩，说："好吧。"吹着口哨走了。

海海是没有意识到拒绝雯妮莎的后果的，他心里正为这个不属于自己的行为而茫茫然，却听见几个男生叫"哇呜"，说"这真是太酷了"。周围的人由意外转为羡慕的目光是见证海海的魅力。还没等他判断过来，就已经莫明其妙地接受着别人对他的新面目的反应，也立马收到几个女生向他送飞眼。

他心里突然有一种很爽的感觉。同时看见雯妮莎一转身就被一个男生拦住，那么自然地互相调侃，隐喻的玩笑，公开的斗嘴，然后肩并着肩地一起走了。他的心又从最高点落了下来。

海海像正经历一场战争一样，心情激荡起伏、机关算尽、争强好斗，她呢？全然不在乎。他讨好也罢，拒绝也好，对她都是不重要的，就算不舒服，也就不舒服那么一小会儿。反而是海海，那种爽的感觉没有维持多久，因为雯妮莎再也不来找他麻烦了，同时她再也不来挑逗他了。他把她得罪跑了，没了烦恼，连欢乐也没了。

他同时意识到他是喜欢被雯妮莎诱惑的。他的头脑知道那个被开除的雯妮莎是不该被他喜欢的，而他的心灵恰恰被这种"不该"吸引。在学校他特别当心，不让自己的心声流露。除了他"不小心"瞅见雯妮莎一掠而过的身影，他基本上能做到专心读书。只是那个"不小心"越来越频繁，于是他尽力地"小心"。海海的心情更糟了，不该逞一时之快，现在他只能从同学嘴中听见关于雯妮莎的只言片语，仅雯妮莎这个名字就够喂活他的了。有人说她父母是好莱坞的制片人，住在比弗利山庄；有人说她的家庭有问题，她得生活在寄养家庭里。又说她被以前的学校开除，也有人说是她家搬迁转到这里来的。总之误差出天壤之别来。不过这些据说再南辕北辙、离谱，也不会叫海海意外，反而吻合海海的想象。似乎这样一个少女就应该有着这些繁华、传奇的过去，那种有别于他单调枯燥的另一种生活。

这一天的课间，他正看着书，突然听见一声"海"。

他一听心里猛地为此亢奋了一下。他可怜自己这几整天来的郁郁寡欢、心神不宁，只有听她叫他时，他才承认自己真的思念她。

"好几天没有和你说话了？六天。"

"是吗？六天？这么久吗？"雯妮莎没心没肺地说，显然她根本没上心。

海海又自悟出一层：其实雯妮莎待他一贯如此，只是他自己接受出热冷来，惹得一世的伤心在身。

"对了，我想问你一件事。就是那天你故意给我难堪，是不是计划好了？"

"什么计划？"

"就是那种当众给女生脸色，好显得自己特别酷。你们小男生都喜欢玩这种游戏。"

海海将计就计道："是的。希望你可以忘了它。"

"当然。"

"谢谢。"

"那有用吗？"

"什么意思？"

"就是你当众给我难堪，起作用了吗？"

"是的。他们觉得我很威风。有个女孩儿还对我抛了个媚眼。"

"我说过我会改变你在学校的地位。看见了吧？"

海海点点头："好像是这个样子。"

"什么叫好像，事实上就是。你得谢我。"

"怎么谢你？"

"这个星期五？酒吧？"

"什么酒吧？"

"不要告诉我你忘了。"她的眼睛一挑，那意思是：你竟敢忘了？！

"我可能不能去。我要去课外加强班。"董海说，然后又补充道，"我父母给我报名参加的。"

"什么加强班？你的成绩已经够好的了。"

"所以报名加强班，不是补习班。"

"你可真是爸爸妈妈的乖宝宝。"雯妮莎抿嘴轻笑，她不知这话现在正是海海的大忌。

海海立刻被激怒了，说："可是我愿意去的时候就去，不愿意去的时候就不去。"

雯妮莎又说："那星期五是愿意还是不愿意的时候？"

"当然是愿意的时候……"

"什么？"

"我是说当然是愿意和你去玩的时候。"

BUHUI YOUYONG DE YU

不 会 游 泳 的 鱼

第十章

我对幸福没有诚意

帕特李向潘凤霞求婚了。

他说他已经是一个开始走向暮年的人了，日出与日落都有可能是最后一次的欣赏。他说到这时，有点沮丧，同时有点后悔，偷偷看了她一眼，见她表情还如刚才，立刻又说，但是他的身体状况极佳，他的家庭医生说他完全不像六十七八岁的人。总而言之，活到这把年纪，他才意识到他需要的是什么。他请她姑婆介绍女朋友时就说，不要说给我介绍女主人，说给我介绍女佣人。他需要的是像她这样的女人，而他的儿子也需要这样的女人来照顾，他才能安心地离开这个世界。于是他就决定结束他所有正式或非正式的恋情，与这个女人结婚。

潘凤霞没有犹豫就决定答应。一边是与帕特李富足的生活，绿卡、大房子、好车，另一边是与董勇的一分钱掰成两半花的清贫日子。这个决定不难，但是她要帕特李感觉这是一个不易的决定。潘凤霞说："你让我想一想。"

回家她和一双子女说了结婚的事，儿子一声不吭地听着，女儿突然说："妈妈，我们不要你嫁给他。"

女儿到了美国越来越物质化，有时候潘凤霞觉得她就像只小白眼狼，可是到了关键的时候她会说这种贴心话。嗨，到底是自己生的。女儿又补充道："妈妈，你可以嫁个更好的。"

正是女儿的这句话，让她的心完全定下："妈妈决定嫁给这个人。这可都是为了你们两个孩子。"

这时女儿又道："他并没有我想象的那么有钱。"

潘凤霞白了她一眼，到底还是一只小白眼狼。

海海一直一声不吭，听到这，突然用鼻子"哼"了一声，然后起身回自己房间了。意思自己是忍耐着把她们母女的话听到现在，现在再也听不下去了。潘凤霞想她一定要找个机会单独与儿子谈谈。

海海知道母亲与帕特李登记结婚的日子，突然打了电话给雯妮莎，说晚上他一定要见她。他突然意识到雯妮莎是他情感的一个寄托，一个劫后余生。

海海从早上起来就进入了约会的氛围，他开始准备，坐马桶、洗澡、洗头。海海交代妹妹，如果妈妈发现他不在，就说他去老头家补习英语了。丁丁笑："杂志上说的是对的？""什么是对的？""杂志上说：为了约会，男孩子照样会用很多的时间来打扮，但是他们通常告诉女孩：我只花了五分钟。"

可等海海准备出门约会的时候，潘凤霞突然回来了。

她是来和儿子谈心的，明天她就要再嫁了，她必须得到儿子的理解，才能嫁得安心。世上所有人都可以认为潘凤霞再婚是嫌贫爱富，可她的孩子不可以这样误解她。因为她是为孩子再嫁的。女儿是她的寄托，儿子是她的希望。女儿是拿来谈心思的，儿子是用来谈理想的。如果没理想，她活着还有什么盼头呢？在这举目无亲、人地生疏的异国他乡，没有这样的希望，叫她怎么在美国忍辱负重地活下去？

"这些日子就瞎忙，很久没有和你好好说说话了，咱们今天好好聊聊。"潘凤霞一开场就是一副促膝谈心的温存与诚恳，她问，"你怎么样？还好吗？"

"可以。"

"希望是这样。可你看起来不像。"

"这就是我看起来可以的样子。"

"儿子，你知道妈妈可全是为了你们活着呀。"

海海知道母亲一来这句他就走不开了，那他和雯妮莎的约会怎么办？想着，就抬头看墙上的钟。潘凤霞问："怎么了？"

"没事。"

"我三个月的时候肚子就已经老大，就跟人家怀孕六个月似的。我是坐下去就站不起来，站起来就躺不下去。儿子，你们出生时就这么一点……"

母亲的手比划着。她认真地说起孪生兄妹出生的情形，他们的样子、形状、颜色、体重、声音。他们如何真正意义上占据了她的身体，又如何浴血奋斗杀出她的身体，如何地分裂。他们母子三人如何从半夜拼搏到第二天清晨。潘凤霞并没有注意到儿子听到女人分娩的一些术语的不自在。她太投入了，仿佛再次身临其境，再次享受那最后时刻——双胞胎撕裂了她离她而去，她感到自己从这个世界消失了片刻，那种极度的幸福与痛苦。

"第二天我走起路来，整个人都是飘的。那叫一个轻松。你想想呀，你们两个小坏蛋加起来有十一二斤，现在突然没了，能不轻松吗？"

海海想，这回我逃不掉了。母亲从出生讲起从来不是什么好兆头，这还得了，接下来就是讲他三岁出麻疹，四岁种水痘，五岁耳出血，得多久才能讲到他十五。这可怎么办？

"他们两个不停地折腾我，你刚哭完，好不容易哄睡觉了，你妹妹又开始哭，把你妹妹哄睡觉了，你又醒了开始哭。那时候我最大的心愿就是能够睡一个饱觉。有一次你外婆把你妹妹给抱去，我想这次我可以好好睡一觉了。我正睡得香，你就醒了开始哭，我想我也睡了一个饱觉，有精神被你折腾了。一看表，我才睡了十分钟。我可怜啊。"

潘凤霞的声音稚嫩、惹人疼惜，用一种对五六岁小孩子的语气和儿子聊天，哄逗他，其实她是希望他也哄逗她，她现在正是需要哄逗的时候。马上就要和帕特李登记了，她希望他告诉她这是可以的，至少他不反对。

海海一个字也没听进去，魂都不知道跑到哪儿去了。两只手又开始习惯性地去搓裤腿，隔一会儿就抬头看一下钟，每看一次钟，他的臀部就微微地提起一点。

"你老看时间干什么？"潘凤霞才发现她一直在独白。

"没什么。"他想，完了，今天可能去不了了。

突然母亲说："我和帕特李很快就会去打结婚证了。"

海海才明白母亲谈话的目的，她是希望得到他的认可，海海苦笑了，他能反对什么？天要下雨，娘要嫁人，他能怎么样？

"什么时候？"

"大概就是明天。"

"不要告诉我什么都不会改变。"

"我不会告诉你这个。因为什么都会改变。比如下个星期我们都要搬进帕特李家，开始新的生活。房子很大，你和妹妹都会有自己的房间，环境很好，一切都会比现在好。"

海海木木地听了，没有任何表示。

都说完了，潘凤霞就走了，去帕特李那儿，正式地答应了帕特李的求婚。当晚帕特李说："在这睡吧。"他把话说得那么自然平直，把她的那一点异常全给说跑了。

他并不像她想象的那么衰老，很快就将她脱干净了。一张老脸向她伸来，呼呼地嗅她，而且在她的嘴唇与耳鬓处亲了几下。一张干涩涩的、凉冰冰的手在她的身上摸来摸去，像在专心致志验收货品那样。手滑到腰，再到小腹，又回来，似乎想反复欣赏她美好的曲线，又似乎对下一步动作力不从心，只好这样来回着。那只手的力度与趋势，使潘凤霞无法识破他真实的衰老程度。下一步能发生什么她并不清楚，甚至不知道会不会有下一步。如此等了一会儿，潘凤霞意识到自己仍是原样，再一看帕特李，他已经侧卧在她身边，睡下了，手就这样搭在她的腰间。她把他的手移开，手又回来了，像真正的丈夫一样霸道 —— 是我的了，为什么不许我摸？就这样过了一夜。

潘凤霞头往一边偏，蓄满在眼眶里的泪水淌了出来。就算为了孩子牺牲吧。潘凤霞认为只有把这笔账记到孩子头上，她才可能不太委屈，牺牲得忍辱负重、心甘情愿。

她完全没有想到她的牺牲，儿子完全不认账，相反就在这个晚上跑到外面去和雯妮莎会面，而这个晚上，海海也第一次尝试了药品和性。

雯妮莎已经到了，缩着身子在酒吧门口抽烟，同时和几个与她搭讪的男子周旋。她运用自己美妙的身躯和轻浮又自以为是的智慧，很快地就与他们混熟了。她就是在这样的媚态周旋中看到自己作为女人的资本，及由此带来的生活便利。她知道自己最直接的本钱就是自己年轻妖艳的身体，以及鲜活大胆的欲望。她知道只要有男人的地方就难不倒她，而且只会被她难住。过于开放、没有遮挡的社会风气，早早地催育了她对男女私情的无师自通的敏感，及成熟的领悟，令她在豆蔻年华就具有了与她年龄不相符的世故与厌世。

这时她看到站在马路对面规规矩矩等红绿灯的中国少年，手捧一束鲜花。他将准继父给的钱一部分买了花，一部分揣在兜里作为今晚的开销。他是正式来赴约的。他也看见她了，他对她高兴地挥挥手，笑了笑。那种没有什么想法的纯真的笑。

她想他真是一个正常、规矩的少年，正常到乏味的地步，就连这种时候没有一辆车的马路，他也如此安分地等绿灯过马路。她还想到长大进入社会的海海，也应该是那种成年人：早上起来有一个温柔贤惠的妻子，她应该是惜福、感恩的女人，穿着厚实柔软的浴袍，为他比较各种领带的搭配。然后他会规规矩矩地开着车，遇到暂停标志，即使在荒无人烟的地带，也要让车胎与地面摩擦三秒。会积极地参与总统选举，温和地反战；有什么不老实、不规矩的事情，顶多也就是在家时下载一些黄色笑话和政治笑话，然后电邮到他熟人的信箱。

海海已经过了马路，到了她跟前，她有点怜惜地看着他。他的体味略带油腻，像青春期的所有少年一样。他的额头有粉刺挤后留下的疤痕，下巴也有一些。他郑重地将手上的鲜花往她那儿一推，羞答答地做着一件正当之事。

她笑了："你对女孩子太好、太正式。这样不好。这样会让女孩子觉得你很绝望。"

他不好意思地笑了："我只对你好。"

她突然有点喜欢这个还差一大截发育的小男生。她喜欢他在过马路的时候总走在她的左边；她喜欢他为她着急担心的样子；她还喜欢他的脸红和一点点的神经质；她喜欢他那种在本质上原则上与她截然不同的神貌，比如他从来不说"操""狗屎"这些她的最日常用语，而且听到这些脏字时总是轻微地一皱眉，带着淡淡的嫌恶与吹毛求疵。

"狗屎，你竟然迟到了。"她故意讲脏话，就是为了看他被冒犯的样子。

"天啊，你为什么总说脏话？"海海的眼睛说，一个女人总说脏话，还算女人吗?

"你为什么从来不说脏话?"雯妮莎的眼睛说,一个脏字都不说的男人最让女人没劲了,一个脏字不说还算爷们儿吗?

但是两人都笑了,因为他们瞒下了一个最初的体验,那就是他们被对方这种异样的气质蛊惑。他想:就这样地笑多好,不要去了解她的环境、背景,就这样笑谈人生该多好。

"讲,你为什么迟到?"

"我妈妈找我谈话。她要再婚了。"

"海,你得接受这一点,因为这是美国。"

"什么意思?"

"美国,就意味着百分之五十以上的婚姻会离婚、再婚。没什么大不了的。我们学校的同学中也差不多有一半以上都是父母离异的。"

"是吗?那你的父母呢?"

"对啊,他们也离了。"

"怎么回事呢?"

她刻意躲着他的追问:"不怎么回事啊,离婚不是很正常吗?"

海海突然意识到自己从来不了解她的家庭背景。海海看了她一眼,突然有对她讲心事的冲动,于是将自己家里的事情,自己来美国的感受揭示给她。自己如何像一棵小树一样被连根拔起,新的土壤还没有适应,而旧的土壤已经弃他而去,小树的全部根须是裸露的,非常容易受伤的感觉全部讲给她听,不设防。

雯妮莎抽着烟,静静地听着。明知海海在拿这些心事与她交换,却仍一字不谈自己的家庭与心事。

海海小心翼翼地问:"你真的是被以前的那个学校踢出来的?"

她笑了,一点也不介意,像是笑别人的可笑之事:"差不多吧。"

"差不多是什么意思?"

"就算是吧。"

"那是因为什么呢?"

"蛮顺理成章的吧。学校不喜欢我,我也不喜欢学校。"

"那你一定挺难过的吧?"

海海突然感觉到雯妮莎也是被裁下来的，他们的处境有几分相似，只是一个是正经得被这个文化排斥，一个是荒唐得被这个文化不容。被排挤的理由虽然有天壤之别，有点歪打正着，结局却是殊途同归，都被这个文化裁剪了下来，成了边角料。海海对这一点的发现，感动得都要流泪了，只是他不知道这两个边角料又是不同的裁法。自己是被动裁出来，要依他的想法，他是希望被接纳，想融入的；而雯妮莎则是自己把自己裁出。

"没有。它一点没影响我。"

"听上去你对这类事情处理得很好。"

"什么事情？"

"麻烦事。"

"那是因为我有方法让心情变好。"

雯妮莎拉着海海一直奔向楼顶平台。平台有一个小小的储藏室，塞的都是别人生活的残渣。黄昏时分，鸽群盘桓上空准备归巢。它们是多么自由自在，行动自由，心灵不受拘束，每天都把这个世界看得饱饱的，然后满载而归。海海想，自己比起来，总像是受了拘禁。

景物在暮色中连绵起伏，凉风挟带着闹市怪异的气息，于是风中有残秋将尽的不幸。一片很薄很稀的月亮挂在天边，叫人不禁清算自己一切不幸的时候。海海想，自己青春年少，竟已存留这许多的伤痛，可谓少年心事当拿云。让那些学校的不开心、家庭的变故都随风逝去。

两个人坐在平台上，海海还是抱着膝盖，脚缩在里面的坐法。他拘束惯了，一下子敞开不来。海海低头看看嘈杂和灯光，再扭头看看身旁的女孩，有一种挺甜蜜的寂寞。

雯妮莎突然站起来，冲着天地大吼了一嗓子，吼出了尖啸。海海想：你叫什么叫，你又不缺自由。雯妮莎扭头对海海说："这就是让心情变好的办法。现在轮到你了，你来叫，感觉特别好，特别地减压。"

海海也依葫芦画瓢地叫了一声，只是为了凑趣。不叫还好，这一叫他才知道他真的是被压抑久了，现在连发泄都是带着自制、压抑的发泄。

"再叫一次，像我这样：啊——"雯妮莎说，"像什么都不存在似的，像婊子养的那样地叫。"

海海心里是想像发号施令一样大吼一声，可真正叫出来的那嗓子还是不够大胆、蛮横，就像刚刚接触到发泄的边界就自动退回。他想自己是没有指望了，原来小小年纪已经有了这许多的束缚。

"来，我带着你叫。"

因为有别人吼叫的带领，海海才真正从精神和肉体中爆发出一嗓子。那种从家庭与学校的约束中解放出来的吼叫，很突兀、很爆破，以至让人怀疑他的呐喊是由长期哑在身体深处的一股强大的洪流的失堤。他可怕起来。身体也随着呐喊而挤压与挣脱，终于舒展到极致，形成一个彻底的张扬。他的整个身体都是呐喊的一部分，由它们推波助澜地把呐喊传播出来。

"敢跳吗？"雯妮莎望着下面，笑着说，像在开玩笑，又不像在开玩笑。

"啊？"

"你敢跳下去吗？"雯妮莎不笑了，认真地问，"如果下面是一种全新的生活，你跳不跳？你敢不敢跳？"

"不知道。"海海的不知道并非敷衍回答，是真不知道，他从没想过这种问题，他想的问题全是美国各校排行榜，如何考上名校。

"我会跳。我一定会跳。我站在这里，有一种似飞的感觉。"雯妮莎说。

"我不跳，我怕。"

雯妮莎静了一下，将一块小石子丢下去，看着小石子经历坠落，她想，有一天身临其境会是怎样的感觉？

"你怕什么？"

"怕一切我不能控制的东西。我害怕的东西很多。我怕没有固定答案的题目，怕写自由命题的作业，怕自己不知道什么时候、什么地方犯错。我心里有一种不确定的恐惧，所以我总是在读书在努力，就是为了克服这种不安全感；所以我总是希望得到老师父母的肯定和表扬，否则就会觉得自己做得不够好。"

"我能帮得上吗？"她问完自己也抿嘴一笑，意思是她的话他不必当真，她能帮上什么忙啊，不添乱就不错了，又说，"我也害怕。但是我害怕相反的东西。我害怕一成不变、一潭死水的生活，害怕和别人一样，害怕自己重复别人，害怕腐朽。喜欢飞翔的姿势和状态，喜欢新鲜的事物。"

海海听了，叹了一句："我们是非常不一样的人。"

"有一样东西是一样的。"

"什么？"

"我们都很孤独。我们只是在压抑程度上有差别而已，所以我们能做的就是做伴。"

"我们可以吗？"

"自行决定堕落是值得骄傲的事情。"

"我听不懂。"

"当你能真正地冲着天地大吼一声的那一天，你就懂了。"

"十年后你想做什么？"

"你知道有一种人是不想这种事情的。"

"怎么会有这种人？"

"我就是那种人。"

"那活得多没有目标啊？！"

"活着为什么要有目标？"

"没有目标就没有意义。"

"追求意义本身就是一件没有意义的事情。"

许多话，许多事就这样一件件地聊起，一桩桩道来。他们清淡地聊起了自己对任课老师的意见，对同学的评价。海海的英语就这样渐渐好了起来，他也说了自己在中国的生活。当他用英语将他在中国的一些往事娓娓道来时，有这样错觉，像是在讲别人的事情。说着说着，天地间就剩下他们俩了，天荒地老说着天地间的故事。

他们还交流一些小时候的童话故事，他们想看看小时候读过的一些童话是不是一样，究竟是什么使他们成为这样不同的人。童话有最深奥的人生哲学，初始观念就这样种下了。她问他最喜欢哪一个童话。他说是《渔夫和金鱼的故事》，还有一些中国童话，像《神笔马良》《马兰花》什么的。她说她最喜欢的童话是《寻找青鸟的故事》。

"传说有一种青色的鸟，谁拥有它谁就拥有幸福。几个孩子就决定去寻找它。他们走啊走啊，找啊找啊，终于找到了它。可是却发现青鸟并不是他们想象的那个样子。它小小的，也不好看。"

海海说："你不是从来不想拥有任何东西吗？"

没想到海海还记得她的话，而且会在此时拿出来压她，不过她倒不吃惊，笑笑："对啊。我从来不想拥有任何东西，包括那只青鸟。原来幸福只是平淡无奇的东西，所以我对幸福没有诚意。"

雯妮莎抽着烟，一口一口地怅然吐出，看着烟雾缱绻缠绵，难分难舍。

"女孩子怎么还抽烟啊？"

"好看呐，而且可以减肥。"

"好看什么啊？不好看。吸一口，脖子缩一下，吸一口，缩一下。而且对身体不好。"

"你竟说我不好看。"

"你好看，可你抽烟不好看。"

"你要不要试一试？"雯妮莎递上一支香烟。

海海接过，还说了声"谢谢"，看着烟说："我就不明白为什么会有人去抽烟。想一想：花钱去让自己染上瘾，这不荒唐吗？"然后他把烟还给雯妮莎，"再说这不好。"

他先接过烟，再还回去。这个回绝就有了力度，是经过思考的。

她说："什么叫不好？"

"不好就是不好。"

"谁告诉你这个不好？"

"谁都说不好的东西能是好东西吗？"

"你怎么知道你相信的是对的？"

海海一下子被问住了。

她又说："还有更不好的。"

"什么？"

雯妮莎拿出一个小白纸包，打开说："知道这是什么吗？"

海海摇摇头。

"白粉啊。"

海海想这个大约就是妹妹说的事情了。他可不能这么土,什么都没见过似的。在美国这些日子他就是在训练自己对任何词汇、行为都不吃惊。那种大惊小怪又要被人笑话说"刚下船的",而面不改色心不跳才是酷、是美国化的产物。他大声地说:

"谁不知道啊。"

"你就不知道。"雯妮莎说。海海的无知,她一眼就看穿了。

"你试过吗?"雯妮莎一副坦诚无辜的样子,这表情让海海不能将她与犯罪之间作任何联想,不像中国人,一说到"白粉",就联想到道德与法律,还联想到经济上的不允许。海海耸肩。他的这个耸肩还不够美国火候,还需要多多练习。

然后雯妮莎将纸币圈成筒状,用它来吸纸包里的白色粉末状物品。鼻孔的用力与眉心的颤抖使她表情愈加恍惚,一种痛苦的快乐,像白痴那样怪诞的神情。然后她心满意足、酥酥软软地瘫在那里。

海海第一次看见这情景,半张着嘴唇,皱着眉头呆在那里。雯妮莎看着这个东方少年最后一点斯文扫地,激烈地站在她对面,消瘦的脸上有了种仇视和轻蔑,叫道:

"你用药啊?"

"不要害怕,不要担心,我会吸它,仅仅是因为它有意思。你要不要试一试?"

"不,我不认为自己愿意这样子。"

"你知道我不会害你的。我只是希望你快乐,而这玩意儿能使你快乐。"

"谢谢。但是我觉得这样不好。"

"你是不是认为我也不好呢?"

"没有。我只是认为你做的事情不好。"

"你不可能喜欢一个人,而不喜欢她的行为。所以你说的爱我,只是一句空话。"

海海愣了一下,看了雯妮莎一眼。雯妮莎又将白粉往他面前递了递,眼神有点挑衅，还有点媚眼。就这样，海海第一次尝试了毒品。感觉完全不像雯妮莎描绘的那样心旷神怡，相反是一种非常不舒适的感觉。他猛烈地干吐了几口，然后靠在那里休息。

就在他混沌不清的时刻，更离奇的事情发生了。

雯妮莎已经在解自己的衣服。将来他回忆起来，会清晰地记得，是她自己脱下衣服的。她的整个身体沉浸在他诚惶诚恐又口干舌燥的注视下的一片虚幻的光影里。他每一次的眨眼，她的身体就如被风吹动的柳条一样摇摆不定。

于是废弃的阳台雾腾腾的昏暗中出现粉粉的女性身体。海海的眼睛并没有看清，可是知觉清楚地知道那是一种怎样的肉体。他早已在梦中将她透视，像所有的青春期的少年将性幻想对象在梦里反复温习。在他梦醒与醒梦中，一个金发碧眼，粉色透明肉体的女子，就是面前这个样子。

"你喜欢学习，现在你要学习一样新的东西 —— 是你在书本上学不来的。"

她走近他，让他看清山峰的原貌。那是两处异常洁白的山峰，她喜欢日光浴，肤色晒成健康色，只有隐蔽处一带肤色格外白皙。他的眼睛正出动去接近那双乳房，嘴唇微微张开、微微噘起，像所有的婴儿一样本能地期盼，下嘴唇留有门牙轧过的齿印。

她把自己贴在他身上，不要他躲。然后开始吻他，吻一下便看他一眼，挑逗似的试探着那副不谙亲吻的嘴唇。她的嘴唇离开他的唇之后，他的唇仍然敞开着等待着什么。

同时，他的手越插越深，指尖触摸到那开始陡峭的弧度。他突然停住了，没有胆量再攀爬上去。一种震撼，甚至是威慑使他不能动。她很体贴地拉住他的手，他的手已经瘫软，不听使唤。她轻笑了，带领、牵引着他一起攀登，直到山峰的最高处。

他觉得手活过来了，感觉到它摸起来的凹凸有致。再过一会儿，不仅是活过来了，而且活出滋味来。他的手寻寻觅觅，探路寻访。每个新的发现，新的摸索，都使它们兴奋与羞怯一阵。每一个曲度都清晰柔美得令他吃惊。

他咽了咽口水，做出绝非生手的样子。力做绝非生手的努力，是逃不过正宗情场老手的眼力的。她用眼睛鼓励他。

"你的性幻想是什么？"

他愣了一下，说："不知道。"

"那你自慰的时候想的是什么？"

他已红的脸更红了，成了猪肝色。

她又笑了，意思是这么大的人了还会为这些字眼脸红。

她一笑，他倒放松下来。觉得她用这种放肆的语调质问自己的隐私，其实也没什么不好，这说明他们已经很亲密，连这些都能谈了。他说他希望性感妩媚的女生来引诱、勾引他，他喜欢那种水性而略略杨花的女子，那是他对女人的审美趣味。他还想说的是：中国神话传说戏曲提供了这一审美范本，比如《白蛇传》《聊斋志异》。他没说，因为她听不懂，还因为他的英语还完成不了这一任务。

"是这样吗？是这样吗？"她伸手去抚摸他，一点一点到他的下身，"是这样引诱吗？"摸到他的那处，却发现他已经湿成了一片。

她笑了，并没有什么恶意。却把他笑得难堪，小声说："我太兴奋了。"

"我教你。"

她把男人们讲给她听、她也讲给男人们听的过于淫荡的话转达给这个纯情少年。这些话对他十五岁的青春十分新鲜。他的眼睛像刚从火焰山烤过一样，在一层朦胧的光线中冒着烟，注视着她。很快又一轮的开始。他滚烫的胸膛下的热血沸腾。他已经被热恋冲昏了头脑，此时他宁愿被她粉碎。

她轻声问："有避孕套吗？"他摇摇头。她又问："你知道我们今天约会，也没有想到带？"他又摇摇头。她想到底是中国男孩，淳朴纯洁，不像美国少年，一天到晚想的就是那种事。他们是何等的风流早熟呀。她心里生出了感慨，再看他，更是怜惜。于是很快地就伏在他身上。

他从她的发梢看见一块天花板。天花板的形状随着她的起伏变化着。他抚摸莽莽、胆怯而且毫无经验，但那都阻止不了那天大的快乐，还有偷吃禁果的胆量也加剧了它的快乐。

完事后，他们并排躺着，他在平息刚从男孩堕落成男人的惊魂。他的眼神痴呆，感到肉体的敏感，而意识都是沉浮的混沌一片。意识还需要一会儿才能附体。他等着这个附体。

等这个附体完成了，意识回来了，他对雯妮莎说："我真的喜欢你，我会对你好的。"

雯妮莎想：这个少年虽然对男女之事毫无经验，也会在这种事后说些温柔的话，显然他是文艺片看多了。

他又说："我现在很欢乐。让我们好好相处吧。"

他越讲越多，雯妮莎想他不是以样学样，那是他的本色。她去看这个亚洲男孩的黑眼睛。大黑眼睛像瞎子一样，既是谜面，又是谜底。她肯定自己没有见过这样一双纯净且动人的眼睛，可她不能肯定这是她要的。她要的简单和快乐不是这种眼神可以负荷的。可是她已经不能再对这双黑眼睛流露的带着愁苦的深情视若无睹，不能再装得看不懂黑眼睛中越来越丰富的情感表白。

她突然害怕起来，推说晚了，两人匆匆告别。

BUHUI YOUYONG DE YU

不　会　游　泳　的　鱼

第十一章

在美国就学到了性知识

与雯妮莎告别后，海海也匆匆往家赶。他们住在所谓的贫民区，白天还是一副牵强的道貌岸然，隐藏的仇恨与凶恶到了晚上就全出来了。

晚上有很多妓女，裸露她们并不诱人的身体。她们相互之间不妨碍。有男人路过，她们立刻能嗅出气息，是或不是找她们的。如果是，她们就会迈着大步直奔过去。有其他妓女先到了，就自动退回来。等她被拒绝了，别的妓女再上。是讲职业守则的。

三三两两的毒贩子，鬼鬼祟祟地探头探脑，却又凭空冲着天空发泄似的叫骂几声。他们的表情有一种惊人的相似：全是一副瞧不起自己，也瞧不起全人类的深仇大恨与厌世。

这是个阴惨之处，平庸且陈旧。就像任何大都市闹市区热络俗艳的底色，没有任何特性，直到海海出现。好了，现在好孩子海海穿梭过这样狂放情趣的边缘，自己都觉得不谐调。海海的正经、规矩及上进，让这里的男男女女感到可怕、可笑和无趣。他们想怎么还有这么循规蹈矩的荒唐人呢？这些堕落的男男女女在海海的眼里，同样是可怕、可笑和无趣的，他们以为的不循例常理，事实上已经形成了另一种形式上的循例常理。

他和他们不属于同一物种。虽然海海时不时在没有办法的情况下必须从这里经过，但妓女们像看不见他似的，忙她们的。后来见面多了，知道他就住在附近，也会调戏着说着脏话逗他玩："小家伙，看起来还是一个处男吧？"

海海加紧步子走路，不敢多看一眼。

"不要害怕嘛。"

海海想，你不害怕是因为别人怕你。

正是他的躲闪和忍气吞声，惹出她们的一腔怨恨，人们凭什么如此躲着她们？同时，让她们越发地找到乐趣。"是？不是？"她们跟在他后面，步子随之快、随之慢。看着他涨红着脸跑走，在后面发出爽朗的笑声，得逞似的。

现在时间久了，更主要的是今晚从雯妮莎那上了人生的一大课后，海海觉得没有必要再像以前那么纯洁地跑掉，而是像鲁迅笔下的大清国留学生把脖子扭几扭，很有姿态地走了。他认为自己拿出了最佳姿态：不屑理睬就是最佳的蔑视。怕什么？我还怕被她们强奸了吗？

晚上，海海在脱衣上床时突然意识到自己的身体不一样了，会从一阵阵又清醒又呆滞的白日梦中一个哆嗦地醒来，像是突然不知身在何处地四周望望，像是寻找什么。雯妮莎吻过他，摸过他，雯妮莎与他已经做过那种事情了。每个动作都是初夜的，都是需要一再证实的。他躺在床上，让那激情像雯妮莎一样抚摸他。像老牛反刍一样将当时根本来不及体会的快乐重新拿出来回味，将每一个动作、每一个接触刻在心底。那快乐竟然被放大夸张了，成了不可言传的美妙。他暂时无法判定那样的首次是不是自己期待的 —— 那初夜的隆重与热烈就这样稀里糊涂瞎挥霍掉了？它不如他想象中的那样神圣，有点唾手可得的感觉。

总之，他是一阵的激动与不安。恨不能将这幸福告诉每一个人，让他们都来妒忌他；同时又不安极了，生怕被家人发现，因为所发生的全是不该发生的。虽然父母从来没有谈过这个话题，但什么是不应该做的，他很知道。可那欢乐是那么的巨大，不可抗拒。一想到快乐，什么犯罪啊、不应该啊、不对啊，就都不存在了，只有那快乐。

他彻夜未眠，快乐着，兴奋着，疲倦着，骄傲着，罪过着。现在那无望的爱变成了有望。人一旦有望就变得不满足，不满足就不快乐。那是他在许多日子后突然想到的。他不想对她有任何超越暗恋的行为，就是为避免那无望变成有望。是他自己走上的，还是她引他上的道，那并不重要，重要的是他已经踏上了这希望的薄冰。

第二天早起，海海并没有看见妈妈，显然妈妈昨晚没有回家，留在帕特李那里。他给自己倒了杯牛奶，这时听见妹妹在背后说：

"你胆子真大，就不怕我告诉爸妈吗？"

海海回头看见丁丁疲乏的嘴角向上提了提，出现一个狡黠的笑容，是那种可大可小的威胁。

海海并不紧张，只看着妹妹，等她进一步的指示。果然一会儿后见丁丁摊出个巴掌说："好处费！"

这对双胞胎小时候是相互告状，现在长大明白"本是同根生"的道理，更明白"煮豆燃豆萁"，父母向来一块惩处，于是学会相互包庇伙同，不如从对方那里拿点好处实惠。

"你为什么要和雯妮莎在一起？"

"因为我喜欢她。"

"可是她是白的。"

"是吗？她是白的，我怎么不知道？"

丁丁"哈"了一声，意思是：少贫了。又说："不过也好。"

"啊？"

"就是以后无论我做什么也没事了，因为任何事也不会大过你和一个白女孩私会这件事。"

海海哭笑不得，转身要离开。就在转身时听见丁丁叫道："董海。"

丁丁从来不这样连名带姓地叫海海，跟他亲热时，叫他"哥"；与他反目时，叫他"喂"；跟他抬杠时，叫他"那位与我同年同月同日同时生的人"。

海海回过身，听见丁丁面色凝思地说："董海，你对自己的肤色不自信吗？"

海海猛地一愣，没有提防，真的没有听懂。

"你为什么要去追求一个白人女生？你不记得咱们刚来这个学校的时候，曾经有几个白人学生叫咱们滚回亚洲去吗？你不记得这些了吗？"丁丁像突然悟出什么，又说，"也许正是因为这样，你才觉得更要靠交一个白人女朋友去改变自己的地位。我就相反，我会跟他们成为朋友，聊天、玩，我也会同他们约会，但我不会同他们恋爱。因为我不能想象自己有一天和白人结婚，组成家庭，生孩子。"

"我喜欢她并不是因为她是白人，而是因为她是雯妮莎。"

海海非常平静地说，扶了扶书包，去上学。仍然在感情世界流连忘返的海海在校园里找他新交的女朋友，他们已经发生性行为了，那她理所当然就是他的女朋友。他认为它已经让他与她迈入另一个交往局面。这是他第一次以美国男生那样理直气壮的心情去面对女生。

他还是没有在图书馆等到她。出了图书馆，看见她仍然跟几个男生有说有笑，打情骂俏，和他共度的那个傍晚在她的言行中没留一点迹象。这类女生自己并不知道自己在折磨人。你上前跟她说明白，讲清楚，你怎么还跟别的男生这样近乎啊？你怎么可以这样呢？她会莫名其妙地看着你，你从她古怪困惑的眼神中反而感觉到自己的不合时宜，像堂吉诃德那样不合时宜。

可是，海海偏不明白这些。她是他经验之外的女孩子。雯妮莎正与球星彼得攀谈，海海叫了声"雯妮莎"，有点严厉的样子。董海讲话声音一向不大，但那份低沉在他重重的书生气中，不动声色地让他有另外一种低调的严厉。

雯妮莎回头看他，并没有露出海海所期望的特别的兴奋，相反像是萍水相逢。她不是记忆不好，就是眼力不好。所有的亚洲人在她眼里大概都长得差不多。

球星看着海海，就像老手看新手那样，不但没有敌意，眉眼越发慈悲起来。海海嫌恶地回敬一眼。在胸怀大志的海海眼里，球星彼得是一个流里流气、鼠目寸光的家伙。

"嗨。"雯妮莎还是那种热络的而又不当真的美国式问候。

就这么一个简单的问候，已经让海海不知道再如何往下说。雯妮莎就是有这种本事，让海海觉得与她发生了肉体结合，但他们基本上还是陌生人。有一种不近情理的生疏感横跨在他们之间，让还在情感世界流连忘返的海海一时尴尬住了。

"我在图书馆等你。"

"对不起。今天我有点急事。"她的目光有些躲闪，也许是她知道自己终究会辜负他，终究会背叛他。

"什么事？"

"我的事。"

"你的事？"海海认为既然他们已经那样了，就没有什么我的事、你的事。

　她不回答,轻轻一笑。仅那笑,也足以证明他和她之间发生的事情是完全靠不住的东西。

　"怎么了?"

　"没怎么。"雯妮莎说,还是那样微斜着肩,懒洋洋的样子,"那我走了。回头找你。"

　雯妮莎笑,一扬小手掌道:"有一个愉快的一天。"

　他一时愣住了,来不及作任何反应。他甚至不愿意承认他听懂了她的话,不愿意让兴冲冲的自己太失望,这时她已经从他身边擦过。

　"等等。"他冲着她的背影说,"那我们呢?"

　现在轮到他在说外国话了。

　"我们怎么样呢?"董海用他破碎的英语给他们的关系命名。可他一出口就知道这个场面像一名小丫头跟男主人讨名分,像十八世纪的淑女为了一个吻向男士讨道歉。

　"什么怎么样?"

　"可是我们已经有过性关系了。"

　"所以 —— "这个美国少女真的在请教,因为他把她搞糊涂了。

　"你不能和别人做了这种事,然后像什么事情也没有发生过一样。"

　"海,或者史蒂文,昨天晚上我们用药了,所以我们不清楚我们做了什么。"

　"我清楚的。"

　"这里不是中国,没有见过面就结婚,那是中国的事情。这是美国啊。"在这里有多少没有名目的情感与性爱。雯妮莎这样不解地看着他,让他意识到这样绝望是一种超没面子的事情。

　"天啊,就这样子吗?"

　不是这个样子的,不是这个样子的。海海感觉他一脚踩空,冰裂了。百思不得其解的是,他一个男生跟人睡了,都觉得自己是她的人了。她一个女孩子怎么可以这样呢?美国女孩子也太随便了。他想在他们那个县城中学,他和他邻桌的女生连手都没牵,只是眉目传情,两人已经满心爱情。

昨天她问他性幻想是什么，他说是美丽妖娆的女人诱惑他，像聊斋里的狐仙诱惑进京赶考的学子。中国书生性格的内向与怯懦需要有一个诱导。可是他还没说完呢，重点还没说，就是她们一旦对某位书生施了媚术，立刻变成忠贞型的烈女，比如白娘子、杜十娘。这才是中国书生完整的性幻想对象。

来美国一些日子了，他也知道美国人是何等的早熟、开放。他想，也许那种事情真的没什么的，不像在中国那么羞耻和神秘，不然怎么她的言谈举止中一点暧昧和羞怯都不存在呢？他甚至怀疑自己的脑子出现了问题：那发生的一切都不存在，只是他的幻觉罢了。

这时雯妮莎叹了一口气说："海，这正是为什么我害怕和你在一起的原因，你太认真了，而我不是。我害怕我会伤害到你，相信我，这是我最不想做的事情。"

"你已经伤害到我了。"海海的心碎了。

"你要我怎么办？"雯妮莎浅笑，她只是把海海当成孩子来爱的，虽然误解了海海，却也救了海海。只能这样爱海海，才能不伤害他。她看他积极地在她面前学好，努力地帮助她提高学习成绩，心里生出喜欢，是由衷的喜欢，于是不假思索地就去摸摸海海的头发和脸颊，就像小女孩兴致勃勃地抚摸小猫小狗。可海海误解了那喜欢，常常被调戏得心潮澎湃。

"和我好。"海海说。

她还是一笑，刚才那种笑，只是笑大了些。

"我明白了。"董海默默地走开，是舞台剧中留下那个忧郁的背影的时候。灯光打下来，那个背影会被演绎得非常凄婉，让人心痛。一个人默默地恋爱，默默地失恋，多么凄美。

"我何苦要爱你呢？"海海转过来又说了一句，他倒用了个问号。

她叹了一口气。他这样子使雯妮莎又一次想到，他还是个孩子，她欺负了他。似乎想对此负些责任，她走向海海，第一次收起她的垮步，庄重地走到海海面前，生死攸关似的。她看着这个小男生，其实他只比她小两三岁，也不比她矮，只是因为他瘦小与单薄，更因为他的一脸童真，所以他显得比她小很多，也矮很多。

她郑重地拍拍他的肩，说："你是一个好男孩，别让我破坏了你。"

董海认真地看了看她，又认真地想了想，点点头。像是被迫接受某种决定似的，带着很深的愁苦。那愁苦的表情在他童真的脸上显得格外的深刻与动人。

最后是她先说"我要走了"，准备离开，突然又改变主意，似乎不忍将他一个人留在这里。她有一点心疼。她劝他："让我送你回家吧。"

"那我以后可以去等你吗？"

"好的。"她的态度不积极也不消极。

"你真的会来吗？"他问。

"好的。"

海海明白了："你在骗我，你不会去的。"

雯妮莎眼睛投向他处，不看他，问："你到底想怎么样？想干什么呀？"雯妮莎说这话似乎也有一肚子委屈。

他翕翕鼻子，像喝粥般说了一句："我只是想对你好。我只是想爱你。"

雯妮莎突然意识到，她再委屈，其实也没有海海委屈。雯妮莎想这个中国男孩有点走火入魔了，却说不出是悲是喜。

"我知道。"

"我会对你好的。"

"我知道。"

气氛越绷越紧，像根弦，要断了。

"我是真心爱你的。"也许这句话在他的脑海里弹奏得太久了，突然说出来就使紧绷的弦"咣当"断了。

气氛越来越难堪和狼狈，两个人都不知道应该怎么办。雯妮莎只是站着，不说话，也没有了笑，不觉得他这话多么动听，也没觉得多么可笑。她就这样面无表情地看了一会儿他。她的面无表情就很好，他觉得。

她突然改变了心意，把他的头抱在肩头，抚摸着他的头发，心里不仅有感动，还有了认真。她说："我说过我们可以做伴，可以使对方不孤独。这是真的。"

然后他们接吻。这之后，他们真的像一对恋人一样出现在校园里。雯妮莎的那点爱，对海海就像救命稻草一样，这样他就不需要与人去争了，他是有保护的了。海海的爱，对雯妮莎来说，是负了债的，重得成了负担。这对少年，一样的边角料，一样的孤独，相互都有自卑之处，又都有优越之处，两个人有着真实的同情与理解，不妨彼此好好相处。

这一天他们约好一起做作业，没有在图书馆找到雯妮莎，却碰见了艾丽雅。他们常常能在图书馆碰见。

"我在找雯妮莎。"

"噢，我经常看见你们在一起。"

"是的，我们在一起。"

"在一起？"艾丽雅重复道，然后欲言又止。

董海立刻明白她想问的是什么，憨厚可爱地点点脖子，甚至得意洋洋。一下子相识到这个程度，让他们自己也吃惊。董海知道她想问的是"你们已经发生那种事了？"

海海笑着点头，得意地承认了。他说："是的，我们有性行为。"

"啊。"艾丽雅像被捅了某处那样小声叫了一声，"我可还记得你在课堂上的发言，可看看你现在吧。"

海海笑了，像是笑一档死去的荒唐事。他显然是长了见识，轻薄地笑以前没有经过文明淘洗的不开化。

"那是可笑的。我当时他妈的真逗。"海海从来不在任何人面前说脏话，可偶尔会在艾丽雅面前说，他认为只有艾丽雅知心到可以讲脏话的地步。

他以哥们儿的口吻说："也就是美国男人干那事的平均年龄吧。"故意以一种"就那么回事"的轻易口吻来说对他刻骨铭心的第一次。

艾丽雅听出海海的意思：美国男人都是这个年纪，我也要这样。我不比他们落后。从此白人女子我也是可以揽过来骑在胯下。所以这个国家，这个校园，至少有一小片土地是他可以征服的。那种感觉太好了。通过她，他不仅走向女性，还走向主流社会。董海总自认不凡，比这里的同龄人多出个思想，多出个志向，可他仍然同所有这个年纪的孩子一样。他们最大的特点就是，争取不孤立，争取跟大多数人同步，先不管好的坏的，只要得到认同就好。海海从校园生活里得到启示 —— 与众不同对于一个孩子，绝对不是什么好事。

"上帝啊，我真不敢相信这些话是从你嘴里说出来的。"艾丽雅又是笑笑。

艾丽雅从来不对任何人的行为妄下评语，好像都接受，她让任何人能感觉自己被接纳，被关怀。但是你能从她的笑中看出她的心意，她的好恶。这就是艾丽雅的魅力。这就是为什么海海喜欢艾丽雅。而这种喜欢并没有进一步，而是娇嫩、优美地断在这里，他转道爱上另一种少女。爱上雯妮莎大概可以解释董海从中国到美国的全部修正，甚至是矫枉过正。

"什么是我们东方人与西方人的区别？就是他们比我们早知道性是怎么回事？"

"就这个区别？"

海海自嘲地说道："到了美国，什么知识都没有增长，唯一增长的就是性知识。"

"海，你变了很多。"

"可能是我并不想保持现状。"

"其实我很抱歉听说你们在约会。"

"为什么？"

"不知道。可能是因为你们看上去非常不一样。"

"是啊？"

"可不是。她是那么出格、不可预测，而你非常的可预测，按部就班。"

"是的。她很出格，不过我觉得那挺好的。她知道自己要什么。"

"是吗？我只能想象那种生活。"

海海明白艾丽雅的意思，就是丁丁曾经告诉他的那些，吸大麻啊、被开除什么的。也许是因为他亲身见闻，也许是他爱上了她，总之他不像以前那样大惊小怪，反而宽慰艾丽雅："我知道你的感觉，我以前也这样想，但是那种生活并不是坏的。"

BUHUI YOUYONG DE YU

不　会　游　泳　的. 鱼

第十二章

谁偷吃了青菜汁？

婚后，潘凤霞就从以前的餐馆、旧公寓这一带消失了，她对自己的消失很满意。不过她也很忙，有做不完的家务，偶尔有时间她就琢磨家里的现代化玩意儿怎么用。比如一台电视的遥控器就有四五个，也分不清楚哪个管哪个。把本来很容易的娱乐复杂成这样，害得她连电视也打不开。她没问帕特李家里的现代化玩意儿怎么用，不想他觉得她像"刚下船的"。潘凤霞觉得这个从女儿那学来的词挺形象。

她到餐馆辞工，与工友们道别，说她以后不做了。她在曾经工作过的餐馆吃了一顿午餐，工友们开玩笑："你现在不在这做了，就拿不到百分之二十的折扣了。"

她雅致地笑笑，说她结婚了。大家自然就问起她的丈夫，潘凤霞有问必答，讲着讲着，自己都吃了一惊，原来老公的好坏全凭自己的一张嘴。帕特李从她嘴里出来便成了个地产大亨、华商精英。他在全美各地都有庞大的生意网络，生意遍及东南亚地区，除了房地产，还有橡胶园、果园、树林，还有原始森林，最近在那原始森林里发现了矿产，现在专门派了一支科学考察队前去勘察。

潘凤霞使劲地讲着，人们用力地听着，全都瞪着眼，因为不用力就听不懂这样的天方夜谭。从此那个华商精英、地产大亨帕特李就是人们印象中的潘凤霞老公。

"那你现在每天都做什么啊？"人群中有声音道，人们想这么有钱了那该怎么过啊？

潘凤霞于是迫不及待地炫耀她的富足。她说她唯一不多余的就是时间，连花钱的时间都没有，大大小小的社交活动安排得满满的——其实她大部分时间都花在清理房子上；她抱怨车子太好，反而不方便了，像开到这种地方就需要时刻小心 —— 其实她有这些车的钥匙，却没有它们的归属权；她又抱怨院子太大，房子太多，七个房间，六个厕所，厅大得就像走到排球场似的，真是够二百五的。众人笑，她又解释，不是那个二百五的两百五，也不是房号，而是房价：二百五十万美元。

似乎她做太太做得心满意足又怨气冲天，说话时她的钻戒很助兴地像流星似闪过来，亮过去。说得工友们都犯嘀咕，心里酸酸的：潘凤霞是漂亮，可也四十的人了，漂亮也是个尾声了，难不成这尾声还能如此嘹亮？以前只听说灰姑娘的故事，今天是见着灰阿姨的传奇。

讲着讲着，潘凤霞就知道自己的这份生活是被众人羡慕甚至妒忌的了。潘凤霞心里冷笑：我其实没乱讲啊，讲的大致是实情，只是对一些状况选择了不讲罢了。年龄大些又怎么样，年龄大知道疼人，可以对他撒娇；有个残障的继子又怎么样，也比活蹦乱跳的继子或继女好对付多了，他们简直把继母当老巫婆看。

潘凤霞现在想明白了，她的处境并不是那么糟，嫁的人也不是太差，帕特李的那些长处还是很体面的，至少在工友眼里颇幸运。然后付了多多的小费，庄重地走出了餐馆。

回来，潘凤霞怀着少有的愉悦心情在厨房里做饭。她在烹调她最拿手的卤牛肉，加上八角、酒、桂皮，一股浓浓的卤肉味就缠绕着整个房子。潘凤霞几乎要感谢这次告别之行，它让她将那份幸运挖掘出来。

帕特李下班回来，一进门，潘凤霞扭过脸给了他一个媚眼，“回来了？”那一眼真是媚极了。女人都有最艳丽的时候，就是那一瞬间的绽放，像潘凤霞现在这样。这空前绝后的媚眼使帕特李惊喜得神志一阵恍惚，也跟着扭脸去看后面，想证实他身边是不是还有一个人迎接这个笑脸。因为这个妩媚很可疑，在她含情脉脉的眼睛里，他连自己的影子也找不见。他永远不会知道它的对象是那个“地产大亨”。他想她怎么和出门时判若两人？

帕特李被这一眼幸福得春心荡漾，带着火气血性地盯着她。然后突然消失了，再然后更衣好出现在潘凤霞面前。潘凤霞明白他的暗示。

她把头扭向一边，不面对他，这样可以使他感觉上不这么具体。她感觉他的逼近，那股热乎乎的呼吸，它带着内脏里沉淀了几十年的食品，陈旧的，新鲜的，混出一种混沌之气现在正向她逼近。想到这，她感到败兴，不再动，强迫自己去忘却那丰富的想象，去平息身体里那强烈的不适。他开始用松动的牙吻她，她隐约感觉到那衰老身躯驾着激情，正既汹涌又迟缓地逼近她。潘凤霞使劲紧闭双眼，不敢看他。帕特李以为她享受得很，更加卖命地工作着，问他年轻的妻子："喜欢吗？说你喜欢和我做爱啊。"帕特李的声音越来越撒娇，老男人撒娇起来有点卖痴的样子。潘凤霞有点不忍地，故作娇态地拍了拍他的背，那是一个松散的老男人的背，她心里最后的那一点温情也没有了。她像一只有温度的容器接受了某种东西的填塞，无知觉地躺在那里。终于随着帕特李的一声呻吟，他那颗不大的头颅倒塌在她的肩膀上。她驮着帕特李，看了一眼他湿淋淋的头颅，偏过脸去。

这种时候她会非常思念董勇，她是指出国前的董勇。他们把性事当玩一样，轻松愉快地玩着，而且玩得很好。董勇很知道如何讨潘凤霞欢心，推着她一潮一潮地升涨。女人的欢悦更能引起他的欢悦，他的最大快感是看到自己使一个女人欲仙欲死。他们感受到雌雄两种热流在体内迸溅，感觉他们就像鸳鸯蝴蝶一样和谐完美。那竟已如天上人间般地遥远。帕特李完全满足不了她，她就像在不深不浅的河里，永远够不着岸，总是半死不活的。有时连河水都没沾湿，就完事了。女人三十如狼，四十如虎。潘凤霞正处于这个如狼如虎的年纪。没有了"性福"，怎么可能"幸福"？

结婚后一个星期，帕特李就把家里的墨西哥钟点工给辞退了。潘凤霞没问为什么。帕特李照旧每个月给她二千，只是现在给的时候，不再说工钱了，而改口称零花钱。她也不再说"谢谢"，而是很不当回事地"嗯"一声后把钱收进口袋。她刚嫁过来，一时还拿不准姿态。那原先确定的主仆关系一时间没有转换过来。慢慢地，他们在沉默的配合与相处中，迅速建立了新的家庭秩序。包括谁坐在餐桌的什么位置，什么时间吃晚餐，以什么风味的菜肴为主等等。

这段婚姻对子女的影响比潘凤霞本人要大。女儿进入这个家庭开始了新生，儿子则开始了隐居。

丁丁进了这个家，她给自己挑了间很好的房间。主人翁精神高涨，完全没有随娘嫁过来的拖油瓶的小可怜样儿,很把自己当主人。"妈,你看啊。"丁丁激动地朝她宽敞的卧室展开双臂,"这就是我的房间了?!"

丁丁和帕特李的关系还不错,这种不错具体表现在她敢向继父要钱,连潘凤霞都不敢开的口,丁丁做得游刃有余。她的手段层出不穷,使她的母亲眼花缭乱。可以是小女儿状的发嗲发媚:"爹地,拜托嘛。""如果我求你呢?如果我很恳切地求你呢?"也可以是小女人状的自怜自哀:"我们同学都有,就我没有。可是我有什么方法呢。最希望赶快长到可以打工的年纪,就再也不用受气了。"还可以是小泼妇状的发飙发怒:"不给就算了,本姑娘有的是方法。"

每次都是帕特李以讨价还价的方式来妥协,他刚掏出钱包,还没有打开,女孩子就以贼似的速度,在帕特李老眼昏花没反应过来的时候,已经眼疾手快地先下手为强地夹起她所要的数目放进自己的口袋。老继父无可奈何地摇摇头,是老男人对小女孩不可理喻的纵容。他明白自己在上当,却上得舒舒服服,然后用手指指自己的面颊,意味着什么。女孩子也似乎知道礼尚往来的道理,在老继父脸上很干脆利落地来了个响吻。

最让潘凤霞目瞪口呆的是丁丁同样可以很理智、有风度、非常有条不紊地与她的老继父谈钱。"那如果我能在八点钟以前完成这些作业和家务,我想你是否应该考虑再加五块钱呢?"或者"你上次承诺过我如果这次考试得了A就可以得到十块钱。昨天就应该是兑现的日子。但是我要特别指出的是我的A是全班唯一的三个A之一。我想我有足够的理由要求加两块钱。你不认同吗?"在这种谈判下,丁丁更是百战百胜,她也不像以往那样自己去掏钱,而是等着老继父心甘情愿、心服口服地把钱送上,然后从容地把钱收起来,继续她的晚饭。再然后她把作业转手给了哥哥,从中赚了点批零差价。

潘凤霞懒懒地坐在餐桌上,听着日趋完美的、自信的英语从她十五岁的丁丁细密晶莹的唇齿间吞吐着,感叹这些对白的精彩与理直气壮。再看看丁丁如何优美雅致启动刀叉,如何一声不响地将饭菜送进她红润丰满的双唇与像珍珠般的白齿之间,而且用她紧闭且蠕动的性感嘴巴和热烈的眼神告诉她的继父:她有更具说服力更强有力的辩论要进行,但是他要耐心地等待她将嘴里的东西咽下才能听到它的精彩。那才是真正的上流人家的女孩的吃相。刀叉文雅地、动情地闪起潘凤霞对丁丁的期望。

她夹了一块梅菜扣肉给丁丁,小声说道:"好了,赶快吃你的饭吧,就你话多。"

丁丁皱了皱眉,用手盖住碗:"不要。妈妈,你知道这块肉下去会造成什么后果吗?"

"什么后果?"

"我可能就因为这块肉不能参加拉拉队。拉拉队要的就是瘦瘦小小的。现在我在准备加入拉拉队,我在减肥。"

"你减什么肥?再减就皮包骨了。"

"就要皮包骨。现在流行骨感美。"丁丁回头俏皮地冲母亲一笑,"美丽是要付出代价的。"

潘凤霞扬扬筷子中的肉:"真不要?妈妈的梅菜扣肉可是很好吃的哦。"

"我知道,妈妈。可是当认真地思考健康与前途时,就应该有勇气拒绝味道与美食的诱惑。"

帕特李赞许地点点头,显然丁丁的新健康饮食概念是帕特李灌输她的。

那块停在半空的梅菜扣肉就转道进了海海的碗里,潘凤霞说:"海海,你不会也减肥吧?"

海海顺从地盛过,他在李家的饭桌上不敢多夹菜,多数是靠母亲为他夹菜。他心满意足地嚼着五花肉:"不,我想长得壮些。"

潘凤霞慈爱地看着儿子:"多吃点,才可以长得高大些。"

丁丁说:"哥他得多吃点。他太矮小了,这在美国会被欺负的。"

潘凤霞笑:"你们说你们两个到了美国奇怪不奇怪?往两个极端走,女孩子希望自己越瘦小越好,男孩子希望自己越高大越好。"

其实潘凤霞觉得孪生兄妹分道扬镳的远不止在吃这一点上,只是其他的,她不好去点破。她只能看在眼里,疼在心上。与女儿在新家的游刃有余相比,儿子对继父和约翰是能躲就躲。典型的一个随娘改嫁过来的小拖油瓶，浑身上下都是一个知趣。他总是在自己房间里活动，只有吃饭的时候才会出现在房间以外的场所。出了房间，屏住气在大房子活动。他喜欢在院子里看书，总是坐在小石梯上，后来潘凤霞搁张折叠椅在后院里，舒服得海海有点不好意思了。有一次帕特李回来，忽然在院子里看到这个被忽略的继子，也没有抱怨什么，反而拍了拍他的肩，认真地对他笑笑。海海对这心血来潮的怜爱非常不领会，反而"吱"地像猴叫一样躲闪。海海的不领情很让帕特李扫兴：我是老虎吗？内地小县城的孩子没见过世面，就是不大方。以后也不愿意再抬举他了。帕特李又想：海海和丁丁怎么可能是孪生？他们怎么可能是一个爹妈生的？第二天海海还是小心知趣地收了椅子，连自己也从后院消失了。

海海只是希望在这幢大房子里安全地、不被注意地过到十八岁，过到在美国搬出去住被认为是合情合理的年龄。他是为他妈妈着想——不要让她感觉他们亏待了他，让他小小年纪就出去自谋生路。于是他要委屈自己在这里住到十八岁，住到让妈妈心安理得的年纪。现在他只是希望得到一份与妹妹热闹、受注目相反的日子：低调、边缘和但求无过的隐居生活。

海海更不可能向继父要钱。实在、实在要用钱的时候，他就跟潘凤霞说。一天潘凤霞不在家，他打她手机说他想买一本书。潘凤霞说："急吗？"海海答："嗯"。潘凤霞说："我很晚才回家。回家的时候你可能已经睡了。""没关系。我可以等。或者你可以把钱放在我房间门口。"潘凤霞说："帕特李在家吗？"海海答"嗯"。"那你不会向他要？"他不说话。"你这个傻孩子。你向他要钱买书，他不会不给的，而且会高兴，那说明你和他亲。这点你得学学你妹妹。"潘凤霞有时也替儿子急，他不知道其实大人不太好意思驳孩子的面子。可海海就是不干，一会儿后说："没关系，那书先不买了。"

等潘凤霞回来后，海海还等在房间里没睡觉。听到母亲的声音，他从房间里出来，奄奄一息地说："妈你可回来了，我都快困死了。"

潘凤霞心疼地看了一眼儿子，赶快把钱给儿子，问道："有这么急吗？"

"我参加物理兴趣小组，等着买书。"

"什么时候参加的？"

"上个月，我记得我告诉过你。"

"是吗？那我怎么不记得了？"

"我怎么知道？"

"最近事情太多了，我太忙了。"潘凤霞带着抱歉的语气说。

"忙得只知道结婚了。"海海突然冒出一句，声音是小的，却非常固执。

潘凤霞心里突然一落。自从儿子给自己修了一个不三不四的头发后，她就感觉到他不再是那个国内听话懂事的"乖孩子"了。她知道那是一个小小的示威。她到儿子的中学一看，果然看见一堆一堆的鸡窝或鸟巢出来，她知道再跟他闹就有点没道理了。她想，既然别人都这样，那么她的儿子也应该这样。她不想让儿子在他的同学中太孤独了。她也知道就算海海顶着鸟巢在同学中还会孤独，因为他的同学仍然认定他是妈妈的"乖小孩"，老师的"小宠物"。

海海从来没有对她离婚、再婚明显表示过什么，一句话没有，但从他的无言中，潘凤霞感觉得出儿子反对得多么强烈。潘凤霞对儿子怎么也生气不起来，她能理解儿子心里别扭，自己的娘与别的男人在一起，儿子心里能好受吗？儿子对母亲的占有欲永比女儿要深切。潘凤霞只能加倍地对儿子好，希望海海终有一天能理解她的苦处。

海海只是更加深地躲入自己的情感小世界，得以一丝的安慰。雯妮莎是来美后的最大色彩，因为有了她，日子开始有声有色，具有戏剧性。比如偷偷逃课去看一场电影，把这个同学的课本放在那个同学的抽屉里，往女同学的笔盒里放毛毛虫看她花容失色；比如她装怀孕、他装瘸腿逛商场招致目光，比如将厕所的水龙头拧得朝上，毫无提防的学生一打开就被喷了个满脸。学校的日子也因为她有了期盼，有了体面，有了温暖。她是他生活里的一束阳光，尽管不明媚，但那毕竟是温暖的意念。

日子就这样不温不火地过了一个月，突然有一天就像开水一样沸腾起来，而事情却小得可怜 —— 偷吃事件。

那天傍晚，潘凤霞在家里给约翰榨青菜汁。有机食品店买回来的这些水果蔬菜绿得非常纯正，却也贵重得让人想难道它们是王母娘娘的蟠桃或人参果。帕特李什么都小气，就是给约翰花钱不小气。她现在马虎多了，什么都一股脑扔到榨水果机里搅和。什么先后顺序，不都混在一起榨吗？榨完，她盯着黄绿、黄绿的浆液看了会儿，寻思这是青菜汁还是人血？她想：现在的人真有意思，越是不能喝的东西，越是当作补品必须喝。

帕特李一进家门，照旧问了家里的情况，约翰今天怎么样了？吃了什么？有什么不舒服吗？潘凤霞一边作答，一边炒菜。帕特李又问今天潘凤霞买了什么菜，什么价格买的。

"今天这玉米多少钱？"

现在潘凤霞也学聪明了，反问道："你说呢？"

"一块钱四个。"

"不，一块钱五个。"

"那很便宜啊，那应该多买一些。"

她心里想，那两个就当被偷了。

潘凤霞看着这个富有而节俭如癖的客家佬，想他怎么会这样？再想他这么小气的人当初怎么会送她一副TIFFANY的钻石耳环？事后想来，真觉得应该早些重视这个怀疑。

"我跟你讲一个人的故事吧。"潘凤霞拉着她唱戏的长腔道，"以前呀——有一个财主，有钱得不得了噢，可是呀，他小气得不得了、不得了。为了让工人早点起床干活，他半夜起来学鸡叫。他不仅对工人小气，对自己也好吝啬、好吝啬，舍不得吃、舍不得穿。有一天他病了，大夫说你这病有一方子可以治：就是拾一点狗屎，再加一点糖，连吃三天。可是三天后他病得奄奄一息。大夫问你吃药了吗？他说吃了。大夫说怎么吃的？他说我就光放狗屎没放糖。大夫说你怎么不按方子吃呢？他说狗屎不用钱，糖要钱啊。你看看，他小气到什么地步，最后他就病死了。对了，还没告诉你这个财主的名字。这个财主的名字啊，叫——帕特李。"

说完潘凤霞就笑得快窒息了。帕特李愣愣地看着潘凤霞，想这有什么可笑的，竟然有人可以这样没有任何理由把自己逗乐。

"嘿，笑一笑，你现在连笑都小气得给了。笑又不花钱。"她又笑，总是那么嘹亮地笑。

帕特李还是板着个脸，像是跟谁过不去似的。

"所以你要吸取教训：用掉的钱才是你的。省省省的，最后自己咣当倒了，再多的钱也带不到棺材里去。"

帕特李推心置腹地说："这些道理我都懂，可是我就是做不到。小气已经成了我的属性了。"

潘凤霞笑："知道自己小气啊。对自己的认识还挺正确的。"

刚说完，她就看见帕特李将一些剩菜放回冰箱，潘凤霞说："刚说完你，你又犯病了。那点菜还不够冰箱的电费呢。你到底会不会算账？"说完就要往垃圾桶里扔。

"留着。留着它，我心里踏实。"帕特李一边说，一边上前将它们包好。他的两只手比他还节俭，永远不闲着。他就是靠着这双时刻就绪的手从一个餐馆跑堂做到大老板，不靠技术，不靠资金，连英语也不靠打出了一片天，靠的就是这双从不闲置的手。他的脑子说：我不应该再自己打扫院子，我有的是钱，应该请园丁。而他的手已经把院子整理出来了。长期的操作与劳动，使这两只手有自己的主张，并不受大脑支配。

就在帕特李到家之前，孪生兄妹坐在一起看电视，那是一把很舒服的沙发，一般只有帕特李坐，他管它叫王爷椅。只有帕特李不在家的时候，两个孩子才有机会坐，总是丁丁抢着，海海几乎没有机会坐。海海想了想，就冲丁丁大叫一声："你的电话，楼上接。"

"谁的？"

"不知道，反正是男的。有点像彼得的声音。"

"真的吗？"

丁丁立刻从王爷椅上弹起来，这个情窦初开的少女，真的以为彼得来电，一会儿后又跑下来说："哥，真是彼得打给我的？我一上去接，他把电话挂了。"

海海躺在王爷椅上，心里想，女人到底是嫩了点，嘴上却是说："这样啊？那你下回得跑得快一点。知道吗？"

丁丁立刻也反应过来了，大叫："你骗我。这是我的位置，起来。"

"你不是离开了吗？"

"可它还是我的位置，我是被你骗开的。"

"是你的位置？那你叫一下它，看它应不应？"

"你这个大无赖！你这个大混蛋！"

丁丁跺着脚大叫，还用手去拽海海。海海自从看见丁丁在学校打了人，发现她有暴力倾向，不太敢去惹她。起身道："好好好，让给你。不是因为你有理，而是因为你是女的。"

可帕特李一回来，兄妹俩就安静下来。他们还没有亲密、熟悉到可以当着继父的面争吵的份。双胞胎只是继续用眼角争吵，连这个帕特李也看不下去，帕特李苦恼地看着他们，又去瞅潘凤霞，眼睛在说，你怎么也不管管？

潘凤霞淡淡地搭了一句："他们在比力气。这样会长得比较快。"

帕特李心灰意冷地说："这是什么话啊？"

潘凤霞说："他们俩从我肚子里起就开始打架了。"

帕特李一脸苦相，他想他还能有幸福平静的晚年可言吗？

潘凤霞说完就去后院摘青葱。帕特李将约翰从房间推出来，体贴地问了他的病痛。帕特李总是带着一点紧张的神情，想看出约翰的一点不舒服、不自在。他似乎不相信约翰幼稚的语言能把二十五岁的残疾身体表达清楚。

"吃青菜汁了吗？"

帕特李打开冰箱，发现青菜汁少了小半瓶。"谁偷吃了约翰的青菜汁？"帕特李突然扯着嗓子喊，两个眉头扭在了一起，两坨肉在颧骨上下颤抖，像是太平之夜忽然发生了一起重大盗窃案，触目惊心，让他这般苦着自己。

"海海、丁丁，你们两个给我过来。你们两个谁偷吃了约翰的青菜汁？"

"……"

兄妹俩一时间没有任何回应，两人不知道如何回应 —— 就像有人在一个温馨可人的晚餐上无端地响了一个臭屁那样大煞风景，人们一时间不知道拿什么态度对待。

"啊？说话呀，有种做就有种承认。"

"我们……没偷吃。"丁丁说话了。

"没偷吃，那怎么不见了三分之一？"

"我们……只是尝了一点约翰的东西。"丁丁又说。

"我们只是一人尝了一点。"海海也说。

"你们没吃的吗？我没喂饱你们吗？要偷吃别人的饭？你是丐帮的帮主吗？"

帕特李虽然腰缠万贯，但是一骂人还是骂到吃饭及与其相关的问题，他以吃饭作为视角来表达他的喜怒哀乐。说到底还是苦出身惹的祸。

"那不是偷吃。我们没有偷吃。"

"还说没有？你们不是已经承认了吗？"

"我们只是说我们尝了一点，不是偷吃。"

董家兄妹无法理清的是：在这么一个豪华、应有尽有的大房子里，怎么还会出现"偷吃"这种最低等的、最可笑的事情，而且出现得这么理直气壮、耀武扬威。

可在帕特李看来是一回事。他瞅着强词夺理的兄妹："有什么区别？"

兄妹俩一时也说不出道道来，海海只是更加地死咬着那句话："我们没有偷吃。"

约翰瞪着大眼看着他们。他们的精彩表演让他一时忘记了疼痛。而丁丁这时已成了叛徒："是我哥哥先尝的。"

"是你先偷吃的？"

"没有。"

"明明就是偷吃。"

"没有。我们只是好奇。"

"有什么好奇的？你们还没尝过狗罐头呢？是不是也要尝一下？"

"我们……已经尝过了。"

"你们还真尝了？你们连哈利的食品也偷吃！"

"不是偷吃。"海海一脸的莫明其妙。他想，狗的饭，人吃了也叫"偷吃"，这天底下还有比这更黑白不明的事情吗？！

"你们还真谗呀。你们到底是吃饱撑的，还是没吃饱？！"

约翰的眼珠子随着他们左右地摆动。丁丁趁机溜走了，约翰的眼珠子又跟着她跑。

"发生什么事情了？"潘凤霞连忙问，从后院摘了几根葱回来，她发现这里已经换了一重天。

约翰的眼睛瞪得更大，转得更频繁，他想，更逗了，又加了一个人进来。这个晚上不乏味了。

潘凤霞立刻掌握了情况，先去看儿子，用目光安慰他。海海就是这样，受了委屈冤枉，只是自己忍着，不叫别人看出来。别人也许看不出来，母亲能看不出儿子极力控制下的冲天的委屈？这时潘凤霞刚嫁进这个院落，一时还不太敢替她孩子声援。她把表情尽量淡化掉："天啊，我还以为多大的事呢。"

"这事还不大？他们把我儿子的药膳都偷吃了。"

"小孩子好奇吃点就吃点吧，有什么大不了的。"她把帕特李拉到一边，说，"就算我孩子有什么错，你也应该先和我说，我再去教育他们，你这样直接骂他们，只会起反效果。"

"我就知道。"帕特李的嗓子越来越高，虽然是与潘凤霞单独谈话，但是海海还是听了去，"你们住在我家里，吃我的，住我的，花我的。我说他们几句怎么了？你们从来不把我当回事。"

"我就是因为把你当回事，才不希望你去扮演这种角色。像个小丑一样上蹿下跳。"

"什么？你再说一遍？"帕特李青着脖子问。

"没什么。"

"我管他们是因为我把他当儿子看。这街上流浪儿多了，我会去管他们吗？"

"谢了。你可以把他当儿子对待，可别把他当儿子教训。"潘凤霞的脾气也上来了，"记住：你不是他们的爹。他们亲爹骂他们两句没事，可你说他们就有事。"

"终于说实话了，他们当这里是福利院啊。"

约翰的表情有一点小孩子式的幸灾乐祸：无论哪一方赢了，他都一样有瞧头。

"至于吗? 人为财死, 鸟为食亡。为了那一小口食物争得你死我活的, 那是鸟的事情, 不是人的事情, 何况这是美国! 我只听说人懒死的, 还没听说这国家饿死人。不就是一碗青菜汁吗? 值多少钱?"

"潘凤霞, 你不要偷换概念。不是一碗青菜汁的问题。"

"就是一碗青菜汁的问题。"

"可那是约翰的药膳。他的药膳就是他的命, 他的命就是我的命。"帕特李的食指抖着, 他在告诫他们: 再让他发现偷吃, 就不是一个指头在这里指指点点, 那就是一个巴掌扇下去了。

就在夫妇俩吵的时候, 海海在一边难受得要命, 两只手又开始去搓裤腿。他试图以此缓解这个空间里淡淡的无耻, 缓解每个人的难为情和错态。

BUHUI YOUYONG DE YU

不　会　游　泳　的　鱼

第十三章

连狗食也不要偷

晚饭的时候，每个人面前都多了一杯青菜汁。每个人对着青菜汁迅速地作着分析：潘凤霞是以什么心理来榨这杯青菜汁的，自己又应该以什么心情来喝它。

"看什么看，喝了它。以后要喝，就跟妈妈说，我给你们新榨。"

兄妹两人像是有人撑腰那样大胆地喝，才发现一点也不好喝。不让吃，它才好吃，让吃了，也就不爱吃了。兄妹俩面露失望，打着青菜汁生腥的饱嗝，对妈妈说谢谢。

帕特李没有明显的表情，洁身自好地抿抿嘴，不去碰那碗青菜汁。快吃完饭的时候，潘凤霞说了句"不喝我就倒了"，一下就找准他的要害。帕特李端起青菜汁一饮而尽，像灌药，自尊不得不屈就、妥协的样子，然后嗓子眼儿倒着黄绿的浮沫，离开餐桌，甩下个愤懑的背影。

偷吃事件给了这幢大房子一个很沉闷而莫明其妙的夜晚。帕特李的背影仍在愤怒凶狠着，潘凤霞母子三人都不知道应该拿这动怒的背影怎么办，拿这小得可怜而卑劣的"偷吃"怎么办。

各人回各人的房间，避免面对面的机会。海海离席的时候，潘凤霞叫住了他，"妈给你做点好吃的。"潘凤霞想儿子今天受委屈了，想补偿他。

"不是刚吃过饭吗？"

海海瞅了他母亲一眼，对她用吃来传达感情，化解危机表示出几分不屑。今天已经为个"吃"字，在这个几百万的院落里上演了一场闹剧，现在母亲还要再次证明吃的匮乏。

"可是你总有想吃的东西吧。"

"干吗老是说吃的。"说完海海就上楼回房间。

潘凤霞叫住他。他问："干吗？"

"别往心里去。"

海海点点头，又提步要走。

"干大事的男人不应该计较这种小是小非。"

海海点点头，又走了，一会儿回头对他母亲说："妈，你不可能取悦每一个人，让这个房子里的每一个人都高兴，所以不要这么努力。"

潘凤霞想海海小小年纪已经如此明白事理，正当她在厨房里想着如何补偿儿子时，她无论如何想不到的是，此时董海的房间里正装着另一个女人。

海海只有在自己的房间里，紧张的神经才微微放松。房间以外的空间都是在受罪，都得夹着尾巴做人。都是一种社交，一种负担。只有在自己的房间里，才能看见这样的海海：吧唧个嘴大声吃着他从冰箱里"偷"回来的剩菜，一边玩着游戏机，一边听着从丁丁那里借来的香港女歌星的流行曲。尽管海海与丁丁表面各玩各的，风马牛不相及，暗里还是长到一块。比如他们都喜欢港台流行歌曲，都喜欢玩游戏机。

此刻的放松是海海对他寄居继父家的歇息，就像成天西装革履、皮鞋光亮的上班族，需要给自己一个休假大放松。在自己房间里他不需要担心继父的脸色，不需要顾及哪一句话多讲了，还是少讲了，还是讲了却没讲好的。他两只紧张的手终于可以松弛下来，不需要紧紧地揪着裤腿。

突然有人敲他窗户，他看了一眼，又看了一眼，是雯妮莎。他赶快为她开窗户，她爬进房间。他突然又后悔放她进来，这是他继父的家，而且现在所有人都在家。后来才知道这里中学男女生常这样，雯妮莎以后常这样地溜入他的房间，还趁家里没人的时候溜入所有的房间。

他把一半的害怕和惊喜吞下去，小声翼翼地问："你怎么来了？"

她嬉笑："无聊了来这里看看你。"

"你怎么找到的？"

"你提过，我就记住了。"

"如果你把这聪明劲放在学习上就好了。"

"你不高兴我来吗？"

"不是，只是我担心我家里人发现。"

"放心吧。不会有人知道的。"

"狗也没叫吗？"

"现在的狗并不是那么机灵。"她笑，眼睛东张西望，"你现在这个家比以前那个好太多了。"

"不是家，这个只是房子。"

"其实睡在哪里都是睡在夜里。你说是不是？"

雯妮莎边说边抱怨天气太热了，不停地把头发撩拨起来，用手当扇子去扇自己。其实她不是热，只是烦躁，那种青春期少女莫明其妙的烦躁。总之，她浑身上下没有一块是老实舒坦的，把正在专心写作业的海海挑动得神志很乱，"是的。是的。"是什么他也不知道。

"这么热的天，你们家怎么也不开空调？"

海海正想向她解释继父的吝啬小气，这时妈妈敲门，在门上叩了几下。海海在惊慌之下也能急中生智把高大的雯妮莎折叠起来，塞进衣橱，"千万别出声。"

妈妈敲了两下门，意思一下，并没有等到海海允许就自己开门。海海挡在门口，说"我在读书"，母子俩在门口说话。

潘凤霞递过一盘红烧猪蹄，说"慢慢吃"。"就是想问一下功课做得怎么样了？""已经做好了。""好，那把学过的再复习一下。""也已经复习过了。""那就把明天要教的预习一下。""预习过了。""那你不会自己找一点题目来练习一下？""好的。"海海想不能和妈妈再这样闲扯下去，雯妮莎还在衣柜里，她不耐烦了就会跑出来，不能让她胡来。海海立刻说："我们马上就要考试，我得准备了。"这种话一出，潘凤霞就会立马让开，不敢耽误他："好好好，好好学习。"

潘凤霞一走，海海就去开衣柜，雯妮莎却不在里面了。海海正发愁着，这时她从后面抱住了他。"我在这里，小傻瓜。"她可以这样随时随地冒险，同时娱乐自己。

"你吓了我一跳。我以为你失踪了呢。"

"上帝啊，这是什么东西？"雯妮莎指着那盘红烧猪蹄说，"你知道它是踩在什么地方的吗？就往嘴巴里放？你们中国人真是什么都敢吃。"

海海嘻嘻笑道:"味道很好的,要不要尝一点?"

雯妮莎认真地想了一会儿,像是做了人生重大决定那样眉头一皱。雯妮莎终于在十八岁那年对猪蹄进行了食物探险,她承认这些不能吃的东西其实味道不错。

一边尝鲜的雯妮莎突然往海海的大腿上一坐,风骚极了的样子。她把全部的头发捋向一边,露出一截圆润粉白的脖子和柔嫩的背。海海看见这些心里受罪极了。

天气太热,总带着一种不清爽的感觉,雯妮莎耸动着肩背,好像身上有什么叮痒,还低头嗅了嗅自己的腋下。海海看到这个不甚雅观的动作,突然很是失望。也看清她的身上被抓挠的几条印子,还看见她啃猪蹄的样子,用嘴去嘬嘬手上的卤汁。不知道是艾丽雅的话起了作用,还是眼前的雯妮莎扫了他的兴,总之最后一点令他拿不准的距离感也没了,最后一点敬畏也没了。原来她也就是无数白人妇女其中的一个:少女时还算有点姿色,一到三十就又胖又壮的那种。

海海有点败兴地对她说:"我要学习了。"

她说:"你妈妈刚才又教训你了吧?她总是这样,你也不烦?"

海海说:"好像你听得懂中文了似的。"

她说:"我不需要懂就知道她在说什么。"

海海说:"你是对的。我是要学习了,不然她会生气的。"

她毒辣地笑笑,就开始脱衣服。那种不顾忌,义无反顾。她先是将自己的小背心脱下,然后是她的胸罩,解下胸罩后,很风骚地挥了挥,像舞动一面旗子。他从没想过会有这样一系列的女性动作出现,以为自己出现了幻觉。

"天啊,你要干什么?!你知道这是哪里吗?所有的人都在家。"

"这就是为什么每个房间都有门的缘故。"

"可是我妈妈还是会随时进来。"

"所以要快。"

雯妮莎不怕麻烦,麻烦让她的生活不枯燥,处理麻烦更是让她惊险刺激。潜伏在她骨子里的不安分,是她无法摆脱的。

而她那惹是生非的禀性吸引了海海。他看不透这个白人少女的冷漠与热情。他思来想去，最后的结论是：她是天使，亦是魔鬼。他此刻已经觉得这些不太重要了，重要的是眼前这幅诱人的景色他已经无力拒绝。

　　海海也色胆包天地看着她。荷尔蒙让他胆大包天，让他忘记这是在继父的家，是在最危险的地方。他甚至无师自通地打开音乐，让音乐排除他们可能发出的动静，好误导、迷惑家人的听觉、知觉。这时荷尔蒙已经让他全身滚烫，猛烈而激活的血液在他身体里上蹿下跳。他完全管不住自己了，觉得有一股不可抗力控制着他，而且控制着他这么快乐地生痛着。他一下把雯妮莎搂进怀中，他的手指变得自信，动作也熟练多了。不再像第一次那样小男生般地探询，而是一个有主见有步骤的男人了。

　　"有安全套吗？"撕扯中雯妮莎问。

　　"没有，"海说，"我没有这些东西。"

　　雯妮莎教导道："你应该准备。"

　　"那我会去买一些。"

　　"不用。你向学校护士拿就行了。"

　　"那多不好意思。那她不就知道我是谁了，是不是还要登记名字，和辅导什么的？"

　　"没有。你推门进去说声，我可以拿几个避孕套吗？她们问也不问就拿给你了。"

　　"问也不问？"

　　"不问。这样是为了保护我们学生的隐私权，问多了谁还去拿。这样就违背了他们教育部门原本的计划用意。"

　　"什么计划用意？"

　　"不要有性病，不要怀孕。"

　　"所以他们就不问？什么都不问？"

　　"不问。"

　　"那我明天也去拿一点。"

　　"那是明天。"雯妮莎说，然后她指指她的下身。

　　她的臀部一边刺了宝剑，一边刺了骷髅。她把腿一开，突然一张女人生理解剖图展现在他面前，那样的层次分明，繁琐复杂，幽谷晦暗，只是不再神秘莫测。他明白她的意思，在他的意识里，那是很脏的，他不太愿意为女人这样。可能是因为她是白人，他也愿意为她这样。然后轮到雯妮莎，他伸手按住她的头，一直向下按，向下按，她的头和嘴脸向下滑落着滑落着，滑到了那丛有点儿扎人的茂密的荆棘……

　　这套动作在稚拙与热烈中，不知怎的就完成了，于是成了那频率、心跳、速度，还有偷吃禁果的勇敢和冒险，而快乐是在她走后他才从绕梁三日的良久回味中产生。而这时只是铆足一股劲儿，尽量止住床和人的动响，禁止声音通过墙壁传播出去，传到帕特李的耳朵里。事后雯妮莎迅速地各归各处，从窗台溜走，走进幕后。他们可以在所有的地方以最快的速度和最准的方式去过他们零碎的性爱生活。他们已经会很有技巧地避人耳目，随机应变。

　　雯妮莎走后，海海消耗透了，惊魂未定地躺在床上，想：自己在继父家里做冒天危险的事情，这不是找死吗？

　　第二天一早，董海下楼吃早餐，帕特李重重地盯着海海，没有说话，但是他的眼光非常有所指。帕特李是不是发现了什么？是不是知道他与雯妮莎在房间私会？董海想到这，将头深埋在盘子里，大气不敢出，赶紧吃完早饭，大声说了一句："吃完了。"像赶夜路的人吆喝着给自己壮胆。背起书包，准备出门，突然看见帕特李还在幽幽地盯着他，好像帕特李从他下楼就开始对他盯眼，盯到现在眼都没眨过。

　　海海既害怕又等待，他想就是被砍头，这刀也得快点。他提着气，如果是这样，就让继父撕破脸皮跟他清算一场：从闯祸到闯祸。这样他也不用如此提心吊胆的了。

　　果然帕特李说："晚上回家我要和你谈话。"

　　董海的心怦怦地跳，就差一层薄薄的胸腔就会弹出。他想，可能帕特李已经知道了。他这是缓期执行。他听到自己响亮地咽下一声口水。

　　一个房客每天晚上被邻居脱靴子的声音吵到：砰，一只靴子被甩了出去，砰，又一声，另一只靴子也被甩了出去。这个房客被他邻居烦死了。可是有一天，他只听到砰的一声，他等着下一声，第二声一直没有响。他也等到了天亮，彻夜未眠。

现在帕特李这句话使海海成了那个房客。

一整天在学校里都魂不守舍。他不知道帕特李到底知不知他和雯妮莎的事情，又打算怎么处置他。他知道帕特李绝对不可能就这样不了了之。

写作课，老师点评了作文。老师那张像列宁一样严峻凛然的面孔总带一种厌倦的笑容，似乎等待着一篇美文去刺激他，可惜没有等到。他从来不认为他教的学生中有一个人是作家的料。有几个学生有点才气，却没长张老老实实坐得住的作家屁股。有几个学生长了作家必备的屁股，却又不具备作家的才情，比如这位新生海董。除了他的英语还没成为自然外，更让老师头痛的是他的写作模式。海海进校以来，写的全是拾金不昧、给无家可归者送食物，老师想他年纪小小的，怎么就已经有这种陈词滥调。再一看丁丁的文章完全是一个模子里印出来的。他就知道这种陈词滥调有章可循，那是中国教育模子：看见青松就想到正直挺拔，看见小草就想到平凡而奉献的一生。两个孩子刚到美国，一时还没有换过频道来。不过写作老师不敢给太低分，知道他们不容易，两个十五岁的中国学生操着满嘴的语法错误，话都说不清楚，能写出字来就不容易了。再说中学写作本来就不是培养作家的地方，它只是教学生写规范的文章，培养基本的文学品位。他在这时绝对无法料到有一天海海的作文会刺激到他，使他那厌倦的笑容猛地一喜。

接着是数学课，老师一头浓密的白发劲草一样直挺着，两眼已经蓝得不纯正了。董海一直是老师的最爱，因为他总是那么把老师当回事，把学习当回事，把学校当回事。然而就是不把自己当回事，一进教室就坐在角落上，不像其他学生找个最舒服、最正的位置，可是每每一考就是满分，却很少出声，更是很少发言、提问。老师有点吃不准他，有次问他为什么从来不参与课堂谈论。他说他没有问题，再说他认为为了解决自己的一个小问题，耽误全班的课程，是没有整体观念的表现，就算有问题也应该课下解决。如果提问，就应该是比较有水平、有代表性的，才能拿到台面上，不然耽误了课程不说，也自取其辱。老师莫明其妙地看了他一眼，说，那你是学生，这是你的权利啊。你想这么多做什么啊？海海很优雅地笑道，我不滥用职权。这位并不老却白发苍苍的老师迷惑住了，想，这所破公立学校容不下这条大鱼。

今天，无论两科老师的褒贬都对董海产生不了意义，他的脑子像键盘一样飞快地敲打着，如果帕特李发现了怎么办？是老实承认还是死不认账？老实承认不一定会争取到从宽处理，帕特李会将自己从家里赶出来，帕特李一定会告诉妈妈的，妈妈就会很伤心很失望。看来还是不能说实话。可如果帕特李证据确凿，自己不主动承认，后果可能更糟。

下课时，海海还想着怎么办。雯妮莎小步跑来，一边拉着海海跑，一边晃着手上的锁匙说："女教师厕所钥匙。"到了女教师洗手间门口，她用手上的钥匙开门。

海海左盼右顾，神色慌张地说："雯妮莎，你在干什么？"

雯妮莎故意潦草回答："我想我的这个动作叫作开门。"

门开了，雯妮莎示意海海进来，海海不肯，雯妮莎一把把他拉进来，又长又卷的眼睫毛扫来扫去，眼睛电得海海心痒，亲吻他，同时解他的衣服。他又兴奋又害怕地阻止她的手，说："不行，随时有人进来。你在干什么？"

"说点别的。你除了说'你在干什么'外还会说别的吗？"

她继续挑逗他。一上来就是那种长驱直入的，将他的整个口腔都要掏空的长吻。她的舌头敏捷、熟练地玩着各种花样，没有任何经验的他，只是笨拙、积极地伸撅出张嘴，随着她的舌头一张一弛。海海的脑子说"不行不行"，可这种销魂的吻让他热血沸腾。荷尔蒙只会在"不行不行"下涌动得更汹涌，感官只会被"不行不行"刺激得更痛感，更快感。

两个人正在亲吻，这时一个女老师进来了："你们在这里做什么？怎么进来的？"

董海顺口说："这个门本来就是开着的，我是说它没锁上。"

老师看了看门，又看了看他们，说："你们很幸运，因为我不追究。"

两个孩子又喜又惊地逃出来，有惊无险叹了一口气，幸亏他们没干什么，不然后果大了。

雯妮莎笑道："你很机灵嘛。"

董海知道她指的是什么，只是装得漠然。

"我是说那个门的问题。"她再一次地强调，亲亲海的脸颊，像对一个孩子鼓励性的亲吻。

海海有点厌倦地说："你知道这种事情被发现会有麻烦的。我们会被停课，会被通知家长。你还嫌我们的麻烦不够多吗？"

她不以为然道："我们并没有被发现。"

"老是这样迟早会被发现的。现在我怀疑帕特李已经知道你在我的房间里。"

"发现了又怎么样？又不是什么天大的事。"

"这还不是？那什么才叫天大的事？"

"比如你被车撞了。"

"我觉得这事比被车撞一下还可怕。"

"我要是你，我就主动去和他谈。"

"怎么谈？"

"当然是用中文谈了。我想你们用英语谈不是太顺畅。"

海海斜着眼睛"哈"一声，意思是你以为自己很幽默呀？

"你不应该这么怕你的继父。要是他问你，你就直接跟他说，对，雯妮莎是来过了。他要再问你'你们在房间里做什么了？'你就回答说，做爱了。这是你的人权。这是美国，这是一个讲人权的地方，你有很多权利，包括做爱的权利。他不应该那样管着你。你们中国人就是太受压制了。"

海海心里想，我们中国人有中国人的行为标准！有一次他只是说了班上有个少女妈妈，妈妈就害怕得像听了鬼故事。他想如果把学校里发生的事情告诉她，她会昏过去的。

"你害怕了？"

海海觉得自己不是不敢去承认，而是不可以去承认惊慌。

她又说："其实你是喜欢的，不是吗？"

她挑衅地瞪着海海，她又蓝又绿的眼睛瞪着的时候带出一种放浪与大无畏的眼神。他承认她那惹是生非的禀性吸引了他，他还承认潜伏在他骨子里的危险基因，是他秘密向往的。他感觉到自己是危险的。

"上课也没有什么意思，不如我带你出去兜风吧？"

"什么？逃课？"

"有什么大不了的。"

"No."他说这个No时自己也吃了一惊，心里有点高贵的感觉，说，"我知道逃课对你很容易，对我不是。我有别的事情，这些事情是你无法理解的。我和你有不同的兴趣。对不起。"

"我知道了。"

"你为什么那么喜欢找麻烦呢？唯恐天下不乱？"

"我走了。"

"怎么了？"

"你认为我给你找麻烦了？"

"我不是这个意思。"海海其实就是这个意思。

"你有人看着，所以不需要跟别人过不去，但是我没有。我不妨碍你了，让你一个人待着。你是对的，我们是不一样的人，你不应该和我在一起。"

董海看着她随着自己的节拍扭着特有的步子走了，带着一点轻佻的优雅。他想：她大概就是这样长大的 —— 随时、随处、随事可以找出刺激来娱乐自己，而且无论什么事情都要做得像冒险才觉得刺激、有劲儿。对她来说，什么都行，就是别与众相同。当他想完这些时，他又想，她是这样的吗？他毫无把握，他对她的认识永远都不会是准确的。

"不要现在走。"海海在后面叫，"现在这种时候我不喜欢一个人。"

是的，这个时候，海海特别害怕一个人面对事情。他知道雯妮莎在这种情况下根本帮不了忙，帮的也只是倒忙，但是至少起了个壮胆的作用。

在离家还有十来步的时候，海海就像以往那样早已准备好了钥匙，一到门口，他就以轻而准的动作打开门，然后迅速溜进房间。只有在自己房间他才稍微地放松警戒，一旦有动静，两个耳朵就又竖起来，走廊里风吹草动都让他屏声敛气。就算上厕所，也是先听外面的动静：走廊、洗手间没人了，他才蹑手蹑脚同时是迅速地溜进洗手间。处理完毕，再竖起耳朵等待，早已习惯成自然。海海的回避，果真给他开辟了独属于他的空间。他与帕特李明明在同一屋檐下，却可以不照面地共存。

可是今天一进家门，就看见帕特李已经坐在沙发上等着，两只眼睛还是那么幽幽地盯着他，好像这一整天都忘记眨过眼。瞪了这么久，目光还是这么犀利。

帕特李放下手上正在翻阅的账本，账本从他的手下落至膝，再落至地，帕特李没有去拾捡。他用食指向海海勾了勾，海海走近，帕特李的第一句话是："你知道你这样是不对的，下次千万别再犯了。"

海海想，完了，完了，他一定是知道了。在海海为此悔恨难及的同时，他的心也为继父的"下次"涨落一下。果然又听帕特李语重心长地说："我决定原谅你这次。"

帕特李的眉宇微弱地挣扎着，让海海看到他的眼睛里有不少血丝，让海海明显感觉到这个原谅的不易。帕特李这样愁苦着自己，感到自己的不支，因为他触及容忍的限度。

董海憋红了脸，帕特李的宽宏大度让他喘不过气来。那一刹那，海海心存感恩，他知道人的宽容与忍耐都是有极限的，一旦触及那极限，他感觉到无地自容。

"对不起。"董海在继父面前站得端正。

"我知道。"

"这是第一次，我。"海海的视线落得低低的，低得只看见自己的脚。

"不必解释了。我并不需要你的解释。"帕特李深沉地点点头，那意思是，海海的所作所为他都悉数知晓，但这些都已经得到他的谅解与宽恕。他决定给海海一次机会，"下次不要再犯就行了。"

"不会有下次。"董海郑重地点点头。在帕特李看来，那不是点头那么简单，而是磕头如捣蒜。

董海弯下腰替继父捡起账本。这个时候做这个讨好意味的动作，他是想以此告诉继父他的诚心诚意。

"好，"帕特李接过账本，也郑重地点点头，"你要好自为之。"

"谢谢。"

"不客气。记住：不仅不要偷吃约翰的东西，连哈利的东西也不要偷吃。"

啊？董海呆住了。脑海像敲键盘一样噼里啪啦地响着，迅速地进行分析，原来帕特李还在偷吃事件上转来转去。彻夜辗转出一个重大的宽恕还是针对那一点青菜汁。董海此刻觉得说不出的恼气。那个原谅显得太大、多余了。"偷吃"这种小得可怜的事情，怎么用得着他这么意味深长的宽恕？简直就是大炮打蚊子 —— 浪费。这个宽恕是容得下董海在房间私会这种大逆不道的罪行的。

"我没有偷吃。"董海想他不能没完没了地被扯进"偷吃"这类低级事务中去。

"海海，我说过原谅你了。"帕特李也困惑了，刚才态度好好的，怎么又强硬起来了？他说，"我可以不在乎你偷吃，可我在乎你的态度。我只原谅态度好的人。"

"那就不要原谅我。"海海觉得自己不可以这样稀里糊涂地领下这天大的情分。

BUHUI YOUYONG DE YU

不　会　游　泳　的　鱼

第十四章

刘备借荆州，有借无还

海海这次深深地得罪了帕特李。这还没完，帕特李发现海海在暗中不仅只是偷吃，而且还偷喂约翰。

约翰终于在二十五岁那年尝到了绿色食品之外的食品。那天潘凤霞出门买菜，叫两个孩子帮着看约翰。两个孩子从冰箱里取出可乐，吃了点冰箱里的剩菜填肚子。约翰推着轮椅过来，看着双胞胎响亮而悠然地咀嚼着，唇齿兴致很高的样子。

双胞胎与约翰没有什么交流，只是在餐桌上看到他。约翰在轮椅上保持着一个僵住的姿势，而那是一个非常不正确、不舒适的姿态：巨大的头颅歪靠在椅背上而不至于掉下，椅背上挂着输液瓶，透明的液体走动进他的身体。两条腿半伸半缩，两只畸形的手无法伸平，也无法垂直，就好像站起的哈利两只前脚吊在身体两侧。约翰的眼睛瞪得极大，要冲破眼眶似的，他只能用眼睛去表达他的知觉。他想知道海海他们到底在吃些什么东西。

海海对雯妮莎吃红烧猪蹄的样子，一直念念不忘，突然想约翰吃这些东西会是什么样子？于是别出心裁地给约翰喂了一点可乐、红烧排骨和酸辣汤，让约翰领略到苦味、无味以外的其他味道。约翰兴奋地伸出个舌头，再缩回去，就像婴儿在头一次品尝各种味道时，脸上露出的琢磨、兴奋的表情，像探险一样跃跃欲试。

等到晚饭的时候，约翰开始咳嗽，潘凤霞去看帕特李，等待着进一步的指示。这种时候总是帕特李拿主意。他很了解约翰的状况，这了解有他长期花费的心血。帕特李皱了皱眉，问："潘凤霞，你给约翰吃什么了？""没有啊，就是他平常吃的那些东西啊。""不对呀。这好像是吃错了什么东西？""没有。我能给他吃什么？"

这时约翰突然上吐下泻，海海越来越感到吞咽的困难，支支吾吾用家乡话对母亲道："我喂他吃了一点酸辣汤，还有一些冰箱里的剩菜。"潘凤霞也用家乡话骂道："谁叫你喂约翰吃东西了？"

帕特李问："你们在说什么？海海是不是喂了约翰什么？"

潘凤霞知道这次没法替儿子瞒，只好实说。帕特李叫了句"天啊"，然后迅速地拨打911。潘凤霞意识到海海惹祸，而且可能闯下大祸，立刻转移风向接茬道："也不一定，前两天约翰也这样上吐下泻，跟他吃什么没有关系，可能只是他的消化系统出问题了。"

海海慌张地低了个头，两只不争气的手又去揪裤腿。那种表情往往就是孩子突然意识到自己做错了事情，而对这件事所导致的后果估计不足时的表情。

"你知道你在对他干什么吗？"帕特李放下电话，狠狠地看了海海一眼，就好像刚才海海是往他儿子碗里下毒。

海海也心虚地一缩脖子，真好像他喂约翰的是毒药。

"知道他消化系统有问题还不注意。我跟你们讲了无数次，不要花样多，不要自作主张。约翰的免疫系统很弱，一点点的不卫生到他那里就是瘟疫。"帕特李的眼睛寒光闪闪，"你们想毒死他呀。"

"你这话就难听了。"潘凤霞心里明白，这次无论怎么营救，海海也休想一躲了事。

"难听？还有难看的呢。"帕特李两只从不闲着的手突然握成拳头，似乎准备随时给海海一击。

潘凤霞挡在海海面前，像一只拼命的母鸡，她大叫："你要干什么？"

帕特李的拳头自己挣扎一下，不然他吃不准它们会干出什么。

这时救护车来了，潘凤霞和海海也想帮忙，带着将功赎罪的心理。帕特李厌烦地挥挥手，"滚，滚，你们给我滚。"

海海吓得手收回也不是，扶着也不是。潘凤霞安慰自己，其实是安慰儿子："人手够了，就不用我们帮忙了。"

帕特李随救护车走了。临走时最后说："回来我再跟你算账。"

潘凤霞和海海瘫坐在地板上，潘凤霞给儿子一个衰弱的微笑，说：

"不会有事的，不用担心。"

"妈，我不是故意的。"

"妈知道。"潘凤霞把海海往怀里搂一搂，哄一样地对他耳语道，"不要介意帕特李的态度，他实在太着急了，他只是担心约翰。如果今天换了是你需要上医院，我也会这样大发脾气的。等约翰从医院回来就好了。帕特李会对你道歉的。"

海海看了母亲一眼，笑母亲自欺欺人的许愿。

母子俩一直等他们回来，终于看见帕特李的车灯照亮了整个走道。潘凤霞用眼睛叫儿子去开门迎接继父。海海有点害怕、有点讨好、有点委屈地去开门，身体刚呈现出个迎接姿势，还不等完成，帕特李就推着约翰进来。海海那个半猫的开门动作有点像躲搂，也许他就是在躲搂。

"回来了，没事了吧？没事就好。"潘凤霞快人快语地缓解气氛。

帕特李理都不理母子俩，推着约翰进房间休息，然后回自己房间。

这时电话响了，电话是帕特李接的，他正为一家子给他惹的麻烦生气着，可好，这家的户主就打电话上门了。

"找你的。"帕特李指指电话，对潘凤霞说。

帕特李的表情已经让潘凤霞猜到会是董勇，脸上还是傻笑："谁会找我啊？"

她与帕特李正在冷战。每次帕特李与海海的矛盾都会转化成帕特李与潘凤霞的矛盾。潘凤霞越是袒护儿子，帕特李就越反感董海，又因为帕特李对董海的态度恶劣，潘凤霞加倍心疼儿子。每次潘凤霞袒护完儿子后，帕特李就会给她一点冷落、一点颜色看，就像现在这样。

潘凤霞一边走向电话机，一边心里说：千万别是你董勇。却正是董勇。潘凤霞拿着电话不冷不热地打着哈哈："好久没联系了？最近怎么样了？那就好，那就好。我们都很好。谢谢。"毫无实质。

这样官腔维持了一分来钟，突然她的声音有了实质内容："不是跟你说过白天找我比较方便吗？这么大晚上打电话来干吗？"

董勇立刻猜到她进入了安全地带："你是不是又躲在某个地方听电话了？这回是哪儿？厕所？车房？还是哪个空房间？反正你们那房间也

多，找一个猫起来还是挺容易的。"

"谁叫你打电话也不挑个时候？"潘凤霞说完大大咧咧地冲着马桶，"早不打晚不打，这个时候来电话，你可真会挑时间。"

"我知道了，你在厕所 —— 那瀑布声大的。"

潘凤霞不说话，董勇就知道自己猜测正确，挖苦道："咱们要不要设个暗号什么的？"

潘凤霞被他逗笑了："好了，你现在可以说了。有什么事快说。"

"怎么了？搞得跟地下工作者似的。马太守管得这么严？连个电话都管？"董勇轻蔑又怜惜地叹了口气。

"你还觉得我们这儿不够乱吗？想找麻烦吗？"

"哎唷唷，至于吗？他破坏了我的家庭，我还没找他算这笔账呢，就他那个老身板，你说我用得了三下？还是五下？"

潘凤霞咯咯咯地笑，像少女一样。只有在她面前，他还能保持一点本色，那点小俏皮，那点坏脾气；她也只有在他面前，还能把自己当成二十岁的妙龄少女来活。

董勇说："把我儿子和女儿放在线上。我要跟他们说话。"

"你还知道你有一儿一女啊？他们睡了。他们明天还要上学呢。"

"那行。明早你告诉孩子，说我要过去看他们，带他们出去玩。"

潘凤霞立刻听出他口气从来没有这么硬气过，问："你是不是发了？"

董勇嘿嘿一笑。

"我说呢，这次怎么这么口气硬。现在知道有钱的好处吧。那讲起话，做起事，身子骨就是硬啊。"

他们商量见面的时间，不是根据他们彼此的日程，而是选帕特李不在家的时段。潘凤霞说："你下午四点半来吧。那时两个孩子已经回来了，而他还没有回来。"

董勇有点恶心，"哼"地冷笑一声，笑自己，也笑潘凤霞："干吗呀，干吗呀？我又不是上他家偷东西，专拣他不在的时候。"

潘凤霞就说："那好，那你就六点半来，全部人都在家，我们大家正好一起吃个晚饭，接着咱们再来个派对。你说这么安排可以吗？"

董勇又"哼"地笑了一下。他们都有法子治对方。

第二天董勇来了。这是他第一次上门，也是两人分开后第一次见面。董勇一来，他们家的狗哈利就叫上了，兴奋地在董勇的身前身后围转着，后来明白客人是来看他老婆孩子的，不是来看它的，有点扫兴、又非常懂事地让开了。

两人见面同时说："嘿，胖了，胖了。"

"是吗? 我自己不觉得，日子太清闲了，养的吧。"潘凤霞哈哈地笑，真笑出了胖妇女的爽朗与磊落。

"我倒感觉自己胖太多了。每天也不练功，不运动的，就一个劲儿地发胖。一下子胖了二十磅。胀得我皮肤都痛了。"

"皮肤都胀痛了? 太可怕了。我怀双胞胎时才有这种感觉。"

潘凤霞不该胖，她一胖就是一个普通的女人，好看还是好看的，只是舞台上的灵气全胖没了。潘凤霞不仅胖了，还有了种气势，董勇想。潘凤霞的确有了种曾经没有的气势，是一种富贵气。

董勇也胖了不少。如果说好日子让潘凤霞发胖了，那么苦日子也能使人有效地发胖。董勇还是穿着潘凤霞替他买的牛仔裤。董勇曾经与它的搭配十分得体，现在已经走样了。董勇也多了种气势。潘凤霞从他一进门就感觉到他的海派，讲起话来比以前硬气多了，却是那种走江湖的海派与硬气。

"嘬，瞧这房子大的。"董勇一进这院落，就恍然大悟了。这时候才开始把女人看透了。他懂得那个集体都是一副德行: 女人选择配偶就是遵守物竞天择这一残酷的天条。她们是最没有灵魂的了，最现实的了。

董勇的目光落到哪里，她的目光就跟随到哪里，解释到哪里。"这个椅子是……就是那个特别有名的牌子，那个叫什么来的? "潘凤霞怎么也想不起那个洋名，但她是不会想不起价格的，"这个要两万块一张，我是说美金。"

董勇阴阳怪气地说："哇。可以买辆车了，而且还是新的。"

董勇喜欢这里的金碧辉煌，但他也知道那种塞满新旧家具与电器拥挤热闹的家比较适合他，比较自在，比较安全。他基本上总结了认识: 这里虽好，但他们这种人并不属于这里。可能潘凤霞已经不这样认为了，现在她是拼命要让自己属于这里。

"你不用在这盯着，去忙你的吧。这么大的房子收拾起来也挺花时间的。我呢，就自己在这待着，看有什么好偷的顺便就偷走。"他一边自嘲，一边四周打量，"专挑他不在的时候来，不就是图这个嘛。"

这时两个孩子放学回家，有些日子没见着的一对子女站在了他的面前。他像是给这对兄妹吓住了："儿子女儿，让爸爸好好看看。"

一件非常窄小的背心绷在丁丁身上，硕大的耳环，浓密的蓝色眼睫毛。太阳镜也不好好戴，夹在头上。头发也不是以前的清汤挂面，染过，也卷过。还有酷野的手镯和挂链悬在裤腰上。她不像以前只会勤恳老实地模仿，不再是成群结队的摩登，而是标新立异的，有冲锋陷阵领路的意思，像是咄咄逼人地发表个人见解。

海海相反，他本来就瘦小，偏穿着尺寸上非常夸张的衣裤，就像孩子穿大人的衣服。衫衣盖于大腿，两只该是肩膀的接壤处已经滑在小臂上，宽大的裤子得用一根皮带系紧点，不然随时有滑落的危险。海海就在这种不合体的间隙找生存，裹在过大过肥的衣服里，像一根小青葱。虽然哪里都是垮垮的，耷拉着，却有点凛然的劲儿。

双胞胎虽然打扮上各有各的审美，但是走进来的姿态却是一模一样的。那种没劲、活得不耐烦的样子，胯部松垮着，两条腿舍不得太用力去走路，拖着个脚走过来。美国中学生都是这种样子。

董勇冲着他的孪生子女眯了眯眼，这样才能把他们看清楚，然后回头冲潘凤霞说："这两个孩子好好的，在你这养成什么样子？一个清纯的女儿被你养得跟小妖精似的，一个好好的儿子被你养得像小叫花子。"

"对，在我这养不好，你拿去养好了。有本事你让两个孩子跟你过啊？！"

双胞胎有些日子没见到父亲，见了面，丁丁反而有些生疏，不知道是女孩子长大了，不好意思像以前那样亲热；还是好日子过久了，见到穷酸落泊的父亲竟有些瞧不起，总之丁丁的表情相当矜持，只是懒洋洋地叫了声"爸"。而海海见了父亲加倍地亲热，寄人篱下的日子他委屈受多了，现在算是见到亲人了。他跑上去，与父亲靠了靠肩。像小犊一样用头去蹭蹭老牛的头，非常亲热。

"在这过得怎么样？那个帕特李对你们好吗？你说说一个英语都说不好的人偏偏起了个洋名，还把姓放在后面。你说他还是中国人吗？"

潘凤霞说："这点你放心。他比你我都还中国。"

"怎么讲？"

"一般的中国人是赚十块，花两块。人家帕特李是赚一百块，花五分钱。"

他们这家人就在帕特李家里，当众戏说帕特李的种种轶事。比如洗发水用完了，帕特李也不是马上丢掉，而是灌点水进去稀释一下里面的洗发水，再用上一两回。比如帕特李每次喝完酸奶，都会用水涮涮瓶子，再喝下去。

潘凤霞是当笑话说的，董勇也是当笑料来听的。可是听着听着，董勇就不再当笑料听了，而是问两个孩子："帕特李没亏待你们吧？"

潘凤霞知道其实董勇也是在问她：你过得好吗？他没亏待你吧？

海海和潘凤霞对视了一下，都没去说前几天刚发生的偷吃事件、约翰生病等等。他们都不太愿意让董勇第一次来就听说这桩桩的不快。前者是因为自尊，后者也是因为面子。他们都不太愿意明确地表态，只有丁丁说："就那样吧。有时候我管他要钱，他也会给。"

董勇平稳地点点头，像是还满意丁丁的工作汇报。然后掏出一个信封："这是五千，给我儿子女儿的。不过交给妈妈保管。"

潘凤霞听出这话是对她说的，心里一片柔弱。以为这一年的美国生活已经将她练得刀枪不入了，她不知道自己内心深处仍有那一片柔弱。她一直没忘记离婚时董勇把所有的家当和存款都给了她，虽然它们不值几个钱，但她知道董勇是倾其所有。现在董勇一共就这五千，全给了她。帕特李呢，有五百万，也只是给她五千。这么一比较，那个感慨啊。

潘凤霞心里软得不行了，嘴上的话还是硬的："我们用不着你的钱。"

"如果发生了什么事，也能有个应急。"董勇又说。

潘凤霞看见他发黄的牙齿和萎缩的牙龈。牙齿已经很久没清洗，都发黑了，牙龈萎缩到牙根。董勇来美国后有一次牙痛，说痛得不行了，一定要拔牙。夫妇两人开车去了医院，他嗯嗯地叫了一路。到了医院，光是挂号费就让他的牙吓得不敢痛了。两人又开车回来了，从此董勇再也不敢上医院了。这样的一口牙怎么吻得下去？潘凤霞想完就有点脸红，她怎么会想到吻董勇？

"董勇，别再抽烟了，瞧你这牙黄得呀。"

"听你的。"董勇难得好脾气地笑着回答。

"董勇你这钱哪来的？最近都在干什么？"

"跟几个朋友做贸易，赚了一些钱。"只有想成就大事的人才有他这种容忍、不计小过的好脾气的笑。这笑让潘凤霞起疑，他们太了解彼此了，他一点抗议的小脾气也没有，肯定有什么瞒着她。

"做毛衣？"

"什么毛衣，还毛裤呢？！是贸易，没文化。"

"贸易？你？贸什么易？"潘凤霞重复着，她的神态除了关切，更多的是不解，"你知道这两个字怎么写吗？就贸易上了？还说我没文化，我看你也就只能做毛衣。"

"瞧你说的，我就那么没本事？"

"你这贸易靠谱吗？"潘凤霞总觉得董勇的贸易跟别人的贸易不一样。

董勇看着她一脸的迷糊，连说安慰的话来定她的神："你就放心吧。我不是把钱给你拿来了吧。以后我还会常常送钱来。"

"你的钱，我们怕是用不起啊。"潘凤霞半是撒娇半是恼怒地说。

"钱在我这，管不住自己，说不定就花了，我自己花还不如让老婆孩子花。"

"少来。谁是你老婆啊？！"潘凤霞嘴上反驳着，却没有意识到自己对他就是老婆的态度。

他们都是读书不多的人，台上说着唱着长长的丰富细腻的戏腔，台下只会这种简单的狭隘词汇的对话；台上那种文绉绉的唱文，台下只会这种下三烂的粗话。也只有他们才能从这粗话中听出彼此的牵念、问候，还有小两口不当真、不算数的拌嘴。

丁丁见她父母又吵架，说："嗨，嗨，离婚的目的不就是让你们停止吵架吗？"

海海阻止住妹妹说："你懂什么。闭嘴。"

董勇又把钱往女儿那一推。丁丁拿眼睛问她妈妈："这钱能收下吗？"

潘凤霞大声指示说："拿着。他是你们的爸，花他的钱是天经地义的事情。不拿白不拿。"

"你妈说得对，不拿白不拿。"

"你们不用，你爸爸说不定就请哪个女人下馆子了。"

"哪里？都是女人们请我下馆子。"董勇有时候教几个富有的太太们唱越剧，都是些有钱有闲的老女人，她们有事没事就打电话给董勇，第一句话就是"梁兄啊"。

"不错，到美国混成了师奶杀手。"潘凤霞竟有些醋意，"那你看上谁了？"

"我谁也没看上。一群的深宫怨妇，我能看上她们吗？再说我教她们唱戏，跟这个不跟那个，也不平均啊？"董勇竟有点哄着潘凤霞的意思。

"那是，你得一碗水端平了。不然搞不好就闹个社会事件来。"

"所以我根本不敢请她们下馆子。"

"臭美吧。"

"所以钱得搁你这。"

"那行。这钱先放在我这，用的时候来拿。"

"刘备借荆州，有借无还。"

董勇带着两个孩子出去的时候，帕特李正好进家门，一边手上拆着邮件一边往房子里走，这时看到董家父子三人兴高采烈地从他身边一晃而过。帕特李和董勇点了点头："走了？"似乎一个水管工刚从他家里完工出来。董勇也点点头："走了。"似乎也像水管工干完活离去。两个孩子脸上有明显的笑意、温情及仗势。两个孩子明显地依仗父亲在场，公然地对他不买账，连个招呼都不打。

帕特李眯着眼睛，这样才能将自己的晚年惨景看清楚。他想，他帮人家养孩子，吃他的，住他的，花他的，到头孩子还是人家的，还有比这更血本无归的事吗？做了一辈子精明生意的帕特李，这才意识到自己这是在做一档亏本生意。

帕特李进门就对潘凤霞说董勇很没风度，连起码的礼貌也不讲，两个孩子也一样。潘凤霞只能像抹稀泥地说："他们只有十五岁。"她能怎么说呢？帕特李说："可董勇不是十五岁。"潘凤霞笑道："我以为他也只是十五岁。"帕特李哭笑不得地摇摇头，低头继续看手上的账单。

帕特李挣钱是认真辛勤的，花钱更是认真勤俭。每天晚上都会听见他的电子计算器敲个不停，核对大小账目。他们住进来一个月了，电话账单刚刚寄来。每次各种形形色色的账单，都会让帕特李在心里作一番深刻的检讨：电费要节省一点，煤气费要注意一下，看到电话账单让帕特李感觉所有的检讨都没有了意义。他想他省啊省啊的，他们这一家三口都在花啊花啊的；他在开源，他们却没有节流。这怎么得了！

等两个孩子和董勇吃完饭回来，一进门就听见帕特李叫：

"董海，董丁，凤霞，来来来，我们需要开家庭会议了。"

"关于什么？"潘凤霞与孩子们对视了一下，替孩子们问。

"关于什么？关于这个家。"帕特李看了一眼潘凤霞，"来，坐下来。"

说完，帕特李先在沙发上坐下，解开袖口、领子的扣子，两个手腕扭来扭去，脖子前后左右晃荡，做着热身运动。他将电话账单亮出来，指头在账单上弹了一下："这个月的电话费为312块钱。"

然后抬起眼睛看了他们三人一眼。从胸前的口袋里掏出一支笔，眼睛从左扫到右，不时圈点，不时与他们核对："这通电话是谁打？谈话时间为74分钟，这通电话是打给中国的。这里还有一通电话也是你打的吧？通话时间为88分钟。这个数字对中国人来说很吉利，可是也花了不少的电话钱。"

之后眼睛从账单上转到两个孩子身上，不说话，看着两个孩子。他也是父亲，很清楚为父之道：要在答应给孩子一笔零花钱前让他们心慌意乱一会儿，要在给孩子一顿教训前让他们如坐针毡。两个孩子都缩起来，越来越不自在，这正是他要的效果。他需要这么一段的沉默对抗让两个孩子知难、知错。

"你们两个自己说怎么办吧？"

他直到把这气氛攒到够，才眨了眨盯累了的眼睛说道："当你们看到这个房子时，我不希望你们把它当成一个福利院，因为它不是。你们可以把它当一个家，这是最理想的了。你们也可以把它当成一个监狱，这不是最理想的，但也是可以接受的。"

两个孩子也立刻像蹲监狱那样老实下来。

"潘凤霞，这个事就交给你解决了。孩子的事由你解决，这是你说的。"

说完帕特李就往沙发上很舒服地一仰，看大戏一样，看潘凤霞如何教育孩子。

潘凤霞想，这不是逼我拿出一个态度来吗？帕特李是一分钱掰成两半花的人，三百多块钱的电话费还不要了帕特李的命，潘凤霞都觉得袒护不下去了。

潘凤霞问："海海，你怎么往中国打了这么多电话？"

董海抬头望着母亲："我不知道这么贵。"

"就是便宜也不能打这么多电话呀。"

"我，我实在是想中国。"海海低着头，"我实在是想他们了。"

潘凤霞立刻又心疼儿子了，想他的不善言词，忠诚善良，兢兢业业地在外面读书，安分守己地待在继父家中，什么都不敢说、不敢做，在这家里像个小长工一样，就打打电话这点寄托了。她小声地埋怨了一声："下次可不敢了。妈妈以后给你买电话卡用，那个便宜。"

海海像小鸡啄食一样头点个没完。

潘凤霞大声说："好了，快回自己屋写作业去。要是考不好，看我怎么收拾你们。"

两个孩子得救一样扑向自己的房间。

帕特李糊涂而苦恼地看着她："这就完了？"

"要不怎么样？孩子已经知道错了，改了就好。你还要我一人给他们一巴掌吗？！"

"三百多块啊！？这么说几句就算了？我赚这些钱容易？！都是我一分分赚来的，一毛毛存下的。"帕特李用残破的声音申诉着。

"不过就三百块钱，有什么大不了的？"潘凤霞的意思是：嫁给你，每天在家里像老妈子似的买菜做饭做卫生，白天服侍一个少爷吃喝拉撒，晚上夜深侍候一个老爷睡觉。花你的钱是理所当然的。

"没什么大不了的，那你去赚赚看？"

"我知道，还是钱的问题。这个月的电话账单我出。你从我的薪水里扣好了。"

"什么薪水？"

"你每个月给我的薪水呗。"

"你把它当薪水？"

"不是薪水是什么？"

"如果你把它当成薪水，我也没有办法。"帕特李说这话时，有一种类似好心被人当作驴肝肺，善意被曲解的冤枉。

"不是薪水，还是零花钱吗？"

"我是把它当作零花钱给你的。"

"零花钱？零花钱用得着从早忙到晚累得像女佣一样吗？"

"我是娶你回家当太太的，你把自己说成女佣？你这么小看自己？看来，那我是高看你了。"

"不仅是干活的女佣，晚上还得陪人睡觉的那一种。"

"这么难听的话你都说得出口。"帕特李被气得嘴唇与下巴都有点脱臼，像个老太太那样一晃一晃的。

"还有更难听的呢，这睡也不是白睡的。以后还得跟你算上，睡一个晚上算五百块钱，这已经给你打了五折了。"潘凤霞做出一个很恶毒的冷笑，笑他，也笑自己。

帕特李后退两步，他就不明白女人怎么可以不分高低文野地谈钱与性。他是一句话也说不出来了，无力地摇摇头。那意思是秀才遇到兵，有理说不清。

他们都安静下来，他们感觉有这个必要，否则场面就会失控，说不好自己会说出什么更伤人的话。

两个星期后，帕特李给潘凤霞的两千块零花钱里真的就少了三百块钱。潘凤霞想，半路夫妻就是跟结发的不一样。她和董勇碰到的问题，她和帕特李永远不会遇到；同样，与帕特李吵的事，她和董勇在一起时想都想不到。想想，还是结发夫妻好，正在大房子里缅怀董勇的种种好处，董勇就上门要回他的钱。

董勇的这笔钱潘凤霞很快就派上了用场。国内亲戚结婚，潘凤霞寄了一笔钱回去。潘凤霞不见得乐意，但她乐意让国内的人知道她过得多么好。就在钱寄走的那天，董勇打来电话，支吾了半天，也说不出个所以然来。潘凤霞把手一摊，说："董勇，到底有什么事？"

"没事，就是找你说说话。"

"说吧什么事，你屁股一撅，我就知道你要拉什么屎。"

他们最常对对方说的一句话就是"你屁股一撅我就知道你要拉什么屎"。他们是十四五岁就一起长大的青梅竹马，彼此知根知底，于是相爱，于是也相爱出了恩怨来。

董勇见这么粗俗的陈腔滥调又出口了，知道伪装已经没有必要，也就壮着胆子管她要回那五千块钱，说想跟几个朋友做点贸易。

潘凤霞想她这辈子真是遇人不淑。"贸易？"潘凤霞很嘲笑地重复这几个字眼，好像董勇与做贸易多么不搭配，"那祝你发财。"

约了时间，董勇上门取钱。迎接他的只有哈利，把两只前脚搭在他肩上，激动地喘着气，表示它很兴奋再次看到他。潘凤霞早已将支票准备好，董勇一到，她就递给他。潘凤霞这么一爽快，董勇反而不好意思，有些犹豫该不该接支票。

"拿着。这是你的钱。"潘凤霞很礼貌地回答。

"霞，这钱我是用来投资的，等我……"

不等董勇说完，潘凤霞就道："你的钱，怎么用那是你的事，跟我没关系。"不再问什么，再问好像她还是他老婆，还要做他的主似的。

董勇还是没有马上去接那张支票，他好像在等潘凤霞改变主意。就是这种不同寻常的礼貌让董勇感到冷漠。他们从不用这种礼貌来表达好感。

"潘凤霞，这笔钱我是真的急用。等我将来贸易成功了，钱还不都是你和孩子的。"

"我们哪里需要？"潘凤霞很冷地回答，眼睛去扫了一圈这栋大房子。意思太清楚不过了：她什么都有了，她还需要什么？意思太明显不过，不说也等于说了出来。

她不耐烦地抖了抖手上的支票，示意董勇快接过去。

董勇接过钱，却没有马上收进钱包里，好像在等着她反悔。

她说："帕特李马上就要回来了。"

董勇心事重重地转身准备离去，这时哈利又上前用它满是唾液的腥嘴和舌头猛舔一通郁郁不乐的董勇。董勇想，只有动物是最不世故的了，无论你富有、贫穷，它们都是这么忠心耿耿。于是开玩笑道：

"只有哈利对我好，我觉得我应该跟她结婚。"

潘凤霞没好气地说："现在还来得及，哈利还是单身。"

自从董勇取回那五千块钱后，他就没有再露过面。潘凤霞起疑心，并不是完全没有道理的。

BUHUI YOUYONG DE YU

不 会 游 泳 的 鱼

第十五章

谁偷了帕特李的钱?

帕特李与董海的关系越来越糟，但董海从来不跟帕特李正面冲撞，不像丁丁有时还会跟继父顶嘴，吵个小架什么的。海海从不，海海从来没跟继父熟到顶嘴的地步，他只是更加地不出声，更加地不与帕特李共存在一个地盘上。

海海偶尔在后院里看书，他已经很小心翼翼，细长的四肢缩在一起，只占那么一小块地儿。他已坐得很不碍人，帕特李看见了，却还是脾气很坏地丢一声斥责给他："你还真会找地方舒服。"

母子在厨房说点什么，帕特李突然闯入，警惕地看着海海，又警备地去看潘凤霞，好像她潘凤霞把一个不相干的小白脸养在他家里。母子俩立刻中断交谈，目光像被突然切断的电波一样落在半空中。他知道只要他一转身出去他们的目光立刻会重新接头。他痛恨这种心领神会，好像做着一笔勾当。要搞清楚啊，这是他的家呀。他们凭什么在他的地盘上做这些小动作？！他把电视的声音调大，他是如此温和地提醒他们，希望他们检点自己，不要再得寸进尺了。母子俩都深知人在屋檐下，不得不低头的道理，匆匆分开，却是为下一次的密谈争取机会。海海一离开，帕特李就对她发牢骚："他走连个招呼也没打，扭头就走了，就跟我是透明似的。"潘凤霞哄着他道："孩子啊，小地方的孩子就这样。"潘凤霞的神经总是高度集中，她得时刻注意着老公与儿子的动态，随时准备扮演一个调解人的角色，将一切火星在还没起火的时候消灭掉。

帕特李现在也不再对海海笑了，不再费那劲儿，他已经不想再面对他了，连讲话都懒了。即使面对面，帕特李也是通过别人对海海发号施令，不给海海直接与自己说话的方便。他对潘凤霞说："叫你儿子不要在七点到十点这个时段用电话。我的好几个电话都进不来。"或者对丁丁说："跟你哥哥说不要这么大声喝汤，太没有教养了。"再或者对约翰说："青菜汁是只为你一个人做的。"

海海只会一味地埋头，红着个脸，静观继父冲着一个缺席的对手咆哮，他紧紧地咬住下唇。继父叫他不要在七点到十点之间打电话，他干脆就不打电话了。不要喝出声，他干脆就不吃了。潘凤霞心疼儿子的老实巴交，拙口拙舌。他的克己让帕特李更加觉得可怕，这还像个男人吗？什么样的巨大阴谋让他谦让至此？

海海当然也不是那种单纯的老实本分，毕竟是一个十五岁的少年，天资聪慧，于是多少有点自视甚高。以前一直是家庭和学校的中心，如今在新学校虽然不受欢迎，但也仗着有几个老师的宠爱，仗着自己多读了几本书、多出个思想，阻止不了他的清高。他与同学们在一起时总是刻意证明自己的不一样，就连幽默，都是一种较量，谁更机智一些。他从心底里瞧不起继父，那种洗脚上田的土财主，穷得只剩下钱了。他以为自己掩饰得很好，以为帕特李看不出；而恰恰被继父看得透透的，帕特李痛恨的就是这一点——清高加奴性，这就是中国小知识分子的德行。

而让帕特李与董海的关系彻底恶化的是因为家里丢钱。

事情出在两百块钱上。帕特李经常回家就躲进书房或在客厅，敲打他的电子计算机键盘，在上面撩出他一生盈亏的结论。这天打开抽屉，发现里面少了两百块钱。抽屉里有一千块钱，是他放在家里的备用金，现在只有八百。帕特李皱了皱眉，面孔紧绷，认真地检查了一遍，像一个调查重大案件的公安局长那么显出稍稍的烦躁和沉重。检查了几遍后证实是少了两百块钱，他的面孔越绷越紧，眉头越压越低。

这时兄妹俩放学回家了。丁丁打扮仍然古怪、新潮，裙子穿在裤子外，靴子袜子一大堆。海海也是跟城堡似的匪气十足的牛仔服。这个年纪的少男少女都有这么一股子早熟的少年人的厌世。

帕特李摇摇头，让自己平静下来，发现地毯仍然厚实洁净，水晶吊灯擦得锃亮，半圆形的沙发收拾得也是井然有序。这些都是一个安宁家庭的象征，一切都没有太乱，什么都还可以挽回。他走上去心平气和地与两个孩子寒暄。

"丁丁，学校怎么样了？"

"老样子。"丁丁懒洋洋地打发她的老继父,目光是那种青少年特有的松懒。好像一个顶热心又顶烦的人问她话,她不愿意搭理,又不能不搭理,就这样顺嘴一个打发。

帕特李却兴致很高地追问:"什么样子?"

"乏味的样子。"丁丁的不耐烦更明显了。

"那怎么才能不乏味呢?"

"世界开战吧。"丁丁边说边退,"好了,我要回自己的房间了。"

丁丁说完优雅地告辞,帕特李只能接着和海海说话。帕特李很久没有与海海面对面地、心平气和地说话了,现在他尽量地放低姿态,和蔼可亲地问:

"海海,你呢?最近怎么样?"

"还好。"海海有点受宠和受惊,微微缩着脖子。

"我也还好,只是背有点痛。"

"噢。"

海海站在那里尴尬,后悔没学丁丁的敏捷,早早溜了,如今走不是留也不是。

"来,坐到沙发上来,我想和你聊聊。"

"噢。"海海坐下来,心里没底,用眼睛去找妈妈,潘凤霞人在厨房做饭,眼睛却仍关照着海海。

"你们搬进来也已经有两三个月了吧?"

"噢。"

帕特李想与海海的谈话为什么总是这么困难呢?后来分析责任在于海海,他就有这种本事让你无法接着往下说。海海从来不说"是吗""后来呢"那种搭桥的话,也不表示任何情绪,吃惊、好奇、思考,统统没有,他就跟个木偶似的愣在那里。

"感觉怎么样?"

"嗯。"海海的黑眼珠就随着帕特李的手势四处转动着,而且更加有点转糊涂了:他扯这些干什么呀?

"我二十岁那年从深圳到了香港。你知道我是怎么到的香港吗?"

海海当然知道,他已经对大家讲过三遍了,不过他不想打断老继父这点谈话兴致，他摇摇头，假装不知道。

"我是夹着两个篮球游过深圳河的。要知道，当时如果被共产党的兵发现，他们就会开枪。我就是冒着生命危险逃到香港的。"

海海很识相地点点头，像第一次听到一样。帕特李忘了这事他已经讲过了，而且完全一样的语气与神情。海海知道他接下来就要讲他的创业史。

"在香港二十年，好不容易有了底子，又放弃一切到美国从头再来。现在我什么都有了。快三十年过去了，你知道我在美国的第一份工作是什么吗？"

这些帕特李也已经讲过很多次了，但海海不去插嘴，而是伺候着老继父侃大山。

"是在餐馆里洗碗。你知道我一天得洗多少碗吗？"

海海这边听着，那边用眼睛非常困惑去看在厨房做饭的潘凤霞，好像在说有什么不妥吗？不然他怎么突然跟我聊起天来？潘凤霞的眼神正在支持着他的困惑，她和他一起纳闷：帕特李今天这是怎么了？

"有什么不满足的地方吗？"突然帕特李平静而温和地问，转了话题。十指交叉着，两个大拇指轮流滚动着。先是一种速度，越滚越快，气氛也随速度变得越来越紧张，"如果有，尽管提出来。合理的我是会考虑的。"

"没有。"

"那就应该要知足。你想想在中国许多像你这么大的孩子都要出门打工，自谋生路。要知道自己的一切都来之不易啊。不应该再有什么非分的想法，更不应该去做什么非分的事情。"帕特李是在提醒他们的良知，他们的今天是他恩赐的，"我像你这么大的时候已经出来谋生了。"

海海如坐针毡，手指下意识地去掐沙发的扶手，心里不免怪恨继父，置他于这种难堪的处境，已经让他自觉轻贱，而继父总是气急败坏地将他那点残存的自尊榨取得一干二净。那一点残存的自尊是他最后的底线，继父也这样气昂昂地就跨过来。他当然怪恨。恨，又不敢明目张胆地恨，于是恨也是气短的那种恨，渐渐成了阴阳怪气的那种恨。

"你这样会把沙发的皮搞坏的，你知道这张沙发多少钱吗？"

海海慌乱地收回了手，又开始揪自己的裤腿。紧咬着牙关，似乎有一种疼痛需要忍耐，只能这样用力地揪裤腿来缓解那疼痛。这对话快成精神刑罚了，他眼巴巴地等着这场审问结束，好回房间去。

他又求救般地去望母亲，终于潘凤霞过来解围道："作业这么多，还不快回房间去做。"

海海正拔腿要走，帕特李又叫住："等一下。记住，离席的时候要说Excuse me，来，现在说一次。"

海海憋红个脸，一句话也不再说了。

"走呀，作业做不完我可没有好脸色。"潘凤霞又解围道。

海海再次准备走，帕特李说："谁说你可以走了？"

海海又收回已迈开的步伐，这时帕特李微微挥手示意海海可以离席，大概也认为折磨够了海海，可以暂时放他一马。

海海得救一样立刻就往楼上走。他知道自己的背脊正牵着帕特李的眼睛，那是他急于甩掉的。

帕特李很绝望地看了一眼海海的背影，那种把人看透了的眼神，又看了一眼沙发的扶手皮革添了几道指甲的划道，是海海窘迫的手留下的。帕特李认为他从海海身上看到了中国小知识分子的本质，那就是既奴性又非常自尊。这种人是最要命的。

母子俩感觉是正确的，一切不是空穴来风。海海一离开，潘凤霞就问帕特李："怎么了？"

"你不觉你应该好好管管你的孩子吗？"

"你觉得我管得还不够多吗？我管得他们都快喊救命了。"

"可是你要管在实处。"

"什么是实处？"

"看不到的才是实处。"

潘凤霞两手一摊，做了个"有话直说"的表情。

"我的意思是家里可能有一些我们不愿意它发生的事情正在发生。"

"以后你对我讲话就像对你智障的孩子一样 —— 用简单直接的语言。"

"我的意思是家里出贼了。"

"贼？"

"我刚才打开书房抽屉，里面少了两百块。我在抽屉里放了一千块，不见了两百。"帕特李很郑重地瞪着潘凤霞，问题很严重的样子。

"你什么意思？你不会是怀疑两个孩子吧？"耻辱迅速地在潘凤霞的脸上扩张，使她的脸上有一种冲动的红晕。

"不，我不是这个意思。"

"你就是这个意思。你这实在是太侮辱人了。我们人穷志不穷。"潘凤霞用"我们"将自己和孩子捆在一起。

"你就这么相信两个孩子吗？"

这时潘凤霞却有点气短，因为她不确定，无法百分百确定孩子没有偷钱。她对这个国家的青少年严重地恐慌，异国的陌生将原本已经十分异变的青春期变得更加异常。不过她想起刚到美国时，这对兄妹攒钱给爸爸当加班费，希望父母多陪他们一会儿的情景，她心底一片柔软，她得信任他们。

帕特李沉痛地说："记住，这是在美国啊。十几岁的孩子最难管了，在美国。"

潘凤霞想了想，于是转身拎着洗干净的衣服敲开女儿的房门。丁丁的房门关得严严的，里面传来闷闷的摇滚。敲了敲门，没有任何回应，潘凤霞就开门进去了。扑面而来的巨大摇滚乐声像一卷大浪差点把她冲出去，她想：你们小小年纪的，不愁吃不愁穿，有什么痛苦要兴师动众启用重金属这样来发泄？

"妈，你怎么不敲门就进来了？"

"敲了。音乐太大声，你没听见。"潘凤霞说着就把音乐关了。

"那你也等我给你开门呀，我在试衣服。"

"那我不能看了？你光身子我都看过。"

"妈，你怎么这么下流啊。"

潘凤霞瞥了丁丁一眼，只能做出不与她一般见识的样子，递上干净的衣服："不要叫我妈，叫我老妈子算了。"

丁丁接过衣服，热络地说"谢谢"，然后接着玩自己的。谢谢归谢谢,不欢迎归不欢迎。丁丁把美国少女的这一作风学得很到家,分得很开。丁丁正穿着从老继父那讹来的钱新买的衣服,然后摆出自以为很冷艳的、很厌世的模特酷状。丁丁房间到处贴满各类明星的巨幅照片,这些明星潘凤霞都叫不上名字,可丁丁对他们如数家珍。

潘凤霞刚想骂她几句"你又不好好读书了""你又在臭美",可一想今天来的任务很明确而且艰巨,就不冒充法官妄加评价,不让自己发出"哼啊"声,那种声音听上去挺官僚。潘凤霞收起父母的官腔,故意装得与女儿亲密无间,故做天真状:

"哇,真有点这些明星的架势。"

却也没有把丁丁怂恿高兴了,只是侧过脸来看了潘凤霞一眼,似乎想看母亲在瞎激动什么,然后用中学生最简短的字眼回道:"OK."嘴唇上像挂着千年老锁,撬也撬不开。

潘凤霞强打兴奋问:"女儿啊,你的拉拉队训练得怎么样了?这个星期五要比赛,妈妈会去看的。"

"我不去。""什么?""我不去比赛。""为什么?""因为我被停了。""什么?""你听见我说什么了,我被停了。""为什么?发生什么了?因为你染发还是因为你打扮奇怪?""当然不是。""那是因为?""因为我不想做跟别人一样的动作,不想被指挥。""这是什么意思?这是在拉拉队里跳,当然要动作一致,又不是要你独舞。你被停多久?""我不记得了,不过没有区别,反正他不停我,我也是要辞的。""怎么会这样?参加拉拉队一直是你梦寐以求的呀?""那是以前,现在我已经烦了。事情是会变的。就像你和爸爸以前好,现在不好。""事情是会变的,可你变得也太快了。这让我很担心。""为什么?""因为我不知道你往哪里变。""不用担心,我知道我做什么。""可我不知道,我什么都不知道。比如你为什么化那种很奇怪的妆?比如为什么你越来越奇怪?比如为什么帕特李丢钱?"

"帕特李丢钱了关我什么事?"丁丁完全没有料到自己被怀疑了。

潘凤霞又重复了一句:"帕特李丢钱了。"

"难道?"丁丁摇着头,冷笑着,兜了一大个圈子终于转到正题上了,她忍受着自尊受到如此的刁难。

"所以，妈妈要来问一问你。"

"问我什么？问是不是我偷的吗？妈，你也不想一想，我需要吗？如果要钱，我问帕特李要不就好了。我用得着拿吗？我用得着吗？"

潘凤霞已经被女儿说服了，可她不甘心，只能将计就计："妈妈知道就是你。丁丁啊，你就承认了吧。有些事能做，有些事不能做，不然咱们在这家里就不好做人。"

"你这是在造谣中伤。"女儿的眼里已经溢出一层薄薄的泪。

"闭嘴。"

"哪有这种事？明明是你不对，还叫我闭嘴。"女儿牙尖嘴利地反驳。女儿的那份厉害怎么就没给儿子？女孩子太厉害会欺负人，男孩子不厉害会被人欺负。

"你做错了事还嘴硬，你来美国后变得非常不像话，我早就想教训你了。"潘凤霞说完就抢起手臂，做出一个打人的动作。

"你打呀！打呀！"丁丁一边嚷着，一边把自己往潘凤霞那送。

潘凤霞的手正要抢过去，丁丁的手一把抓住它。潘凤霞立刻意识到自己的失算，女儿的劲比她大。以后千万不好再用这招了，免得女儿发现妈妈早已不是她的对手，更不服管教。再一想，丁丁怎么变得这么匪气？

"那钱到哪里去了？"

"我怎么知道？反正我没拿！"这时丁丁一把甩开妈妈的手，跑了。

好了，还有一个儿子。就这样，她出了女儿的房门，又进了儿子的房间。

儿子的房间也挂着几张明星的巨幅照片，显得有点脸熟，突然想起刚刚在女儿房间见过。除了这些明星照，还有几张他们一家四口以前的合影。潘凤霞一下子体会到儿子的不自在和孤独，这院落越是人齐的时候，他越是孤独。这样的孩子在学校也孤独，因为他乖巧、柔弱的气质被这个文化所排斥。

潘凤霞心里软了一下，看了一眼儿子："作业做完了吗？"

"早做完了。"

儿子长得不像董勇，像她。肤色像她，纤弱像她，五官更像。

他的嘴唇很薄，很小，很红，向里抿着。尤其海海的那双凤眼太像她了，那两只向上挑的眼睛，眼皮上有些褶，又不太褶。单眼皮太单调，双眼皮太俗。像儿子这样单不单、双不双的最好。她越看越爱看。潘凤霞太爱儿子了，爱儿子，是把他当作理想来爱；爱女儿，是把她当作实体来爱。

潘凤霞突然意识到她很久没给儿子零花钱了，儿子也没张口要过。这个年纪的男孩子非常羞于向家长要钱。

"海海，最近有钱用吗？"潘凤霞说着就拿钱给儿子，"拿着。"

儿子摇摇头："没有用钱的地方。"

她又将家里丢钱的事说了一遍，然后怯怯地问："你拿了吗？告诉妈妈实话，妈妈会处理这件事情的。"

海海猛醒般地一抬头，像挨了一鞭的温顺的狗，满眼的委屈："妈，你在说什么呀？"

"把钱拿出来。妈妈会偷偷地放在衣服口袋里，然后说是忘了拿出来了。妈妈不会让你被骂的，但是妈妈需要听到实话。"潘凤霞威吓道。

海海委屈地看着妈妈，孩子受了大人不公平待遇时才有的眼神。

他用眼睛回答：妈妈，你怎么能不相信自己的儿子？

两场谈话结束时，潘凤霞已经乏了，如同从硝烟弥漫的战场上退下来。双胞胎小的时候，她是体力上的消耗，需要跟在他们屁股后面追着、跑着。现在是智力上的耗损，要与他们这般斗智斗勇，还得故意顺孩子的意思，像哥儿们那样和他们说话，故做情感起伏状，学着用他们的语言，什么哇、酷；还得哄着、骗着、求着、逼着，只为知道一点他们脑袋里到底想什么。她不断更换新的沟通方式，结果却是越显生疏。她的自信心就在这期间不见了。

回到自己的房间，她已经又累又困，帕特李则一脸很强的求知欲。潘凤霞摇摇头："他们说他们没拿。""你信吗？""他们是我生的，我信。""那就好。""可你不信？不是吗？""我只是替你担心。"

两人睡下，困意袭来，帕特李用最后的头脑清楚与口齿清晰对潘凤霞说"晚安"，这"晚安"道后不应该再打扰一个老年人的睡眠，有什么留到明天再说。这以后他就不再给潘凤霞任何说话的兴致。可就是此时，潘凤霞困意全无，把他摇醒，"你肯定你不是用掉了？"

帕特李"嗯"了一声。

"嗯什么？是你用掉了吧？"

这不是诱供吗？帕特李再困也不可能这样不清不楚地中了圈套。他挣扎开两张粘在一起的眼皮，说："肯定不是。我只用信用卡和极小量的现金。"

"你再好好想想。"

"说了不是就不是。我用了多少钱我还不清楚吗？"

潘凤霞想：可不是吗，一分钱不花的人花上一分钱当然是记得住的。

"那你说那钱去哪儿了呢？我相信两个孩子讲的是实话。你看丁丁今天都气成那样了。她要是拿了钱，她能伤心成那样吗？海海更别说了，我都怕逼出事来。"

"睡吧。明天再说吧。"

"不行。这个问题很严重。"

困得帕特李只能放弃了："算了，算了，谁拿了，也都是肥水不流外人田嘛。"

"不行，哪能就这么算了。我一定把那个小偷捉住。"

"好好，你慢慢捉去，我先睡了。"

第二天是非常沉闷与沮丧的。谁都不知道和谁怎么处，谁都显得异常的话少与客气。帕特李干脆就回避开了，他说有点事早早地就出门了。帕特李背影的急促让潘凤霞知道他是多么地不能与这个不体面的事情相处下去。

两个孩子早起后到了餐厅，潘凤霞就显然感到女儿服装的挑衅。丁丁穿了一个小背心，把自己裹得紧紧的。换了平时，她早嚷嚷上了。今天却顾念到对孩子诱供加逼供所带来的精神摧残，不仅睁一只眼闭一只眼，而且非常讨好地说："我女儿穿什么衣服都好看。"

平时丁丁会很贫嘴地接下一句"我不穿衣服更好看"，今天却并不理她，只顾着埋头吃早餐。

潘凤霞又说："你这叫要风度不要温度。"

丁丁还是不说话。潘凤霞只好去看儿子。海海也是一副没表情，只是机械地往嘴里送东西。

潘凤霞讨了个没趣，只好自己找台阶下。"好了，快吃吧。要迟到了。我今天事儿多着呢。"她已经拿着孩子的书包往车房走。

女儿却一把夺过她的书包，突然转过身，亮出她泪流满面的脸："你必须向我道歉。"

潘凤霞寻思着孩子来美国后长了点人权的意识，这也是正常的。她说："好了，妈妈过两天带你去逛商店。爱买什么买什么。"

这是潘凤霞的道歉方式。她心里也觉得委屈了孩子，她像许多中国父母一样，不说对不起，觉得太台面上了，太低三下四了。若在平时，丁丁只会挖空心思想着怎么狠狠地敲诈她妈妈。今天她不吃这一套。

"你必须向我们道歉，不然我就不去学校。"女儿堵在门口。

潘凤霞看了一眼儿子，目光有点求助。儿子一句话没有，他的话却写在脸上了：他觉得他妹妹这次不是无理取闹。

两个孩子都是气鼓鼓的，潘凤霞叹了口气，她觉得自己才应该生气。人人都觉得自己受了委屈，有一大堆理由可以抱怨，又无从抱怨。于是那委屈就像冬天冻在江中的鱼，左右动弹不得地憋气，越憋越气，现在突然有条缝隙，便一股脑儿地发泄出来。

"你们都逼我，我逼谁去呀。我真是猪八戒照镜子，里外不是人。出了这种事我心里好受啊？我最不好做人了。一边是我孩子不体谅我，一边是我老公在逼着我。我到底招谁惹谁了？妈妈会给你们赔不是的，但是现在还不是时候。"潘凤霞说着说着就哭了，一字一句地承诺，"孩子们，妈一定还你们一个公道。"

事情最终是以母子三人哗哗哗地哭成一片为结局。

他们深切地达成两点共识：寄人篱下的无奈苦境和相依为命的肝胆相照。

钱到底到哪里去了呢？她一定要给孩子们讨回一个公道来。她想帕特李是不会记错的。他对钱多清楚，多认真啊，不会出错的。思来想去，会不会随手放在哪里？她明明知道对钱帕特李从不乱放，还是哪里哪里都查过。会不会忘在口袋里，洗衣服的时候就给洗了？她把所有的衣服都翻过去。没有。既然家里都没有，又想会不会丢到垃圾桶里？有可能。她跑到门口的垃圾箱，一件件地翻腾，像是在找一件性命攸关的文件。一手掏下去，手上黏黏的，湿湿的，臭臭的。不知是谁的一口痰。突然间，悲从天降，她仰天长哭起来：我潘凤霞怎么落到这个田地啊？！这就是我该得的吗？

这一哭把帕特李给引出来了："怎么了？怎么了？你这是在干什么啊？"

"干什么？找你那两百块钱。"潘凤霞回头亮出她的泪流满面。她头发蓬乱，污头垢面，衣装不整，一副惨兮兮的可怜相。

"我不是说算了嘛。"他想，她这不是在寒碜他吗？

"我必须还我和我孩子一个公道。如果找不出这两百块钱我就报警。我就不相信这两百块钱会自己长翅膀飞了。"她用胳膊一抹眼泪，"我非要找。就算挖地三尺我也要把那两百块钱给挖出来。"语气已由伤感变得悲壮。一头扎进入又脏又臭的垃圾箱，眼和手慌乱地翻腾着，给帕特李一个背脊。

钱最终是找到了，不是在垃圾箱里，而是在放钱的抽屉里。抽屉东西太多，钱卡在抽屉上面的隔层。

帕特李端详着那两张绿币，说："找到了，找到了，好像是这两张。"

潘凤霞一声咆哮："什么叫好像？"

帕特李连忙改口："就是这两张。"

潘凤霞把这两百块线压在桌子玻璃下面，说："教训啊。"

这件事情就这样过去了，至少帕特李是这样认为的，潘凤霞已经买菜做饭去了。七点半的时候，四菜一汤上桌，晚餐一如既往地准时等在那里。今晚的蒜苗炒肉丝鲜美极了。他上了桌，以为一切如故。

突然潘凤霞一手拉着一个孩子，出现在他面前。潘凤霞洗了头，洗了澡，化了妆。帕特李一看她的两根眉，就知道那是花心思化的妆。潘凤霞平时不化妆，这种妆一出现，就是要登台表演 —— 她是全副武装来谈判的。两个孩子也是左右护卫着，像他们母亲的敢死队。

"你必须向我和我的孩子们道歉。"那么心直口快的女人，突然像中央人民广播电台的广播员，字正腔圆、抑扬顿挫。

帕特李有点措手不及，有点愣，也有点可笑。好像一个咋咋呼呼的村姑，一派天真，还懂得用民主、人权这些字眼了。

"好了，吃饭吧。"

"你欠我们一个道歉。"潘凤霞瞪着他，还在重复这句话。除了这句话，她好像不会说别的了。

帕特李平静到几乎是面无表情："我说过这是一个误会。好了，丁丁，你先坐下来。别跟着你妈妈傻站着。"他总能把情绪收敛得很好。

丁丁摇摇头，冷冷地看着他。

连丁丁都跟他反目了。他忧伤地看了一眼这个少女，这次谋反连丁丁也参加进来了。对她的感情投资，竹篮子打水一场空。他终于明白：对这个女孩再好，还是指望不上的，因为她不姓李。

帕特李点了点筷子，准备用餐。他用眼睛说：别闹了，在孩子面前多不好看啊。

潘凤霞不知道哪里来的力气，把桌面一翻，一声咆哮："今天不把话说清楚，这个日子就不过了。"

帕特李定着神，他不认识这个女人了。那个娇嗔妩媚、会伺候人的半老徐娘什么时候变成了母夜叉？他把目光放正了，接着看她，需要这样一股力量才能看清她，他看不透这件事情。到底是人多力量大。他们这一大家人要把他们父子逼到什么地步？他突发奇想：他们该不是要逼宫吧？！

"潘凤霞啊，至于吗？"帕特李困惑地问道。两个肩膀一抖，很无奈的样子。

"为了这两百块钱，你把我们母子三人逼成什么样子？一句'这是一个误会'就这么过去了？不可能。你怎么对我也就算了，可是你不能这样对我的孩子。我不允许。今天你要么诚心诚意地向我们母子道歉，要么我们就散伙。"

帕特李皱了皱眉，像是自己触到什么，很痛楚，闭了会儿眼睛来体会那痛楚。然后睁眼说："好好好，对不起。我对不起你们，非常对不起。都是我不好，我不该自己不小心没把钱看好，为了这两百块钱搞得全家鸡犬不宁的，不该一丢钱就嚷嚷，不该瞎猜疑。我应该对你们更好一些，更大方一些。总而言之，都是我的错。我让你们都受委屈了。"

话是这样说，而帕特李的整副表情都是在说：我为了你们这一家子做了这么多，就该得到这样的报答？

这事就算这么过去了。这件事后，潘凤霞由此而扩张到许多大的话题。比如说民主，比如说人权。与朋友聊天时说，为什么犹太人的节日，学校还放了一天假，美国有多少中国人和亚洲人在过春节，却没有休假，就是因为我们亚洲人太软弱了。许多东西是要靠争取的。自己不争取，人家会白白给你吗？

BUHUI YOUYONG DE YU

不　会　游　泳　的　鱼

第十六章

溺水海海的含冤之死

还没容潘凤霞太平多久，家里又丢钱了。这次丢得更大了，是五百元。这钱一丢，就再也无法平静了。

　　在这之前，这个家里有了一些平静。大家都说自己有事，房子也大，不想见是可以不见面的。平静其实是在表面，骚动是压在里面的。潘凤霞母子三人都各自行事，暗中期待着点什么，终于在人家家里期待到房主离去，客人们对这幢房子的占领才真正开始，以一副完全不同的躯干和灵魂占领这个房子。这幢房子不再是井然而沉闷的地方，有了全新的面貌，就像那死河里的暗流似的。帕特李完全不知道，一种走样的活力在他离开后滋长于他的大宅子里。

　　丢钱事件后，母子三人比以前捆得更紧了。随便一句什么话就可以让他们三人笑成一团，随便一个什么动作也都变得很精彩。只要帕特李不在，什么都变得有趣。尤其是丁丁又恢复了以前傻姑娘的样子，经常说："妈呀，可千万别再涂这种指甲油了，你看上去特别吓人。"或者："妈，行行好，你会不会搭配衣服啊，你以为你又要去唱梁祝啊。"潘凤霞心里被女儿越戏弄越温暖，他们就是这样以揶揄与戏弄的方式来表示亲密。帕特李在这个时候是被淡忘的。而一切的活动与活动的痕迹都会在帕特李回来之前消失得不见踪迹，他们似乎能从老远就感觉到帕特李的逼近。

　　潘凤霞正出浴室，她刚洗了澡，正对自己的面部进行精心保养，就看见她女儿又在她的化妆台前臭美，摆弄着她的各种化妆品。丁丁正是整天琢磨如何才可以使自己更漂亮一些，正是对成年女人的衣着打扮着迷的年纪。

　　"已经晚上十点了，我在卸妆，你在上妆。这是不是有点不正常？"

潘凤霞坐在化妆台前往脸上涂抹，突然发现帕特李送给她的那对很名贵的钻石耳环不见了一只。它们总是摆在最明显的地方。

"丁丁，你看见妈妈的另一只TIFFANY的耳环了吗？现在就剩一只了。"

"没有。"

"真没有？"

"我拿你那么老气的耳环干什么？而且还只拿一只？"

潘凤霞想也是，谁拿一只耳环？一定是自己放错地方了："妈妈的一只耳环不见了。你帮妈妈找找。"

丁丁不经心地说："我进来的时候，帕特李刚走。"

潘凤霞握着那只耳环，一丝冰凉之感留在她的掌心，它们停留的时间那样短，他到底对她不放心，已经开始对她的东西逐一保管上了。她不由自主地叹了口气。

"妈，怎么了？"

"没怎么，不见了一只耳环算什么，只要你们两个孩子好好的，我什么都无所谓。"

丁丁正对着镜子摆着各种姿势，镜片似乎在重现青春的潘凤霞是什么样子的。那个只能穿着练功服、扎着两个冲天辫的潘凤霞，就是没有赶上丁丁的好年代，不然她也要好好美一把，于是她感觉丁丁正将她的青春重新印刷。丁丁正如潘凤霞期望的成长为一个小美人，她正帮助丁丁朝着更美丽的方向发展。她已经注意到丁丁上面的第五颗牙有点歪，她正积极地怂恿帕特李为丁丁配一副矫正器。老帕特在这事上并不是小气，他只是不忍心往丁丁像珍珠串起来的牙齿上锁钢丝。潘凤霞不管，美国孩子都有，她的丁丁也得有。

潘凤霞打趣道："行了，一只丑小鸭再怎么照也照不出白天鹅来的。"

丁丁嬉皮笑脸地对妈妈说："你打击不了我。我知道自己长得非常非常漂亮。"

就连丁丁的过分的自我感觉良好都是她潘凤霞的。她故意逗女儿，重复着那两个加了重声的"非常非常"，说："你就这么知道？"

"从男同学与女同学的眼神里知道的。"丁丁又迈了几个模特步。

"别臭美了,一天到晚只知道照镜子的女孩子不可能有出息。"

丁丁彬彬有礼地回道:"请别妒忌我的美貌与青春。"

"我要是你,我就不去跟别人比穿着,比长相。"

"那比什么? 对对对,应该比男朋友。"丁丁故意说反话去刺潘凤霞。

潘凤霞果然很受刺地大叫:"不要跟别人比穿着,比享受,要与他们比成绩。像童第周那样,与外国同学比成绩,比成就。比十年后、二十年后谁的本事更大。"

丁丁就像看白痴那样看着妈妈,于是也看出了仁厚,丁丁痛苦地摇摇头,想自己真是对牛弹琴。妈妈对她就像上个世纪的人,完全无法对话。

"怎么了? 妈妈说的不对吗? "

"你说的完全是修女的话,陈词滥调,也不适用。"

"你应该学学你哥哥。"

"哦,你要我像哥哥那样?"丁丁看了一眼哥哥,可怜他似的。

"我觉得你哥哥就很好。"

"很好? 被同学嘲笑书呆子,交不到女朋友,不受欢迎 —— 典型的中国男生在美国的形象。"丁丁说完这些后又看了一眼哥哥,意思是:她并不想这么说他,可她被妈妈逼得没有办法了。请他多担待点。

"那怎么了? 等着瞧吧。你们这帮小破孩子中只有你哥哥最棒。你哥哥将来上哈佛,有了一番成就,回国去找老婆,多漂亮的都找得到。而你呢? 将来到你哥家里给他锄草洗碗什么的吧。"

"有这个模样是不可能混到那步的。"丁丁又摆了个姿势,"实在不行,到时候就找个像哥那样'上过哈佛,有一番成就'的男人呗。"

"饱死了。"这种帕特李不在的时候,就连海海也一改平时谦卑老实的模样,有些放肆地跷着腿,说话的声音也大起来,"你以为自己很漂亮,很被喜欢吗?"

"本来就是。"

"算了吧。人家都说了,找亚洲女孩,第一是找日本女孩,第二是韩国女孩,然后是东南亚地区的,最后才是中国女孩。而且中国女孩里面的排列是台湾、香港,最后才是你们这些大陆女孩儿。"

潘凤霞听了新鲜:"这都是哪儿听来的?还有这么个排名啊?"

"我们中学呗,亚洲男生是这么评价亚洲女孩的。他们都认为中国大陆的女孩子比较自私,想自己想得比较多。"

"那你呢?也这么认为?"

丁丁插嘴:"我哥不这么认为,他不喜欢亚洲女孩,他喜欢白人女孩。"

海海瞪了妹妹一眼,接着回答妈妈:"我也这么认为。比较中国女孩的话,台湾女孩儿比较善良温柔,会体贴照顾人,大陆的一个个都是凶巴巴的,全是自我感觉良好型的,全像丁丁这样的。"

"啊,你这么说我?不怕我说你吗?"

"就说你。"

"你这个没眼光、没水平、没头脑的大猪头,觉得全天下的女孩子都好看,就偏偏放着一个大美人妹妹看不见,却偏偏觉得雯妮莎是个大美人,其实不过如此。"

海海看着潘凤霞,指着丁丁,郁闷地冷笑:"看到了吧?这就是中国大陆的女孩儿,她们全这样。"

"雯妮莎是谁?"潘凤霞是第一次听见这个名字,还未对此产生警惕。

"雯妮莎是……"丁丁故意停住了,看着哥哥,一秒一秒地羞他,"她是哥的……。"

海海迅速对妹妹做了一个求饶的表情,转过来对潘凤霞说:"同学。"

"不止吧?"丁丁笑。

潘凤霞笑:"别瞎说。你哥哥多有志向,不会小小年纪就想这些。我担心的是你。今天又有几个人用特殊的眼神去注视着你了?"

丁丁有模有样地数着:"不多,就二十来个吧。"

"你的心思少放在这上面。你要是敢背着我与男孩子约会,我打死你。"潘凤霞不当真地去扇女儿的屁股,"在男女事情这方面开窍早了,这辈子就没出息了。"

"妈,你这叫只许州官放火,不许百姓点灯。你跟我爸就是十四五岁谈恋爱的。噢,你们可以,我就不行了?"

"所以我们离婚了。"

"那梁山伯与祝英台也只有十六七岁,那贾宝玉和林黛玉也只有十三四岁。"

"所以他们都是悲剧。所以你要吸取教训。所以你不要早恋。"

丁丁又做了个苦脸:"我这是天生丽质难自弃。"

"好得很。十五岁交男朋友,十六岁弄大个肚子。"潘凤霞边说,边用手在肚子上比划个弧度,"你这样,我是没脸做人的了。"

"妈咪,可是我有更糟糕的事情告诉你,那就是我已经怀孕了。"

潘凤霞吓得吞了声。

"哈哈,妈咪,吓到了吧。你被吓到的样子很有趣。"女孩子咯咯咯声笑个不停,"我是在逗你玩的。"

潘凤霞气得打女儿的屁股。一个直躲,一个直追:"我打你,打你。这种玩笑能乱开吗? 小小年纪开这样的玩笑,真不要脸。"

女儿一个劲儿地闪,一个劲儿地笑:"妈,放心吧。我才没那么傻呢,才不会傻傻地这么早搞大个肚子。我还没玩够呢。我要多交往几个男孩子,不然我怎么知道谁更好。"

海海说:"天啊,你要脚踏几只船呀?"

潘凤霞已经为女儿辩解道:"她这个年纪就应该把眼睛擦亮了,好好地看清楚才不会受骗。"又回头对女儿说:"也别看得太清楚了,越是看清楚了,越是看透了。男人没一个好东西。"

母女俩同时点点头,像是达成共识的样子。

潘凤霞来了美国,没了亲朋好友,没了说话的对象,只好拉着女儿来诉苦。女儿小小年纪就开始做妈妈的小听众,听妈妈讲男人、谈婚姻,以她的生父与继父作最鲜活的样本,听多了那些哲理性的牢骚,所以她小小年纪就已经是一副阅人无数的样子。

"妈,你也来试试这种口红颜色。"

潘凤霞这时也会兴致很高地试起来,嘟着个嘴强调她的红嘴唇,对两个孩子天真地撒娇："怎么样？怎么样？"

女儿认真地看了会儿，就笑倒了腰，有点戏弄母亲的意思。在十五岁的少女眼中，世界是他们的，四十岁以上的人还谈情说爱、涂脂抹粉是件可笑的事情，显然母亲是可笑的。潘凤霞不介意女儿戏弄自己，她们就是这样来表示亲密。她也跟着笑倒了腰。两人笑成了一团。

儿子在一边相当局外人地皱着眉，笑得又恼又烦。有点鄙视，有点宽容地笑着他的妈妈和妹妹，那是男人对女人不假思索的宽容。他在说，他对她们的俗态都接受，但不沾染。

玩得太疯了，竟然没听到帕特李驶入车房的声音。当母子三人疯疯傻傻地笑成一团时，帕特李突然站立在他们面前，一脸的惊愕：他们在闹动乱吗？印象里那个有规可循的房子与他眼下这个充满欢声笑语的家庭判若两地。帕特李弄不清楚是他们在他家，还是他在他们家？他以为他的房子他不在时只会更安静，没人敢造次，那纯粹是他的单厢情愿。

他的脸色难看极了，轮廓一层灰白影子。佩戴这种色调的一张脸，一定有事。

"现在都几点了？还不睡觉去。"帕特李尽力压制自己的不满。

两个孩子玩在兴头上，也只能灰灰地溜回自己的房间。潘凤霞也像一个孩子一样收回所有的兴致，做回帕特李的妻子。

潘凤霞顺道把孩子往门外推："睡觉喽睡觉喽。"这两声喊出了"回人间喽回人间喽"的败兴与无奈。

"以后晚上安静点。十点半后不许再发出声音。我儿子需要安静。"老帕特痛恨地说。他是有理由痛恨的。这是他的家呀。

"知道了，这是你的家，你说什么就是什么。"潘凤霞酸酸地说。

"我还要问你一件事情。"

她甩甩手，表情有点大无畏："又怎么了？你就审吧。"

"又丢钱了。"

"怎么叫又丢钱，上次不是没丢吗。"

"这次是真丢，而且数目更大：五百。"帕特李一伸手掌，亮出五个指头。

"是吗？"潘凤霞挑着个眼睛，"哦，顺便告诉你，你送给我的那副

TIFFANY钻石耳环也不见了一只。"

帕特李并没有表现出太大的热忱。潘凤霞想,心里有鬼了吧?如果你没收起它,丢了TIFFANY的耳环你能不心疼地大呼小叫?

"事情真的很严重。"

"你再好好找找,不要再怀疑我的孩子。说不定过几天它又会自己出现了。"潘凤霞故意怂恿道,"如果找不到,我们应该报警,查一查是谁偷了我的耳环。"

"如果有必要的话,是的。"

"你不觉得TIFFANY的耳环比五百块还严重吗?"

"看来,我不得不告诉你一个真相:那两百块钱从来就没有出现。那是我放进去的,我想着只要不再丢钱,就好了。我是实在不忍心看着这个家就这么四分五裂了,可是现在这样子,我觉得事情比我想象的严重。"

潘凤霞傻住了,两只凤眼立刻空白一瞬,然后神经质地鼓胀着,像在做最后的殊死防御。

这家里真的出贼了?到底是谁?

第二天,帕特李和园丁用叽里呱啦的英语一对一答,像在表演双簧。潘凤霞气恼:你们明明会讲中文,偏不讲,用英语将我封锁掉,到底是什么意思?

帕特李说:"拿拿自己家里的东西也就算了,就怕到外面也这样。那还不出事。"

园丁接道:"就当做了善事吧。"

帕特李的英语并不好,都是一些餐馆英语。只是在英语更不好的潘凤霞面前示示威,造造声势。潘凤霞被他们用英语这扇门关在外面,恼羞成怒,觉得他们故意用英语欺负她。

没了法子,潘凤霞又把两个孩子召集在一起:"孩子,家里又丢钱了。你们知道吗?"

两个孩子点点头。

潘凤霞玩味这个点头,他们是知道了丢钱这一事件,还是知道自己被怀疑这一情况?

"妈，那是不是又是因为帕特李自己没放好？"

"不是。连上次也不是帕特李没放好，第一次丢了两百，这次丢了五百，不仅这些，丁丁，你还记得昨天我说我不见TIFFANY的耳环吗？看来它是被偷。那可不止几百块钱，我不能不着急，不能不找你们来问话。"潘凤霞盯着两个孩子，"看着我，看着我的眼睛说你们没拿。"

丁丁不是盯着母亲，而是瞪着母亲，一字一句地说："我、没、拿。"

潘凤霞放过丁丁，又去望海海。

"海海，你也没拿吗？这是我最后一次问你。"

"我没有。"

"你们骗我。就是你们其中一个人拿的，或者是你们两个合伙起来干的。现在我给你们最后一次交代的机会。"

海海的眼珠在薄薄的眼皮下迟疑地闪着，突然抬头说："妈，它是假的。"

"什么是假的？"

"那耳环是假的，才不是TIFFANY的，根本就是冒牌货。"

"怎么可能？"其实她心里说，怎么不可能？只放狗屎不放糖的帕特李怎么会舍得送她TIFFANY的钻石耳环？

丁丁却怀疑起来，问海海："你怎么看出它是假的？你怎么会知道？我们都不知道。"

海海很不以为然地说："如果见过真的，就看出它是假的了。"

潘凤霞认真地想了想，可不是，说到底还是穷惹的祸，一个四十的女人这辈子头一次见钻石，能不相信？

"海海、丁丁，你们还没有回答我的问题呢！你到底有没有拿帕特李的钱？"

"没有，真的没有。"海海斩钉截铁地说。

"好，我相信你们。"

然后潘凤霞冲进卧室，帕特李还未见人，就听见潘凤霞的大嗓门喊开了："你这个小气鬼，你不放糖也就算了，竟然还用狗屎当钻石来骗拐我！"

"什么?"帕特李一时没有准备,真的没听懂。

"难怪我说TIFFANY的耳环丢了一只,你也无动于衷。如果是真的,你能那么无动于衷吗?你还不急得上蹿下跳?"

现在帕特李听懂了,理直气壮地说:"有病的人才买真的。你要知道那对耳环在TIFFANY要卖几万块,你舍得吗?如果是你的钱,你会这么花吗?"他红着脖子扯着嗓子,他真诚地认为自己的道理站得住脚,"再说你自己也买过假名牌,上个星期你就刚买了个LV包包。我买跟你买有什么区别呢?"

"区别就在于我买时我就知道那是假的,而你给我是希望我把它当作真的来接受。"

"你不要转移重点好不好?我们现在讨论的问题是家里丢了七百块美金,再顺便强调一点,是真的钞票。你老在这里谈那个耳环做什么?"

"因为这个问题很严重,这个比丢了七百块钱还严重。我现在才知道自己上了多大的当,吃了多深的亏。"

帕特李有点不耐烦地道:"有什么大不了的?"

"对,有什么大不了的,有什么吃惊的?有什么不是假的,连这个婚姻都是假的。"

"凤霞,如果你像心疼自己的钱那样来心疼我的钱,你会这样舍得吗?你是把我的钱当公款?!不用白不用?!"

两人正说着,丁丁跑上来,气喘喘地说:"对不起,我能借用你们的洗手间吗?我哥在洗手间里待着不出来,我刚才敲了半天的门,也不给我开门。跟死了似的。"

丁丁当然不知道自己不经意的一句话是多么地重要。潘凤霞心里咯噔一下,想到今天对儿子的诱供加逼供,这下可能要出事。"蹭蹭蹭"地跑下楼,"咚咚咚"地敲门。

"海海,你在干什么?"

没有回答。

"海海,开门,给我开门。"

没有回答。

"你要是再不开门，我就破门进去了。"

没有回答。

门是她破进去的。门打开的瞬间，她傻眼了。儿子浸在灌满水的浴缸里，一动不动。她立刻将儿子从浴缸里抱出来，放在地上，儿子死尸一般的脸，灰白得吓人。一摸儿子还有气，她也不懂怎么做人工呼吸，只是口对口地吹了几口气。

"儿子，你可别吓妈啊。儿子啊，你醒醒啊。"潘凤霞哭天喊地地叫。

董海被妈妈喊醒了，睁开眼望了一眼妈妈。

潘凤霞抱着儿子又亲又揉："儿子，你没事吧？"

他还是那样看着妈妈，潘凤霞点点头，她明白儿子。董海眼里有一层很深的意思：妈妈，这回你相信我了吗？我真的没偷帕特李的钱。

"你怎么这么傻啊，孩子。"

原来是儿子因为被误会了，也不知道为自己辩白，竟以死来证明自己的清白。想象中的儿子"含冤之死"让潘凤霞哇的一声大哭起来。刚才的冷静是被吓出来的，现在才是真性情。那是一场声势浩大的哭。来美国后所受的种种委屈与尴尬，也一并哭了起来。

这哭让董海都糊涂了，看着母亲，好像在说：我有那么严重吗？我还能抢救过来吗？

帕特李一手拿急救包，一手晃着车钥匙，问："要不要送医院？"

潘凤霞突然一阵愤恨："滚！滚！你给我滚！"

帕特李莫名其妙地愣在那，他在琢磨一个问题：她没有注意到自己是在他家吗？她怎么可以在他家叫他滚呢？

帕特李正在为这个逻辑错误困惑时，又听见她说："帕特李你不是人，先是用一个假玩意来勾引我，现在又来逼我儿子。如果我儿子有个三长两短，我要与你拼命。"

潘凤霞把"我儿子"说成黑体的大大的醒目的标志性的字体。她完全没有意识到自己说这句话时像一只张开翅膀要与人拼命的母鸡。别人可以欺负她，可是欺负她孩子，她可要拼命了。帕特李被她讲"我儿子"时的那种勇气震住了，他知道他爱上她的就是这种生生不息的生命力。

那种雌性的、强大的生命力只有母亲才拥有。那种慈爱与凶残并存的母性。但是他没有料到爱上如此深厚母性的一个女人，对一个男人意味着什么？她宁可失去一切，也不可能放弃她的母爱。

他轻声地说"对不起"，然后悄然地退下，不敢招惹一个已经哭出悲壮的母亲。他知道她们是惹不起的。她们什么都干得出来。

潘凤霞一脚把门踹上，上了锁。她只想和儿子单独待会儿。

一会儿后换了一个稚气的女声："哥，你没事吧？给我开门。妈咪，是我啊。"那个语气是自己人的。

"你也给我滚。你这个吃里爬外的东西。"

女孩觉得冤，怎么说她是吃里爬外呢？她明明是吃外爬里嘛！

"妈——"董海轻声叫道。

"孩子，想吃点什么？妈妈给你做去。"潘凤霞在这节骨眼上想到的竟是吃。像许多穷苦的母亲那样，拿吃来表达她对儿子朴实无华的爱。

"别，妈，都这么晚了。"

儿子是心疼她。妈妈已经为了他与帕特李翻脸，他不想让妈妈太难做。海海总是这么知好歹，更让潘凤霞心疼得一塌糊涂。

"儿子，你怎么那么想不开啊，妈妈对不起你呀。"

"妈，我就是太累了，睡觉了。"

董海始终不肯承认自杀。他只是说看书看累了，想泡个澡放松一下，结果太累了，就睡觉了。接下来的事情他就不记得了。潘凤霞愿意接受这一说法，可是心里始终说服不了自己。说服不了自己的还有董海本人。

他趁着那一时的猛烈丢弃他生性中的胆小、怯懦和虚伪；也躲过人们没完没了的纠察和盘问，让丢钱事件不了了之。现在他又趁着"不记得"，把事情忘却，只觉得一股又窝囊又侥幸的情绪，在他起死复生后滋长出来。正因为这样，他更要忘却。

那溺水事件成了永久的谜。因为它本身就是一个谜。

无论如何，溺水事件与丢钱事件有了必然的联系，成了这个家庭两件不体面的秘密。所有的人都觉得无法与这两件事相处下去，它们一下子扫了人们过日子的兴致；同时所有的人又都觉得无法去谈论它们。只有不承认，日子才能这样将就下去。

帕特李与海海一连几天都没有见上面。说不好是谁避开谁，就是没见上面。

潘凤霞终于想好了，她要带着孩子离开这个家。潘凤霞日常生活中不太喜欢化妆，一化妆，心理、情绪上就不自觉地做好演出的准备。现在她坐在镜子前，像仪式般地精致地描绘着脸谱，就像每次登台演戏前。一边描脸，一边默背台词，这也如她登台前的准备。

这时看见那只被蒙骗的耳环，她想它怎么竟是假的？它比真的还闪耀发亮。拿起来，在手上轻轻掂了掂，许多是是非非也在这一掂间过去了。她嘴角兀自含着冷笑痉挛，眼睛却是冰冷的。像是笑自己，又像置身局外地笑他人。她又看了一眼耳环，想扔到垃圾桶里。就在倾身要扔时，不知为什么，又改变了心意，没扔。许多往事都没法扔。

这时丈夫进来了。她从镜子里看见帕特李涨红个脸走进来，又开始数落她和两个孩子的不是。

潘凤霞无动于衷地听着帕特李的控诉，接着化她的妆。她已经入戏，进入角色了；已经感觉到这些台词在舌间急不可耐地等待出发，也预感到事后的畅快淋漓。她憋着，忍着，抿着她的嘴巴，画着唇形，又涂了唇膏，两片嘴唇厮磨了一会儿。

她化完了她最满意的嘴巴，才开口。她回过头，态度强硬而语气温和地对他说：你给了我们一张绿卡，我也服侍了你们父子这么长时间，我的孩子也跟着受了这么长时间的气。咱们谁也不欠谁的。我们受够了。

说完，她开始把头钻进大大的壁橱，收拾东西。

帕特李吃惊地看着她：你在做什么？

看不出来吗？我在收拾东西。放心，你的东西我们一样也不会带走的。

你要干什么？

我要离开你。

潘凤霞听见自己的声音是那么地平稳而坚定。

老帕特绝望地看着她，他奇怪她怎么会如此不识大体，不计后果，为了一时之快而以后痛苦不断。他张了张口，还想说什么，还没说出来，潘凤霞冷笑地回头：不，谢了。我们出去了就不会回来了。

接着她听见自己甩门的声音。那一声帅极了。

这时她从镜子里看见一个女人胜利的微笑。

咚咚咚，一阵敲门声把她从幻想中惊醒。她丈夫这时才进来，手上拿着一个丝绒盒子，步子迈得悲壮而庄重，更是苍老的。他是这么地老，她想。她不敢再看他，怕把他看得更老了。他两眼注视着她。他的眼睛年轻时大概也曾好看过的，现在就剩那些浮肿和皱纹；他的眼睛年轻时也是勇敢的、自信的和钟情的，现在只剩下无望与徒劳。

她想我已经铁了心，你还能把我怎么样？

他沉重苍老的眼神延伸到他的两只手上了，哀求也延伸到此。两只手打开了丝绒盒子，拿出里面的遗嘱，说他刚刚改过遗嘱，将百分之五十的财产划入她的名下，另外百分之五十留给约翰。那是因为他是一个特殊的孩子。然后他指给她看那一笔数目的具体金额。这次她还重点地看了这份遗嘱签名，可别再上当了这次，她心里说。一切都确认无疑了，她才抬起头来看他。

帕特李不说话，望着她，眼里含着泪花。他的眼神复杂极了：留恋、恳求，明知自己得理却无奈地让她占便宜的容忍，还带有挑战 —— 这张遗嘱还不够让你改变主意的吗？他做这个暗示的时候，自己不说话，只是用手将那份遗嘱打开又叠上，叠上再打开。他让它替他说话。他知道：它比他这个衰老的身躯有说服力。

潘凤霞看着流露这种浊重人性人情的眼神的帕特李，突然很为他难过。那双眼睛在强调他年轻时的多情、勇敢，甚至是残暴，现在还能看见一丝浪漫故事残留在那双眸中。她想那时的帕特李哪里需要用这种眼神啊。

帕特李问他年轻的妻子："你有什么要说的吗？"

帕特李知道他不该将他们的关系阐发得如此功利，然而只有这样才能挽回局面 —— 她只有意识到彼此的得失，才能理智地面对问题。

果然她什么都没有说，像喂了骨头的家狗那样知足地、感恩地低下头去。遗嘱的突然出现完全出乎她的预料，使整个局势发生了重大转折。她准备的豪言壮语、潇洒气派，在这个突如其来的转折面前哑口无言、柔软无力。

一张遗嘱足够改变她的主意，收买她的忠诚。她知道自己那张感激涕零的脸是看不得的。她突然也为自己寒碜，悲哀地想，那样接近于壮士的行为，看来只能在幻觉中产生了。半年前，在享受过富贵前，她兴许做得出这壮烈的事，现在只能在假设中过把瘾了。

　　更不可思议的是，她借了那股激情，接下来她居然到了浴室淋浴更衣，第一次主动地迎送自己。嘴里含糊其词，大概是：我爱你。也可能是：这个姿势好吗？那这样呢？徐娘半老的女人说这些话时会显得异常的无邪，只是在潘凤霞大睁的眼睛里，帕特李并没有看见自己的影子。和解来得太迅猛了，连帕特李也吓了一跳，好像她的态度转变得太快，太明显，连他都有点不好意思了。

　　这次的和解近乎悲壮，两人似乎都有不情愿与无可奈何。他们在商量做一次旅行计划，帕特李说："我在考虑带你去一些比较远的地方。"潘凤霞想欧洲可能是帕特李的考虑之一，帕特李又接着说："我们可以去一趟旧金山。"潘凤霞笑："没出息吧。这就看出来你脑子的半径有多长？！"

　　旧金山回来后他们和睦相处了一些日子。两个人都为此做了一些努力，一些尝试。这具体表现在帕特李越来越肯为潘凤霞和孩子们花钱，这对他算是一种妥协；而潘凤霞也越来越妩媚，越来越主动积极地与帕特李行房事，这对她算是一种屈尊。

　　潘凤霞主动积极没有用，她学广东人给帕特李煲壮阳汤，还买了一些情趣产品，帕特李也很配合地像灌药一样一饮而尽，然后打着饱嗝，药是喝了一肚子，却不见效。潘凤霞久了也失去耐心，她觉得自己像深宫怨妇一样寂寞难耐。日子显得有点难耐，有点无聊。再无聊的时候就用帕特李给的那张信用卡出去购物。这种无聊也不是每个人都有条件享受的，她还是很愿意的。她将买回来的衣服一件一件地试穿，她也没有机会穿给别人看，只能穿给自己看。

　　帕特李说："你那么在乎那副耳环是不是真的，那我这次就给你买一副真的TIFFANY。这是两万块钱，你拿去买一副真的钻石耳环吧。"潘凤霞收下钱，把自己往帕特李身上送了又送。但她终是没去买耳环，而是把钱存起来。花自己的钱，她就不想花了。

这一天，她推着约翰，扶着帕特李去逛商店。进了一家女式服装店，帕特李为了表示诚意，说："进去，挑几件衣服吧。"潘凤霞给他打了预防针："这家店很贵的。"帕特李笑："我正在克服我的毛病，你又来了。"其实他是想将他年轻的妻子笼络在他的优势之下。金钱就是他优越于她的地方，所以他要一再强调。

她站在服装的丛林中，一件一件地挑，女店员也一件件地帮她拎着。女店员已经五十多岁了，还像少女一样穿着紧身衣，依仗着深深的、起皱的乳沟去兜揽生意。这两个乳房在少女时代也是亭亭玉立，有过一些好年头的，现在的裸露只能讨到人们同情的一把泪。潘凤霞每每这时就不断地说服自己，她的日子并不太差。

潘凤霞试完裙子站在镜子前，端详着镜中的自己，后退一步，观察全身，再微微转身，看侧影。当一件宝蓝色的连衣裙套上身时，潘凤霞自己也惊了一下，两个鼓胀胀的乳房将裙子的前部撑得满满的，小腹仍算平坦，臀部也没有多少下垂走样，自己还是有不少炫耀的本钱。四十岁的女人还有这模样、这身段，她知足了。

从镜子里，潘凤霞看见女店员很欣赏地看着，拍着一些很职业的马屁："这些衣服就像是为你定做的一样，很多人试过，没有一个人试出这种效果来。"潘凤霞也许不能听懂这么多英语，但她能感觉到被吹捧的氛围。

帕特李也正贪恋地端详着她。她突然有点难过，难过自己的裸露给了一双完全无能为力的眼睛。她的性感是无望徒劳的。她转了一个身，那个转身让帕特李的目光跟随得更紧了。突然，潘凤霞静止在那里，因为看见镜中的帕特李眼中的留恋与赏慕，不仅是对她的，而是对青春的留恋。他知道青春的一切正这样离他远去，逼近他的只有不可挽回的衰老。她突然有了一丝伤感与一点怜悯，站在那里想让他好好地欣赏个够，他能享受的也只剩下这个了。

女店员在她身前、身后不停地理着裙子的褶皱，两只手忙碌地献着殷勤，两条衰老的大腿已经有一节节不太均匀的赘肉与膘，所以每一个动作都引起一阵细微的抖落。潘凤霞这时感觉到自己高贵得气都喘不上来。她看了看价格，要八百多块钱。她用眼睛去征求意见，帕特李说：

"你自己拿主意。"潘凤霞觉得这种答复像是敷衍她，又像对她真那么大方。

她对着镜子捋了捋头发，有点矫情地说："穿成这样太过分了吧？！"

女店员还在伺候着，这时听到这埋怨，停下来说："过分？"

潘凤霞快乐地抱怨："你们不觉得？太艳丽了吧？太裸露了吧？"

女店员也把生气做得很逼真："你就是这么艳丽的啊，你就是这么好身材的啊，本来就应该裸露些。"她觉得称赞潘凤霞漂亮还不足以做成这笔生意，于是回头对帕特李说："你女儿真漂亮，是不是？"

一句话说得帕特李又喜又忧。喜的是他再次证实自己的幸运，如同得到一笔巨大的财富；忧的是原来她优越于他的地方，是如此地一目了然。有时候面对路人对他们之间关系的狐疑与好奇，帕特李会很紧张。那是一份客观无需强调的优越。他时时担心潘凤霞也意识到这份优越，而以此戏弄他。这时帕特李只能不置可否地笑笑，强作无知。而潘凤霞也只能佯装不识破。她不为自己的年轻感到优越，反而是巨大的惋惜。

女店员也感觉到蹊跷，却又不知道自己哪里说错了，于是只能原地不动。

"很好看，就买了吧。"帕特李说。

"不用了。"她突然索然无趣。

然后潘凤霞换下衣服，推着约翰离开商店，帕特李也跟着出去，像父亲一样纵容着自己女儿的小脾气。

可怜的女店员将十来件潘凤霞试过的衣服一件件往回挂，悲愤地看着这一群中国人。他们足足试了十几二十件，最后竟然什么都没买。她的两条大腿来回白跑了近一个小时，本来就风烛残年的腿现在都有点站不直了。

潘凤霞推着约翰出了商店，竟然碰到以前餐馆的工友。

"呀，这不是潘凤霞吗？好久不见了。"工友惊奇着看着这个老男人和这个坐轮椅的人，这些人物不曾在潘凤霞描绘的幸福生活王国里。

潘凤霞曾经让所有的工友们心情舒畅 —— 那是她刚来美国时，因为潘凤霞似乎是他们当中最不如意的一个，想着有人比自己境遇更差，工友们的心情不知怎么地就平静了许多。

她曾一度让他们心情不好，那是半年前她刚嫁进大房子时，工友们念起她，好也罢坏也罢，总之都是有点酸意。说什么干得好不如嫁得好，她现在是什么都不用愁了。她一个四张的人，就算漂亮又能漂亮到哪里去？还能撞上了这么个冤大头，敢情就是灰姑娘的老年版传奇。

现在这个工友知道了她有一个傻瓜继子，还知道什么叫"地产大亨"。哪里有那么多灰姑娘的故事啊，何况还是一个灰阿姨呢。家家有本难念的经啊。一个工友知道了，所有的工友也都知道了。她的现状又让她的那些工友们心情舒畅了。他们对生活有了进一步的认识，他们在餐馆里议论道：

"真是想不开啊。"

"想不通吧？潘凤霞怎么嫁给了一个老头，不就是有点钱吗，她也肯？女人是太现实了，太可怕了。"

"我更想不通的是那地产大佬。如果说她是为了钱为了身份，可他一个快七十的老人图什么呢？结什么婚啊，他什么也干不了了。他应该钓钓鱼，看看电视什么的，却救济这么一大家子。他还有什么晚年可安享？"

BUHUI YOUYONG DE YU

不　会　游　泳　的　鱼

第十七章

海水是鱼的眼泪

丁丁比海海更先知道谁是真正的贼。

帕特李丢五百块钱的那天，丁丁就风风火火地对海海说："家里又丢东西了，帕特李丢了五百块钱。现在大家都在找。"

"嗯 —— 哼。"

"你嗯哼什么？"

"知道了。"

"知道，这就是你的回答？"

"那你要我回答什么啊？"

"这种时候不要瞎嗯哼。"丁丁说，"你这样只会给自己找麻烦。"

海海就不"嗯哼"，也不说话，嘴唇紧抿，像一起谋杀案幕后的知情者。

丁丁突然又问："雯妮莎是不是来过？"

"什么？"海海又开始假傻，两只眼珠空白一瞬。

"得，别来这套。"丁丁皱着眉毛，瞥了海海一眼，又把目光移开，像是不忍心看哥哥被揭穿后的脸，"我知道她常趁家里没人的时候溜进来，我也知道你们常在一起鬼混。"

"鬼混？你用词注意一点。"

"那你就该注意，不要把她带回我们家。"

海海笑"我们家"这几个字，他的意思是：别自作多情了。

"我没有把她带回'我们家'，是她有时候会溜进这个房子。"

"所以她是来过了？！"

海海被丁丁套住，一时只能理屈词穷地大声回敬："就算她来了，但是这不等于她偷了帕特李的钱。"

"我说是她偷了吗？我只是问雯妮莎是不是来过。你不怕我告诉妈妈吗？"

"咱们不是说好谁也不管谁的事吗？"

"我知道。我没那么多事，我不会告诉妈妈的，只是我不相信她。她不值得信任。有一次我看见她嚼黑色的口香糖，一次吃四块，还用舌头一翻一翻，翻倒着吃。"

"你就根据这个来判断一个人？"

"我有准则的呀。"

"她不是你的偶像吗？你还模仿过她来打扮。"

"少白痴了。那是很久以前的事情了，我不记得了。我只记得现在我是年级最酷的女生。"

"你为什么老把人想得这么坏？"

"因为我不像你那么笨，白白被人利用了还不知道。"

"不可能。她偷钱干什么？她又不缺钱。"

"我不知道理由，我只是觉得她不可信。"

"不可能。不可能是雯妮莎。"

海海说完就走开了。也许自己尚未被说服，因此他只得赶紧转身走掉，如同不得理的人冒出一句极强硬的话，不敢等对方回击就立刻离开。

丁丁背后跟着过来，还是用进攻性很强的语气说："那个与我同年同月同日生的，你应该知道她并不是你想的那样，你知道她的口碑多差，她在背后说，她让你做什么你就做什么，她是在笑话你。别的同学也在笑话你。说你被她利用了，还说你连这样的人也要……"

海海不耐烦地打开电视，原本想用电视的声音打断她，意思是：这个问题我不想再和你谈论下去了。这电视一开，丁丁果然停了下来，电视上出现的新闻不得不使她停下。

海海突然打开电视，突然就撞上一场校园枪杀事件的现场新闻报道。某州某中学的一名中学生与另外两名学生发生争执，起了冲突。他报告老师，老师却没有给予公正的处理，反而冤枉了他。该学生火了，第二天带了一把手枪回到学校，先向那两个同学开枪，接着冲到教师办公室，向没有公正处理问题的老师开枪。办公室的职员被枪吓得不知所

第十七章　海水是鱼的眼泪　　239

措，急忙打电话报警将受伤的人送医院，一时间也顾不得行凶的学生逃到哪里去。

电视上的画面是警察四处寻找该名学生，直升机轰隆隆地盘旋上空俯视，终于在学校通往附近教堂的小路上发现他卧倒在路上，他是用袭击老师、同学的同一把手枪结束了自己十五岁的生命。他被发现时尚未完全咽气，瞪着两只大眼睛，长长的睫毛垂下得越来越频繁。身体四周是一摊血迹，血红得惊心动魄，充满了不得志者的正义和倒算。

兄妹俩都被吓着了，不敢看，眼睛却又狠狠地瞪着看，像在看恐怖片一样，怕看又忍不住想看。兄妹俩表面上谁也看不上谁，谁也不买对方的账，你喜欢看什么节目我偏不喜欢看，但在这一时刻在这一画面前表现出惊人的相似：都是害怕，同时向往着什么。

丁丁的眼睛有点对不出焦距，紧握沙发扶手的手竖着汗毛。她用牙咬着手指，不让自己失声叫出的"呀"太响亮。

"这太不可思议了。"一个粗里粗气的声音。

海海发现自己在吼出这句话时吼出完全异样的嗓音，不知是谁的声音在他的口腔里发音。他就在电视屏幕前过渡完了他的变音期。

这时一个枪的特写出现在屏幕上，它躺在那摊艳丽的血泊中。兄妹二人顿时静静的，反应断在那儿。丁丁盯着屏幕突然对海海说："如果你被人欺负又被人冤枉了，你怎么办？"

"我不知道，但怎么可以拿把枪到学校呢？"

"但如果没有别的解决方法呢？"

"会有的。"

"什么？"丁丁扭头问。

"忍着。"海海咬牙切齿地回答。

"忍不住呢？忍无可忍呢？"丁丁追问。

海海警惕地望着丁丁："你什么意思？你要怎么样？"

"我不知道，我只是害怕。"

"怕什么？"

"就是不懂该怕什么才怕呀。"

海海回应丁丁的是一片沉默，而内心却是一阵的燥热。

兄妹俩都感觉自己必须去转移这个注意力，否则会看上瘾，于是两人决定换台。丁丁调着遥控器，一连换了十几台，全是新闻实况转播。最后找了一台音乐台，两人还是沉默在那里，沉默在刚才的恐惧与向往之中。

丁丁觉得家里丢钱有点蹊跷，一定有内幕。丁丁苦在看不透它，决定要搞明白它，她直接去找雯妮莎。

那是一节写作课。

现在董海对学业失去了曾经的兴致，越来越玩世不恭。成绩远不如从前，可仍以"吃老本"在班上名列前茅。考试的时候，故意把考卷展得大开，意思是来者不拒。他从不作弊，但并不介意别人作弊，尤其无所谓别人做他的弊。他如同一个独守后台的高人，看见有同学探头探脑，他在暗中笑，如果该同学因此被老师捕个正着，那他预期的效果更是圆满，玩出高潮来了，他脸上便出现一种捉弄了别人却没有被发现的得意。

当他所有课业都急剧后退时，只有一门课业越来越好，就是写作课。他的作文开始被当作范文在班上传阅。这得归功于作家老头，是老头告诉他不要相信佳话，不要相信套话，不要相信权威。老头最常讲的一句话是："要知道权威也是靠裤子来遮羞的。"

课堂上老师发下课外读物，是一本小说。老师说："这是我个人非常喜欢的一位作家。他一生的作品不多，却都是在他的早年。"小说发到海海面前，打开封面，他愣了一下，将吃惊咬在嘴里。上面作家的照片就是那个穷困潦倒的作家老头。海海从书包里拿出老头给他批改的作文，上面的笔迹与书上的签名也一致。海海想中国人讲的大隐隐于市，大概就是指老头这种人。

下了课，雯妮莎和海海被留了堂。老师狠狠地盯了雯妮莎一眼："我想你也知道这是关于什么的了。你的诗写得和海一样。"雯妮莎也很绝，也狠狠地盯回老师，进行精神对抗，说："你怎么知道是我抄他的，而不是他抄我的？"老师看了她一眼，温和而严厉地说："相信我，我是一个有二十年教龄的教师。我相信我的判断。你回去重写。"

雯妮莎就这样被老师打发走了。老师看了海海一眼，面孔紧绷，像所有追求艺术而不得志的文学发烧友那样显得稍许烦躁和沉重："现在轮到你了。"然后他说海海的这篇期末作文，他非常喜欢。他说自己昨天读完后，是一个长久的静止，他捧着海海的作文，像醉过去一样，感觉到一种气息透过文学熏了过来。突然他开始吃不准这个刚来美国一年不到的中国男孩，他的文章一篇比一篇漂亮，他觉得这本身就是文章。他记得海海刚来时的作文全都是拾金不昧什么的，他嘀咕：全洛杉矶的钱都让这对中国双胞胎给拾了吧。当时心里暗笑，这些共产国家的孩子都被洗脑了，难道他们不能有一点自己的东西吗？

"可以告诉我这种变化哪里来的？"

"生活呀。比如中国有一个皇帝叫李煜，他当皇帝的时候写的都是花前月下的诗句，比如'晓妆初了明肌雪，春殿嫔娥鱼贯列'，后来他当了俘虏，写的就是'小楼昨夜又东风，故国不堪回首月明中'。"海海在翻译这两句诗词的时候，才知道自己的英文还是很烂。

"你为什么不考虑一下参加作文比赛呢？"

海海一改老师的小宠物的低眉顺眼，有些玩世不恭地说："这玩意儿玩玩还可以，当专业没兴趣。"

老师气得嘴都歪了。

再说雯妮莎被老师罚写作业后，就出了教室，刚一出来，就被丁丁迎头赶上，气势汹汹的样子，劈头盖脸地说："我们家丢了钱，我不知道是不是你偷的，但是我感觉这件事与你有关。你不要再继续纠缠我哥哥。"

"什么？"雯妮莎被她的逻辑错误弄得直想哈哈狂笑，"谁纠缠谁吧？"

丁丁也觉得自己的立场有点站不住，反而让她驳住了，又补充说："如果你伤害了我哥，我不会叫你好过的。你不会想成为我的敌人的？！"

此时的丁丁已经是学校里最受欢迎的女生之一。她为这种改变而高兴，认为自己的过去不值一提。以前她试图讨好与接近学校里最春风得意的女生，现在是其他女生需要被她认可，是个叫人又怕又羡慕的小女王。她已经瓦解了五人党的存在，而以自己为筛子，过滤出另外三个同样漂亮时尚的女生，号称"四姐妹"。她已经从那个青涩的中国小姑娘变成麻辣的美国少女。不断有男生来表示好感，她也不像过去那样羞怯地低头看自己的鞋尖，而是像公主那样高高地抬起头。有次一个男生过来对她说，他已经悄悄观看她很久了。她从容而轻蔑地回答："那就请你悄悄地接着观看。"新学期班上来了个新生，她根据人家的严谨判断她是来自中国内地的最新来客，立刻给她来了个下马威，似乎完全忘记自己受伤的历史。海海劝她为人厚道些，丁丁对海海说："我猜，我只是希望有人遭殃。"

雯妮莎伪装出全身发抖的惊慌状："我好害怕啊。我晚上会吓得睡不着的。"然后又狂笑，"那咱们就走着瞧吧。丁，对了，你的英文名叫珍娜，管你叫什么，你是吓不住我的。"

"不要误会，我只是发牢骚罢了。"丁丁像所有美国少女那样含着一个大而化之、不当真的笑，"祝你好运。"

第二天雯妮莎上学迟到，海海问为什么，雯妮莎说自己的车胎被丁丁放了气，还说丁丁是帮会成员。"有证据吗？""如果我有证据，我就找警察，而不是找你。我知道是你妹妹干的。""不可能。""为什么不可能？""就是不可能。"雯妮莎生气地说："你不相信就算了，我只是认为你应该知道。你叫你妹妹小心点。我不会就这样算了。"

其实海海也感觉到了丁丁的异常。丁丁突然会像小孩子那样打闹、游戏，嘻嘻作笑，仿佛是要大家相信她还是那个青涩的中国小姑娘，她似乎在用孩童的形骸将自己藏匿起来。因为她深知大人的心软，成年人对孩子的错不太追究。丁丁突然意识到：做孩子真好，有最大的豁免权。于是她又将成长中遗弃的顽皮、淘气还原到身上，可她并没有意识到，这些动作语言已经不再合适她，反而欲盖弥彰，像是哪里出了差错。海海问丁丁是不是参加了什么帮派，丁丁笑着不回答，而是说："人家都是英雄救美人，哥哥救妹妹；咱们家倒好，妹妹救哥哥，美女救狗熊。咱们家是典型的阴盛阳衰。"海海说："你不怕我告诉爸妈吗？""你不会的。""为什么？""因为那样对你并没有好处，而且不要忘记雯妮莎的事情。"海海立刻像把柄被人捏着那样，低下头去。丁丁把握十足地笑笑："所以咱们最好井水不犯河水。"海海想想点了点头，只是劝丁丁不要再欺负人。丁丁认真地想了一会儿，也感觉到自己走了极端，不是被人欺负，就是欺负人。想后，简单地回了一句："我无法不这么做，因为我不想再变回以前的呆瓜。"

海海接着问雯妮莎："她为什么针对你？她和你有仇吗？"

"还不是因为你。因为我和你在一起，因为她认为我偷了你们家的钱。她已经警告过我了。"

海海犹豫了一会儿，还是忍不住问："那天你到我们家，都做了什么？"

"做爱了。"雯妮莎在任何时候谈起性都可以坦坦荡荡。

海海羞红脸，接着问："你是不是偷了我继父的钱？"

"我没有偷。如果是偷，我就把抽屉里的一千块钱都偷了。我只是拿了五百块钱。"她就是这样把所有的不正常正常化，所以她不紧张。

"天啊。我简直不敢相信，真的是你。"海海盯着雯妮莎那双细长干净的手，它怎么做得出这些不干净的事情来啊，怎么可能去偷窃？她一定换了另一双手去做坏事。

"那之前你是不是还偷了两百块？"

"不是告诉过你不是偷了吗？"

"你可以给我一个理由吗？"

"我本来是想替你作弄一下你继父的。你不是讨厌他吗？"

"这算是理由吗？"

"好，要一个合理的理由，对吗？那我告诉你吧。"雯妮莎吸了一口气，她的故事需要她如此准备一番勇气，然后她淡淡地说起她的家庭，"我的家很穷很穷。我妈妈需要用食品券去买食物回来喂我们。我的父亲酗酒，当他喝醉的时候是一个非常不讲道理的人。在我九岁那年我父母离了婚。我妈妈改嫁了，我恨我的继父。他对我性骚扰。我妈妈死了，我的父亲现在还在监狱里。嗨，就那么回事吧。"

她的语气很淡，听不出是怨是忧，直直地不带什么情绪。

"天啊！"海海同情地点点头。先前还紧绷着的脸松弛下来，他用眼睛安慰她，同时追究她，要她细细讲出始末。

雯妮莎又吸了一口气，沉默地摇了摇头。像是这个苦难她已不堪承受，没有勇气再温习一遍。

海海也就不敢多提，仿佛这是一个地雷，受伤的不是她，是他，于是处处小心，句句提防，不涉及她的家庭。倒是她，说不准什么时候自己就又冒出一句，搞得他比她还难受，像是窥视到别人的什么隐私，心里七上八下的。仿佛她的家庭不幸他也有责任那般地为她难过。

"我会保护你的。"海海突然充满了学生腔，很正义地陈述。

那一刻，他险些被哄住，相信她的不幸，相信她真假难辨的身世。倒是后来从同学嘴中听到一两句完全相反的结论，就是关于她出生富有的传闻，搞得他非常糊涂，心里不断有一个声音在提醒他 —— 她不可信。她的魔力也正在于此：她让你感觉不可信，但是你就是愿意相信她。

"你不是讨厌你继父吗？"

"讨厌他不等于可以偷他的东西。那你为什么还偷了我妈妈的耳环？"

"我只是拿了其中一只，如果偷就偷一对。不是这样的吗？再说它不是你讨厌的人送给她的吗？"

"那是我妈妈最贵重的首饰，是TIFFANY的。"

"你非常有幽默感。告诉我你在开玩笑？"

"开什么玩笑？"

"你不要告诉我你以为那是真的TIFFANY。"

"不是吗？"

"当然不是。"

"那是我继父送给我妈妈的礼物。"

"不送还好，现在他欠你妈妈的就更多了。"

董海也替母亲不平。他觉得帕特李不仅是愚弄了妈妈，还愚弄了他们全家。他想母亲真冤。偷了也好，不然永远都不可能知道它是假的。原本他很气雯妮莎，现在不那么气了，还有几分解气。现在要做的是如何把东西神不知鬼不觉地还回去。

"只要把东西交出来，我会想办法保护你的。"

"我已经把它们用掉了：卖的卖，花的花。"

"那……那我也没有办法了。"

"噢，不，你会想出办法来的。"雯妮莎轻吻了一下他的脸颊。她知道，只要一个吻，就能导致他赴汤蹈火。果然如此，他在她吻他时，眨了眨眼睛，瞬间就丧失了原则。

对于海海这样清白淳朴的少年，没有经过浅显的情感课本，一上来就是雯妮莎这种少女像一本高深莫测的书摆在他面前。海海越读越吃力，越是读不懂，越是想懂，读得越用心。他读来读去，想来想去，他也不知道她负载怎样的究竟。

"我能有什么办法？"

"好好想想吧。"雯妮莎做了个预先设计的媚眼。那媚眼的潜台词是，你会有办法的，怎么着都行，就是别平常化了。

雯妮莎是对的。他精心设计的"不慎溺水"骗过了所有人，他们为此懊恼、内疚和自责。他甚至骗过了自己。他知道自己的不慎溺水已经将丢钱事件打岔过去了，偷偷换取了一份不了了之。

当他泡在浴缸里时，听见妈妈在外面叫门："海海，你在里面干什么？没事吧？"他是如何狠下心来不应答，默默地等待时机到来。他知道自杀或者不慎溺水可以威慑他们，从而躲过一场更大的风波。

妈妈在外面接着喊："再不开门，我就破门进去了。"这时他突然将自己埋入水中等待着。他没有诚意去死，只是想装死来缓冲局面的紧张。而他又怨恨自己，那尊严和廉耻的丧失使他怨恨自己。

鱼也会落泪，只是它们在水里，别人看不见。他这只落泪的鱼现在就在水中哭泣着……等待着……

这就是所有人都不知道的真相。

而他自己不知道的真相是：当他憋在水里等待时，突然意识这也是一个出路。如果这样可以帮他忘却一切，他会随时准备把死亡请来以封闭他的灵魂。当他进入无知觉的时候，没有痛苦，没有讥笑，没有内疚，没有欲望。当人的欲望停止时，也就无所求。就像歌德所说的，人世间的一切挣扎，在上帝的眼中，只不过是永恒的寂静而已。他不想再醒来。外面的他们吵啊闹啊笑啊，都与我无关了。我已经不用再与你们共享一个人间了。

所以说自杀这种事情究竟有多少庄严，多少做戏和出丑？多少的真戏假做（或者假戏真做）？事情就是这样：表面其实正是本质。兜出去这么个大圈子，寻呀觅呀的，末了发现真相早在那里等着了。一个圈子还是转回来了。

BUHUI YOUYONG DE YU

不 会 游 泳 的 鱼

第十八章

自立门户的董海

当天晚上海海躺在自己床上看电视，还是那条校园暴力新闻及它的后续报道。说这名学生平时老实巴交，还有点口吃，所有人都不相信他会做出这样反常的事情；又说在该学生房间的床铺底下搜出一些凶器，看来是蓄谋已久，等等。

海海此刻再看时平静了许多，渐渐息声敛气，眼睛却还是狠狠地瞪着，不知哪儿来的一阵兴奋，一股压力。一种伤感就这样产生了，还有小动物的虚张声势，靠着别的小动物同归于尽的一扑，感到泄恨，也感觉到凶残。电视上凶手和枪卧在血泊里奄奄一息的情景一遍遍播放，凶手的伤痛也是海海的，艳丽的血和冷漠的枪使海海瘫软，和电视上伤者一样微微抖缩。

内心有一种伤痛，却也有一种快感。表面上像是在怕枪，其实他更怕的是心里以枪去伤人或自伤的后果；表面上像是怕血，其实更怕的是内心深处尚未被察觉的自行决定堕落的方式。

他催促自己恨那凶手。海海想，这种时候不恨是错误的，不恨便也是犯罪。可是他并不恨，相反他有痛快淋漓的感觉。十五岁的海海第一次离罪恶如此之近。他似乎对凶手有一层很深的理解，这份理解在少年海海心里引出的不理解使他的头脑出现了一阵的晕眩。

董海第二天醒来对潘凤霞说的第一句话是："我想搬出去住。"

"这是你的家啊。"潘凤霞说完也不敢看儿子，显然这话连她自己都不信服。

"妈，我想搬到我爸那儿去。"

整个事件使潘凤霞终于意识到儿子在这里是受罪，并不是享福。她决定让儿子搬出去。她想这是下下策，可是现在也只能这样了。

潘凤霞先去找帕特李："我有一个事情要跟你商量一下。"

潘凤霞把"商量"两个字嚼得重重的，帕特李已经听出她的"商量"，就是"宣布"。他只能等着。

"我想还是让海海搬出去住比较好，这样他爸爸可以照顾到他。男孩子跟父亲比较有利于成长。不过海海搬出去了，开支就大了，他的房租，他的伙食，自己住了，总得有部车子吧，海海马上十六了。"潘凤霞说着就开始不自信起来，想帕特李怎么会舍得这么一笔开支，住在一起多省钱。

没料到帕特李拼命地点头。

她感觉到他的如卸重担。他一直默默盼着这一天，没提出来那是为潘凤霞着想。潘凤霞才知道自己替帕特李与海海坚守阵地是多么地自作多情，他们两人等这一天早就等得不耐烦了，而她却全然不知情。

潘凤霞打电话给董勇，没人接听。她留了言，要他第一时间回复电话。接到他电话时已经是两天后。潘凤霞一接董勇电话，帕特李就会突然出现，找些事情来做。又是那一套，翻翻报纸、看看电视什么的。他面孔紧绷，眉梢低压，带着稍稍的沉重。

潘凤霞只能冷淡地说："你还活着？我以为你死了呢。"

"还活着。"

"没饿死？"

"饿死了也就是这美国少了一个吃救济粮的，没什么大惊小怪的。"

"你最近死哪儿了？这么久不回电话？"

潘凤霞就是要让帕特李听出她对董勇的冷漠，而她也知道董勇能从她冷漠中听出嗔怨与关切。

"最近比较忙。生意上比较忙。"

"忙什么？有什么比你儿子的事情更重要的？"

"我出差，没及时接到电话。"

"出差？董勇，你这么鬼鬼祟祟的，你到底在做什么呀？"

"不是跟你说了吗，跟几个朋友搞点贸易，做些生意。"

"什么贸易生意？是不是在贩毒？走私？偷渡人口？"

"瞧你说的，我就是有那心也没那胆啊。"

潘凤霞想想也是，董勇要是有那胆，今天也不至于落到这一步。

她进了厕所后，开始长话短说地讲了现在的情况。

"你儿子要搬出去住了。你那怎么样？让海海搬过去和你一起住可以吗？"

"怎么了？"

"他跟帕特李合不来。搬出去自己住也好。"

董勇那边就嚷上了："你们把我儿子怎么了？我那么一个天才的儿子被你们养得跟一个小要饭似的。"

"你有本事，你倒是让儿子跟着你不流浪、不要饭去啊。"

董勇就不说话了，一会儿说："儿子可以过来跟我住，只是我也很忙，怕照顾不好他。"

"你到底忙些什么？"

"不是说过很多遍了吗？怎么又扯回这个话题了？"

"不是因为我没信嘛。"

两个人在厕所里达成共识：让海海搬出去住。马上就要放暑假了，正好趁这个机会让海海搬出去。

潘凤霞一打开厕所门，帕特李正站在门外，说："我要用洗手间。"潘凤霞用眼瞅瞅另外五个空着的洗手间，笑道："别累着自己。"

潘凤霞突然袭击的时候，董勇正在家里下面条。煮熟了，他直接就对着锅埋下头吃起面条，连碗都省了。董勇在国内不怎么爱吃辣，到了美国餐餐需要配些辣椒，吃得嘴肿胀发红。这种受虐式的享受，是对自己不得不屈服于生活的不甘心，略带着小小的反抗。突然门被敲响了，董勇顶着肿胀的嘴去开门。

"怎么？不欢迎吗？"

潘凤霞迈着方步进来。电话放下后，潘凤霞觉得董勇充满了疑点。董勇这些日子到底都在干什么？有时候给她几千块钱，有时候管她借几千块钱。他的钱越来越来路不明，他也越来越来路不明，她不得不突然袭击。

"哪能呢？"董勇狼狈地笑笑，刚咕噜了一声"欢迎"，人家潘凤霞已经站在客厅的中间了。

离婚后这是她第一次来到董勇的新住处。它离他们以前住的那所公寓不远，同样也是一栋破旧的老公寓。到处都是他们从前的家具电器，到处都是他们从前生活的痕迹。桌子上的茶杯是麦当劳杯子的再利用，连一次性的盘子到他这里也是反复多次地使用着。这里的一切都在证明它们主人的勤俭持家，缩支节用。再看他本人，穿着一件松腰的旧短裤，一件发黄的背心，上面还有小孔。而且董勇已经戒了烟，当上了跑堂，一周努力工作五天，似乎什么都是往好的方向发展，只是他的钱越来越少，日子越来越紧。他的钱都到哪里去了？

董勇也明白潘凤霞极想接近那个谜底，于是更加小心地说话做事。

而他的小心翼翼更加证明潘凤霞的怀疑不是空穴来风。她的眼睛四处张望，先是找到一些女性痕迹，像小梳子什么的，她当然明白怎么回事，很可能是那些深宫怨妇们的。可她能说什么？她有什么资格和权利？她潘凤霞比董勇更肮脏、更罪恶。

她接着找线索，答案很快就找到了，但她不动声色，冷漠地伸出一只脚"稍息"，轻描淡写地问："你最近的贸易怎么样了？什么时候分红？"

董勇认真回答，不敢怠慢。

潘凤霞已经换了一条腿"稍息"，心里冷笑：你这么老实干吗，因为心里有鬼。

董勇解释："最近投资市场不容乐观。"

潘凤霞听了这文绉绉的话直想乐，他都不知道这些话与他自己多么不相称。

"这就是跟他们在做的贸易吧？"她用眼睛指指桌面上拉斯维加斯的廉价旅馆的小香皂、小洗头水。潘凤霞才明白她找不到他时，拉斯维加斯的某个赌场的某个角落，一个中国男子正满腔热血地投入他与庄家的对垒中，这个男人就是董勇。

这个亚洲男人曾几何时像朝圣一样，每个周末准时地出现在赌场里，带着一种宗教信仰的虔诚。他没有任何活动，没有任何开支，不下馆子，不交女朋友，不游玩，他甚至不看病，将所有的时间、精力和财力投到赌场当中。除了被尿憋得发痛的满满的膀胱，及饿得发昏的空空的胃，让他去解决一下生理需要外，他不再离开过岗位。赌场有的是饭店，董勇上厕所的时候眼睛也会四处瞄瞄，也就是过过眼瘾，他悻悻地想，宰人吧？我？没门。上完厕所，他就找个地方打开饭盒，吃自备的便当。他已经饿得没了斯文，原本不美味的便当此刻也非常可口，像佳肴的味道。然后回岗位，继续奋斗。就连他的胃痛犯了，也只是忍着，这样已经一年了。他并不去看医生，胃痛不看医生只是胃痛，看了医生就成了胃癌。他的刻苦与专注告诉整个赌场：你们只是把它当作娱乐来消遣的，而我是把它当作一项事业来对待的。

"赌吧、赌吧，哪天把两个孩子也赌掉。"

董勇知道她什么都明白了。

都不用去看董勇，潘凤霞也知道董勇那张撒了谎被揭露的脸是什么样子。她不敢相信他的学好、他的自律都是为了更好地赌博。赌博让他温饱不顾，每个周末一放工就连夜驱车直奔赌城，将辛辛苦苦省下来的每一分钱都奉献上去，周日再披星戴月地赶回来上班，开始期盼着下一次朝圣的日子。他已经赌出了一个范例。

"我只是最近手气不好，好的时候也是很赚钱的。有一次，我半小时不到就赚了两千块，还有一次……"还没说完就看见潘凤霞恶狠狠地瞪着他，董勇立刻知趣地闭了嘴。

"真是狗改不了吃屎。我算是看透你了。我本想叫儿子跟你过，现在不可能了。你非把我儿子给毁了不成。"

"不就是钱吗？我总是会赚回来的。"

"不就是钱吗？"潘凤霞冷笑。潘凤霞第一次感到帕特李的可爱，帕特李就大大方方地表示自己爱钱，爱得心里作痛；不像董勇心里也是爱钱爱得要命，嘴上却逞强道："钱就是身外之物。生不带来，死不带去。"原来越是没钱，越是装得不屑、满不在乎，甚至鄙视钱。他们所有的姿态都是做给人看的，别人不看了，就做给自己看。

他们聊了整整一个小时。他们是看透对方的，毕竟一起长大，长成今天这个样子，有对方的成绩，好的也罢，坏的也罢。这种亲情是无法平息的。董勇在这一个小时里时时掐捏自己，不然他会脱口而出：你能借我些钱吗？潘凤霞既然知道了真相，向她借钱的念头就不饶过他。

董勇没开口，潘凤霞已经回答他了："我不会借钱让你去赌博。"

董勇很惊奇地抬头看她，潘凤霞冷笑："你屁股一撅，我就知道你要拉什么屎。"

董勇很腼腆地低下个头："我有一种感觉这次肯定能翻身，到时候连本带利还你。"

"你还真好意思说，你还真好意思拿我的钱去赌博。我没钱给你。就算有，也不能借你，那是害你。再说我存那点钱容易吗？那都是我的卖身钱。"潘凤霞说完自己也很难堪，对前夫说这些太露骨了。

"马太守能让你享受的不就是钱吗？"

"我干吗用他的钱？"

潘凤霞冷冷地回答，猛一听很有骨气的样子。她的表情明显让董勇感觉这个话题是个忌讳。只有董勇明白那大义凛然后面的真相：潘凤霞的生活远没有他想象的富贵。虽然她逛商店时想买什么就买什么，虽然她住在山顶的二百五十万的大宅子，虽然她开的是奔驰车，而这种阔绰并不是实实在在的，因为她并没有可真正做主的钱。她拥有的只是金钱投下的影子。商店刷卡时的富贵与她没有独立经济支配权的现状之间有个荒唐的对比。潘凤霞没有告诉董勇，帕特李防她就跟防小偷一样，每个月给她一笔家庭日常生活开支算得清清楚楚，她会过日子，能从这笔开支里省下个两三百。另外就是他每个月给她两千块零花钱，其实就是工钱吧。她也舍不得用，每个月可以净存下两千二左右，那笔钱她是存着将来给孩子的。

董勇倒叹了一口气，苦笑了一下。不叹笑不出这种苦，像是为自己鸣不平似的。他想他董勇为这个家牺牲了自己，原本想着老婆孩子过上好日子，结果是两头落空。早知如此，何必当初呢？

"他妈的这么小气，这叫什么丈夫吧！"

"这也不怪帕特李。说心里话，如果我是帕特李我也不会放心一个比我小二十八岁的女人。"

潘凤霞说了那遗嘱的事，是为了让自己看上去不那么惨，还是让自己看起来更惨一些，她也说不清楚。

董勇听了，不说话，也没表情，坐着。两只手漫无目的地找着什么，把抽屉打开，没有找到，又拉上，终于在茶几一堆报纸杂物下找到他要找的那一小半盒烟。他已经戒烟了，现在突然又有了抽烟的冲动。点了烟猛吸了几口，突然又把烟给熄灭，不知是因为已经没了胃口，还是没有兴致。董勇突然抬头对潘凤霞说：

"霞，你知道我为什么赌吗？我是想发财啊。我发财为了什么？还不是为了你和孩子，让你们生活得好些，不用再受气。我知道你啊也就是吃得好点，穿得好点，用得好点。可是自己手头能控制的钱呢并没有多少。我都是为了你们啊。那时我也就无所求了。我就再也不赌了。"

"你的脑子已经给赌坏了，你知道吗你？赌博能发财？！董勇，如果你做别的事情也能像赌博这么积极，多好啊。"

两人坐着，沉默了一会儿。这样沉默了一会儿，两人都想重开话题，又嫌太晚，无法说透，反而不如不说，所以就只能这样随着本来的话题一遍一遍重复交代。一个说，别赌了，看在孩子的份儿上别赌了。一个说，别省了，省来省去又不是替自己省，何必呢？两人都认真地点点头，话是听进去了，可两人都没有实现承诺。可有一句话他们没说，却长久地印在他们心底，那就是：你我的委屈，这笔账就记在孩子的头上吧。

接下来的几天，潘凤霞四处为儿子联系住处。儿子提出想搬回老公寓的想法，他说他已经习惯了，大家又都认识，而且离董勇的住处不远，彼此也好有个照应。潘凤霞想了想，说好。也许是那公寓低档的生活方式曾经消除过他们最基本的生存恐慌，现在追思起来竟也是个归宿。

海海像是从自己无意的溺水事情中获得了一个新的生活环境，也许这正是他一心筹划去实现的。

因为海海马上就要走了，帕特李与海海显得非常友好与客气。见了面，也会扬一扬小巴掌，心情很好的样子。帕特李想，他可能还不知道他得离开这里了。海海想，他可能还不知道我可以离开这里了。看见两人心情释放的样子，潘凤霞再次意识到她为他们坚守着这个家是多么可笑的一件事情。

走的那一天，帕特李别出心裁地搞了一个离别晚餐，结果把所有的人都搞得难受死了。

传统的中国红木饭桌，腿脚细细的，雕刻着花里胡哨的图案，给灰尘找到长久的栖身之地，也让潘凤霞原本忙碌的家务更加地忙碌。桌上摆有鲜花，餐具也是很少拿出来用的英国产的骨瓷。一桌的饭菜像是她专门为一个人做的，其实每个人都在她的照顾中，每个人都可以在一桌菜里吃起小灶来。这就是潘凤霞的本事，总能满足不同的胃口，可是对他们的心灵需求，她却无能为力。不然也不会有今天这桌饭局了。帕特李特地从餐馆叫了几道菜，佛跳墙、海鲜大全。他多节约的人啊，舍得叫这些菜，也是心意了。猛地一看，一片的温馨，仿佛是和睦的五口之家。只是想到是海海的离别，不知是庆祝还是遗憾。

帕特李率先举起葡萄酒杯："来来来，大家都拿起酒杯，来，大家干杯。"

先是潘凤霞跟着站起来，接着丁丁也站了起来。潘凤霞用眼色催促着海海。海海也慌忙站起来，战栗地举起高脚杯。一个简单的动作出现一连串琐碎的磕碰。帕特李有点反感地看了他一眼。帕特李努力不让就这样扫了兴，毕竟酒杯里盛着他多年珍藏的葡萄酒。

帕特李带头先干为敬："以后这种家庭聚会要每一两个星期搞一次。"

丁丁立刻抗议："凭什么？"

"什么叫凭什么？好像这种家庭聚会是对你们的惩罚似的。因为我们是家庭。因为我们是一家人。"

丁丁冷笑："为什么我们要装得什么事情都没有发生？"

"发生什么了？我们什么事情都没有。"帕特李表情一向淡化得很好。

董家母子三人面面相觑。潘凤霞说："我去厨房把鸡汤端出来。"

海海立刻说"我来"，一下子就扑向厨房，逃难一般地快。潘凤霞看着儿子的背影，可以体会儿子的孤独与无助。这样的家，他能不想逃吗？连她都想逃。

海海端着鸡汤出来，帕特李看着他说："海海，有空还是要常回来看看的。可不能重男轻女啊。"

说到这拐弯抹角处，他做了稍微的停顿，期望着听众不解、好奇的眼神，他好抖出包袱。结果发现大家的眼神都很木讷，连起码的凑趣也不表示。

　　"重男轻女就是 —— 重爸爸轻妈妈啊。"说完，他信心满满地迎接一拨笑声，而且他自己先带头闯出几声大笑做示范。

　　结果他的笑与他的笑话只是使潘凤霞努力动了动嘴角，挤出一个笑，非常勉强，明显在同情老人。

　　"谢谢。我会的。"海海礼数周全而冷淡地表示感谢。帕特李想，鬼佬的那一套看来海海是全学会了。

　　帕特李感到强烈的无趣。这个离别晚餐再次得罪了帕特李，这家人连最后一次善始善终的面子都不给他。

　　海海觉得这顿饭把自己给累趴下了。他想挺有分寸的帕特李怎么会想出这么一招把自己，也把大家都别扭死的事。他看了一眼帕特李，想：看来人老了会有一些不理智的想法，就像他会再婚，也是同样出于不理智。还好，这是最后的晚餐。

　　晚饭后，潘凤霞和丁丁帮忙海海把行李搬到车上。那一刻，兄妹两人还是很动情的，丁丁将她从老继父那坑蒙拐骗来的两百块递给海海。潘凤霞直接就将今晚的饭菜装在饭盒里叫海海带上。望着她们母女俩送董海走的身影，帕特李知道他钟情的太太和他精心调教的继女如何地吃里爬外。他只是他们物质的大后方，仅此而已。再次觉得自己实实在在地上了一次大当。他真切地感到痛心，为这个家庭与这个国家。他们潜伏于他的家庭，吃他的、用他的，却从没有与他同心同德过；多少移民像他们一样，潜伏于这个国家，吃着政府救济粮，花着美国纳税人的钱，却从来没有热爱过这个国家。

BUHUI YOUYONG DE YU

不　会　游　泳　的　鱼

第十九章

俗人理解不了的快乐

海海终于结束了继父家四个来月的寄宿生活，又搬回以前的公寓。老头还是像以前那样激烈怪僻和满口脏话，还是每天坐在公寓门口晒太阳，在太阳下一躺几个小时，生活完全没有变化，而他眼前的这个少年却大不相同了。似乎每个人都有变化，好的、坏的，只有老头没有，他只是看着。间接感受生活，直接写进小说。

　　"我们需要写一篇关于这本小说的读后感。"海海从书包里拿出课堂上发的老头的小说，"你读过这本小说吗？"

　　老头半睁着眼睛看了一眼，合上眼皮："难道他妈的你们学校没有别的更有意义的事情可叫学生做的吗？"

　　"你愿意读我写的读后感吗？"

　　"这将是我最不愿意读到的臭玩意儿。"

　　自从知道老头是个名副其实的作家，海海认真地阅读了他的作品，像是一种赔偿。老头的作品对海海的理解力是个挑战。以前不知道他是真正的作家还好，现在知道了，再注视这些文字，就像注视毕加索的画，尽管常感吃力，但仍得跟随；觉得看不懂，但是不敢怀疑。他有点讨好地说了些赞美之词，心存侥幸，说不定就有一两句是很到位的；有时也会有模有样地批评，同样心存侥幸，希望它是到位的；当然更多的时候态度谦虚，等待老头给他一些基本常识教育。

　　然而老头总是一声不吭，海海的任何评价引不起老头的反应。

　　老头的意思是明显的：他的作品和他一样，不投别人所好，也不需要别人去喜欢他。

　　"怎么从来没听你说呢？"

　　"说什么？"

"说你是一个作家啊。"

"我说过的。"

"可你并没说你的作品获过奖什么啊。"

"他娘的有什么可谈的？好像能拿文学怎么样似的。既然不能拿它怎么样，就少他妈地谈它。再说亲爱的，那你不就他妈的没有惊喜了吗？你知道人生是非常乏味的，让别人常常有一点点惊讶，其实是非常有意义的事情。所以，记住：必须经常留一手，好叫人突然大吃一惊。同样，你也要给上帝留点余地，让他有计可施，谁知道他会带给你什么惊喜。"

老头高兴海海搬回来，他告诉海海，他也不喜欢帕特李，因为帕特李很肤浅。

海海问老头："什么让你这么认为？"

老头想也不想地说："因为他住的地方太贵，开的车太贵，娶的女人太年轻。"

"这样就很肤浅啊？"

"这样并不很肤浅，但如果一个人肯花钱买这些东西，却不肯花钱买书，那他就很肤浅了。"

"那什么是不肤浅？"海海的意思是像你这样苦着自己，弄着文学，带着一种激烈的疯癫吗？

老头没有回答。

哪怕再稚嫩的目光，哪怕隔着年纪、语言的障碍，十五岁的孩子还是能略约辨识大人学问和人格的亮度：老头以那份天生的对文学的疯癫来度着生命。自从知道老头是个名下无虚的作家后，海海只能把老头的穷困潦倒当某种怪僻来理解，还能显得挺有个性、特点的，你得尊重。

"你真的没有结过婚吗？"

"没有，所以我可以给你许多关于男女关系的建议。"

海海想，怎么这就"所以"上了，这是什么连接关系？中国人讲，没有调查就没有发言权。"你给我建议？"海海想一个老光棍能给什么建议。

"就是多谈恋爱少结婚，只谈恋爱不结婚更好。"

海海一脸坏笑，他笑老头不是一个老光棍，是老流氓。笑问："那你自己呢?是不是就是因为这样,所以什么感情也没有归宿?"

"我害怕婚姻,你知道那对我甚至意味着痛苦。因为婚姻是现实主义的,而爱情是理想主义的,而性是讲究新奇的,要把这三者结合成一体对我而言,几乎不可能。我只有写作人生的能力,用笔来筑造完美生活;现实中我连基本的生活技巧都缺乏。美好的爱情都非常脆弱,所以它们只能生存在文学里。只有幻想才能产生真正美好的爱情,这就是我为什么选择独身作为生活方式。"

"你就打算一直这样吗?"

"我没有这样打算,当你不知道自己应该怎么走时,就原地站着,千万别乱走。"

事后,海海意识到这是一个真理,可他没有听进去,还是乱走了,最后连回头的路也找不到了。

潘凤霞怎么也没有想到,海海搬出去住,为他与雯妮莎约会提供了便利。整个暑假他们都混在一起,雯妮莎甚至明目张胆地就在海海那里过夜。那天雯妮莎要带海海去看露天音乐会,正好也是月初,母亲刚刚给了一些生活费。海海把生活费的一部分给了雯妮莎。

"给我的?"她突然很羞怯起来,她的手也突然跟着羞怯起来。这种羞怯在雯妮莎身上是罕见的,她光羞不风骚的样子立刻就稚嫩起来,像个小姑娘了。

"我想你需要钱的,不然你也不会去偷东西。"

"我 —— 缺钱?"她很讽刺地笑笑,好像他同她开了一个天大的玩笑。

"不是吗?"

"好了,不说了,我们走吧。音乐会要开场了。"

开车的路上,海海很认真地说他以后会好好赚钱,赚好多好多钱,让她也拥有许多许多好东西,好衣服。

她望着窗外笑笑。

他问她笑什么?难道你不喜欢这些东西吗?

她说没什么,只是觉得很好,她很感动。但是她的感动并不阻止她讲心里话:"可是对我来说,喜欢和拥有没有必然的联系。我从来不想拥有什么。"

"可是许多女孩子都想拥有这些东西。"

"记住,我不是'许多女孩子'。你认识我这么久了,难道还不明白该将'许多女孩子''别的人'这些字眼从我的身份中拿掉?我是不同的。我不想受房子、车子和男人的牵制,我不想受任何事物的牵制。"

这时已经到了音乐会场,她还想解释什么,开了口,突然放弃了,摇摇头。好像面对一个智障的人,就算她累坏了他也不可能明白,还是别浪费口舌。然后她把钱向他怀里一推,说:"钱是我在这个世上唯一不缺的东西。"

海海想一想,他觉得她应该是富家女,只有富家女才有这种气魄来仇恨富有,可是他不敢确定,他对雯妮莎的想法总是欠一点准确。

两人一边找位置,海海一边问她:"我听人说你和家人闹翻了,自己来我们学校的。"

"噢,还有这种事?"她的表情很局外,像是听了人家的故事。

"没有这种事吗?那是怎么一回事?"

他有心试探,再把话题扯到家庭上面,雯妮莎却不予理睬。她如此有心回避,海海就无法打听下去。无论直接问她,还是旁敲侧击,她就是躲避,一躲再躲。最后以"随便你们怎么说吧"打断人们对她家庭的进一步了解,她的意思是你们爱怎么猜就怎么猜,反正她是不会提供答案的。所以她的身世始终是个谜,她始终是不明不白地出现,但海海已经爱上这个少女,包括她暧昧不明的背景。这就注定他要被她榨干。

"好了,我要去厕所了,你自己慢慢想吧。"

望着她的背影,海海似乎已经想通了,他不想知道雯妮莎的家世与究竟。她从哪里来,做过什么,甚至她是谁,他都不想追究。他已经明白了,她之所以和他在一起,就是因为他不计较她撒谎。在她说真假故事的时候,他总是听得很入神,生成了戏剧性的激情。他已经知道了实质。实质就是她愿意按照她的真真假假的故事活下去。在她的假象与臆想中,一切都是悲剧的命题,她觉得那样更好玩,更刺激。

她臆想的贫贱与真实的富裕(或者她真实的受苦与传说的富裕)给了她一种苍凉,历经沧海的凄凉。这种凄凉使她与同龄少女相比,丰富许多，艰涩难懂很多。

十分钟后，雯妮莎悄悄地溜回来，静静地坐在他身边。海海问："你去哪里了？""去厕所了。"这时海海感觉雯妮莎正悄悄地将什么东西塞进他的裤袋，正质疑着，一群人马在警察的带领下赶过来。其中一个妇女指着雯妮莎，大叫地向警察求救："就是她，就是她偷了我的钱包。"

雯妮莎脸上的困惑作得十分逼真："怎么了？怎么了？我怎么不明白你们在说什么？"

那个妇人又跳脚又挥动手臂，大声嚷嚷："就是你这个小婊子偷了我的钱包，我看见你干的，我认得你。婊子。"

雯妮莎的困惑更深切了，摇摇头，莫明其妙地看着上蹿下跳的妇人，意思是她看上去多么可笑与愚蠢。雯妮莎心平气和地安慰妇人："冷静一点，慢慢说。"

那女人仍是情绪过分激动大喊大叫，无法完整表达自己，于是警察出面维持和平，对妇人说"冷静"，又转向雯妮莎："是这样的。大概五分钟前这位女士的钱包被人偷了，她怀疑是你。"

她指指自己："我？"

她一脸的无辜，对人群说："我一直在这里，和我的男朋友在一起。"就在她说谎与自圆其说的同时，雯妮莎紧紧拉住海海的手臂，像在严重的误会下受了极度的委屈与惊吓。

她也许是真的害怕，她毕竟也认识到人间的游戏规则，一旦破了规则，她也同常人一样会紧张害怕。

"算了吧，就是你。我看见你一直在我身边溜达。"妇人说。

雯妮莎像受了冤枉急于澄清般地突然站起来，掏出所有的口袋，"有吗？有吗？有你的钱包吗？我说过我一直在这里，和我的男朋友在一起。不信你们问他。"

众人的目光已经从她转到海海的身上，因为他看上去可以相信。十五岁的中国少年海海长得诚实而忠厚，是长辈心目中好孩子的典型。如果这样的孩子都不可靠，那么大人还能相信什么？

就在众人等着海海的一句话时，她也向海海信赖地望去，像是要看看下面究竟会怎样。她让海海感到，她非常喜欢自己演的戏，有滋有味地自得其乐，可是下面的戏就看他的了。她知道人们也许不相信她，但他们一定相信海海。她一副事不关己的胸有成竹，把握十足，很大程度是因为她知道他的忠诚。

"是这样吗？她一直和你在一起吗？"人群中有声音说。

海海突然站了起来，对人群说：是她。就是她偷的东西。他都吃惊自己声音的强势与说完的畅快，还有一种高贵。然后他看见她惊讶地看着他，不曾认识的样子。

"你倒是回答啊，她是不是一直和你在一起的？"

人群的声音将他从幻觉中惊醒，原来他只是在假想中威勇了一把。现在人们期望的目光像催场的锣鼓一样，他知道人们对他的期盼，如同他们期望真相。这时听见海海略带柔弱的声音说：

"我也不知道你们在说什么？我只知道我们确实一直在一起。"

而此时海海心里说：原来我是这样的无用，我的个性中有着如此明显的缺陷。

雯妮莎冲他笑笑。他这样一个诚实厚道的男孩，为了她也能把一个谎圆过去。董海对她的忠心再次得到验证。他有点自卑地笑笑。仅那笑，也足以使她把握他下一次的忠诚。

人们相信了他，没有人去建议这个清秀少年掏口袋验身。这种天大的侮辱，会对这个纯洁少年的成长造成何等的阴影，那是成年人不愿看到的。最后人群也就像看完大戏一样散去，有人哄笑地像看小丑一样看一眼那妇女。

看着散去的人群，他一阵轻松，他再也不欠她什么了，他可以离开她了。可他什么时候又欠过她什么？自始至终都是她在欠他。回过头，看见她对他挤巴挤巴眼睛，表示一切都在她的操控中，无一意外，其中包括他的表现。这一切都很好玩，也被她玩得很好。他的本分与忠厚又一次给予了她最安全的袒护。

她感激地把自己往他身上送了送，海海不耐烦地躲开。他觉得他得离这种人远些。

"这种时候别说我是你的男朋友。"

"你生气了？！"

"不是，我只是糊涂了。为什么？"

"什么为什么？"

"你知道的。"

"我说过我家里很穷。"

"我听说你们家住在比弗利山庄。"

"我妈妈后来改嫁到那里了。"

"是吗？可是别人不是这么说的。"

"你是相信我还是相信别人？"

"我当然相信你了，只是你有时候又显得很有钱，你买了一副太阳镜就花了三百块钱。"

"我母亲给我买的。"

"你母亲不是死了吗？"

"我是说我的后母。"

"哦，又来了。"海海瞪着她，意思是我看起来有那么傻吗？既然要扯谎，也不用点心，有点逻辑才好。

雯妮莎没有办法不撒谎。她控制不了自己，就像毒品上瘾，戒不了，只能不断地加大毒品剂量。

她撒谎成性，而且是无意识的，自然而然撒谎，连自己都没察觉。说谎在雯妮莎那儿，已经没有了动机，没有了企图，于是假的也变成了真的。因此她骗了别人，也骗了自己。谎言就是对事情真相的不计较，一切的真也都不是绝对的，一切都可以模糊、掉包。

"这些东西重要吗？"

海海想了想，没有言语。此刻的海海刚刚做了决定，对她不去看透，不加细究。他爱这种女孩是他自己傻，她是在她那种环境下长大的，光对她好又能如何？那种人，哪里是养得熟的？就像她的偷窃、吸毒等等，都是为了一个瘾，让她金盆洗手，还不如杀了她。如此想来，海海多少能够心平气和一点。他也只敢想到这儿，再想下去他就不能原谅她，再想下去他也不能原谅自己。多想了就会知道自己竟然对她一无所知，自己是多么地荒唐。这样就会把他的心意全盘否定掉，而他再也经不起这种否定。

他把那钱包掏出来，递给她："拿着你的快乐走吧。"

"我从来就不想拥有什么。你留着吧，或者，把它丢掉。"

"何必呢？"海海说。

她张了张口，想说什么，又决定不说了。又是这副要对一个智障儿童说话自感吃力的样子，没说就打算放弃了。

"说了你也不懂。"

"试试。"

"我喜欢那种快乐。"

海海果然没有听懂。他对她一连串的失望中，以为到了头，现在看来失望还在增长。他想骂一句"操你妈的"，但他缺乏说脏话的冲动。

雯妮莎注视着海海，眼神出现了刹那间的倦怠与恍惚，她似乎也认为自己随心所欲或者精心策划的一切有点荒谬，有点触犯。

"我得走了。"雯妮莎说完，张开双臂欢乐地舞动着，倒退着离开。

雯妮莎微微叉开腿立着，就这样挥挥手，将一个庞大的偷窃事件挥干净了。她把这个挥手的动作做得非常尽兴，非常优美。因为那挥手很适合雯妮莎，她的那双手在阴险麻利偷窃的同时，也存在这样一个娴雅的挥手动作来告别那阴险。

她给了他一个发自内心的灿烂的微笑。她一头美丽的金发在阳光下一舞一舞地跳动。她是对的，他永远也理解不了那种快乐。

他独自回家，雯妮莎开车走了，他得自己坐巴士回家。边走边踢路边的小石子，先是微微地一踢，后来火气上来了，越踢越猛。似乎在与什么作对，在发泄什么情绪。自己也不知道是怎样一种心情。

他一个人在十字路口等红绿灯过马路。茫然四顾，不知道应该往哪里走，哪一条路才是正确的路。机关重重，花样百般。更主要的，她并没有设机关、耍花样，因为她本身就是这机关，这花样。她毫不留情地将他置于这迷宫中，海海有点害怕，也不知道自己具体害怕些什么。海海突然问自己：我是谁？在哪里？在做什么？对自己、对前途的不知所措和巨大的不信任，让他很彷徨。就像一辆不停的火车，不知道哪里应该下车，哪里可以下车。要去的地方，可能正在着火。

现在他在车厢的一个角落坐下来。轰隆隆的车响是他片刻的宁静，他希望就这样永远开下去，永远不要停。那他就不需要面对家庭的各种烦恼和同学对他的冷嘲热讽，也不需要再看见雯妮莎了。就这样开下去，开到天涯海角，开到地老天荒。那他就永远不需要下车，不需要面对。

BUHUI YOUYONG DE YU

不 会 游 泳 的 鱼

第二十章

临行密密缝，意恐迟迟归

海海搬出去后，这个家又恢复了往日的平静，至少表面看上去是如此。厚实乳白色的地毯，丝绒窗帘质地沉稳，水晶吊灯擦得锃亮，这些都是一个安宁家庭的象征。

这天是潘凤霞的生日，生日晚餐平静而温馨地进行着。丁丁和帕特李已经又在饭桌上讨价还价，像一切都没有发生过一样。丁丁这点很不可思议——该翻脸时翻脸，该亲热时亲热。现在又开始麻木地拥抱老继父，无动于衷地恭维老继父。那真是一个冷艳的少女，潘凤霞知道她已经拉不回丁丁的清纯。哪怕丁丁只是那么坐着，也无法制止她的冷艳，那种美国少女崇尚的酷态，那种据理力争、从容不迫，还有那种冷冷的、不为己怨、不为人哀的公道。潘凤霞想她这辈子永远学不来伸手要钱仍然脸不改色心不跳的镇定、从容与心安理得。

这时，她特别想儿子，现在在放暑假，他一个人多孤独啊，也不知道儿子住在那里过得怎么样？吃了没有？吃了什么？也不知道他记不记得今天是自己的生日？

正想着，电话就响了。潘凤霞用越剧舞台的小碎步向电话机奔去，一点不掩饰脚步的急迫，她似乎在告诉帕特李这一切都是他造成的，双胞胎本来是不能分开养的，就是因为他这个继父不容她儿子，双胞胎才被迫分开。

儿子打电话来祝她生日快乐。帕特李又故伎重演，坐在电话旁，以很急促的动作调着电视频道。他知道自己的坐镇，多少能起些作用。果然潘凤霞总是简化他们的谈话内容、时间和情绪，只是快速地交接好见面的时间。

这个周末一起早，潘凤霞就打算出门看儿子。她早早就下厨，为儿子准备饭菜。潘凤霞上街买菜的次数比以前勤快多了，而且每次出门还要做出无可奈何的样子："这冰箱里的东西用得还真快，看来只能再跑一趟了。"

帕特李看着演员妻子的自编自演，心里都替她难为情。他明白，她又要看她儿子去了。一看她下厨的阵势就知道，她是连海海一星期的伙食都准备齐了。她总担心儿子在外面吃不好，吃不饱，经常做饭叫丁丁带到学校给海海。所以海海虽然搬了出去，但是仍然到处都是他的影子。在帕特李的眼皮下，她连东西带她自己都跑到她儿子那儿去。有一次她问他要不要换一台电脑，说这样对他眼睛不好。他以为她是心疼他，可电脑没换几天，她就建议道，不如把旧电脑给海海用吧。这几天她又问他需不需要换辆车，他一副绝不上当的样子，两只手紧紧地抓牢车钥匙。

他什么都知道，只是不说穿罢了，包括她每月定期给国内寄的那一笔钱，他也不说。他知道潘凤霞根本没有需要资助的兄弟姐妹，后来发现她用这笔钱在他们县城买了一套房子。当然那是潘凤霞自己存的私房钱，他帕特李无权过问，可这不是钱的问题，那对帕特李来说根本不是什么大数字，而是她在中国买房的动机。如果她是忠实地想在美国与他过下去，那她在中国买房子干什么？这些帕特李都知道，却从没问过，也没对潘凤霞动过气。只要不说穿，日子还是可以这样混下去，他知道像他们这样的再婚家庭许多时候是靠着忍过下去的，他只是在忍不住的时候把脸拉得很长。

今天就是他把脸拉得很长的日子。

"你要出门呀？"

"对，冰箱里的东西不多了。"

"我不舒服。"

"哪里不舒服？"

"胃不舒服。"

"那我出去给你买药。"潘凤霞早看出他是装病，仍然急于脱身。

"不用。家里有药。"

"那我出去给你买点菜，做几个清淡的菜。"潘凤霞还是不放弃出门的念头。

"为什么非要出去呢？"帕特李有点生气，又有点可怜巴巴地说，"不出去，在家陪陪我。"

"行，我不出门了。"

后来潘凤霞妥协了。想今天可能看不到儿子了，找个机会给海海打了个电话，说自己可能不能来。海海那边没有流露出丝毫的抱怨，潘凤霞想儿子真懂事。事后想起来她出了一身的冷汗，那是因为她意识到海海的屋里另外有一个女人。

潘凤霞第一次见到雯妮莎是在帕特李装病的三天后，她找了一个机会溜了出来。

潘凤霞上楼的时候，这个少女正下楼。少女一副慵懒的样子，对人爱理不理的。两扇又长又翘的眼睫毛盖住一半的眼球，眼睛眉毛都是毛茸茸的，使那眼睛神秘起来。她的眼睛明明像蓝水一样碧蓝清澈，却有着最复杂的眼神，潘凤霞想她年纪轻轻的，怎么就有这种复杂的眼神？再近些，潘凤霞连她嘴角的一颗痣也看清了。潘凤霞想，女孩这痣长得可不是地方。那痣是个淫贱痣，她的两条腿之间不得清闲。

潘凤霞忧心忡忡地看了这个白人少女一眼，是看不良少女的那种眼神。

这个少女就是雯妮莎。

进了海海的房门，潘凤霞就问："你们这楼里什么时候搬进来一个白姑娘？"

"我怎么知道？"海海漫不经心地说。

"她是谁啊？"这句话本身就充满了排斥。

"都说不知道了。"

"你可别去搭理她，那不是什么好事。知道了吗？"

潘凤霞虽然读书不多，却知道许多"不是什么好事"的事情，她觉得要趁事情还没开始，就把苗头给掐断。细想来，她对雯妮莎的排斥不是空穴来风，这一眼就确认了她与雯妮莎的对立。这对立董海无法脱了干系，或者她与少女之间最具体的对立点就在董海身上。潘凤霞当时对海海的恋情一无所知，就已经感觉到有一种说不清楚的气息横跨在他们之间。母亲是很生物的，孩子身上那种说不清的感觉，母亲道不明地就感觉到了。

"知道了。"海海懒洋洋地答。

她一边帮海海收拾房子，一边告诉他家里的情况。她每次来都是来做保姆的。

"你那个鬼东西妹妹，上个星期竟然为了一双运动鞋和我吵架，她现在什么都要名牌。普通的一双运动鞋才二十块鞋，一双耐克运动鞋要两百块钱，而我也没觉得有什么差别。你那个鬼东西爸爸，来了个电话，说想你们两个孩子。我把他骂了回去。我说想顶个屁用，光想不行，你得来点实在的。"

潘凤霞只有在跟海海有关系的人面前才加上"鬼东西"，说到帕特李父子，语气客气多了。客气是客气，同时很冷淡的，"约翰前阵子对药有反应，现在刚换了一种药。帕特李还是那样，忙着赚钱。家里换了园丁，以前那个园丁把园子里的橘子都偷摘了。"

海海摇摇头笑笑，像是很烦听这些似的，好像是说，这么一家人无聊的人与事，俗，俗，真俗。潘凤霞知道这个年纪的男孩子都这样 —— 正在愤青，正以批判的眼光看待一切事物。

"这学期的成绩好像不如以前了。"

"我知道。"

"我想你可能对自己不够严。"

"可能是太严了。"

"最近没有什么事情分心吧？"

"没有。"

"心思要用在学习上，不要混混混，把大好时光都浪费掉了。"

"妈，讲来讲去就那么几句话，烦不烦呀。"海海呲着嘴顶了一句。

海海的床头贴满了女明星、男明星的巨幅相片，潘凤霞都不知道他们是谁，但是知道丁丁的床头有同样的面孔。看来，这对孪生兄妹表面上毫不相同，暗地还是长到了一块儿，更准确地说，青少年虽然求新求异，到头来都是受同一种流行文化的喂养。

海海的住处在潘凤霞的努力下很快已经是一个拥挤热闹的地方，不荒废任何一寸领土。刚到美国时，潘凤霞就是以这股子凶猛的、热烈的生活劲头在二手店里淘家具与一切生活用品。这里让她突然怀念起刚到美国时的苦日子，一点点地攒钱，去捡别人不要的旧家具，去剪折扣券，是那么有活力的日子。但是她也明确她不要再过那种日子，宁愿在空荡荡的富裕里回忆她过去的白手起家，带着那么一点的伤感。就像她宁愿在这舒适体面的生活中略带伤感地怀念前夫。这好得多，这才能长久。

"你和你那个死鬼爸爸常联系吗？"

"常。爸爸最近比较忙。"

"忙什么？"

"好像忙贸易。"

"贸易这个词你一讲就对味了，从你爸爸口里出来就是不对味。"

"妈，你干吗老这么讲我爸啊？"

"好，好，他是你爸，看在你的面子上，我不说他。不过有空也要回家看看帕特李和约翰。你的房租什么的可都是他在付的，知道吗？"

海海一声没吭。

"再说，我和你妹妹也还在那里。"

"我每天都在学校看见妹妹，你又是经常见的。"

"那你的意思是这辈子都不回那个家了？"

海海突然抬头轻声说："那是家吗？"

潘凤霞一愣，她知道海海想问这句话很久了，她只能抹稀泥："当然是，你妈在那儿，那儿就是你的家。"

海海低下头，不置可否。突然海海轻微地嘲笑着问："妈，他知道你又来我这吗？"

"当然不知道。他知道了还得了。我就说我去购物了。"潘凤霞晃了晃手里的袋子，"事实上也是，我是去买东西了呀。我买了好多东西，还给你买了衣服。看看你喜欢不喜欢？"

"妈，你自己说有这样的家吗？"

潘凤霞愣住，一下没了词。海海知道自己过分了，让母亲没有台阶下，于是翻腾着几件衣服，嘲笑道："妈，拜托呀。现在这里的人谁还穿这种衣服呀。"

潘凤霞把脸掉开,不想让儿子看见自己的难堪,顺着海海的话往下说:"我以为你喜欢这种款式。"

"我从来就没喜欢,是你喜欢,所以你认为我也应该喜欢。"

"那你为什么从来不说?"

"因为你从来也没有问过。"海海又说,"妈,你以后别每次来都带东西,搞得像运输大队似的。他会不高兴的。"

"我又没有买东西送给哪个小白脸,他能说什么呀。"

"你不用给我买东西,倒是得给自己买副真的TIFFANY耳环。那是你该得的。"

此话一出,潘凤霞一惊,她想一向清高、不言利的海海怎么说出这种话?尽管海海对这个家多么蔑视和愚弄,对他妈妈、妹妹的行为多么地不齿,但他骨子里和她们一样:决不放过任何一个榨取帕特李的机会。尽管他不稀罕帕特李的东西,但他希望她们榨干他。

"妈妈不要,妈妈只要你和丁丁好好的。"潘凤霞尽量没情绪地说这些。

海海想了一会,认真地说:"以后我赚大钱了给你买好东西。"

"妈不稀罕你的好东西,可妈稀罕你这句话。有这个心就够了,够我画饼充饥的了。说来听听,等你发达了,你都买些什么好东西孝敬你妈?"

"第一样要给你买的就是TIFFANY的耳环。"

潘凤霞又喜又气,有些咬牙切齿去掐儿子的耳朵。一碰到他的耳朵,又舍不得了,只是重重地摸了摸。

"你等着好了,而且我绝对不会买假名牌给你。我还要给你买房子车子衣服什么的。"

潘凤霞心里那个温暖,一下子觉得在那大宅子里受的气全扯平了。她本来就是为了孩子嫁的嘛。有了这希望,她觉得以后对帕特李可以不一般见识了。

潘凤霞掏出一只口红补妆,转过脸来,儿子正凝定地看着她,憋住气。潘凤霞情不自禁地偏过脸,有点撒娇地问儿子:"好不好看?"潘凤霞是个爱撒娇的女人,对董勇撒,现在又对海海撒。她把该对丈夫撒的那份娇对儿子撒了起来。

"难看死了。"海海皱皱眉，少年人固有的那种偏激让他的脸部表情非常夸张。

潘凤霞连忙又去擦。

儿子突然说："妈，其实你把口红涂上再抹去，最好。"

"那不是跟不涂一样吗？"

"不是。涂了再抹掉，让你看上去很沧桑，很有味道。"

潘凤霞的眼一大，再小回去，定定地看儿子。那一下，他是个男人了。那是经世故的男人才说得出来的话，她突然有点不认识儿子了。这个十五岁的清秀少年什么时候伪装成她的儿子，而她浑然不觉。他的细皮嫩肉，向上飘的凤眼，都是她的，可她怎么对他这么陌生呢？一定有一桩事情是背着她的。潘凤霞苦在看不透那件事情。他眼神里有一种神色是她不熟悉的，那也是潘凤霞第一次意识到儿子的长大。

潘凤霞从海海那里回来，轻手轻脚地进家门，发现帕特李在客厅里。帕特李看见她回来，有点吃惊地看着她，说："你什么时候出去了？我怎么不知道？"

潘凤霞看出他吃惊背后的伪装，他当然知道她出去了，而且知道她什么时候出去的，去了哪里。他一直在窥测着她的行程。她想他能装，她也能装。

"我去我姑婆家了，她家的公狗刚刚来了只合适的母狗相亲。"她已经能很流利地扯谎。

帕特李也不动声色地问："那配了什么样的狗？"

"这样的狗要找太太，不能去宠物店，因为你对狗的家庭背景完全没有了解，一般也需要门当户对 —— 找另一户有钱人家的名贵狗。你光从狗走路的样子、气质就能看出狗的出身来。"

"至于吗？"

潘凤霞有声有色地讲了有钱人家的狗的品质："当然。有钱人家的名贵狗走路都是一扭一扭的模特步，自信满满的样子；好像在说，看我多漂亮。而村下的老狗明显对自己身世、身材缺乏自信，走在路上自卑地垂着头，耷拉着肩。"为了更形象，潘凤霞还模仿老狗垂头丧气的步伐，帕特李也露出难见的笑容。

潘凤霞又说:"有钱人家的狗遇见美丽的母狗,也能坐怀不乱,很绅士地点点头,而不是兴奋地上蹿下跳,有钱人家的男人不干这事,有钱人家的狗也不干这事。因为矜持,所以它们择偶比较费事。"

"然后呢?"

"什么然后?"

"从姑婆家出来后?"

"然后我就回来了。"

帕特李想:母爱原来可以使一个女人厚颜到这个地步。女人不一定会为自己做什么,为了孩子,她什么都做得出。

"去海海那儿了吧?"他的表情有点不得已,好像揭穿她是她自讨的。

这种揭露性的语言一点没妨碍她,相反她无所顾忌了:"对啊。我是去看儿子,又不是去找情人。"

潘凤霞回答得相当理直气壮,因为她长久地觉得自己亏欠了儿子。儿子是她生命中最重要的男人,相比,董勇算得了什么?相比,他帕特李更算不上什么。帕特李对此认识不足。帕特李的背不太好,有时候晚上辗转反侧,潘凤霞像是根本感觉不到,可是有一次海海打篮球也把背扭着了,那个晚上呻吟了几声,她立刻冲锋陷阵出现在儿子房间。帕特李吃醋地问潘凤霞:"我的背天天痛,你也没当回事,他的背一痛,你就感觉到了。我就躺在你身边,不比他容易听得到?你怎么就听不见?"潘凤霞说:"当妈的都这样。别说海海就睡在隔壁,就是隔洋跨海的,当妈的照样能感觉到。"帕特李那时才意识到与她儿子争风吃醋是件愚蠢透顶的事情。

"我明白你是不放心孩子一个人住在外面。可怜天下父母心,我能不明白吗?都是做父母的嘛。尤其是中国父母,那是这天底下最无私的了。"帕特李非常重感情地点点头,朗读起来,"慈母手中线,游子身上衣。临行密密缝,意恐迟迟归。"

帕特李是在感叹母子情深,也是在感叹自己对年轻妻子的深情:无论他怎么好斗,怎么不讲理,最终让步的还是他。他一点一点地让步,先是容忍他们在他家里建立小家庭、小团体；接着修改遗嘱，将一半的财产划在她的名下；再接着容忍他的妻子连人带物地拐到海海的地方。

帕特李老是这样，在谈钱谈得很起劲的时候，突然给你来点最善解人意、最具中国人情怀的心意，露出一个老男人本色——虽平庸却有平常的恻隐之心的本色。这使他老得很慈祥，慈祥得让潘凤霞心里感动半天。她想，也难为他了，整天守在钱堆里，还能有这一腔诗意，她也软了下去，一连说着："就知道你懂，就知道你懂。"

BUHUI YOUYONG DE YU

不 会 游 泳 的 鱼

第二十一章

面包机里弹起来的吐司

这种日子本来可以就这样过下去，直到新学期开始的时候老师来访。

这位负责任的公校华裔女教师穿着保守的衣裙，肩上带着一个像推销员装样品的黑布包出现在家门口。华裔女教师说像海海这样的孩子在美国已经绝迹了。美国孩子没有这么尊师重道，美国文化哪有这种精神？他们只要不吸毒，不早孕，不因为一句话没把他们说舒服就掏出一把枪把老师给毙了，这样她这个老师就知足了。她问："你们都看电视了吧？"

潘凤霞点点头，说："想不知道也难。每个电视台都在播，反复地播。现在美国的学校这么地不安全吗？"

"后来不是报道在他房间里找出了不少的凶器。三十年前美国校园的头号纪律问题是学生吃口香糖；现在的头号纪律是枪械和毒品。"

"这里的学校纪律太松了。重重地罚几个这样的学生，看他们还敢不敢？"

"要处分一个犯了教育条例的学生并不是件易事。美国是一个十分尊重人权的国家，就连那些证据确凿被定罪的死囚也可以反复上诉十年二十年才坐上电椅，更何况成年人眼中的可爱天真的小天使呢。教师不管，是出于爱护、尊重学生，也是出于怕惹麻烦，总之美国的教师不会太约束学生的行为。"

"中国人讲：教不严，师之惰。"

女教师微笑："所以我就来了。"

"谢谢。"

潘凤霞感觉到老师要说的重点还不是这个，她只是当了太长时间的美国教师，也学会美国教师心慈口软的那一套，不太敢批评学生。

"老师，请你告诉我，我的两个孩子到底有什么问题？"

果然老师慌张地说："没有问题。他们都是非常好的孩子。海海这个孩子真是可爱，真是没话说。他总是对老师那么毕恭毕敬，对学习那么孜孜不倦。有一次他还帮老师擦黑板，我当了二十五年教师还从来没有学生帮我擦过黑板。我说我来，这是我分内的事。海海竟然说这是应该的，中国的学生都帮老师擦黑板。"

终于女教师在冠以一大堆好话之后，说了她的担心："只是海海性格太内向了，什么事情都藏在心里。我觉得他太压制自己了。"

"这个孩子话从来不多，他以此保护自己。这一点像他爸爸，他也不说话，如果不算他吼的时候，可以这么说。"

女教师笑了笑。

"海海的成绩非常好，像他这样的学生如果进了那种特别好的学校，同学们也像他一样比较重视成绩，那他的感觉还好。可是在我们这种普通公立学校他是会很难过的。同学们普遍不重视学习，只知道玩、交女朋友，他很困惑，不知道是不是应该接受同龄人的价值观，这样就不孤独；还是保持自己的价值观，因而接受同学们的冷嘲热讽。这个年纪的孩子表面上看起来很开心，嘻嘻作笑，内心的挣扎很大。而我们东方文化又不太鼓励孩子表达自己负面的情绪，所以他们就选择不说，这样久了，对他的自身发展很不好。"

"他在中国就是这样。现在在美国，说的是英语，他的英语还不怎么好，他的话就更不多了。"

"不对，他的英语是全班最好的。他每次英语测验从来都是全班最高分，词汇量比美国孩子都大。他只是英语有点口音罢了。可是你们不觉得他的口音很可爱吗？我觉得问题在于他太内向了，好像有什么不开心的事情。"

"是的，他跟他继父的关系不好。他在学校里的事情我就不太知道了。他从来不说。"

"想一想吐司面包吧！本来一块软软的面包，若要变成吐司，面包必须放进烤面包机内被压下去，而且是一直往下压，压到底，放在里边烤，时候到了，你知道会怎么样？"

潘凤霞说："会弹起来。"

"对极了。"女教师点点头。

"他有什么具体表现吗？"

"他的成绩越来越往下滑。"

潘凤霞立刻警觉起来，成绩是她最关心的。

"我只是觉得有必要提醒你们家长注意。我本身也是华裔成长背景，我们中国父母对子女的期望都非常一样，都是希望他们成为一个带'师'字的人，什么工程师、医师、律师、会计师。当然我们教师是不在名单之内的。"她笑了笑，又说，"而丁丁的情况则是相反，她好像有很多很多朋友，只是这些朋友很多不是本校的，而且行为有些奇怪。"

最后老师立刻又说："如果他们可能改正，那么他们就完美了。"

老师的来访更加证实了潘凤霞的猜忌，海海、丁丁果然有事。

送走了老师，潘凤霞突然悟出什么，突然害怕起来。她阻止自己再想下去，那会引起更深的恐慌。

海海一定做过那种事了。他早就做过那种事了。想到这里，她浑身打了一个冷战。她一直在咒骂美国的社会风气，美国这点特混蛋，学校特不负责，家长特没用，让中学生就干那种事情，十六七岁的女孩子就大着个肚子。她一直担心女儿会出那种事，一直嘱咐女儿大学之前千万别交男朋友，从来没有想过她儿子先会有那种事。突然又庆幸做那种事的是儿子，不是女儿。毕竟吃亏的是别人家的女儿，不是她的女儿。

那她是谁家的女儿？

这时潘凤霞脑海里一晃而过一双横行霸道又漫无目的的绿眼睛，就是在海海公寓楼梯碰见的那双。她突然明白，那少女和海海肯定有事，那种事。海海眼神里多的就是这个白人少女附上的神色。潘凤霞一见她，就觉得她来路不明。海海栽在她手上也不出奇，情有可原。

潘凤霞恍惚看见他们在她到来之前如何恢复现场：海海匆匆着衣，转头看倚在床上酥酥的少女，把衣服抛给她，气急败坏地说："快点！我妈要来了！"少女却还是懒洋洋地，嘴里衔着发夹，说："你为什么这么怕你妈？"他急得没办法，毛手毛脚地要来帮她穿衣服："好了，现在没有工夫讨论这个。你嫌咱们的麻烦还不够多吗?!"

越想越不对,潘凤霞决定开车去公寓,问老头:"那个白人女孩是不是住在这里?"老头说:"她就住在你儿子那里。""什么?""她是你儿子的女朋友,住在这里,这很正常。""很正常?""美国的男生这个年纪都在约会。"

这对中国家长而言完全不能接受,潘凤霞匆匆离开老头,准备冲去儿子的住处,老头拉住她:"你要干什么去?""我要去和他谈谈。""你现在这样冲过去,不是谈话,而是教训。""听着,不需要你教我怎么教我儿子。"

话是这么说,潘凤霞还是先回了家,想着这件事情不能意气用事,得讲究方法、技巧。刚把车停好,看见一群少年人,一样的全身黑衣,头发像刺猬往外放射,指甲涂成黑色,脸上搽粉底,眼角画上十字架及蜘蛛。他们的眉尖、鼻翼都钉着耳环,从皮到肉再到骨地刺戳过去。一样的长腿、长臂,似乎不太舍得用这么长的腿走路,走路只用了一半的长度,显得流里流气和懒洋洋的。

潘凤霞看见这群古惑仔,竟然有些害怕,她不敢细看,想到那耳环从肉到骨头到穿刺,她就不禁抽搐。她赶紧下车,转身回屋。

"妈。"这时一个古惑仔叫住她。

潘凤霞转过身,向远处眯了眯眼,仔细辨认了一番,竟是丁丁。她记得丁丁总是节约布料,穿得越小越好,越少越好,整天把"性感"挂在嘴边,这会儿怎么掩饰得不男不女、无性别特征? 她怎么变成这样? 看来从一个极端最容易走向另一个极端。

"要死啊。你怎么这个打扮? 你要干什么?"

"好玩呗。"丁丁挑挑眉,磊落极了。

"天啊,我怎么养了个女阿飞。"

"妈,你瞎紧张什么。"丁丁大而化之地笑着。

潘凤霞突然觉得丁丁是个谜。总是那么不认真,浅浅敷衍着笑,还含着一个鬼脸,说"逗你玩的",就像她现在这样的笑。表面上她是这副样子,你以为你看透她的时候,又怀疑这一切只是假象,她其实只是在和你开玩笑罢了。而这个玩笑开得她自己都浑然不觉,因为她就是玩笑本身。

"你和你哥两个人到底在搞什么? 我怎么完全像不认识你们一样。"

丁丁就不说话了,眼睛投到母亲无法探知的他处,潘凤霞看到的只是她冷傲孤单的单眼皮。丁丁的冷傲是一目了然的,可深藏在防备性很强的体态深处的不顺从、征服一切的野心是看不出来的,也摸不透的。潘凤霞突然觉得陌生,而且害怕。

"你最好给我老实点。现在外面这么乱,你不要去给我找麻烦。中学也不是什么干净的地方,没看见校园里都开枪了吗?! 你除了上课,就给我立刻回家。少跟他们混。你老跟黑人、墨西哥人混在一起有什么出息?"

"妈,你这是种族歧视! 我简直不敢相信你说这种话。中国人是最种族主义的了。"

"我没有歧视他们,我只是害怕他们。多一事不如少一事。知道吗? 不然哪天得罪了谁,连你的小命也保不住。"

"那是他们美国学生的做法。他们受到不公正的待遇,就会大发泄,而我们亚洲学生受到不公正待遇,只会忍着。"

说完就迈着黑人式的流里流气的步伐进屋,将母亲陷入更深的沼泽中。

乱了,乱了,两个孩子到底是怎么回事? 这样的成长经历远在她的预测之外,她除了能叫句"天啊",就不知所措,拿不出一个恰当的态度来对待。她坐在房子门口的台阶上,哭了起来,突然想到得给董勇打个电话。正想着,董勇就打来电话,说他想见她一面。她一听这语气就感觉不妙。两人同时说了一句话:"我有事跟你说。"

一听到叩门声,董勇立马憋住气,绝不去开门,仔细地判断着,是哪个讨债的,这里面也有轻重缓急之分。叩门声仍然执着,只是越来越小,一般来说,讨债的总是越叩越急躁。他不能判断出是谁在叩门,于是小心地脱了鞋子,赤脚小偷般潜行到门沿,透过猫眼看外面谁在敲门。他并没有意识到这一系列动作就像一个在逃的犯人,一点的风吹草动都足以让他胆战心惊。看见是潘凤霞,他迅速地开门,把她拉进来,心有余悚地左盼右顾，然后飞快地关上门。

"干吗呢干吗呢，搞得跟通缉犯似的。"潘凤霞没心没肺地叫喊着。

董勇压低了嗓门："嘘——不要叫。"

潘凤霞也立刻进入戒严状态："怎么了？"

"这几天一直有人上门来追债。"

"躲着不开门，这不是你的强项吗？"潘凤霞快活地讽刺道。

房间里到处是董勇打好的一个一个大口袋，都是用黑色的垃圾袋来充当口袋。这个城市的流浪汉也都是用黑色的垃圾袋来充当口袋。如果不跟帕特李，今天她可能就在过这种日子，不知为什么她突然想起老帕特李的那张遗嘱，它似乎证实了自己的决定非常正确。

他感觉到她不动声色地打量。他知道自己的样子看不得：又胖又憔悴，当年的俊男潘安已没了踪影。浓密油腻的头发已经很久没洗了，又厚又长地耷拉着。由于睡眠过于充分，睡得一张脸呆呆肿肿的，脸上满是不笑时也有的皱纹。伤感的眉毛一筹莫展地倒垂下来。两只眼睛大而无神，平白无故地布着血丝——一副苍凉与无奈，他苍凉无奈的事物中更多的是冲着他自己。

"你看起来很累。"潘凤霞禁不住道。

"我看起来很老，看起来很累就是看起来很老。"

"董勇，生活怎么把你折腾成这个样子？！"

董勇回答："哪里？不是生活把我折腾成这个样子，是我在折腾生活。"

他越来越努力地打工赚钱，一开始还有委屈，有斗争，有困惑，现在麻木了。那动不动就隐痛的自尊终于被训练得没有感觉了。唯一的寄托就是赌。他所有的努力都是为了赌，为了更好、更有资本地赌博。他甚至怀着颗地主心，那就是赢上一大笔，救他的妻儿脱离苦海。他发誓那时就再也不赌。

那是一个借口，于是他的赌博变得名正言顺，甚至理直气壮。其实这个借口与其他借口一样，让他有一个理由到赌场去。这些借口骗了别人，也骗了他自己，让他非常认真、正当地，怀有信仰地从事赌博事业。

"还想救我们？"潘凤霞叹，"是你需要我救，还是我需要你救？"

董勇自卑地笑笑，说："霞，我要走了。"

"去哪里？"潘凤霞问，又笑着自答，"你还能去哪里？又要去赌场吧？"

"不，我要回国了。"

他轻描淡写地回答。他没有告诉潘凤霞他的胃痛已经很严重，严重到不需要医生也能自诊出是胃癌，回国还有一线生机，就算死，也不想死在异国他乡。他也没有告诉潘凤霞那天他从拉斯维加斯开着已经是一堆废铁的车回家，他已经输得一无所有。看着这灯火通明的城市，突然悲从天降。美国再好，这也是人家的美国啊，我在这里做什么啊。整个城市正在告诉他，这个社会于他是多么地不相干，他在扮演着一个多么微不足道、甚至是多余的角色。他突然希望有一辆大货车面对面撞过来，把他的小丰田车撞个粉碎。这就是他对这个高度现代化国家的真切感受。他哭了。他想回中国去。什么时候决定的？是从老婆改嫁，还是从一输再输的挫败感让他看到这个无望的结局？他并不清楚，或许从踏上美国的土地起，结局就形成了。

"什么？你，你，你，"潘凤霞一下蒙了，突然伸出两个手指不停地哆嗦，就像戏剧舞台上的人物，指着董勇，"你，你怎么可以这样？"

"对不起。"董勇突然看了潘凤霞一眼，"我对美国没什么牵挂的，就是两个孩子和你。我突然会想到你。"

"你这个不负责任的，你自己跑回国去，我们怎么办？你不是我潘凤霞的丈夫了，可你还是两个孩子的父亲啊。"

"我不是一个称职的父亲，更不是一个称职的丈夫。"

潘凤霞突然抱着他，呜呜地哭起来，拳头拼命地打在董勇的胸前："咱们这是何苦呀。"

她想他们好好的一家人跑到美国来干什么。他们两个青梅竹马，两小无猜，曾经就像梁山伯与祝英台那般美好，如果一直在中国，恩爱注定是要进行到底的。好端端的，突然想到移民。没来美国之前，光是听说，就够受用的。是个花花世界，什么都可能发生，机会最多，诱惑也最多。他们那么天造地设的亲密爱人，也分道扬镳了。孩子最经不起诱惑，一诱惑就容易出事。看来两个孩子都已经出事了，尽管出了什么事，出了多大的事还不确定。现在连董勇这个不当家的当家人也要退出战场了。新愁旧绪，一时间全涌上心头，借着董勇宽阔的胸膛好好泄愤了一番。

这时他们才知道他们一直有一个秘密的心愿，就是他们也许还有一天破镜重圆。这个秘密心愿隐藏得太深，深到他们自己也没有意识到。现在意识到却已经晚了，既然如此，又何苦去点破它呢。那么秘密的心愿永远只能当作秘密，于是董勇把话题拉开："对了，你在电话里说有事跟我说，什么事？"

潘凤霞想，董勇已经病成这样了，跟他说能解决什么问题，只是平添他的负担，再说董勇的今天，她多少负有责任。于是她也轻描淡写道：

"海海好像交了个女朋友。"

"是吗？"

"而且还是一个美国女孩。"

"我儿子还挺有本事的嘛！没看出来。"

"他们已经发生那种事了。"

"什么事？"

"那种事。"

"噢，那种事。"董勇像开悟了一样，又说，"不就是那种事吗？怎么只准美国佬睡中国女人，不准中国男人睡他们美国妞吗？"

"这种话你都说得出，你还是个当爹的吗？"潘凤霞凶巴巴地说。

"噢，是。"董勇那边也深刻地点头，说，"这话不是当爹说的，是男人的话。你就叫我儿子千万别把人家姑娘肚子搞大了，怀孕这事挺麻烦的。"

潘凤霞狠狠地叫："董勇，如果你不是病成这样，我真想打你。"

"打吧，不打以后也打不着了。"他说完，伸出臂膀抱住了她，任她踢打。起先她动弹，他就用下巴抵住她的额，她就老实地让他抱了。再然后她也抱住他。他把她越抱越紧，她把他越抱越紧。越抱越无望，成了那种湮没。

潘凤霞写了一张五千块钱的支票给董勇，董勇死活不要。用潘凤霞的话说，那是她的卖身钱。他作为一个男人，她的前夫，怎么能要这钱？那张支票在两人中间推来推去，两人都动了火。董勇说："霞，求你了，给我留点面子吧。"潘凤霞说："是我求你了。你以为这钱是为了你吗？是为了我们娘仨的。拿这钱回国好好治病，这样，我的孩子才有机会再见到他们的爹，我才不至于内疚至死。"

董勇没有再坚持，突然感叹地唱道："回家病好来看你，唯恐我短命矢殇不能来。"潘凤霞应道："梁兄啊，你千万珍重莫心灰。梁兄啊，这种种全是小妹来连累。"

毕竟是唱梁祝的一对，说着说着，就唱起来，就甩起水袖来，这对他们并不新鲜，只是他们没意识到他们唱的正是梁山伯临终前《楼台相传》的那出。

这以后他们之间的感觉更加微妙，好像是被活活拆散的鸳鸯蝴蝶，他们歪曲地认为他们一直是相爱的，只是迫于现况，不得已才分开，把自己弄得像梁山伯与祝英台那样墓里墓外了。说到底，还是戏唱多了，假戏真做了。

当天晚上帕特李却是很兴奋，看来两三个月的壮阳汤起了作用，兴致勃勃地呼唤潘凤霞来看他的惊奇，他知道潘凤霞也等这药效。可今天潘凤霞却完全没有心情，她与董勇的死亡之拥抱长久地印在她心里。那长久的紧抱，那死一样的拥抱让她不再需要任何一切活的拥抱，那双手臂似乎还停留在她身体的四周。

潘凤霞出声地笑起来，像一个农妇那样粗野地大笑，只有这样的笑，她的身体才能像农妇那样扭来摆去的，直至挣脱开帕特李的拥抱。那笑是不被帕特李欣赏的，多少舞台上的灵气这样一笑就笑没了。那笑很败帕特李的兴，而他难得有兴致，是不应该被败坏的。今天帕特李却好脾气地欣赏她那傻笑，纵容地等她笑完，又来抱她。

"我今天不舒服。"潘凤霞轻轻推开他的手，找了个借口，"我来月经了，痛经。"

第二天潘凤霞带着一双子女为董勇饯行。双胞胎不知道他们父亲回国的真正原因，母亲只是说父亲回国看病和探亲，以后还会回来，所以两个孩子并没有诀别的伤感。

董勇伸开两只手臂揽来他的一双子女。他自如地掩藏起他受伤的食指，那手该怎么用就怎么用，只是不再让人看见他少了一块肉的食指，也就不再需要向人解释什么。他已经把受伤的事实从自己的知觉中隐去，也把自己从别人的知觉中隐去。对自己的伤痛他已经麻木了，对美国带给他的所有的磨难他也忽略不计了。他不少什么，就像美国不少他一样。

"儿子，女儿，爸爸无能，没本事，是个失败者。你们将来千万别像爸爸。好好读书，将来赚大钱给你们妈用。"

兄妹二人不点头，也不摇头，像没有听见似的，其实是他们不愿意听见这句。

董勇想他一直都很失败，现在他老实地告诉一双子女。可是他不知道作为父亲的最大失败就是在子女面前承认失败。父亲的形象本身从始至终就是一个假象。就算失败也应该如他掩饰受伤的食指一样地掩饰起来。

最后轮到她了。他站在那，没有动，她也没有动。两人都怀着抱的激情却没有抱。他只看了她一眼：无望而疼爱地看了她一眼。他们之间所有相互怪怨又相互扶持的恩怨也随之沉寂下来。

两人突然被这一眼刺激出一个遗憾：曾经比翼双飞的鸳鸯蝴蝶，飞到美国也要各自单飞了。移民，就像一个恶性肿瘤一样植入他们的婚姻。

送走了董勇，潘凤霞先把丁丁送回家，再送海海回他的住处。到海海公寓的时候，她很威严地巡视了一圈公寓："她来过了吧？"

海海哑在那里，没有答话，反正沉默与谎言之间不一定画等号。

"我不喜欢她来这里。这个女孩子的眼神不老实。"

海皱皱眉心，半启个嘴，好像不知道妈妈在说什么。然而他的伪装不到家，他当然知道妈妈在说什么。

潘凤霞说到雯妮莎的名字，阴险地揭穿儿子的伪装，她嘴角微微下撇，像是倒了胃口似的。她想海海是个心地干净的孩子，却为了一个女孩也能对她伪装。

"她是叫雯妮莎吧？"

海海还是没答，这时的沉默就是默认了。

"我一看那女孩就知道你不是她的对手。我是怕你被她伤了，更怕你被她毁了。我一看那种女孩子就知道怎么回事。妈妈虽然没上过什么学，但妈妈知道男女之事，因为妈妈唱得太多了。那个女孩她是迷失的，没有办法过正常的生活，对你的人生更不会有任何贡献。我让你搬出来住，是为了让你不受委屈，可以更专心地读书、考大学，不是方便你约会的。你真是太辜负我了。你爸爸已经回国了，我只有你们俩了，我心里慌，我心里怕啊。"

董海神不守舍，潘凤霞的话他只听了一半，忽觉得手上有点湿，顺势望去，母亲非常自我抑制地小声哭泣。母子俩相互掂量着，十几年来的亲情顿时面临着考验。他明白母亲的心情，却仍然一点不动，他不是不想安慰母亲，只是不知道如何安慰。半晌后莫名其妙地点点头。他到底为什么点头，应允了什么，他心里并不清楚，只是觉得这种时候必须点头，母亲要什么，他就给什么。答应了后又觉得没底，他拿什么来保证啊，不过是自欺欺人罢了。

"答应妈妈，不要越陷越深，不要为这些事情分心，不要为这种事情耽误了自己的前程。专心地读书。妈妈可全是为了你们活着的啊。"

董海的眼仍瞪着，里面的光芒渐渐熄了。他想，他早已经陷入泥潭不得自拔，他早已经耽误了前程。他认真地想了想，决定不再理睬雯妮莎。他点了点头，带着对过失的无奈，对自新的向往，以及对母亲深深的歉意，还有接受逼迫的无可奈何。

这样的乖巧与痛改前非，使潘凤霞的眼里浮出一层泪花。潘凤霞看了儿子一眼，这时觉得儿子是自己的，一时悲喜交加。只是他黑色的眼珠子是含着无奈、夸张的承诺说明他另有心意，那就是他和雯妮莎的关系真的就这么完了吗？

BUHUI YOUYONG DE YU

不　会　游　泳　的　鱼

第二十二章

我连自己都没有爱过

海海开始避开那些所有可能碰面的地点，她喜欢去运动场，他就不再去了；也避开那些所有可能撞上的时间，像她上下课的时间。两个星期下来，他成功地没有去找雯妮莎。他想这样下去大概可以将雯妮莎忘却。甚至关于他们的流言，也渐渐地在校园里平息下来，即使无聊咬耳朵说八卦时，也是用过去时态来讲述。

这天他去课外加强班，碰见艾丽雅。两个聊了起来，东一句，西一句，有了推心置腹的感觉。董海有时候会对艾丽雅说些真心话，她是他来美国认识的第一个女孩子，是他美国校园生活的一个开始，像纪念碑似的东西，还是一个见证。而且两个人到了一起，学生腔便扑面而来。他们彼此都是对方学生生涯的一个标记，一个推动。

"你和雯妮莎分开了吗？这是真的吗？"

董海是不打算提雯妮莎的，而艾丽雅却提起了，这一提起，话题自然又定在雯妮莎身上。

"是的。我和雯妮莎分开了。"

"很抱歉听到这个。"

"我怎么记得当时我要跟她在一起时你也是说这句话？"

"我想这是一个好朋友唯一能说的话吧。"

董海忍不住笑了，同时发现艾丽雅的牙齿像不少东方人一样不太整齐，又没有像美国青少年一样戴牙箍，董海觉得这点发现很亲切。

"告诉我，我和她分开是一个正确的决定？"

"是的，是一个正确的决定。"

"可是我并不确定，万一这是一个错误的决定呢？"

"我并没有答案，我又没有恋爱过。"

"怎么可能？美国中学十几岁的孩子都开始恋爱了，你又这么优秀。"

"恋爱是需要缘分的啊。"

"是，你是对的。再说你不需要用交朋友这种最浅的方式来告诉大家你多受欢迎，你多被喜欢。你的自信是发自内心的。"

"你倒好像比我还了解我似的。"

两人这样淙淙轻声，有点交心的意思。很快地，他们就常常一起出现在图书馆、书店、各种兴趣小组。他去过艾丽雅家一次，艾丽雅也来过他的住处，有一次还撞上了潘凤霞。潘凤霞还笑着说："是艾丽雅啊，经常来玩啊，你们要互相帮助学习噢。"

董海发现：和艾丽雅在一起不需要藏着、匿着，可以堂堂正正地告诉家里说，她是我朋友或我同学，就连她是我的女朋友也可以光明磊落地说。而雯妮莎就没这么体面，可能是她的坏女孩形象，当然更可能是因为自己和她有事，于是只能藏匿着。

董海很快地又发现，和自己同肤色的同龄人相处容易多了。大家来自相似的家庭背景，共享相近的文化，追求相同的理想目标。放了学，亚裔学生与他们的家长都不约而同参加各种"强化班""钢琴班"。有时候他不能与艾丽雅见面："我下了课不能去找你，我得去加强班。"艾丽雅从来不像雯妮莎那样问"什么补学班""什么加强班"，取而代之艾丽雅说"我也去那里"。海海心里又是一阵湿热的感动：和艾丽雅在一起，可以少说多少废话啊。

但是他对艾丽雅的身体，没有多大的兴趣。他承认艾丽雅是一个相当迷人的亚洲少女，身材苗条、细腰窄腚、细皮嫩肉。那种小女儿情态的美，是平易近人、可亲可爱、谦虚低调的美。只是艾丽雅的美，一点也燃不起他的"性"趣。看惯了雯妮莎那波动曲折的身体，再看那些苗条瘦弱的身体，竟会觉得过于平淡和含糊。艾丽雅单薄的胸脯上小小浅浅的两个山丘，他都舍不得多看，担心给看没了。突然一个念头跑上来：如果艾丽雅除去胸罩、漂亮衣裙，里面大概什么也没有。哪像雯妮莎，无论手抚到哪里，都会摸出个真真切切的女性含义。

他想，艾丽雅如果有雯妮莎的风韵野性就好了；他又想，如果雯妮莎能有艾丽雅这样的淑女风范就好了。他要的是雯妮莎的感官满足，艾丽雅的贴心感受。一个是入目，一个是入心。他是经历过女人的，知道冷暖，也就知道真心难求的苦衷。

他在这东张西望、东想西想，把脑袋都想歪了，艾丽雅还是清清纯纯地挺着脖子，眼睛黑黑亮亮地看着他，一副纯洁无邪的样子。他想自己真的是复杂多了，觉得自己很罪恶，面对艾丽雅这种纯洁美好的少女，自己都在想些什么污秽下流的东西啊。可是雯妮莎早早地向他揭示了男人女人的秘密，以后任何女人在他眼里都是赤裸的、一目了然的，一看就是看最隐秘的部位。

经过雯妮莎这样的排天浊浪，再看艾丽雅这种从小根红苗正、纯正成长的小女生，总觉得不过瘾，艾丽雅怎么取代雯妮莎？这个纯洁的越南少女离世俗、离罪恶那么遥远，她自然没有雯妮莎丰富强烈。艾丽雅一眼就能被海海看穿熟识，认识一个艾丽雅就认识了一百个艾丽雅。于是他们只能维持在朋友的阶段，真如他母亲所希望的"维持着纯洁的友谊"。这时他就非常地思念雯妮莎的肉体。雯妮莎的肉体是实打实的，久不碰竟有点虚了。

他还想起雯妮莎的种种好处，她的大胆、冒险及她给他带来的面子，一个东方少年附上一个火辣的西方女子，总觉得挺有面子的。这个时候他承认自己对白种女人真的有幻想。他还想念他们四处游击的生活，连雯妮莎给他带来的麻烦也变得回味无穷。

这种种好处中最大的好处就是她妙不可言的青春身肢，她善于点燃他欲望又安抚他欲望的肉体。他对自己反复保证不能去理雯妮莎，同时他反复地想起在暗淡虚幻的光影里，她身体如何粉粉一条儿。这引起他的思念像毒瘾发作一阵阵地隐痛。正因为那瘾，他知道她是毒。他得戒掉。

越是思念，越要小心地避开，可还是撞上了。

那天他在图书馆等艾丽雅，准备一起去听一场大学招生的讲座，这时他看见雯妮莎远远走来的身影，听见她的嗓音越来越近。他知道什么都来不及了，连忙低头看书。他觉得自己应该有意志力抵制毒品。

这时听见脚步停了，一个短暂的停顿号，然后一个期盼已久的声音在后面唤他的名字"海"。他甚至闻到她的气味,她身上那阵对他有致命诱惑的体香。他原以为自己可以逃脱这份魅惑,看来难逃此劫,或者他根本不想逃。正因为那瘾,他不能扭头。一扭头,一切就前功尽弃了。

"史蒂文。"她又叫起他的英文名。

他有意略带迟钝地从书本里升起个头,一脸学习中的聚精会神,及被叫住的不期待。他左顾右盼,才猛地发现是雯妮莎在叫他,装得眼前一亮,叫:"是你啊。"他笑笑,从雯妮莎的失落中知道自己的表演成功了。他想,天下的女生都一样,就是喜欢不太拿她们当回事的男生。不是吗?他想跟她好时,她老不理他;现在不想理她了,她又主动来找他。

"最近你在哪里?"她皱了一下眉。从那皱眉中董海头一次看到她这几天的无所适从。那皱眉告诉海海,她找过他,也等过他。

既然她找过他,那么一定是他避开了。

"我就在这。"

"你下课没有来找我,也没有在运动场等我。你在忙什么?"

"我在忙一些事情。"

海海说着,左手翻书,右手转笔。海海转笔的技术很高,右手的前三个手指就能把笔转动起来,停也停得住。他把翻书的动作进行得十分真实。他希望雯妮莎能从他的读书中听出实情:我在做要紧的事情,而这件事情并不是你内行的,那就是读书。

"事情?"雯妮莎重复这个词,"什么事情?"

"读书。"

海感觉到她的眼神正扫向他的作业本,海不愿她看见它的空白,就赶紧写了几个中文字。这几个中文字一写,就抛出了一个心理距离。有一些东西,他们永远无法沟通。

"你在冷淡我。"雯妮莎虽然不懂中文,也看出这几个中文字充满了表演性,全是道具。

"没有。"董海耸耸肩。他的这个美国动作已经有美国味了。

"有。为什么?"

"我现在应付不了你。现在我连自己都应付不来。"

"因为你们家丢钱的事情吧?因为那天音乐会的事情吗?因为你妈

妈? 你为什么要让你妈妈来控制你? "

"她没有控制我。"

"谁把你从左撇子变成右撇子? 谁非要你上哈佛什么的? 谁非要你去学医和计算机? "

"她是我妈妈。她都是为了我好。"

"莫名其妙就服从自己不明白的原因, 无缘无故就遵守自己感觉上不愉快的要求, 是出卖灵魂的做法。我只是不希望你醒来, 发现别人为你决定了一切。因为你没有自己的思想, 甚至没有自己的错误。"

"这下更好了, 你要和我讨论'灵魂''思想'这些大题目了。"

"她恨我。"

"她不恨你。"

"她希望我消失。"

"她不了解你, 她甚至不认识你。"

"相信我: 她不需要了解我, 她就已经恨我了。"

"你这不是给自己找麻烦吗? 你为什么这么喜欢找麻烦? 难道我们的麻烦还不够多吗? 整天一副唯恐天下不乱的样子。"

"你生气了? "

"好像唯一让你高兴的事情就是让你跟人过不去? 你为什么非要跟所有的人过不去呢? 你不要再到处说我, 说我胆小, 非常听话什么的。"他苦笑。她曾经帮他建立过一个形象, 现在又亲手将海海辛辛苦苦积蓄在人们印象里的清高、傲视一一毁去。海海哭笑不得地说, "我知道自己为什么要和你在一起, 因为我喜欢你。可是我搞不明白你为什么要和我在一起。你又不喜欢我, 你觉得我乏味无趣, 又不高大威猛, 你还来找我做什么? "

"我也不知道。"她倒是实话实说。

他叹了一口气, 说: "你走吧。"

她却一下子吻住他。难道她没有察觉他对她的烦躁与排斥吗? 还是她先他一步替他察觉到那些情感下面, 是他对她百般的宠爱与无奈。不是吗? 他已经默然地热烈了, 伸出他又细又长的臂膀去趋迎她的吻。他突然意识到他又上了瘾, 那瘾让他忘记她是毒品, 只顾着享受那短暂而可怕的快乐。

而这时她说："我走了。"女孩子走了，她知道自己的脊梁正牵着一个少年的眼睛跟着走，所以她不走快。

果然，海海大步上前，一把拉住她的胳膊："不要现在走。"他的声音几乎是带哭腔的。他为自己自甘沉沦而难过，而无可奈何。

少女笑笑，他也低下头自己一笑。像他们一切关系中那样紧密相守却又孤独得要死地一笑，自己笑自己。

他们又和好了。好像他与雯妮莎分开的日子，只是养精蓄锐，疗养伤痛的过程。他实在是太疲劳、太辛苦，现在经过一段休养生息之后，竟然又皮肉发痒了。

艾丽雅到图书馆时，海海已经跟雯妮莎走了，完全不记得与艾丽雅的约定。

潘凤霞一个星期后再来海海的住处，看到这里收拾得异常干净，随处是销毁物证的经心与刻意。她更证实了一点：海海与那个美国少女没有分开。美国少女不仅来过了，而且女孩离开与自己到来的时差是海海掐着表计算出来的。房间气味里就有美国少女的气息，还有海海身上那股女性的生物气息——更是证实美国女孩对海海的亲密。她甚至能看到一份大方厚颜的眼神出现在海海清澈明晰的眼睛里，那不是海海自己的，一定是那美国女孩留下的。

董海自那以后总躲着母亲，轻易更不肯回继父家。潘凤霞到他的住处，他也躲到别处。潘凤霞见儿子疏远了自己，一面懊悔不该让儿子搬出去住，现在管教起来更困难；一面暗自伤心，想儿子从来不违抗她的，现在为了一个外面的女人，竟然不顾母子之情。她也知道这种事情不能操之过急，也试着把缰绳略松一松。她想事情已经发生了，现在还是先使些手段来笼络儿子吧。

这是后话，先说那天海海跟雯妮莎走了，害得艾丽雅白等一场。第二天在学校董海为自己的失约小心避着艾丽雅，躲着、避着，还是撞上了。艾丽雅一见面就抱怨他的爽约，说："昨天你到哪里去了？我一直在等你。"他被诘问，有个哑口无言的瞬间，突然急中生智，说："你到哪里去了？我一直在等你。"艾丽雅着急地辩解："我一直坐在图书馆的大厅等你啊。"海海一拍脑门,大呼小叫:"难怪。我一直在阅览室。""我记得我们说好是在大厅的。""不对,我们说好是在阅览室。""是吗?那是我听错了?""没事。那你后来听讲座了吗?""去了,还是没看见你。""我没等到你,就回家了。我不想一个人去听讲座。""真的很对不起,不仅让你白等了,而且让你错过了讲座。""没关系。"海海爱怜地点点头,夹带着一点绅士风度,就是对女性习惯性失约的宽容。

海海自己也没料到他撒起谎来如此自然顺当,张口就来,脱口就出,连个准备都不需要。在艾丽雅面前他人也机敏多了,说到底还是因为艾丽雅是个轻信的小女生,他对她撒谎不紧张,撒谎越不紧张,越像是真的。

这时雯妮莎正巧走来,大叫地说:"我的发夹找不到了,昨天我们在一起时,你是不是看见我戴来着?"

"没有。"

艾丽雅看了看雯妮莎,又去看海海,请教海海这一切怎么回事。

"那就算了,那咱们晚上见。"雯妮莎说完就走了。

现在艾丽雅离彻底的困惑又近了一步。

海海见状,知道再也躲不过去了,说:"艾丽雅,你是一个非常好的女孩子,不是你的问题,是我的问题……"

"别,"艾丽雅打断他,"不要用这种戴高帽的方式来羞辱我。我明白你的意思。"

海海想:人们所说的好与不好,在两性关系中并不起主导作用。艾丽雅是多么冰雪聪明的女生,这种泛泛之谈自然是骗不了她的。与其说这些废话,还不如认真地与她谈论一下那种让他两难的处境。他问道:

"你有没有那种经验喜欢上一个人,你觉得不能爱,可是你没有办法控制?"

"是她吗?是雯妮莎吗?"

海海却又慌乱否认:"不是,我并没有说我和雯妮莎。她并不是特定的某个人,她可以是任何人。"

"你想听真话吗?"艾丽雅犹豫着,让海海有心理准备迎接下面的话,"你和雯妮莎不适合。"

"我说了不是问我和她的事情。"

"你问我一个理论问题，而我回答你的是一个现实答案。"

艾丽雅知道海海又和雯妮莎和好，心里难过了一段日子，但她毕竟有许多朋友和追求者，于是也没有难过太长，只是以后不再找海海上补习班或讲座什么的。但她仍然关心他，从海海入校到现在，所有的根梢末节她都看在眼里，所以担心他。

艾丽雅找了个机会告诉丁丁，雯妮莎很花心，同时有很多的男朋友，而海海又不是那样的坚强。至于山盟海誓，雯妮莎从来没有奢望过，如果有一天她突然冒出那样的话，自己都会笑：我怎么那么逗。那不是属于她的语言。爱情于雯妮莎只能是一个秘密，有时候它甚至是一种伤害。因为背叛爱情是她分内的事。

雯妮莎生日快到的时候，海海趁放学的时候问丁丁："你说我送雯妮莎什么礼物好？是送一首诗，还是送一件小首饰？"

丁丁看了他一眼，不愿意搭理他，匆匆走路，故意做气喘吁吁的样子。海海在后面追赶，说："我现在很忙。等我不那么忙的时候，咱们找个机会聊聊。"

"当然你很忙，忙得只知道约会了，只知道帮人家做作业了。"

"怎么了？你又对雯妮莎有意见了？又是因为她是白的？"海海匆匆赶上她，"喂，你能不能停下来一会儿？"

"我现在真搞不懂你和你的那些事情。"

"咱们不是说过谁也不管谁的吗？"

丁丁停下来，对追上她的海海说："我是不想管的，可你是我哥，我不能不管你。"

海海也站住，等他自己的呼吸跟上："听起来很严重的样子，什么事情？雯妮莎怎么了？如果是关于她，你必须告诉我。"

丁丁按捺住自己的情绪："你可能并不了解她。"

"我了解，不就是吸过大麻嘛，又不是海洛因、鸦片。你说美国人当中有多少试过大麻，他们吸大麻的态度就像我们中国人对待香烟的态度，偶尔试试是可以的。我们中国人管大麻叫'毒品'，他们叫'drug'，那就是药物的意思。我们中国人叫'吸毒'，一听就很严重，可他们叫'用药', 性质一下就不一样了。反正她的任何事情都吓倒不了我。她还有什么事? "

"说了怕你吃不消。"

"除非你告诉我她的作业都是她自己做的? 这个我会特意外。"

丁丁用鼻子笑: "比这个还意外。"

"说。"

丁丁犹豫着, 判断着海海是否能吃得消以下的话, 她说: "她有别的男朋友。"

海海羞恼得脸红肿, 狠狠地说: "你骗人。"

"我也希望是骗你。"

海海冻住了, 一对大眼空白地膨胀着。他刚和雯妮莎和好, 一切正是微醉般地舒适着, 那舒适却极为短暂, 突然暴风雨降临, 浇了个措手不及。就像一个人养伤初愈, 伤口刚刚愈合, 元气尚未恢复时, 却又被人猛地捅了一刀。

海海的眼仍是睁着, 只是没有神了。海海是在把雯妮莎同很多男人联想在一起, 联想使他不支。海海拖着虚弱的身体与神经, 吸了口气, 走了。丁丁望着哥哥背影开始困惑, 像是不知道自己做了一件好事, 还是坏事。

海海终于忍不住了, 去问她有许多男朋友是不是真的。他脸上的阴沉一目了然。他原以为自己同她是最近的, 可关于她的传闻却总是从别人那里听到。他看着她, 不敢相信。他甚至怀疑他们曾经有过那样的亲密吗? 那些可能都是自己幻想出来的。可是回想起每一次, 每一个场地、细节, 又都那么历历在目, 不容置疑。

"是 —— 呀。"她大大咧咧地说, 音调拖着酒足饭饱的哈欠。

"你真的跟他们都有性行为? "海海气息奄奄地容忍, 他已是在殊死防御了。

"对 —— 呀。"她还是那种坦荡, 好像在回答是不是和他们共进过晚餐。

"你怎么这样? "他的心像是被锋利的刀子捅了一刀。呼吸越来越重, 越来越困难, 鼓起的青筋在表皮之下一跳一跳。他们在一起这么长时间了，他觉得有了她的所有权，有权利跟她摆大丈夫架势，"你怎么可以这样对我呢？"

"我对你怎么样了？"

那真是一种巨大的失望。因为她在他心里像仙女一般，他就是不明白，一个如梦幻中的女子为什么要如此作践自己的矜持和廉耻？除了失望，他还很为她生气，他把她宠到天上去了，而她却如此作践自己。

"我是一个成熟的女人啊。他们都喜欢我，都要我。"她嘴上说，她拿眼睛讲：你不是也这样吗？噢，就许你这样，不许别人这样？！

海海"哈"了一声，嘴角兀自含着未去的冷笑很艰涩地痉挛。潜台词是你还真够大方，真够平均的。青春是这么的贱！太阔绰的青春反而无比慷慨，不讲价，尽人拿走。心里不免一阵感伤。原本已经觉出自己的作践，他在她心目中不过如此；现在她竟然这样气昂昂地以自己的作践杀戮他的尊严。这样想深一层，感觉她也可悲，她真是低估了自己在他心中的位置。她如此作践自己，他也难免不作践她。

"那你第一次是多大呢？"

"十四，或者十五。"她皱皱眉，似乎还不太确定。

他想这种事情还有不确定的吗？看来事情比他认为的要严重。他手指又无意识去揪裤子，手指尖的紧张让她感到他满腹心事，他淡淡嫌恶着。

"那有多少个呢？"海海想自己到底还是一个中国男人，不可能对女友的过去完全不追究。

"拜托啊。"她冷冷一笑。虽然她曾经是一个处女，但从来没有过处女情怀。处女膜对她来说就跟盲肠一样，是早该去除的东西，"这个数字毫无意义。男人通常把这个数字夸大了四倍，而女人通常是缩小了四倍。"她说完就笑了。

"你非常像中国男人。"她又说。

"什么意思？"

"因为你喜欢处女，所以你要问这些。你有处女情结。"

海海想好，过去的我都不和你算了，可自从咱们好了以后你总不会还和别人吧？他问："昨天晚上你真的还和别人出去了？"

"对呀。"

"他操了你？"

"不。"她噘起她肉嘟嘟的嘴唇，像孩子一样坚决地否定一件事情。

海海正为此暗喜，她却给了他更加致命的打击。她平淡地说："是我操了他。"

海海闭了一下眼睛，让自己冷静下来，他要知道所有底细，粗着声音问："在哪里？什么时间？"

雯妮莎头一次见海海这样，真有点被吓倒。此刻的海海看上去有一点狰狞。海海已经凑近她的耳边，用更粗的声音说：

"告诉我，告诉我你们在哪里操的？"

"在车上。"

"怎么操的？"

讲究口腔卫生的中国男孩海海总是很文明，从来不说脏字。现在他有一种说脏话的痛快，压抑的猜忌终于找到了出口。

"像操你那样的操。"雯妮莎只是把粗口当作很有力的袭击，却不料反而刺激了海，启发了他的想象力。他愈来愈凶狠地说："我操你。"

雯妮莎的粗口只是为了解气，而海的粗口却有了确切的意义。在这种挫伤和企图的搏斗间，他的欲望一下升入风口浪尖，一下滑入万丈深渊。海海恶狠狠地盯着她款待天下的肉体，他的十指用了劲儿地插入她散乱的长发，使劲地粗暴地揪着。他心里产生一个凶恶的念头，就是弄疼她。这样似乎是一种补偿，一种慰藉。就是这种牵扯中产生的痛让他们刺激出了一种欲望。他破口连串地咒骂："操你，我操你。"雯妮莎也被激怒，咒骂回："我操回你。"

海海在这咒骂中更加激怒，就像要与那些男人一比高低。他已经上了身，在她身上一边换着花样动作着，一边问："你们是这样吗？这样吗？"她就回答是这样的，或是那样的。一边咒骂，一边更凶猛地动作。这种较量与比试中，海海渐渐有了些功夫，把她从床头摆弄到床尾，将她从一个姿势变成另一个姿势。她被从一个高潮推向另一个高潮，发出一阵阵"啊啊啊"的浪叫声，就像那幢旧公寓里常听到的。她想原来这些脏故事这么管用啊。

完事了，两个人筋疲力尽地倒在那里，只有那连串的咒骂声像雄厚而低沉的贝斯经久不退地回荡着，具着一种穿透力，缓慢地，不屈不挠的穿透力。

她说："史蒂文，你现在很棒哩。"

回答她的是良久的沉默。

海海侧着身，不看她，问："你爱过我吗？"

雯妮莎想了一下答："我连自己都没有爱过。"

那时候，海海体会到了真正的孤独。他们的肉体前一刻还是毫无缝隙地结合在一起，现在就已经是这般的生疏。一个苦笑正把海海清秀的五官扭了起来。他是在笑自己的样子多么滑稽，从此不再哄骗自己。这么认真做什么？她对你一个微笑、一个眼神，你就在那里汹涌澎湃；她和你睡了，你就以为她是你的人。海海对着她的背影拿定一个主意：再也不拿她当真。她玩他，他也玩她。

于是他们每次同床之前，她都给他讲她的一个个淫秽不堪的故事。她像一个技术高超的魔术师，一会儿给观众一个花样，然后看着观众一脸的被唬到，她在暗中笑。更多的时候是她的胡扯，目的是让海海沮丧还是兴奋，她也说不清。她只是知道他在听她讲故事时又亢奋又生猛，还有点迫不及待。那迫不及待让她不知如何想把这些"故事"讲得更生动些、更恶俗些。

每每这时，海海就土匪似的一跃就上，他成了她"故事"里的主角。很长时间内海海不敢拿她太快活。她的高贵，或她的种族在他心里造成的高贵，让这个自卑的十五岁中国少年不敢太放肆。自从知道她是一个公共情人后，也就不必怜香惜玉了。既然她是一个人人能上的婊子，他为什么不能发狠地报复，而且一遍一遍说着脏话。似乎是一种宣泄，一种雄性的、与征服有关的宣泄。这种发泄让他和她的性爱进入一个又一个欲仙欲死的境界。

她看着他线条柔美似小红狸的背影，他的气味泛上来，那种少年人带着汗臭的淡淡的体味。她的头沉了沉，轻轻地靠在他身上，想：原来中国男孩这么爱听这些脏故事啊。她会对他的背影赞美他的床上功夫见长，却不知侧着身的海海此刻在悄声地流泪。

他太痛苦了。每次性爱之后，两个人都会无言以对上一会儿。海海就会陷入深深的悔恨与自责之中。他的心极快乐，又极痛苦，如同他的性爱一样，越是鬼哭狼嚎得一塌糊涂，越是撕心裂肺地疼。那一时的肉欲之欢成为不可追究不可言传的东西，否则就会追究出心灵里无限的羞愧与痛苦。

以那个纯洁的海海作为对照，他越来越不认识现在这个堕落的史蒂文。他不知道哪一个才是真实的他，只知道现在他是以事过境迁的沉痛心情来缅怀那个单调无趣的生活。是的，他怀念他以前的本分、乏味和单调。

他痛苦的是他爱上了这样一个女子：她撒谎、作弊、偷窃、抢劫，有犯罪瘾，不仅这些，她还毫无羞耻。她真的不是什么好女孩，她甚至谈不上是一个正常的女孩子。

快离开她。他命令自己。

更让他痛苦的是他知道自己已经离不开她了。他已经在她身上体味了她的好，她的妙。很长时间内，他都在怪她贱，其实真正贱的是他。他的爱在这场关系中超负荷地支撑着，他真不明白，他活着是为什么？难道就是为了做这种下作的事，又以强烈的自责作为惩治？

他现在得过且过。这种出轨又浪荡、铤而走险的状态不是他要的，却是他没有勇气放弃的。他走投无路。她看出他的痛苦，也表示理解，她对那些真爱她、假爱她的男人们都这么说，如果你没有成熟到接受这个成年人的关系，那我们最好还是不要在一起。雯妮莎和颜悦色地告诉他她是一个怎么样的人，她已经将她的秘密交出，这已经是她最大限度上的真诚。他走投无路地点点头，脸上是孩子被迫接受大人要挟的委屈。海海这时的无可奈何与无助，会让雯妮莎猛地心疼一下。

有一次雯妮莎突然问："你现在为什么不再说你爱我了。"

"因为它对你并不重要，不是吗？"

"可是它对你是重要的，不是吗？"

海海认真地想了想，是的，它对他是重要的。现在不说了，可能真的是他不再那么爱她。以前他明确自己爱雯妮莎，现在反而不明确。也许他从来就没有爱过这个叫雯妮莎的少女，他爱的只是一个未知的、且不可知的雯妮莎，一个虚无的少女，源自一个少年的想象。她之所以完美就是因为她接近虚幻，海海需要的正是这么一个深不可测的雯妮莎来编织他的美国梦。就像他们在性爱之前，他没碰她的时候，隔着衣服与她相亲相爱。现在雯妮莎变得具体了，现实了，他反而爱不起来了。他暗恋得过于尽心尽力，没有节制，真感觉都消耗在暗恋中，现在面对真人真恋爱，竟有些疲倦，不知如何唤起感觉与活力。

如今再怎么说也晚了，该发生的都发生了，不该发生的也发生了。曾经沧海难为水。从此，他们不再去想将来了，将来越是不想，越是渺茫、无影无踪。没有了将来，现在反而就显得重要，将来则是可有可无的。

雯妮莎又问："我们在做什么？"

"做什么？我们在说话。"

"不，我是问我们都对对方做了什么？"

"这是什么问题？"

"这是一个我们早晚会问的问题。"

"那可能晚问比早问好。"

"我们都知道我们不会长久。"

道理已经想得透透的了，可他们还是困在一起了。

BUHUI YOUYONG DE YU

不　会　游　泳　的　鱼

第二十三章

我成了乞丐，你还爱我吗？

就这样，这个学期又快结束了。同学们都在忙着期末考试，就连班上最不爱读书的同学也收了心，而此时的海海却是一副无心向学的样子。他曾经开玩笑说，来了美国什么知识都没学到，唯一学到的就是性知识。现在这句话已经不再是玩笑，是事实。

以前因为基础好，尚有些老底可吃，考起试来，仍然将卷子敞得大大的。老师自然只能批评那些剽窃者，偶尔一次把他叫到办公室，叫他要注意保护自己的卷子，很替他不平的样子。海海点点头，心里又是一个偷笑。除他外，没有人懂得那机关把戏的好玩之处。

后来是他再把卷子大敞，也没有人要看了。他的成绩一落千丈。在最近的一次考试中他竟然考了一个F，而且是他最拿手的数学。

快下课的时候，老师说："作业都明白了没有？一共有多少题？"

教室里零零落落地应着："很多很多题。"

"看来大家的数学都不及格，我问有多少题，你们应该给我一个数字，而不是'很多很多'这样的形容词。"

同学们嘻嘻笑着离开教室。老师重重地看了一眼海海："海，你留下来一下。"

海海半起身准备离席的身子又重新坐在座位上。

"成绩下来了，"老师很关心地问，"我希望这是一次偶然事件，因为你现在的表现太不像你了。期末考就要到了，你知道自己应该做些什么了。"

海海低着头不说话，老师走上去心疼地拍拍他的肩，走了。

从教室出来，碰到艾丽雅，她在等他。

"海，马上就要期末考了，我担心你。你还好吗？"

艾丽雅还是一贯的口气，海海却听出她是在问"你们还好吗"，反正英语中"你"和"你们"可以是一个词。

海海觉得她有点嘲弄，却不知是仗着什么，他一昂下巴，说："好啊。我很好。雯妮莎也很好。"这表情是过去不曾有过的，有点一反故常的意思。

"但愿是这样。"

海海看着她，说："我知道你想说什么，我们怎么还在一起？是的，我们还在一起。我不是因为适不适合爱上她，我没有法子，你不要评价我。我要不把这话说出来，我们大约就没别的可说。而我不想每次一说，你就充当法官妄加论断。"

"我没有，我只是在关心你。"

"那谢谢了，我不需要。"那神情拒人于千里之外。

海海说完就走了。

虽然海海尽力表现出强硬态度，其实他的内心是慌乱的，这个F足以让他意识到事情的严重性。海海一向把学习当玩儿一样，而且玩得很溜，现在考出了个F。F是什么？对于亚洲考生和他们的家长，考A也不是Acceptable（可接受的），B是Bad（差的），F就是Finish（完了）。

海海一转身就去找雯妮莎。

"这下有意思了，全班就两个F，原来全在这。"雯妮莎笑。

"上帝啊，到了这种时候你还笑得出来。"

"我这样是想替你缓压。"

"看来我们是该收收心了。马上要期末考了，这可不是闹着玩的。"

"那你好好用功吧，我不耽误你了。"

"你更该收心读书，这是你最后一年了。"

"我有不同的打算。"

"什么打算？"

雯妮莎看着这座城市漫山遍野的灯火，叹了口气，看着叹出的白气突然有了种奇特的心情，就是想去流浪。她怅然喷出一口烟，远景在缭绕的烟雾中更加梦幻，她脸上出现一个自我满足又自我嘲笑的笑意。她想是什么使她今天才想到流浪，这个念头早该产生了。

海海问她笑什么？她说了一个对她来说很寻常的决定，去流浪。他扭过身子，低下头沉默不说话。海海并没有将雯妮莎的话放在心上，雯妮莎一天三个主意，所以不能把她的话当真。在与雯妮莎的交往中，海海学会对她的任何举动都不吃惊，不动容，如果还像刚认识她那会儿那样一惊一乍的，日子是过不下去的。他没有想到雯妮莎真的会走，更没有想到自己会与雯妮莎一起离家出去。

如果不是母亲发现了那张F的数学考卷，也就没有后来的事情，没有后来的事情，也就不会有离家出去的事情。

海海将卷子藏得很好，他把它藏在床铺最下面，藏得够好的了，可是母亲来他公寓打扫卫生还是能一下子就找到。

海海一开门就看见潘凤霞阴着脸坐在那里，她的脸吃力地仰着，苦兮兮地望着进家门的儿子，那种眼神是中国劳苦的母亲特有的——我在为你受苦受难呢，我的娃儿。就是这种眼神能使海海考了A⁻都觉得亏欠了母亲，何况是现在这个F。海海不敢看母亲。

潘凤霞一拍手上的卷子，喝道："这是怎么回事？"

海海一看，知道躲不过去了，又开始揪裤子。呆呆地，像受了惊吓的小动物。

"解释一下吧。"

"对不起。"他觉得口干干的，词不达意。

"我不需要你道歉，我要的是一个合理的解释。"

"我，没考好。"海的声音愈发艰难地说。

"你妹妹我是指望不上了，我就指望你了。可你太让我失望了。我现在对你是彻底绝望了。你刚来美国时，什么都听不懂，数学随便考考还能考个A，现在英语好了，你竟然拿回一个F来？你太辜负我了。这就是你恋爱的结果吗？这就是你对我的承诺吗？我以为你是知道分寸的，原来你是这么不吸取教训。我真是看错你了。我错了。我不应该对你抱有这么大的希望，希望越大，失望就越大。"

海海不说话，心理活动却像壶开了锅的沸水涌动着，如果妈妈不说他让她失望了，如果不是怕再看见妈妈伤心，如果不是害怕自己和母亲承担不起他失败的事实，他后来也不会出那么大的事。事后想来念头就是这么一点点产生的。

"一天，白母鹅带着小鹅去郊外散步。突然狂风暴雨，别的鹅都跑开了，唯有母鹅张开她大大的翅膀，把头深深地埋在地上，保护小鹅。天晴了，原野上有一堆白色的东西，是那只白母鹅。她死了。小鹅叽叽呱呱地从她的翅膀下跑出来，纷纷顺着她光滑的翅膀往下爬，觉得很好玩，一次又一次，终于它爬上母鹅的背上，挺着颈子眺望眼前被雨水和风暴洗过的田野。"潘凤霞缓缓地说，这样的效果会更好。潘凤霞有许多这样的"母爱"故事，当她的母爱不够感动时，她就搬出别人的母爱。

果然潘凤霞等了一会儿，儿子那边仍是一片寂静，她知道羞愧正在海海内心全面复发。

好一会儿，海海才说："妈，你别难过了，这次考试并不算什么。"

"到底发生了什么？"

"那是因为考题我只做了一半。"

"怎么回事？"

"另外一半印在背后我没看见。粗心。"

"那不是你考不上了？"

"我哪能有那本事呢？"其实他就是有这个本事。

潘凤霞觉得微微可以接受一些。粗心比笨好接受。粗心是聪明人才犯的毛病。

"为了你们，我们才想来到美国的。你要知道妈妈以前怎么说也是个文艺工作者，是站在台上给人捧的，多少人想听你妈妈唱祝英台啊，到了美国还要给人端盘子，给人当保姆。这都是为了你们呀。"

海海嘴上什么也不说，心里说：在国内也没什么人听你们的戏，你们剧团都快支撑不下去了。

"甚至为你们，我嫁给了一个比自己年长二十八岁的男人。"

海海心里说：更过分了，这怎么也是为了我呢？你应该知道我是恨这件事情的。当然海海还是什么也没说。

潘凤霞已经抽泣了几声，感觉到需要一张面纸，她起身去拿，那么短的几步她走得很踉跄，这几步让海海的目光跟随得更紧了，潘凤霞像是明白这一点，于是那踉跄的几步走得更踉跄了。海海想去扶一下她。潘凤霞摇摇头，谢绝了。她嘴角的皱纹是新添的，把吃的苦头都镶在上面的那种皱纹。

海海非常害怕母亲的这一套，"负疚之旅"又来了，这让他觉得这辈子欠定了她，他得偿还她，考上母亲渴望的哈佛就是一种偿还方式。

潘凤霞从来不只把董海当儿子看，他是她的希望。看着儿子一天天长大，希望也一天天具体起来，还有一年半，儿子就该上大学了，儿子就该上哈佛了，往后的日子是她这个母亲想象不了的，她理所当然地认为那自然是那种又真实又梦幻的生活，那种日子还没过着呢，光想就激动人心了。

海海知道从小到大，他都是妈妈最为骄傲的外衣，妈妈跟同事聊起来，一说起"我儿子"，那种自豪溢于言表。有一次他得了省里的物理竞赛第二名，妈妈比他还激动，抱着他："妈妈太爱你了。"还把奖状带到剧团向每一个人展示。海海知道母亲非常非常爱他，为了他甚至可以去牺牲，可是他又从来不放心母亲的爱。因为他只有在考了100分的时候才会听到母亲说："好儿子，妈妈太爱你了。"所以他一直很努力地读书，用一个个100分去稳固母亲的爱。

海海忍不住问："妈 —— 如果我将来不能成为你希望的那样，不能进哈佛，不能成为成功人士，而是混得很普通，甚至很惨，比如我成了乞丐，你还会爱我吗？你还会认我吗？"

潘凤霞想这孩子是不是中邪了，问这种奇怪的问题，但她斩钉截铁地说："只要我在，我绝不会让你变成乞丐。"

"我知道，我是说如果 —— "

"没有这种如果，只要我有一口气，我绝不会让它发生。"

母亲当然爱他，她把一生的爱都投射到孩子身上。正因为这爱，她绝不会眼睁睁地看着儿子变成乞丐。

海海咬着下嘴唇，他只是想确认母亲爱他，他不那么完美时母亲仍然爱他，他考了F，母亲仍然爱他。他就是想知道，不知道这一点，他又怎么不会寂寞忧伤呢？

潘凤霞最后说："这段时间你就好好准备考试，我每天给你送饭过来。我每天晚上过来陪读。"这不是爱又是什么？

母亲的眼泪让海海强烈地自责，他自己心里清楚这学期他旷了多少课，丢下多少作业，他是想要努力学习来回报母亲，只是这些他以前做得很有滋味的功课现在一看就头疼。实在复习不进功课，实在不想做没完没了的习题。他以前不是这样的。以前他是喜欢考试的，那是他施展才华的机会。以前他是将学业当作宗教事务来执行的，雷打不动。

潘凤霞在一旁陪读，为了不影响海海学习，她把电视音响调到了无声，看哑剧，读唇语，一会儿一会儿地向儿子回个眸，都是看见海海坐在那里读书，背弓得像只虾米，旁边的课本也是高高的一摞。潘凤霞看不懂那些课本，都是英文的，一摞摞的，看起来就是挺艰深的样子，潘凤霞虔诚地看着儿子的背影，一面单薄的墙，白衬衫长时间与椅背的摩擦斯混皱出几道横杆。潘凤霞放心了，海海正在头悬梁，锥刺股。

潘凤霞看着表，每过四十五分钟就会给儿子送个水，递个水果什么的。她端着肩站在一边，很殷勤地问："辛苦了？来，吃点水果。"

海海看了一眼那些洗好、剥好、切好的水果，再一仰脸，就看见妈妈多愁善感的笑容，就是母亲宠孩子宠得不得了的那种令人不堪的温柔笑容。

海海被妈妈伺候得都不好意思了："妈，你不用把水果都给我洗好、弄好。"

"你不是忙着读书吗？"潘凤霞做这些是很心甘情愿、无怨无悔的，"复习得怎么样了？"

"就那么回事吧。"

"这听起来像是不够自信。"潘凤霞期待的目光暖洋洋地打在他的头上。

海海想了想说："我们男人跟你们女人表达上不一样。你看见哪个男人会说，昨天我与我老婆拌嘴了，所以我今天不爽；昨晚我儿子生病了，所以我今天心情不好。男人吧，不能这么唠唠叨叨，那是娘儿们干的事。"

"嗬，多大一点儿的人呀，就男人女人起来了。"潘凤霞手一扬，拍了儿子一下，爱娇得很。

海海要把果盘端出去，母亲抢了过来："没你什么事，好好读书去。"

"妈，我自己来。"

"好好读你的书就是对你妈最大的孝顺了，别的什么都不用你管。"母亲忍辱负重地笑笑。

海海还想说什么，母亲就"嘘"了一声。

就是母亲这个优美的"嘘"使之安静的动作一直存留在他的成长记忆里，似乎就是这么一份温存而压抑的成长伴随着他，使他危机四伏的青春期成长更加如履薄冰。这份温情柔骨的爱已经像座大山一样压得他喘不过气来。

不是吗？海海一回头，就又看见母亲含情脉脉地，甚至有点低三下四地端详着他。海海立刻将目光收回，不敢和母亲对视，也许他是知道自己终会让母亲失望。

海海看见窗户外面天上飞着一些叫不出名字的鸟儿，这些鸟儿也真是的，天空这么大，往哪儿飞不好呀，就在上空一圈圈地飞，就跟他的生活一样，没有自由。没有人知道海海一个人在自己的房间里都在胡思乱想些什么，就像他曾经背着家里人在他的房间私会雯妮莎，现在他背着所有人在密谋策划一起弥天大谎。

表面上，他上课下课，与同学们说说笑笑，其实他心不在焉，他在思考另一桩事情。课上听课，课下与同学们嬉戏，这件事情的思考仍然在持续着，连和雯妮莎约会都不耽误他的思考。这是一桩什么事情，他其实并不是很明确。

一天潘凤霞带两个孩子出去吃饭，现在他们三个人的聚会只能在外面进行了。潘凤霞说："要好好备战，准备考试。谁考得好，谁就可以回国去看你们爸爸 —— 我给他买机票作为奖励。"

"我很想回去看看。"海海的眼神明显流露出期待。

"所以你一定要考好。"

海海的表情灰了下来，期末考马上就要开始了，他还没复习好，临时抱佛脚还没抱住呢。

"妈妈，你偏心哥哥，你这是重男轻女。"

"我是偏心，可我不是重男轻女，我是重读书好的那个，轻不好的那个。"

丁丁说："考试是这个世界上最让人痛恨的事情。"

潘凤霞说："然而也是唯一有效的逼像你这样的学生读书的方法。"

"如果不用考试就好了。"

"那除非是发生战争、爆炸什么的，就会停课。"

"是呀，我真希望战争。"

"那你就祈祷吧。"

这个时候，原本还不明确的事情明确了。这件事情的明确让他的手又去揪自己的裤腿，自己为自己害怕着、兴奋着。

海海加速扒拉了两口饭，站起身来，大声地说一声："吃完了。回去看书了。"就像一个走夜路的人给自己壮胆，他是给自己刚刚明确的一个预谋壮胆。

海海正在努力准备。大家都以为这样。海海是在努力准备考试，此外，他还在努力准备另外一件事情。

期末考的日子一天一天逼近，弥天大谎也一点点成熟，正如成熟的葡萄，在不知不觉中就酿成了酒。这个时候一个危险的念头在他心里有一搭没一搭地起着涟漪，它正在成熟。就像作品一样，会在艺术家的脑海里慢慢成熟，到了不得不写的地步；就像许多事情一样，会水到渠成。

为了路上不耽误时间，考试前一天海海是住在帕特李家。考试那天，潘凤霞起得比平时早，为两个孩子一人煎了两个荷包蛋，旁边插了一支筷子，寓意100分。

"我的少爷、小姐，快来吃早饭吧。你们的动作可不可以快点？"

"妈妈，你就当作我们现在是在梦游吧 —— 还没睡醒呢。"丁丁懒洋洋地下楼。

"将来，等我们上了哈佛，妈妈就可以松一口气了。"

要是平时，海海会相当自负地贫上一句"是我，把那个'们'字去掉。是我上哈佛，丁丁上个州立大学，妈您就上个语言学校吧。"今天他只是愁苦地瞅了一眼他妈妈，有这样的妈妈是一件多么沉重的事情啊。

坐在边上的丁丁闭目静静地听着，不作声，CD机里不断传出英语单词。潘凤霞关上CD机，刚关上，丁丁就睁眼了："人家在背英语单词呢。"

"我以为你睡觉了。"

丁丁打开CD机，眼睛又闭上："这种学习方法最有效。一边睡一边记，一脑两用。"

"怎么样？准备好了吗？"

"没有，永远都不会准备好的。"丁丁不耐烦地说了一句，"昨天晚上背了一个晚上的公式，现在脑袋里一片糨糊。"

"我早就看出来你是指望不上了。"潘凤霞拎着两个书包去车房，"幸亏我还有一个儿子可以指望。"

潘凤霞开车送两个孩子去学校，远远地就感觉到异样："你们学校出了什么事？"再往前开，黄线已经封锁了整个校园，大批的警车与媒体圈在外面。

学生们被告之停课直至学校通知。再细问，说是校长办公室今天早上收到一封匿名恐吓信 —— 教学大楼某教室有爆炸品，请好自为之。署名为"国际恐怖K组织"。

潘凤霞傻了眼，满脸、满眼、满嘴的句号和惊叹号："什么？还有这种事？恐怖活动都到了校园里？太匪夷所思了！荒唐恐怖到家了！那美国的治安还有没有保障？！抓到这个恐怖分子一定要严惩！"

丁丁大声欢呼："真棒，我梦想成真了。这个简直就像圣诞老人提早送了份圣诞大礼。"期末考试被迫终止，她的枪决延缓执行了。

潘凤霞骂："你这个孩子怎么回事，发生这种事情你很幸灾乐祸？美国人对这种事情是很紧张的。"

"我并不是高兴这件事情，只是高兴学校停课。"

"学校停课有什么可高兴的？那只有一个理由就是你没有准备好，怕考试。像你哥哥这样准备好了的，就不会高兴。"

海海确实不高兴，甚至有一丝的惊恐在他的嘴角上。大部分学生和家长纷纷离开，丁丁和海海却执意要留下来。一个是出于兴奋和一无所知，一个是出于紧张与知道太多。

媒体正围着校方与警方盘问不休，白光一片。

"发生了这种事情，会停课多久？"

"现在还不好说，需要看我们进一步的调查结果。为了确保学校的安全，我们必须强行停课。"

"那么警方目前对此事的初步判断如何？"

"这有可能是一起恐怖事件，警方会尽全力调查，匿名信已经被送到实验室去比对指纹。"

人群中一个少年随着警官发言脸色一阵阵发白，这个男生的眼神有着明显的闪避。这个排场太大了，警察与媒体都来了，这不在他的计划中。他知道事情捅大了。他心里说：我只是想吓唬吓唬人的，我只是想拖延考期，可以赢得时间来准备。我没有想到会是这样。

警官又说了一句："即使是恶作剧也不可以被原谅，我们一定会追查到底。"

这时警车鸣笛而过，男生已经吓得全身发抖，恍惚中仿佛看见一群人在追赶他，男生吓得从人群中退出。他绝不是他们以为的敌人，因为两者没有势均力敌的平等。只是一个孩子与大人开了个小小的玩笑，现在大人当真了，还要还击他，而且是以成年人的手段。

这个孩子就是董海。

退出人群时遇见艾丽雅和几个同学走来。他们都是一副"少年不识愁滋味"的表情对学校的恐怖事件评头论足，海海眨巴着眼睛，两只手又去搓裤腿，也偶尔搭一两句话，那只是为了看上去更自然一些，与众人无异。其实他心不在焉，心思全放在察言观色上，时刻准备着从某个人的眼睛里读到"上帝啊，竟然是你"这样的神色。他仿佛已经看见众人不得不证实这个貌似文弱、彬彬有礼的中国少年正是这起校园爆炸案的制造者；这个家长、老师眼里的好孩子一下子成了罪犯。消息一旦传出，定是一片哗然：没看出来呀，真是人不可貌相啊。

海海慌然退下，一扭脸却看见了雯妮莎，噘着个嘴，一脸搞不清状况地走来。

"上帝啊，到底发生了什么？"

"有人写了份匿名信说学校有爆炸品。"

"太不可思议了。"

"如果学校爆炸案被查出来,仅仅是个恶作剧,那个人会受到什么处分?"

"我怎么知道?!"

"你对这种事情不是很在行吗?"

"可是我从来没惹过这么大的麻烦,我想都想不到。"

海海想:完了,完了,连雯妮莎都觉得是"这么大的麻烦",那一定不得了了。

雯妮莎又说:"如果被查出来,至少是开除,还要被拘留。"

"我们一起离开这里吧。"一刹那他横下一条心,不管不顾的样子。这时突然想到雯妮莎的"离家流浪"倒也未尝不是一条退路,一个缓冲。

雯妮莎听了这话,急急地看他的表情,立刻问:"发生了什么事情?"

海海摇摇头,说"没事"。

"讲吧,什么事?"雯妮莎知道海海的"没事"其实正是有事。

在雯妮莎的再三追问下,海海终于说了真相。雯妮莎虽然一向离经叛道,可她认为自己的离经叛道并没有妨碍到谁,没有触及法律。现在这个外表清秀、乖巧听话的"乖小孩"却突然干下了这么一档事情,把雯妮莎吓了一跳。

"上帝呀,告诉我你是在开玩笑!"

"我们现在谁在笑?"

"上帝啊。"

"你已经喊过两遍上帝了。"

"那我还得喊第三次:上帝啊。你知道自己做了什么吗?"

"要期末考了,可我没有准备好,我不可以带着A以下的成绩回家的。我家里不允许这种事情发生。我只是想把期末考拖后一点,这样我可能有机会赶上。"

"所以你就谎称学校有炸弹。"

海海点点头,表情有几分无辜。

雯妮莎应该是听明白了，似乎又更糊涂了。

"你这都是从哪里学来的？"

海海看了雯妮莎一眼。

"别说是从我这学的，我可没干过这个。"雯妮莎摇摇头，倒吸了一口气，海海的今天一定有她的喂养。

"从电影里。"

"现在怎么办？"

两个人正说着，丁丁过来叫海海回家，说艾丽雅有车送他们一起回家。

"你们先走吧，我不回帕特李家了，哦，我回公寓。"

海海信口一答，心绪却沉沉往下一跌。又一个犹豫不决的计划突然坚定起来。

他对雯妮莎说："我们走吧。"

"你确定吗？"

"嗯。"

"再想想。"

"不能再想了。再想下去只会把事情想坏。当你做决定的时候就不能想太多。"海海从肩头扭过张脸，那张脸好像是从很深的思考中浮上来的。他其实也不知道想多想少有什么区别，什么是想坏，什么又叫想好？但自觉如何想都是涸辙之鲋的垂死挣扎。

两个少年人就这样怆然地踏上离家之路。

海海在车上给母亲写了一封信。请母亲原谅他的不辞而别，那是因为他实在无颜面对父母的养育之恩。他将来有一天会回来看他们的，只是他也不知道这一天是什么时候。他在信中叮嘱妹妹："你要好好读书，不要总是玩。"仿佛丁丁好好读书了，就能减轻他的负疚感，他就可以走得坦然些。好好读书是许多中国人来美国的起点，也是目标。他是为了这个目标来的，现在他不能再继续下去，他希望妹妹继续。可是他斗胆去猜也猜不到的是，他走后没几天，丁丁就进了警察局。

信写好后，他寄走了。让信在邮局打一个回合再回到家里，他自己都觉得有点可笑。他想，世间的事情大概都是这样可笑的。

就这样，海海与雯妮莎离家了。两人为了自己根本不清楚的秘密目的，向往和害怕着，眼睛看着车窗外花了起来。

BUHUI YOUYONG DE YU

不　会　游　泳　的　鱼

第二十四章

花蕾尚未开放，就蛀坏了

与此同时，潘凤霞正在约翰的洗手间里刷浴盆。她也奇怪她每天都刷浴盆，一点污渍也不放过，怎么不到一个星期就会有如此大量的污渍，带菌的身体是能产生多于常人数倍的污渍，一粘上就去不掉，像是陈年不被清理的老垢，怎么刷也刷不完似的。

　　这时邮差来送信，有她的一份包裹，来自中国。潘凤霞拆开，是一盒CD。没有落款，没有说明，她想这是谁寄的？把CD放入机子，是越剧《梁祝》。潘凤霞立马想到董勇，只有董勇做得出这种既细腻而粗枝大叶的事来。

　　当她听到那出《送兄盟誓》：送兄送到藕池东，荷花落瓣满池红，送兄送到小楼南，你今日回去我心不安，送兄送到曲栏西，你来时欢喜去悲惨，送兄送到画堂北，劝兄回家不要哭。

　　她突然泪流满面，百感交集。董勇并没有夹信，所以不知道他好或不好，身体如何，甚至连他的生死都无从推测。不知道为什么，潘凤霞有种不祥之感，不由自主地唱道："啊，梁兄啊……一见梁兄魂魄消，不由我英台哭号啕。楼台一别成永诀，人世无缘同到老。梁兄啊。"

　　帕特李一头撞了进来，看见自己的娇妻热泪横流地唱着，不知道自己进来的不是时候，只当她演得入了戏，唱得入了情，说："接着唱，我想听。"潘凤霞一下子索然无味，说："你又听不懂梁祝。"

　　晚上丁丁回家说哥哥回公寓了，不回来。潘凤霞先是打了个电话过去，没有人接，后来她又开车过去，一看也没有人。再问作家老头，老头说他没见他回来过。

　　精疲力竭的潘凤霞回到家立刻去问丁丁她哥哥哪里去了。

　　"我不知道。"

"你怎么会不知道？你们不是一起在学校的吗？分开后他能去哪里？"

"我真不知道。"

"你们不是双胞胎吗？你应该有感应的啊。"

双胞胎兄妹小时候像所有的双胞胎那样被测过感应。他们事先做了手脚，商量好写些什么，再假装眉头紧锁，一副心灵感应的样子。那些测验本来就是为了娱乐大众，人们并不在乎它的科学性。

"你就没看出你哥哥今天有什么反常吗？"

"他天天都反常。"

"他没说什么吗？"

"没有，只是最后我是看见他和雯妮莎一起。"

"什么？他是和雯妮莎一起？"潘凤霞说到雯妮莎这个名字，像是鲠到一块鱼刺，意识到出事了。

潘凤霞几天几夜守在电话旁等海海的消息，她想，儿子总不会狠心到连个电话也不打吧。每次电话铃一响，她的目光就会发出一道孩子式的侥幸，电话一被拎起，目光转为无望徒劳。这天十一点时电话突然尖叫起来，从警局打来的。不是因为海海，却是因为丁丁。

一天晚上丁丁和另外几个帮派成员"出任务"，每个人手上都拿着一支木棍，沿街看见好车上去就砸玻璃。每打破一辆车窗，便在一旁兴奋欢呼，喝酒庆祝。庆祝会正开在兴头上，突然三四辆警车拦住他们："不要动，把手放在头后面。"

她一直担心的是女儿会在男女事情上出事，至于丁丁会与帮派、暴力扯上关系，这打死她也不信。丁丁是多么爱慕虚荣、贪生怕死的女孩儿啊，她才没有帮派的侠义与肝胆相照。

潘凤霞在警察局里看到了丁丁。先是看见丁丁的背脊，穿着厚厚的外套，两个领子立得挺挺的，像是给自己建立一个小密室。两色的头发，一截是染过的棕色，一截是新长出来的黑色。潘凤霞想：她就是不能接受一切自然的天生的东西，什么都想尝试改变。然后走过去看见女儿的正面，丁丁清秀的脸庞上有种反叛与仇恨：似乎在期待被消灭或消灭谁。潘凤霞看着女儿鲁莽装扮下的娟秀身影，想这个美貌将由谁来消灭?

潘凤霞满脸、满眼的讨教，而丁丁则一声不吭，也不看母亲。刚才在外面打架、刮车的激昂像爆竹，噼里啪啦绚烂一片后就烟消云散，现在落在这里，心情开始矛盾地暗淡下来。

丁丁表面上谈笑风生、嘻嘻作笑，发出高中女生才有的那种高亢、尖锐的笑声，谁说这哈哈大笑的心里都是欢天喜地? 丁丁心里充满了愤怒，充满了焦灼与忧伤，内心的挣扎很大，感觉活着是一件很困难的事情。她曾经受欺凌的经历一直挥之不去，那一巴掌后丁丁成了反戈的英雄，再也没有人敢欺负她了，相反威风凛凛。丁丁分析自己以前的失误是过分依靠正常的途径，魔鬼作恶就在于他们比君子更了解道德的缺陷与软弱。唯一的办法就是以恶制魔。没有正义，赢了的邪毒就是正义。

与这些"坏孩子"在一起时，她感觉到自己被保护了，也被他们的热情和钟爱燃烧起来，从打架中找到了感觉。原来那种有动作、有声有色的生活是她早已暗自向往的。没有动作，没有愤怒，没有激情，已经有八十岁的感觉了，就是那种慢慢死去的感觉。而她的生活该有动作，该有激情，不然生活有什么证明呢? 她制造的愤怒与事端，就只是为了证明。

现在母女两人开着车从警察局回家。丁丁以为妈妈会痛骂自己一顿，潘凤霞什么也没有说，紧踩油门一路飞奔。

"要骂就骂吧。我已经做好准备了。"丁丁说。

潘凤霞仍然一言不发，压着油门，飞快地行驶。

"妈，注意有车子。"那一刻丁丁突发奇想: 妈妈不会绝望到要与自己同归于尽吧。

潘凤霞才猛地顿悟那样踩了刹车，在路边停了下来。

"你要我说什么啊? 我是哑口无言啊。你爸爸走了，你哥哥也走了，现在你又出事了。我还有什么可说的，我说的话又有什么用? 我能绑住你们吗? "

回来后潘凤霞就病了，但她拒绝看医生，也拒绝吃药。帕特李问起来，她伤心地说: "气死了算了。"帕特李知道她也不是真病，她是气病的。潘凤霞每天头发蓬乱，脸也不洗，穿着睡衣在房子里走动。不吃不喝，就像作茧的蚕。丁丁从没见过母亲这副模样，那个四十岁还把自己当二十岁过的漂亮妈妈不见了，母亲就这样一个星期内突然衰老下来。

这天潘凤霞同样踉跄地为他们摆碗筷，自己不吃，然后再踉跄地回房间休息。母女没有对话，但是交流仍然存在。比如潘凤霞回房间那踉跄的几步让丁丁的目光跟随得更紧了，潘凤霞像是明白这一点，用手按着胸口，每走一步都带着呻吟声，她希望自己病得足够真切。

吃完饭，丁丁偷偷地溜到潘凤霞的房间门口，听见母亲又那样惨惨的呻吟了几声，便惴惴地退下。又过了一会儿，丁丁又不放心地跑上去听听动静，再惴惴退下。这样几个回合下来，丁丁终于再也憋不住了，突然站在母亲的床前。一望去，就看见母亲出现垂死的老母鸡那种哀态：悲伤惨败的目光，身体也如待宰的母鸡那样微微地抖缩。看着旁边这个变瘦、变老、皮肤变得又白又松弛的母亲，丁丁不忍了，这个家庭的重担现在就落在母亲的肩头。丁丁突然怀着对整个家庭的担忧，虽然这担忧是模糊不清的，也是无济于事的，但足以煽起她的同情。

"妈，你到底想干什么？"

"这应该是我问你的吧？你到底想干什么？"

"对不起。我也想不到事情会变成这个样子。"

"我问你，这些是真的吗？你真的参加帮派，上街闹事吗？"

"我真的参加了帮派，但是我仍然爱你。"

"你怎么可以把这两句话放在一起说？你不知道它们是不可以放在一起说的吗？你不知道它们有多矛盾？"

母亲的病到底是换取了丁丁暂时的安宁。可她知道这孩子的心已经撩起，别看现在老实下来，毕竟疯过、野过，想一下子收心不是那么容易。她知道这孩子难了，但是现在控制一时算一时吧。

与此同时，雯妮莎与海海登上了逃家的路。

他们没走太远，在一个小镇找个旧损的汽车旅馆住了下来。看看这间廉价的旅馆，就知道他们过着一种什么样的生活。桌面上是已熄灭的烟火，结痂的快餐盒，还有一个不干净的杯子，也就这样用着。很脏、还不太脏的衣服混在一起到处都是。一只脏袜子还挂在台灯上。地板实在不干净，有抽烟、做爱、吸毒的痕迹。旅馆的墙皮发黄，还粘有许多不知来历的毛发,这旅馆与顾客同样来路不明。

从踏上逃亡之路,海海就进入一种奇怪的懵懂,把自己折磨得不成样子。他开始后悔就这样逃走,本来还可能没事的,这么一逃就逃出事来了。这不是明摆着此地无银三百两吗?海海常有一种不祥的预感,睡到半夜总会看见一帮人马急匆匆地来追捕他。他会一个哆嗦地惊醒,然后在惊恐中喘着气,知道自己又有惊无险躲过今天了。雯妮莎翻了个身,搭过一只手问:"又做噩梦了?""我还没被发现吗?他们还没追来吗?"她拉着他的手说:"没有。别瞎想了。""想想好,这样想多了,也就不会害怕了。"这种时候,雯妮莎总是会拿些毒品让他镇定,而这每每有效,使海海的喘息从粗到细,从急到缓,恢复到入睡那样均匀的速度。

毒品这时已经成为他们对抗现实的唯一出路。他们更多的时候是猫在一起用药,看着彼此的脸色暗下去,毒品稠稠地在血管里一次次费劲通过,心脏跳起来,整个人都进入仙境。然后两人做爱。再然后拉着彼此因为吸毒而皱缩的手,两个人肢体贴着肢体,贴挤在一起。像两条窒息的鱼,没头没脑地转来转去,终有一天他们会不得呼吸,共同窒息。他们心里都明白这一点。雯妮莎早明白一点,海海晚明白一点。就这点区别。

用过药物后,海海也能将学校里的事情放在一边,这种时候,两个人终于也能好好地说一说话了。她也会说一些很可爱的话来逗他开心,看着他笑,自己又像走神似的想别的事情去了,然后回过神来会突然问海海:"你真的爱我吗?"

海海"哼"的一声,他的意思是:你说呢?

她又问:"那你后悔吗?"

海海又"哼"了一声,不置可否。他已经不太喜欢用言语来表达感情了。

她追问:"后悔?不后悔?"

他还是"哼"了一声,无限的感慨与不尽的叹息都尽在其中。

"哼什么?"雯妮莎并不饶他。

他看着她,突然莫名其妙地笑了一下,自己笑话自己的那一种笑。好像在笑话自己一些死去的荒唐事,像成年后看着自己儿时的一个心愿:

它多没价值啊，但它存在过。这时，后悔已经不是一个适当的形容了。他最重要的成长和青春消耗在她这里，被她曲折地诱惑着，把一份已经充满荆棘的青春变得更加崎岖坎坷，充满了意外与惊险。

"那你呢？你对我呢？"海海仔细想一想，其实雯妮莎从来没有主动告诉他什么，或者表白过什么，他竟然不知她是何心意。

她伸过脖子吻海海，吻得不像过去那样轻浮，而是很随意、很正经、轻轻地在海海的唇上一吻。然后她说了一句让他琢磨很久的话，她说他是很爱地不爱她，而她是很不爱地爱他。

就像一部蒙太奇电影挑战与打击了他的智力，他扭过脸看着她，想追问什么意思，想想也就放弃了。到了这一步，很多事情是说不清楚的，于是两个人就这样静着。

然后雯妮莎站在窗口，很向往地望着窗外说："真想跳下去。我站在这里，有一种似飞的感觉。"

海海吓得慌忙跑上前去抱住她的腿："不要这样，你是用药用多了，精神恍惚。"

雯妮莎扭过头来认真地问："如果下面是一种全新的生活，你跳不跳？"

雯妮莎以前就问过他这个问题，当时他没有答案，现在这么一想，倒也不错。人往往恐惧着他向往的。

雯妮莎将一块小石子丢下去，看着小石子经历坠落，她想有一天身临其境会是怎样的感觉？海海看见一丝难以琢磨的笑意在她的嘴角上，他无法确定那是一个笑。不知怎么地，海海感觉到这笑中藏着危险。

这一天早上，雯妮莎醒来时，外面仍然下着小雨。海海正睡得很沉，雯妮莎用手指轻轻捋他茂密的黑发。它们十分顺从而柔软，往哪里摆弄，就往哪里倒坍。海海被弄醒了，一睁眼就看见雯妮莎戴着那只假TIFFANY耳坠子，跟着她身体轻微的摇曳而猛烈摇摆。海海觉得这是她唯一偷对的东西，不然母亲可能永远无法知道真相。他说："戴一只耳环真有意思。"一对耳环就算是真的，也平淡无奇；然而一只耳环则有它的独特，虽假，也因为单独一只，没有成双，叫人替它追溯出一些人间的悲欢离合，有了传奇的色彩。

做过激烈的床上活动之后，海海在洗手间开着门小便，雯妮莎光着身子就进来洗澡。海海看了她一眼，接着小便。大方多了，没有刚识的那份局促，东遮西躲，他们像过了很久日子的伴侣。两个人在浴室一起淋浴。水流顺着她的金发流下，他用手去抚摸，金发一条一条像小金蛇般蜷在他手指间，他将手抽出，金发就在水里漂开来，非常地整齐美丽。她的身体扭动着，唱着自编的歌曲。这是他最后关于她的印象，他一辈子都会记得。在这一切都一去不返的那天，海海还清楚地记得这浴池的温度、气息、歌声。

两个人都静静地，就这样听着水流的声音。雾蒙蒙的热气在浴室镜子上结起小水珠，一颗追着一颗，一路追击下来，逐渐露出影绰的两个人影。他们的身影被照成曲折朦胧的影子，互相不认识。

他们对视，交换了一个会心而衰弱的笑，好像心领神会了什么。

他们感觉到他们从来不曾如此亲密过。他们又都感觉亲密得让人担心，是穷途末路的兆头。像是一只随时会掉下来的玻璃灯泡，你知道它会掉下来，却不知道什么时候掉，他们都不说透，只是憋住气等它落地"啪"的一声。

这样安静了好一会儿，她问："你想家吗？"

海海明白她其实想问的是什么。她是在问：你要回家吗？

他不说话，一会儿，他点了一下头："我害怕。"

她说："你应该给家里打个电话。"

海海想了一下，点点头。

她又说："去吧。"

最后雯妮莎主动地给了他一个结实的拥抱和一个天使般的笑脸。

海海刚要出门，雯妮莎却又叫住他，认真地说："我想告诉你——谢谢。"她还在他额头上轻轻吻了一下，冲他一笑。笑像是一种苦痛，她似有意躲避，脖子似蛇颈子那样适度地游动着，举脸之间有那么一刻的抖缩。那一刻的她，艳丽得惊心动魄。她又回到他对她最初的认识：那个神秘而美丽的尤物，她的美一下子不通俗起来。她的美丽不曾如此公然地展览给他。雯妮莎温暖的身体贴着他，他突然很想亲近这个女子。那谜一样的笑又出现了。他有点吃不准的感觉，不仅是对她的笑，而是对她的整个人。那笑是不祥之兆，那是很多日子以后他突然意识到的。

海海出门到路口的公共电话亭给家里打了个电话，电话号码刚拨了一半，就挂了。接着又拨通了另一个电话号码，是艾丽雅的。

艾丽雅一听到他的声音就哭着说："你在哪里？这几个星期你都上哪里去了？我们都快急死了。"

"不要着急，我没事。我和雯妮莎在一起。"

"你为什么不回来呢？你妈妈都快急病了。"

"你能不能告诉我妈妈我没事，叫她别着急，只是我现在不能回去。"

"为什么？"

"学校，学校现在怎么样了？"

艾丽雅说学校已经恢复正常了，他们的期末考虽然拖期了，但还是进行了，学校现在已经放假了。

海海小心翼翼地追问："那，那，那件事情查出来了没有？"

"还没有，但是已经排除了恐怖组织所为，是一起恶作剧，至于是谁做的，现在还在排查。"

海海知道自己又有惊无险地把这一天过去了，枪决延缓执行。海海其实是希望艾丽雅回答她："查出来了，就是你。你就别再想逃了。"他希望有这么一句话将他从提心吊胆的日子里解放出来。惩罚、指责和折磨都由别人来做，被别人惩罚比自己惩罚自己好过，那时他就终于可以踏实地睡上一觉了。

"那有没有什么线索呢？"

"应该是本校学生干的，现在还不能确定，很多学生被叫去问话，进行排查。"

海海心里都要急得骂人了：这个美国警察，也就能在好莱坞大片里神勇一把，在现实中也不怎么样。查就赶快查出来，查不出来就收案吧。老这么憋着，害得他心跳、呼吸都不能正常进行。

"海，告诉我你在哪里。"

"学校里有什么情况吗？"

"先告诉我你人在哪里。"

就在海海与艾丽雅两个人在这个问题上纠缠不休的同一时刻，雯妮莎一个人在房间里吸毒，每吸一口，眼神就一晃，接着整个人都一晃，然后瘫在那里，眼睛半睁，嘴巴半张，脸上出现一种痛苦的满足感，一种难得的平静。然后她一个人走到楼顶的平台上。她整个人都不真切起来，严重地缺乏实体感。以前她投块小石子下楼，让小石子替代她去感觉坠落以得到释放，现在她的整个身子被自己当作石子扔到楼下。

　　这时海海正在电话上告诉艾丽雅他的地点，听到这一声，立刻感觉不妙，一丢电话，冲了上去。周围已经挤了一圈的围观者。有人从顶层跳下来，"啪"的一声在地面上坠出一个大大的"人"字。从她的背影可以判断出是一个很年轻的女子，她的一头美丽的金发，在风里一动一动的。她活着的时候时常不耐烦，一种对任何事物轻微的抵触锁在她的眉宇间。而她现在彻底地静下来，那种对任何事物都没意见的心平气和。

　　雯妮莎就这样离开了他，连个招呼都不打，独自上路，把他丢下了。海海哑住了，惨痛地一笑，因为她把他骗得太惨，连他都替她过意不去。

BUHUI YOUYONG DE YU

不 会 游 泳 的 鱼

第二十五章

冬天已过，春天还会远吗？

几个小时后艾丽雅按照海海给的地址赶到了。

海海正猫在旧旅馆的墙根上，艾丽雅打量着这个逃家的少年，长荒了，无人照料，活得毫无心绪。瘦小的身体也不像以前那么灵秀，成了苦力型的身板，怎么看怎么像小老头。两只黑白分明的眼睛也变得不黑不白，大而无神，眼白上老是平白无故地布着血丝，眼里有绝对的疲惫。他年纪轻轻的，哪儿来的这么深的疲惫？艾丽雅闪出莎士比亚的一句名言：花蕾还没有开放，就已经被蛀坏了。那个清秀纯洁的海海隐藏在这位邋邋遢遢的半个小老头的哪一抹眼神、哪一个表情里？她想到底是一条怎样挣扎的通道将那个诚恳本分的少年与这个站在她面前的男子联系到了一起？

她叫了一声"海"，千言万语竟在其中的意思。

"噢。"海海收拢了一下自己的手脚，露出海海式的手足无措。他看不太清楚艾丽雅的面貌，但可以准确地描绘出她的样子，一个十七岁花季少女的那种健康与明朗，与这昏暗简陋的旧旅馆陡然形成一种荒谬对比。他甚至能无误地感觉到她此刻的表情 —— 她一定是带着轻微的嫌弃、过度的怜悯看着他。她一定这样看他，现在大家一定这样看他。

"雯妮莎死了。"

"我已经知道了，我很抱歉。这是怎么回事？"

"她吸毒，精神出现恍惚，自己跳了下去。"

"我很抱歉听到这个。"

"她就这样走了，把我丢下了。"

"那你还好吗？"

"不，我不好，我很不好。"

她听出他的满腹心事与历经沧海的无奈，无知单纯、安分守己渐渐稀薄得近乎消逝。她看着这个中国少年两只手紧紧搓着自己的大腿外侧，心里忽然一阵的心疼与惋惜。伤心的话不好当着他的面说，只怕说了也于事无补。

"回去吧。"

海海摇摇头。

"海，我不知道具体发生了什么事，但是你必须跟我回去。我不可能再让你一个人走掉的。你知道我不可能这样做的。"

"谢谢，"海海领情地点点头，"不过……"似乎自己已经死了，可别人还把他当活人对待，给予他活人才有的平等。

"你难道不想回去吗？"

"回不去了。"

"啊？"

"你不知道的。"海海心里说：艾丽雅你是不知道呀，你什么都不知道，我现在这个样子怎么回去呀？我已经离经叛道走得太远，现在我是连回家的路都找不着了。

"那么告诉我。"

"你不会理解的。"海海想，艾丽雅离罪恶多么遥远，他会把她吓坏的。

"试试。"艾丽雅很平静地说。

海海看了艾丽雅一眼，想看看她是不是有足够的承受力来听以下的话。海海觉得艾丽雅的无表情就挺好的，就像菩萨那种一视同仁、毫无偏见的神态，所以普天众生愿意向菩萨倾诉。

"我用过大麻，而且有点严重。"海海说完吐了一口气，像是放下一个石头。

"哦。"

"学校那封匿名信也是我写的。"海海又吐了口气。

"啊。"

"我做过许多你猜不到的事情。"海海的呼吸得以正常。

"呀。"

海海看着这个少女眼眶里已经涨满了泪水，只是极力控制不溢出来。他看见她眼睛里打了个抖，像无意中被刺扎了一下，一个满怀欢喜去采花的小女孩被刺扎了一下那样，她一痛，只是没有把惊恐与讨嫌喊出来。

海海心里很过意不去，他的那些乱七八糟的事情把人家伤心成这样。他就知道不该说的。看看，现在他是向艾丽雅吐露了心事，卸下积压在心头的重担，却把重担压到了人家的肩头。

海海抖着声音问："怎么？没吓坏你吧？"

她眨眨眼睛，把欲流的眼泪眨干。他映在她泪水之上，开始变形，变得她不认得。他也看见变形的自己，也不敢认。

"你说我还回得去吗？"

终于一滴泪先从他那儿落下去。

海海先哭了，可他自己不知道。

"你必须接受治疗。"艾丽雅一下抱住他，她知道他是一个病人。

"这就像在瘤上贴邦迪 —— 不管用。"他摇摇头，承认自己是个废人没用了的那种摇头。意思是她的好意他心领了，但是也请她收回这种希望，免得他又叫他们失望。

"跟我回去吧。一切都会好起来的，都会过去的。"

海海又灰心地笑笑，笑她自欺欺人的想法。

"你必须重新开始。"艾丽雅说，"你知道我是不会让你一个人留下的。那不是我。"

这时开始下雨了，雨把一条街都下空了。两个人在雨中争执走还是不走，最后海海实在拗不过她，他想可不能让艾丽雅也留下，那不是害人家吗？他说好好好，艾丽雅，我跟你回去。两个人开着车子，一路上再也没有说话，没话可说似的，只是听着雨点落在车子上的声音，看朦胧不清的雾蒙蒙的景致。

快到帕特李家的时候，海海说要先回公寓。"我想先回公寓洗个澡，换身衣服，我不能这样子回去看我妈妈啊。"艾丽雅笑："那是应该的，你这样子回去还不把你家人给吓死。""是啊，我不能这样回去见他们。""洗洗干净才行。""是的。""我在这里等你，然后开车送你回去。""不用了,从这里到我妈妈家不远,我可以自己去,或者叫我妈妈来接我。""不,让我送你吧。""不用。"

"你不会又自己跑掉吧?"艾丽雅开玩笑地问,说这话时尽量不去看他的眼,尽量语气随意一些。

海海没有回答,像是吃不准自己会不会这么做。

"会?不会?"

"你不相信我吗?"

"我怎么会不相信你呢?"艾丽雅说,其实她就是不相信他。她就是觉得海海会这样做。海海会趁她最无防备的时候自己溜走,这次甚至连张纸条也没留,尤其是会发生在这样的雨天。

"好了,你先回家吧,我洗个澡后自己回家。"

艾丽雅不放心地看了他一眼,也没有再坚持,走了。再坚持不就是对他不相信吗?

艾丽雅走后,海海并没有回公寓洗澡换衣服,他一个人在雨中大街小巷地走,像在寻找什么,可能是在找雯妮莎,也可能是在找自己,那个丢失的中国男孩董海。他只身片影在强暴的风雨中,被离间得那么模糊不清,那么朦朦胧胧。雨一直没有停,他一身的雨水,还有泪水。说不清楚是为自己哭,还是为雯妮莎哭。

街上空无一人,天地真是清冷啊。望着被雨淋肿了的城市,他知道雯妮莎这一走真走干净了,可他却回不到他刚来美国时的简单中去了。海海望了望后面,就像看自己的过去。他的过去是混沌不清的一片乌云。突然他歇斯底里地冲着天地狂叫了一嗓子:"啊 —— 啊 —— "

之后他继续往前走,一拐弯处,却出了车祸,撞到一辆车上。

现在海海躺在医院病床上,被各种管子瓶子交织着,包围着。潘凤霞紧紧地握着儿子的手,她的目光像一只小手一样触摸着儿子。海海突然十分无力苍白地睁了一下眼,扫视了一圈,看见了他的妈妈。他突然间觉得非常非常对不起自己的母亲 —— 这个世界上最爱他的女人。现在自己什么也不能为妈妈做了,不能给她希望,反而还要拖累她。知趣的海海再次感到自己生命的多余与不明智。

还好,他的伤势不算太重,很快就能出院了,只是手上、腿上都绷了大石膏。为了更好地照顾海海，潘凤霞让他搬回了帕特李家。这一次帕特李与海海都没有异议。回家后的海海比以前更安静，更温顺，每天什么也不说，什么也不做。大家都不敢问他什么，比如这一个月你在外面是怎么过的？你怎么可以这样狠心地抛下家人？不问，因为知道问也问不出什么所以然来。大家都小心地与回家的海海相处，目光深切而幽远：回头是岸。回来了就好。他们也没有提学校的事情，只是让海海在家里休养着。

而背着海海，他们不断地谈他。潘凤霞对丁丁说："你说你哥，他怎么那么、那么、那么……"潘凤霞找不到恰当的形容词，就盯着坐在轮椅上的约翰，似乎是想借约翰来形容海海 —— 那么没用啊，那么让人无可奈何啊，那么让人失望痛心啊。

此时的约翰病情更重了，全身武装，各种医疗仪器与设备装备着他。约翰就像一片叶子，消融得只剩下纤细的神经纬线。约翰似乎也意识到这点，两只眼睛瞪得更大了，像骷髅那样又深陷又凸起。这些病痛跟随了他二十六年，他已经失去了对痛的知觉，他把它当作正常来接受。因而这些病痛应含的痛变得没有感觉，没有意义。约翰就是病痛本身。

人可以不容忍一个正常的人，却不得不容忍一个有病的孩子，身体上也罢，心灵上也罢。现代文明要求人们这样做。总之，他们的生存都仰仗着人们的容忍。丁丁再也不跟哥哥争东西了，总是说：让给你。现在帕特李对海海也容忍多了，就算海海耍小脾气，他也笑着，无任何计较，对待病中的孩子，大人总是格外的宽容，只是这宽容中有太多的忍耐。十六岁的海海现在对于帕特李而言，好像另一个约翰，都是残疾的、不完整的生命，连神情都一模一样。也不尽然，约翰对自己的无能、病痛是无辜的，而他海海却是自找的。想到这，他就不能原谅海海，于是他只有把他的容忍进一步深入，慈爱进一步放宽。

帕特李很少在家，至少很少在海海醒着的时候在家。以前总是海海躲避帕特李，现在调过来了，帕特李避开海海，就像避开一个敏感话题。即使不是深夜，帕特李也总是蹑手蹑脚地走动，生怕把严重需要休息的海海吵醒了，更怕吓醒后两个人得没话找话说，那是一件多伤神的事啊。

这一天晚上，帕特李正在客厅里平静地算账。海海睡到一半起来上厕所，还故意咳嗽几声，以免他的突然出现惊吓客厅里的另一个人。可他一出现还是把安静的继父给吓着了，像见了鬼似的后仰了一下，确认是海海后，他后仰的身体才一点点向前靠。"海海，你身体恢复得如何了？"帕特李问得很关切，从语言到表情。"好多了。谢谢。"海海回答得也很得体。可是气氛就是不同了，再也恢复不了了。海海出现了，伤感就出现了。他给这个家里带来挥之不去的伤感。海海本人没有意识到，因为他就是伤感的实体。

　　海海面对自己的病情没有任何疼痛的抱怨，他似乎是喜欢这样病着，不希望早日痊愈。似乎生病是他的生活的一面盾，可以抵挡四面八方的矛。谁也不好过分去指责、追究一个病孩子。

　　他就这样在床上躺了一个星期，这天潘凤霞进来，"怎么样？好点了吗？"潘凤霞紧张地问，感觉又像是回到初为人母的时候，对一个无力表达自己知觉的婴儿，她得全力地替海海去感受。

　　海海点点头，又摇摇头。

　　潘凤霞在桌上摊开一堆的药，倒了水递上。海海摇摇头。潘凤霞说："不吃药怎么行？身体怎么会好？"

　　海海想他才不想好起来呢。海海一粒一粒地拾起，送入口中，拾一粒就一口水，再拾一粒，再送一口水。吃得很慢，不情愿。

　　"最近海海进步很大。"妈妈对他的表扬还是中国式的，"要不要吃个苹果？"

　　海海摇摇头。

　　"不吃就不吃。"潘凤霞顺着他说，完全是一副母亲对自己的病孩子纵容的神情。

　　海海倒下又睡了。只有在昏沉沉的睡眠中，海海才感觉安全，梦里的生活总是可以接受的，就算不可接受，刹那间便可以重新开始。于是他像一只奔赴巢穴的蚂蚁急着踏上归家的旅程，他急于入睡。睡眠意识是在生命面前背过脸去，实质是对现状的失望。

　　刚睡醒，丁丁已经站在他的床前了。

　　"你得看开点。"

"啊?"

"有一个病人去看医生,医生对他说:你得看开点。你猜这个病人得了什么病?"

"绝症?"

"斗鸡眼。"

海海笑,他好久没笑了。

"哥,你的事我都猜到了。"

"啊?"

"你不要忘记了我们是同年同月同日同时出生的,而且是同父同母。"

"我们是同父同母吗?我怎么以前都不知道的。"

丁丁笑了,她知道哥哥开始苏醒过来了,因为幽默感已经回来了。

"他们也有责任。"

"谁?他们是谁?"

丁丁想了想:"这个社会,这个文化,这个家庭,我也说不清楚,所以叫'他们'。"

"你不需要为我推卸责任。"

"这不是有个孪生妹妹的好处吗?我也负有责任。"

海海看了她一眼:"这句话听上去很不像你。"

"我对你也不够好,从现在开始我应该对你好一些。来,让我给你一个温暖的大大的拥抱。"丁丁说完就上前抱海海,正好碰到海海的伤口,疼得他直叫。然后兄妹俩又嘻嘻作笑地乐成一团,他们好久没有这样亲热了,像是回到小时候。

丁丁突然问:"你现在在想什么?遗憾吗?委屈吗?"

丁丁此话一出也知道此时不该说这话,再一想,自己脱口而出也不足为奇,这问题早已在她口边绕了千百次:"你后悔吗?后悔这一切吗?"

他想了一会儿,认真地想了一下,说:"如果你不做,又怎么知道会后悔呢?"

"你打算怎么样?不可能一直瞒着的,妈妈一定会知道这些事情的。"

他叹了口气，轻轻地说："不知道，我怕。"

海海怕的事情还是发生了。这一天，保险公司打电话过来，说是调查车祸的事情。

保险公司的人说："我不清楚他为什么要自己去撞车。"

"什么？你是说他自己去撞车的？"

"应该是这样的。"

"你们保险公司怎么可以这样，为了不承担责任就这么说，你知道我儿子现在还躺着不能下床呢。"

"我真的很抱歉听你这么说，但我说的都是负责任的，有警察的事故报告，还有目击证人。"

"我要请律师。"

"当然你可以这样。"

放下电话突然听见丁丁说："如果是真的呢？"

"什么是真的？"

"如果保险公司说的是真的怎么办？"

潘凤霞一下子就蒙了。真相就这么水落石出。一开始她也怀疑过，但是她没敢多想，必须有所收敛，想到时已经吓出一身汗。

潘凤霞从一个惊愕落入另一个惊愕，其间连个喘息的工夫也不给她。她突然哆嗦了一下，有一种惊回首慌忙四顾的感觉，然后发现早已改朝换代了。她就近找了个地方坐下，腿有点软，站不住。潘凤霞无法形容此时的心情，就像一个煞有介事的搭着积木的小女孩，眼看着积木越搭越高，成了样子，就在这时哗啦啦一片倒塌声，一切毁于一旦。它们损毁的不仅是她勾画的美好蓝图，而且还有她过日子的信念。

潘凤霞向儿子的房间匆匆走去。她必须弄清楚一件事情，否则她会被困扰死。她上楼梯的时候，根本没感觉自己踩空了一节。

"是真的吗？那件事情是真的吗？"潘凤霞的眼神既求助又请教。她等着儿子的一个"不"字将她解救下来。

"是真的，我真的写了匿名信。"

"不，我不是问这个。"

"也是真的，我吸过毒。"

"不，我也不是问这个，我还没有精力管这些。我关心的是你真的自己去撞车的吗？"

海海低下头，不说话。

现在谜底一点一点地揭晓。如今，再也含糊不过去了。潘凤霞长叹了一口气，越来越感觉吞咽有困难。

"我不愿意让你失望。"

"所以你真的去撞车，去死吗？"潘凤霞惨笑了一下，重重地看着他。

"对不起。"

"你知道你在对自己做什么吗？"

"我怕你失望，我宁愿死都不愿意你对我失望。"

"儿子呀，还有什么比你死更让我失望的啊。"

海海沉默了，心疼地看了他母亲一眼。

"海海，你给我听好了，你活着比什么都重要。你死了，我活着还有什么劲儿。"

潘凤霞说完就大步离开了海海的房间，回到自己的房间，关上门，再进了浴室，再关上门，然后打开浴缸的水龙头，开始放声大哭。她看见镜中的自己，她看见她泪流满面。也是一个四十几岁的人了，竟号啕大哭得像个孩子，心跳、呼吸和泪水都配合尽力。她索性向镜里的另一个自己表达无限的委屈、软弱和恐慌，像小孩子一样。只有小孩子在极度无助的情况下才哭得出这种大刀阔斧。

然后她擦干眼泪，自己安慰自己。那个母亲一样的她安抚了孩子的她，并引导她出了浴室。刚一开门，就看见海海站在门口。

从没见过母亲失态的儿子看到母亲哭得两个眼睛像水蜜桃那样大，抽着肩膀。孩子其实是非常害怕大人哭的，尤其是自己的父母，方才觉得大人也是脆弱的。母亲的哭就像点燃炮仗的捻子，一下子喷发出他的许多情感。

潘凤霞艰难地笑笑，让儿子看见她什么都可以承受。

"妈妈，对不起，我给你惹麻烦了。"

潘凤霞微笑，非常苦涩地笑笑。然后俯下身，一只膝盖着地，要帮儿子系鞋带。

"妈，我自己来。"

"我好久没有这样做了，应该是从你五岁起吧。"海海身上有股少年人油腻的体味，那是少年人在发育期过剩的体味。

海海点点头，他明白他已经被原谅，仍然被爱着。

潘凤霞非常爱孩子，只是有时候她不知道如何得体、适当地爱。而潘凤霞系鞋带这一刻的柔情却是动人的。海海也不像以前那样带着急躁地想摆脱母亲。平时，海海一定会认为他妈妈"又来了"，现在他好好地享受着母亲的疼爱。

母亲扶着他向前走了几步："可以吗？"

"妈妈，谢谢你。"海海看了母亲一眼，拍拍母亲搀扶他的手。

"其实这些年都是你在扶着我。可笑吗？我依靠你，这些年我一直依赖你。我没上过大学，我要你去上大学，而且我要你上最好的大学。我没有文化，我的儿子就得很有文化。"潘凤霞羞怯地一笑，像一个小女孩承认自己的小心思那样羞怯着自己。

"妈妈，"海海抬起脸，他想说什么，可是没有说。他本想说：我可以做得好些。海海觉得他得说些这类的话，但他只是喊了声"妈妈"，没有再说什么。

儿子什么都没说，母亲什么都明白，他说的和没有说的。

"不，不，你不需要做得更好些或更差些，你只需要成为你自己。"

海海看了母亲一眼，点点头，走了。

她喜欢儿子的背影，尽管他还走得一拐一拐，但是她还是喜欢，因为他正在离开。

在去警局之前，海海去墓地看望雯妮莎。

墓地很大，大片大片的草坪，也许是受亡灵的滋养营养充足、生气勃勃。走到雯妮莎的坟冢，他真的想她，可他又不确定想她的什么。他想的可能并不是一个具体的人或事，只是一种情感。他甚至不太能想起她的样子，所以他对她的描绘只能是那些"漂亮迷人性感"等近乎于抽象的、无信息量的形容词。就像他想不起自己的样子，而一照镜子，就知道为什么记不住了，因为这种太熟悉是不可能记住的。

现在她终于可以安静了，再也不会有任何的欲望纷争来打扰她了，就像她再也不需要烦扰别人一样。安息吧，雯妮莎。再见。

离开的时候，却碰见同来吊唁的艾丽雅。两个人同在雯妮莎的墓前沉默了一会儿，然后两个人聊天，本来有许多话要说的，可是又不知道从哪里说起。于是只是说些简单的话，没有话外音。

"我可能有一些日子会看不到你了。"

"啊？"

"等一下我就要去警局自首。"

"哦。"

"今天的太阳真好，难怪所有人都往加州搬，一半是冲着这太阳的。"

"冬天已经过去，春天还会远吗？"艾丽雅的学生腔又来了。

两个人走在路上，路过公园，这时正值初春，草坪上游玩的人都是一脸的春意盎然，按捺不住的对生活的热爱。他才意识到这个冬天已经过去，这个冬天过于的漫长与艰险，如同他的成长。不过总算是过去了。

柔和的阳光射入他的眼睛。阳光并不刺眼，甚至可以称得上是温和的，只是他太久没在阳光下活动了，感到一丝头晕眼花，有一种沉甸甸的喜庆的压力。看见一些孩子嘻嘻作笑地跑着，天地都有了生气一样。他突然感叹：成长是一件多么不容易的事情啊。

"你怎么样呢？总是你在关心我，我都没有问问你怎么样了。"海海问后自嘲般地笑笑，像是穷人操心公主的生活，这不是瞎操心嘛。他又自圆其说道，"你总是很好的，总是很争气的。你一直就是最优秀的那个。"

她抬头望着碧蓝的天空："我马上也要离开这里了。"

她停了一下，转过头对海海说："我已经被哈佛录取了。"

后　记

　　在我成长的年代，是教育制度主导青少年的生活。这些年我有很多的机会与当今的中国青少年交谈，我感觉父母、老师的关切和孩子的关切还是集中在学业上，他们最担心的问题仍然是如果书读不好怎么办。除了读书这条独木桥，是否真的是条条大路通罗马？读书以外的自我价值在中国社会仍然得不到普遍的支持。中国相比之下还是一个比较保守的社会，多元价值还没有普遍被接纳，所以青少年行为上的偏差多数会是因为学业上失败，得不到家庭学校的肯定的时候转向的一个表现。

　　相比，美国是个多元化的社会。华人青少年面临青春期的挑战与别的族裔孩子是一样的，就是自我认同与家庭认同分裂。华人青少年感觉到文化的落差，尤其是校园文化与家庭文化的差距非常大，也就是说中国文化变成美国文化，传统文化变成现代文化。他们生活在两个文化系统的夹缝之间，他们不知道是放弃同辈的认同来接受父母的价值系统，还是相反的。

　　而他们就是我的主人公们。十几岁的孩子对社会、对世界的认识不可能是定型的。没定型的主人公，他们对世界没定型的看法在小说公式中是一个变数。这就是成长小说的起缘。而又不单是成长小说，不单单是了。移民，为主人公设置了一个层层叠叠的舞台背景，他们有充分的表演空间。他们将自己连根拔起，再栽植一次，全新的环境孩子变得异常地敏感，许多事物被激化了，他们潜藏的层面会不自觉被掀起。中外文化在少年成长经历中的冲撞，不可能在精神层面上对他们没有影响。他们不可避免地面对文化认同的挑战，对两种文化冲突与融合的体验、挣扎、审视、理解与被理解，以及归宿。

《美国旅店》是这其中的第一部。名字是套借美国老鹰乐队风靡一时的歌曲《加州旅店》。

《不会游泳的鱼》是第二部。创作这部小说的起因是我无意中在一份报纸上看到的消息引起的 —— 一则关于十六岁华裔少年自杀的消息。不是因为战争，也不是疾病，而是他不想活了，于是他就去死。它引起了我极大的感伤与好奇。我起先是听一些为家长与青少年举办的讲座，很快就听进去了，可很快就不满足了。我开始走访一些青少年服务中心，对这个题材越来越感兴趣，并以此为背景写下这本小说。

郁　秀

2004年10月初稿

2005年12月二稿

2006年7月定稿